DIE GEHEIMNISSE DER TOTEN

WEITERE TITEL VON CAROL WYER

DI ROBYN CARTER SERIE

Das verschwundene Mädchen

Die Geheimnisse der Toten

IN ENGLISCHER SPRACHE

DI ROBYN CARTER SERIE

Little Girl Lost

Secrets of the Dead

The Missing Girls

The Silent Children

The Chosen Ones

DI NATALIE WARD SERIE

The Birthday

Last Lullaby

The Dare

The Sleepover

The Blossom Twins

The Secret Admirer

Somebody's Daughter

ANDERE TITEL

Life Swap

Take a Chance on Me

DIE GEHEIMNISSE DER TOTEN

CAROL WYER

Übersetzt von Laura Orden

bookouture

Herausgegeben von Bookouture, 2021

Ein Imprint von Storyfire Ltd.
Carmelite House
50 Victoria Embankment
London EC4Y 0DZ

www.bookouture.com

ISBN: 978-1-80314-194-7
eBook ISBN: 978-1-80314-135-0

1

Der Wind rüttelte an den Bäumen, bog ihre Zweige um und fetzte das Laub ab. Die Meteorologen hatten einen Sturm angekündigt und diesmal lagen sie nicht daneben. Jakub Woźniak umklammerte den Lenker seines Fahrrades, während er den Weg entlang steuerte, den er jeden Tag um vier Uhr morgens fuhr. Ein Windstoß traf ihn hart von der Seite und hätte ihn fast in die Hecke gedrückt, aber Jakub wäre nicht Jakub, wenn er sich vom Wetter kleinkriegen lassen würde. Er drückte sich tiefer in den Sattel und strampelte weiter, tief über das Fahrrad gebeugt wie ein Aasgeier kurz vor dem Sprung auf ein totes Tier.

Sorgenvolle Gedanken kreisten in seinem Kopf. Seine Frau Emily hatte erfahren, dass sie ihren Job an der Rezeption verlieren würde, bald müsste also sein kümmerlicher Lohn reichen, bis sie etwas Neues hatte. Und es war alles andere als leicht, Arbeit zu finden. In seiner Heimat Wyszków etwa fünfundfünfzig Kilometer nordöstlich von Warschau an der Autobahn nach Bialystok war er bei der Polizei gewesen. Es war zwar nicht die aufregendste Arbeit gewesen, denn er war für die Überprüfung verschiedener Datenbanken zuständig und musste strafbare Handlungen in Verbindung mit Verkehrsunfällen erfassen und bearbeiten sowie Kollisionen und Unfälle aufnehmen und den Schriftverkehr mit

Versicherungsunternehmen erledigen. Aber er hatte nicht schlecht verdient, von seinem Gehalt hätte er dort eine Familie ernähren, ein Haus bezahlen und jedes Jahr in den Urlaub fahren können.

Der Liebe wegen hatte er sein Heimatland verlassen und war seinem Herz ins ländliche Staffordshire gefolgt, wo er sich mehrere Monate Woche für Woche vor dem Arbeitsamt in die Schlange der übrigen vom Leben gebeutelten Wartenden eingereiht hatte, die in verzweifelter Hoffnung eine Stelle suchten, nur um doch jedes Mal wieder abgewiesen zu werden. Wochenlang hatte er Webseiten durchstöbert und Lebensläufe verschickt, um sich auf eine Stelle zu bewerben, aber er wurde nie auch nur zu einem Vorstellungsgespräch eingeladen. Allmählich war seine Begeisterung verflogen. Dazu kam, dass es ihm nahezu unmöglich erschien, die englische Sprache zu erlernen. Auch nach achtzehn Monaten im Land beherrschte er nur einfachste Sätze. Zum Glück hatte Emily diese Stelle für ihn gefunden, sonst hätte er wahrscheinlich alles hingeschmissen und wäre nach Polen zurückgegangen.

Er erreichte das Ende des Weges, wich den peitschenden Ästen bei der von einem Backsteinbogen überwölbten Einfahrt zu Bromley Hall aus und gelangte auf das Grundstück. Er erinnerte sich an das erste Mal, als er einen Fuß hierhergesetzt hatte. Er war überwältigt gewesen von der durch und durch englischen Landschaft, die das Gebäude umgab. Das Herrenhaus und seine Umgebung repräsentierten alles, was ihm am Vereinigten Königreich gefiel – der Duft frisch gemähten Grases und das sanfte Summen der zwischen leuchtend bunten Blumen umherschwirrenden Bienen.

Im ausgehenden neunzehnten Jahrhundert war es ein Familiensitz gewesen, erbaut im elisabethanischen Stil mit geschwungenen Giebeln, an klassische Säulen erinnernden Schornsteinen und den für jene Zeit typischen großen Sprossenfenstern. Es imponierte mit seiner prunkvollen Eingangshalle und dem wunderbaren, eichengetäfelten, langen Säulengang, der Long Gallery, die sich über mehr als dreißig Meter erstreckte. Heute war es ein weltbekanntes Wellnesshotel, das häufig Prominente beherbergte und Menschen, die weit mehr verdienten, als er es sich auch nur vorstellen konnte.

Jakub würde die Eingangshalle heute Morgen ebenso wenig benutzen, wie er jemals zu einem der Bälle eingeladen würde, die stets zu Weihnachten im pompösen Tanzsaal stattfanden. Er lenkte sein Fahrrad entlang der geschwungenen Auffahrt durch das gut fünfzig Hektar große Gelände. Der Wind hatte das restliche Laub von den Bäumen gerissen und auf den Boden geweht, wo es in kleinen raschelnden Wirbeln über den Parkplatz jagte. Jakub zog seinen Hals noch tiefer in den Schal zurück und schimpfte auf das Wetter. Ausgerechnet jetzt war sein Auto kaputt und brauchte eine neue Zylinderkopfdichtung. Es war mitten in den dunkleren Monaten, in denen der Winter anfing und die Uhren zurückgestellt wurden, sodass es morgens wie nachmittags dunkel war und alles düster wirkte.

Er war überrascht, den auffälligen gelben Citroën DS von Bruno Miguel zu sehen. Bruno, für Jakub ein Jungkoch der angenehmeren Sorte, hatte ihn im September auf Raten gekauft und war besorgt, sein brandneues Gefährt könnte auf dem Personalparkplatz zu Schaden kommen. Deshalb parkte er ihn möglichst weit entfernt von anderen Fahrzeugen. Für gewöhnlich erschien Bruno nicht vor sechs Uhr Früh und überließ den Großteil der Vorbereitung den Nachwuchsköchen. Jakub stieg ab und beugte sich vor, um die Hosenklammern abzunehmen, die seine Jeans vor den schmutzigen Pedalen und der öligen Fahrradkette schützen sollten. Er schob das Rad zur Rückseite des Herrenhauses in den Gang, der zu den Küchen führte. Hier, in Sicherheit vor dem Wind, zog er seine Handschuhe aus und legte die Mütze ab, die er sich tief über die Ohren gezogen hatte. Er hasste den Spätherbst in diesem Land. Er war grausam, vor allem, wenn man kein anderes Beförderungsmittel hatte als ein gebrauchtes Fahrrad.

Über ihm im Herrenhaus selbst schliefen die verwöhnten Gäste wahrscheinlich noch tief und fest unter Betttüchern aus ägyptischer Baumwolle und den Kopf auf Gänsefederkissen gebettet. Sie mussten nicht jeden Morgen um halb vier aufstehen und bei diesem Mistwetter zur Arbeit fahren, um hinter den Gästen aufzuräumen, am Pool liegengelassene feuchte Handtücher einzusammeln, die mit Seife und teuren Bodylotions verschmierten Duschen zu reinigen oder die Toiletten auf Hochglanz zu bringen – und das alles für einen Appel und ein Ei – nur um anschließend, schmerzerfüllt vom Schrubben der Böden, der gefliesten Bädereinfassungen und der gläsernen Kabinentüren, bei scheußlichem Wetter drei Meilen zurück nach Hause zu radeln. Nein. Nichts davon mussten sie tun. Sie konnten aufstehen, wenn ihnen danach ist, duschen oder ein Bad nehmen, in ihrem Schlafzimmer die noblen weißen Baumwollbademäntel anziehen, in die flauschig weichen Hausschuhe schlüpfen und dann ab nach unten zum Frühstück. Den Rest des Tages würden sie damit verbringen, am Pool zu faulenzen, zu lesen, zu dösen oder sich in dem hochgelobten Wellnessbereich zu aalen, umsorgt von einer ganzen Mannschaft aus Physiotherapeuten und Fitnesstrainern.

Als er die Küchentür öffnete und in den dunklen Flur trat, spürte er wieder die Wut in sich aufsteigen, die ihn manchmal geradezu auffraß. Er zog seine Oberbekleidung aus und hängte sie neben der Tür an einen der zahlreichen Haken, die von den Beschäftigten genutzt wurden. Er ging an der Küche vorbei, in der zwei der Köche das Frühstück vorbereiteten. Der Geruch von Speck hing in der Luft und er schluckte den Speichel herunter, der sich in seinem Mund sammelte. Er hatte nur einen Kaffee gehabt, bevor er losgefahren war. Mit etwas Glück könnte er vielleicht von Bruno etwas Toast oder sogar eine Scheibe Speck ergattern, obwohl es mittlerweile deutlich schwerer war, etwas zu essen oder eine Leckerei für lau zu bekommen. Die Geschäftsleitung war hier wirklich rigoros und es musste über sämtliche Nahrungsmittel Buch geführt werden – also keine vergünstigte oder freie Verpflegung mehr für das einfache Personal. Und das war lediglich eine der Sparmaßnahmen, die eingeführt worden waren. Entlassungen waren auch dazugekommen. Er grummelte leise vor sich hin.

Die Geschäftsleitung hatte seine Frau mit Bedacht entlassen, da sie, die als Vollzeitkraft an der Rezeption die Gäste empfing und begrüßte, recht gut verdiente, während er, der für den Mindestlohn arbeitete, bleiben durfte. Wenn er etwas anderes fände, er würde hier sofort kündigen.

Bruno war einer der freundlicheren Jungköche. Die anderen waren sauertöpfische Möchtegerns, die auf eine Anstellung in größeren und besseren Häusern hofften. Jakub mochte keinen von ihnen. Er war hier, um zu arbeiten, und das war alles, was er tat. Er kam, schuftete den ganzen Tag und ging wieder heim, heim zu einer unglücklichen Frau, die jetzt arbeitslos war und gerade am Tag zuvor erfahren hatte, dass sie ihr zweites Kind erwartete.

Jakub holte das Putzzeug aus dem Schrank. Er würde in der Herrenumkleide anfangen, bevor er das Wellnessbad in Angriff nahm. Er war vielleicht nur eine Putze, aber er war gründlich. Job ist Job, und er würde sein Bestes geben, um ihn so gut wie möglich zu machen, auch wenn es unter seiner Würde war. Immerhin reichte es, um ein paar Rechnungen zu bezahlen, und der Himmel wusste, dass sie diesen Lohn jetzt mehr denn je brauchten.

Er schob den Putzwagen mit allem, was dazu gehört, hinaus. Der Bodenreiniger war ein großes gewerbliches Ungetüm, das schon bessere Zeiten erlebt hatte, aber noch funktionierte. Es machte einen Heidenlärm, deshalb war es besser, wenn keine Gäste da waren. Denn nichts ruiniert einen entspannenden Aufenthalt in einem Luxusbad nachhaltiger als jemand, der versucht, um sie herum mit einer Maschine sauber zu machen, die klingt wie ein aus mehreren Pauken und einer ganzen Armee von Dudelsackspielern bestehendes Orchester.

Das Wellnessbad selbst befand sich in einem an das Herrenhaus angrenzenden Anbau mit einem sechsundzwanzig Meter langen Salzwasserbecken und zwei großen Whirlpools. Es besaß mehrere Bio-Kaldarien zur Belebung und Entspannung, eine Eiskammer mit arktischen Temperaturen und einem Eisbrunnen sowie Dampfbäder und eine Sauna. In jedem Bereich sollten unterschiedliche Sinne angeregt werden. Nicht zuletzt gab es dezent verborgen in der Anlage die Espenholzsauna. Jakub hatte nie etwas davon ausprobiert, obwohl er häufig allein bei der Arbeit war. Die leise surrenden Überwachungskameras beobachteten jeden seiner Schritte und er wäre sicher erwischt worden, wenn er sich plötzlich entschlossen hätte, eine Runde schwimmen zu gehen oder sich in einem der Solarien eine Auszeit zu gönnen.

Jakub war von dem Überfluss hier nicht sonderlich beeindruckt. Polen hatte viele genauso imposante Kurbäder und Ferienorte, in denen sich Gäste aus ganz Europa jahrhundertelang hatten verwöhnen lassen. In seiner Brust züngelte eine Flamme des Stolzes auf sein Vaterland.

Die Herrenumkleide roch nach abgestandenem Schweiß und Testosteron. Es schien immer so zu »duften«, ganz gleich wie oft hier geputzt wurde. Die Lüftungsanlage war seit einiger Zeit außer Betrieb, obwohl Jakub es gemeldet hatte, und so hielt sich der Geruch trotz der im Raum verteilten Lufterfrischer. Jakub leerte die Mülleimer und räumte die schmutzigen, auf einer Bank aufgehäuften Handtücher weg, dann reinigte er die Toiletten und die Duschen. Es war jeden Tag dasselbe.

Er sollte versuchen, Emily zu überreden, mit ihm nach Polen zurückzukehren, obwohl es unwahrscheinlich war, dass sie ihre Familie verlassen würde, die ganz in der Nähe in Stafford lebte, nur etwas über dreißig Kilometer entfernt, und vor allem in Erwartung eines Kindes. Es gab Tage, an denen er Heimweh hatte, aber er führte sich vor Augen, dass eine so baldige Rückkehr das Eingeständnis seines Scheiterns bedeuten würde. Seine Familie war dagegen gewesen, dass er Polen verließ. Mit dreißig war er noch jung genug und hatte Zeit. Er würde zurückkehren, wenn er ein gemachter Mann wäre, auch wenn er nicht wusste, wie lange er es in Bromley Hall noch aushalten würde. Wenn er nicht aufpasste, könnte ihm sein Temperament einen Strich durch die Rechnung machen.

Er schloss die Türen von den Kabinen zu den Duschen und ging in den Wellnessbereich, nachdem er die vorgeschriebenen Sicherheitsschuhe übergezogen hatte. Das Geräusch des um das Becken herum gepumpten Wassers erzeugte ein unheimliches Echo, als er daran vorbeiging und das schwere Reinigungsgerät auf die Saunen und Dampfräume zuschob. Er setzte den wegen des von dem Gerät erzeugten Dauerlärms erforderlichen Gehörschutz auf und dachte an seinen jetzt fast zwei Jahre alten Sohn, der zu seinem Geburtstag am kommenden Wochenende mit einem Dampfzug, wie Thomas, die kleine Lokomotive, fahren wollte. Jakub war nicht sicher, ob ein Ausflug ins Eisenbahnmuseum von Severn Valley überhaupt drin wäre, wenn er sein Auto nicht reparieren lassen würde. Und eine Zylinderkopfdichtung zu ersetzen, war alles andere als billig.

Während er das Gerät in einer kreiselnden Bewegung vor sich herschob, fiel ihm ein Stapel Kleidung ins Auge, der zusammengefaltet auf einer der Entspannungsliegen vor der Espenholzsauna lag. Er stutzte. Irgendein Gast hatte wohl die Hausordnung nicht gelesen. Vor acht Uhr morgens war das Betreten des Wellnessbereichs verboten. Er geriet in Versuchung, die Klamotten aufzuheben und in der Umkleide zu verstecken, damit wer auch immer sich in der Sauna befand, gezwungen war, auf der Suche nach ihnen nackt herumzulaufen. Er näherte sich der Kleidung. Anzug, Oberhemd und oben auf dem Stapel eine teure Armbanduhr. Jakub grinste hämisch. So eine Uhr kostet einen Haufen Geld, aber dem Besitzer schien es gleichgültig zu sein, ob sie gestohlen wurde. Entweder war er auf naive Weise vertrauensselig oder er pfiff auf den Preis. Jakub rang kurz mit seinem Gewissen, ehe er zu dem Schluss kam, dass der Besitzer die Uhr wohl nicht vermissen würde. Er würde sich das Geld einfach von seiner Versicherung erstatten lassen und sich eine neue kaufen. Jakub sah nach der Kamera, die über ihm hing. Sie war in die entgegengesetzte Richtung geschwenkt und hatte in diesem Moment die Eiskammer im Visier. Sie bewegte sich schrittweise, um den gesamten Bereich zu erfassen. Der Gast konnte den Verlust gut verschmerzen und Jakub brauchte das Geld. Er schaute, ob ihn jemand beobachtete und wollte die Uhr gerade in seiner Tasche verschwinden lassen, als er innehielt. Er war kein Dieb. Er konnte sich nicht so tief herablassen, jemanden zu bestehlen, auch wenn die Zeiten hart waren.

Er drehte ab und schob das Reinigungsgerät langsam an der Sauna vorbei. Ohne Zweifel würde sich der Besucher über den Lärm beschweren, den er dabei machte. Es war halb sechs. Aber er würde der Geschäftsleitung die Meinung sagen, wenn er deswegen zur Rede gestellt werden sollte. Als er an der verglasten Saunatür vorbeikam, blieb er stehen, alle Gedanken an die Geschäftsleitung waren verflogen. Ein dunkelhäutiger Mann lag in Embryohaltung zusammengerollt auf dem Fußboden. Behutsam öffnete Jakub die Tür, eine ungeheure Hitzewelle schlug ihm entgegen. Er konnte nicht fassen, was er sah. Der Körper war nicht, wie er zunächst gedacht hatte, der eines dunkelhäutigen Mannes. Er war verkohlt. Haut lag in großen Fetzen auf dem Boden. Jakub starrte den Körper an, er erinnerte an ein großes Stück *Przysmak Piwny* – Dörrfleisch. Da fiel ihm die Uhr auf dem Kleidungsstapel wieder ein. Er hatte sie erst kürzlich gesehen, am Handgelenk des Mannes, der seine gerade wieder schwangere Frau aus keinem anderen Grund gefeuert hatte, als um Kosten zu sparen. Jakub wollte sich damit nicht abfinden und hatte verlangt, dass Emily wiedereingestellt wird. Der Mann hatte ihn abgewimmelt und auf seine Uhr geschaut, als hätte er anderswo Wichtigeres zu tun. Jakub hatte die Beherrschung verloren und auf den Tisch gehauen, bevor er mit der Drohung hinausgeworfen wurde, er könne Emily in der Schlange vor dem Arbeitsamt Gesellschaft leisten, wenn er sich nicht beruhigen würde. Das war kein Hotelgast. Es war der Geschäftsführer des Hotels. Der verschmorte Körper auf dem Fußboden war Miles Ashbrook.

2

Detective Inspector Robyn Carter kaute auf dem Stummel eines Bleistifts und starrte missmutig auf den Bildschirm ihres Computers.

»Boss, wir haben einen Informanten, der behauptet, unseren Mann gesehen zu haben«, rief Sergeant Mitz Patel von seinem Schreibtisch, legte den Telefonhörer auf und grinste. »Er schickt uns ein Foto von ihm. Er hat den Fahndungsaufruf gesehen und unseren Täter sofort erkannt. Sein Name ist Nick Jackson.«

Sie knabberte noch ein wenig weiter. »Okay, mal sehen, was der Anrufer zu bieten hat.«

Sie hatten gestern seit dem späten Abend Anrufe von Menschen entgegengenommen, die den Mann, nach dem gesucht wurde, gesehen haben wollten. Die meisten Anrufe erwiesen sich als Hirngespinste oder Sackgassen und nach viel zu wenig Schlaf war Robyn entnervt von dem Mangel an brauchbaren Informationen. Sie begann zu bezweifeln, dass der Fahndungsaufruf im Fernsehen irgendwelche Spuren liefern würde.

»Die Fotos sind da«, rief Mitz.

Robyn war mit einem Satz bei ihm, beugte sich vor und fixierte das grobkörnige Handy-Foto. Es zeigte einen Mann mit einer Nike-Kappe, die das Gesicht verdeckte, einem dunkelblauen

Oberteil mit Kapuze und Jeans. Er trug einen graugrünen Rucksack, denselben, den er bei seinen Überfällen auf die Dorfläden in Doveridge und Newcastle-under-Lyme dabeihatte, bevor er von der Bildfläche verschwand. Er stieg gerade in einen roten Ford Mondeo. Das Kennzeichen war zu sehen. Nach einer enttäuschenden Nacht spürte sie endlich das Adrenalin durch ihren Körper pumpen. Er sah genauso aus wie der Mann, hinter dem sie her waren. Vielleicht hatten sie ja tatsächlich ihren Verdächtigen aufgespürt.

Sie tippte mit dem Stift auf den Bildschirm. »Sieht aus, als würde sich unser Aufruf doch noch als Volltreffer erweisen. Das ist hundertprozentig der Rucksack – Karrimor Urban 30 von Sports Direct.«

»Scheint wirklich nicht der Hellste zu sein, mit so einem leuchtend grünen Rucksack.«

PC Anna Shamash, die Technikexpertin im Team, hob den Kopf. »Wir konnten die Mobilfunknummer des anonymen Anrufers zurückverfolgen. Der Anruf kam aus der Elm Street in Newcastle-under-Lyme.« Über Annas sonst stets ernstes Gesicht huschte dezent ein zufriedenes Lächeln.

Robyn lehnte an der Wand und beobachtete mit verschränkten Armen die weiteren Ereignisse. Mitz ermittelte auf seine gewohnt ruhige Art den Halter des Fahrzeugs. Annas Finger flogen nur so über ihre Tastatur. Alles, was mit Computern zu tun hatte, war ihr Ding. Auf ihrem Bildschirm war jetzt ein Punkt zu sehen, der das Fahrzeug des Verdächtigen darstellte. Sie konnte sehen, dass es auf dem Weg nach Stafford war. »Er ist auf der M6 unterwegs.«

»Ich habe den Halter.« Mitz streckte den Kopf in die Höhe wie ein Erdmännchen. »Es gehört einem Sean Holland, Albion Street 32 in Newcastle-under-Lyme.«

Sie spürte einen Anflug von Skepsis. Irgendwas stimmte nicht. »Wie passte dieser Sean Holland ins Bild? Warum ist das sein Auto und nicht das von Nick Jackson?«

»Vielleicht ein Verwandter oder ein sehr guter Freund? Fahrzeuge sind häufig auf jemanden zugelassen, der gar nicht der tatsächliche Eigentümer ist.«

Sie schüttelte den Kopf. »Nein. Ich habe ein komisches Gefühl. Findet auch über Sean Holland heraus, was ihr könnt.«

»Roger. Wir haben mehrere Nick Jacksons in der Datenbank. Ich lasse sie durchlaufen.«

Robyn ging ans Funkgerät und rief PC David Marker vor Ort in Stafford. »Einheit eins. Der Verdächtige fährt über die M6 Richtung Stafford. Ein roter Ford Mondeo.« Sie nannte ihm das Kennzeichen.

Über Funk kam die Antwort: »Roger, verstanden. Wir stellen ihn an der Anschlussstelle vierzehn an der Ausfahrt zur A34.«

»Anna, behalten Sie das Fahrzeug im Auge. Wann wird er die Anschlussstelle vierzehn erreichen?«

»In zwanzig Minuten, Chef.«

»Einheit eins, erwartete Ankunft in zwanzig Minuten.«

»Roger. Sind unterwegs.«

»Einheit zwei, Matt, wo seid ihr?«

»In der Nähe von Sainsbury, Boss«, antwortete Sergeant Matt Higham.

Er war neu in Robyns Team. Er hatte sich aus Oxford hierher versetzen lassen, damit seine Frau näher bei ihrer Familie war. Sie erwarteten ihr erstes Kind und hatten gerade eine Hypothek auf ein großes Haus aufgenommen. Mit seinen einunddreißig Jahren, einer Glatze und einem runden, glatten Gesicht wie ein Baby war Matt der Spaßvogel der Truppe.

»Fahrt zur Anschlussstelle vierzehn und stoßt dort zu Einheit eins.«

Anna meldete sich wieder zu Wort. »Sean Holland ist unbescholten, Chef. Sechsundsechzig, verwitwet, keine Kinder. Hatte früher einen kleinen Fensterputzbetrieb.«

Robyn schüttelte den Kopf. Sean Holland passte nicht. »Wieso sollte sich ein Ruheständler in seinen Sechzigern mit einem etwas über dreißigjährigen Kriminellen anfreunden?« Sie legte den Kopf auf die Seite und trommelte mit dem Bleistift gegen ihre Zähne.

»Wir waren zu heiß darauf, Nick zu kriegen. Wirklich zu erkennen ist auf dem Foto nur der leuchtende Rucksack. Ich hab's sowas von satt«, wiederholte sie kopfschüttelnd. »Mitz, schon irgendwas über Nick Jackson?«

»Ich suche noch in der Datenbank. Halt, ich glaube, ich hab` ihn.«

Das Funkgerät knackte. »In Position«, meldete David Marker.

Mitz fixierte seinen Bildschirm, seine feinen Gesichtszüge verrieten Besorgnis. »Chef, das müssen Sie sich ansehen. Sofort!«

Sie lief zum Monitor und stand, nachdem sie gelesen hatte, was er meinte, die Lippen zu einer schmalen Linie zusammengepresst wie versteinert da. »Shit«, flüsterte sie. Sie wandte sich ab, um sich wieder in den Griff zu bekommen.

»David, Matt – Abbruch. Sofort abbrechen!«

»Verstanden«, antwortete Sergeant Matt Higham scheinbar unbeeindruckt von der Planänderung.

David Marker dagegen klang verwundert. »Was ist los? Woher wisst ihr, dass Jackson nicht unser Täter ist?«

Der Bleistift rotierte zwischen ihren Fingern. »Er ist nicht der Richtige. Nick Jackson kann die Läden nicht ausgeraubt haben. Er fährt kein Auto. Er kann nicht. Nick Jackson ist blind.«

Ein Knacken im Funkgerät, dann noch eins und schließlich: »Wir kommen zur Wache zurück.«

Robyn zwang sich, nicht gegen die Wand zu schlagen. Es war der Rucksack. Mitz hatte richtiggelegen. Er hatte eine dämlich auffällige Farbe. Das erregte Aufmerksamkeit. Welcher Räuber, der Menschen mit einem Messer bedroht, käme auf die Idee, sich einen leuchtenden Rucksack auszusuchen, aber sich große Mühe zu geben, sein Gesicht vor Kameras zu verbergen? Ein Räuber, der weiß, dass jemand sich an einen leuchtenden Rucksack erinnern würde. Sie ging zum Kaffeeautomaten in der Ecke. Das Adrenalin, dass durch ihre Adern geschossen war, hatte sich gesetzt, und sie brauchte einen Koffeinschub. Sie schob einen Pappbecher unter die Tülle und drückte die Espresso-Taste. Der Automat erwachte zum Leben, er blubberte und gurgelte, ehe sich eine schwarze Flüssigkeit in den Becher ergoss.

Die Tür wurde geöffnet und grußlos stolzierte DI Tom Shearer herein.

»Mir ist mal wieder der Zucker ausgegangen. Dachte, ich komm mal vorbei und sehe, ob mir meine Nachbarn mit einem Löffelvoll aushelfen können.« Robyn sah ihn mürrisch an. Sie mochte Detective Inspector Tom Shearer nicht besonders. Er war aus Derbyshire gekommen, nachdem einer ihrer Kollegen gegangen war. Sie hatte ein paarmal mit diesem Menschen zu tun gehabt, der alles und jeden von oben herab behandelte. Sie ignorierte seine selbstgefällige Art und den erdrückenden Geruch nach Rasierwasser, der ihm anhaftete.

»Was wollen Sie wirklich, Shearer?«

»Einen anständigen Kaffee. Sie haben einen Kaffeeautomaten. Ich konnte Mulholland bislang noch nicht davon überzeugen, dass auch ich eine solche Vorzugsbehandlung verdiene. Außerdem ist der Automat unten mal wieder außer Betrieb und ich brauche etwas zu trinken. Es hämmert in meinem Kopf.«

»Bedienen Sie sich.«

»Danke. Ich hatte einen scheußlichen Morgen.«

»Willkommen im Club.« Sie nahm ihren mit schwarzem Kaffee gefüllten Pappbecher aus dem Automaten und gab Shearer einen leeren.

»Ich wette, dass mein Morgen beschissener war als Ihrer.« Er hielt ihrem Blick stand und grinste schief. Seine Augen waren vom Schlafmangel ganz rosa.

»Also gut. Ich fange an.«

»Das dachte ich mir. Sie übernehmen gerne die Führung oder irre ich mich?«

Sie ignorierte seine Bemerkung. »Ich habe die ganze vergangene Nacht damit zugebracht, Anrufe von Leuten entgegenzunehmen, die glaubten, jemanden gesehen zu haben, der im Verdacht steht, Dorfläden zu überfallen und in mehreren Fällen unbeteiligten Opfern schwere Körperverletzungen zugefügt zu haben.

Zwei von ihnen, eine junge Frau und ein älterer Mann, liegen immer noch mit ernsten Verletzungen im Krankenhaus. Wir sind jeder Spur nachgegangen, alle waren Nieten. Heute Morgen um sechs haben wir weitergemacht und hatten endlich einen Durchbruch dank eines anonymen Informanten, der uns ein Bild geschickt hat, auf dem zu sehen war, wie der Verdächtige in ein Auto steigt. Wir haben das Fahrzeug lokalisiert und Einheiten zu seiner Verhaftung eingesetzt, nur um festzustellen, dass wir einen Blinden verfolgt haben, einen Blinden, der von einem Freund chauffiert wurde.« Sie leerte ihren Kaffee in einem Zug, presste den Becher fest zusammen und schleuderte ihn in den Papierkorb.

Shearers Lippen zuckten leicht. »Ja, das ist Mist«, antwortete er.

»Obwohl ich darin eine gewisse Komik erkennen kann.«

»Na machen Sie schon, ich wette, das können Sie nicht toppen.«

Shearer zog seinen Becher heraus und pustete auf den heißen Schaum. »Ist das Cappuccino oder Spülmittel in heißem Wasser«, fragte er, was sie zum Lächeln brachte.

»Ich hätte Sie warnen müssen. Der Cappuccino ist grottig.«

»Na denn Prost. Das ist ja dann wohl das sprichwörtliche Sahnehäubchen auf diesem grauenhaften Morgen.«

»Nun fangen Sie endlich an.«

»Ich bin mit wirklich schlimmen Halsschmerzen aufgewacht.« Er räusperte sich. »Ich bin sicher, ich brüte was aus.« Er nahm noch einen Schluck und verzog das Gesicht. »Zu allem Überfluss wurde ich um sechs Uhr nach Bromley Hall gerufen, als Sie es sich hier gemütlich gemacht haben. Es ging ein richtiger Sturm und das Herrenhaus erreicht man über kurvenreiche Straßen. Ein toter Ast ist von einem Baum abgebrochen und so auf den Porsche gekracht, dass die Motorhaube verbeult ist. Das war ein kleiner Vorgeschmack auf das, was noch kommen sollte. Am Herrenhaus angekommen wurde ich in den etwas abseits gelegenen Wellnessbereich geführt. Es ist echt schön da, überall blaue und weiße Wände – man denkt an Norwegen und die Fjorde. Und sie haben eine tolle Sauna. Sie nennen es Feuchtsauna, sie wird von einem Elektroofen beheizt.

Der Tote, Miles Ashbrook, der Geschäftsführer des Hotels, muss es wirklich heiß gemocht haben. Man könnte sage, er war kross, als ich hinkam. Auf alle Fälle ziemlich verbrutzelt. Ich habe wegen der Luftfeuchtigkeit den ganzen Morgen in Strömen geschwitzt, während ich mich durch die Fetzen geplatzter Haut gewühlt und versucht habe, Zeitpunkt und Ursache seines Ablebens zu ermitteln. Offenbar hatte er einen Herzinfarkt und das Bewusstsein verloren, was keine Überraschung wäre – er hat so viel Wasser über die Steine und den Ofen gegossen, dass sich der Raum auf über hundertzehn Grad Celsius erhitzt hat, weit mehr als empfohlen. Miles Ashbrook ist dort mehr als fünf Stunden lang gebraten worden. Ekelhaft trifft es wohl am besten. Das hat mir fürs ganze Leben den Appetit auf Speck verdorben«, fügte er hinzu und nahm noch einen Schluck von seinem Getränk. Er zog die Nase in Falten.

»Schmeckt wirklich wie Seifenlauge.«

Robyn zuckte die Achseln. »Sie haben gewonnen. Ich glaube, vor den Augen meines Teams gedemütigt zu werden und keine Ahnung zu haben, wo mein Verdächtiger stecken kann, ist nicht halb so schlimm, wie sich durch Fetzen gegrillter menschlicher Haut zu wühlen. Ist an seinem Tod etwas verdächtig?«

»Ich glaube nicht. Zuerst war ich nicht sicher, obwohl es nicht so aussah, als wäre sonst noch jemand beteiligt gewesen. Die Saunatür war weder verschlossen noch versperrt, Miles war also nicht in der Sauna eingesperrt und da der Wellnessbereich nach neunzehn Uhr geschlossen ist und sich niemand mehr darin aufhalten darf, gab es wenig Anlass für einen Verdacht. Die Schlüsselkarten der Gäste funktionieren dann nicht mehr, nur die Personalkarten sind durchgängig verwendbar. Außerdem gibt es eine Kamera, die sich dreht, während sie den Bereich filmt. Ich habe mich also durch die Aufnahmen der Überwachungskamera geackert und gesehen, wie er sich bis auf die Unterhosen ausgezogen und im Eisbereich eine Dusche genommen hat, bevor er gegen dreiundzwanzig Uhr in die Sauna gegangen ist. Er war ganz allein und die ganze Nacht über ist auf den Kameraaufnahmen niemand sonst zu sehen. Die Kamera bewegt sich von Bereich zu Bereich. Wir haben das Filmmaterial im Schnelldurchlauf gesichtet, obwohl niemand ins Bild kam, bis zu der Reinigungskraft, die ihn gefunden hat. Irgendwann, während er in der Sauna war, muss Miles Ashbrook einen schweren Herzinfarkt erlitten haben. Ich warte auf den Obduktionsbefund, um festzustellen, wie viel Alkohol im Spiel war, falls das von Bedeutung ist, und er sich vielleicht halbbetrunken dorthin verirrt hat. Ich habe beim Barpersonal nachgefragt, in der Champagner-Bar hat er sicher nichts getrunken. Wenn er Alkohol zu sich genommen hat, dann in seinem Büro. Also, wenn er nicht auf Drogen war oder den Wunsch hatte, sich selbst damit hervorzutun, dass er sich zu Tode brutzelt, denke ich, dass wir es mit einem unglücklichen Unfall zu tun haben.«

»Wie alt war er?«

»Einundvierzig. Zwei Jahre jünger als ich. Hat wahrscheinlich zu viel Zeit am Schreibtisch verbracht und ich habe keinen Zweifel, dass die Leitung dieses Betriebes stressig war. Ich bin zuversichtlich, dass die Obduktion ergeben wird, dass Miles Ashbrook einen Herzinfarkt hatte. Ich glaube allerdings nicht, dass sein Tod von vielen seiner Angestellten betrauert wird. Die, mit denen ich gesprochen habe, machten keinen allzu bestürzten Eindruck. Einem der Jungköche war es wichtiger, das Frühstück für die Gäste, die von oben herunterkamen, rechtzeitig fertigzubekommen, und der Kerl, der ihn gefunden hat – Jakub – ließ deutlich werden, dass er nicht zu den größten Fans von Ashbrook gehörte. Er sagte nur ›Wie man sich bettet …‹, woraus ich schloss, dass Miles nicht die Beliebtheit in Person war. Aber, welcher Geschäftsführer oder Verantwortliche ist schon beliebt? Außer Ihnen natürlich.« Er leerte seinen Becher und verzog dabei das Gesicht. »Das ist der ekelhafteste Kaffee, den ich je getrunken habe, aber er hat geholfen, den Geruch des verbrannten Fleischs zu vertreiben.«

Er knüllte seinen Becher zusammen und warf ihn in den Papierkorb. »Ich rufe besser in der Werkstatt an. Ich bin sauer wegen meines Porsches. Es war mein Kauf zur Midlifecrisis. Übrigens, haben Sie schon das Neueste gehört?«

»Na, sagen Sie schon.«

»Der Flurfunk meldet, dass Mulholland für eine Beförderung vorgesehen sein soll. Dann würde hier die Stelle eines Detective Chief Inspectors frei. Ich wollte so fair sein, Sie das wissen zu lassen, damit Sie schon einmal anfangen können, die richtigen Ärsche zu lecken. Und natürlich, um Ihnen Gelegenheit zu geben, Ihren Lebenslauf aufzupolieren. Der dürfte ja mittlerweile nicht mehr ganz aktuell sein.«

Er grinste und ging, während Robyn mit offenem Mund zurückblieb. Mulholland hatte keine Beförderung erwähnt, oder dass sie daran dachte, die Stelle zu wechseln. Robyn würde sie geradeheraus darauf ansprechen, wenn sie sie später träfe. Gerüchte sind genau das – Gerüchte. Sie wischte die Gedanken an Tom Shearer mit seinen spöttischen pulverblauen Augen beiseite und konzentrierte sich wieder auf ihren Fall. Der Himmel stehe ihnen bei, wenn Shearer der neue DCI würde. Dann müsste sie ernsthaft überlegen, ihre Versetzung zu beantragen.

3

DCI Louisa Mulholland klimperte vor Überraschung mit ihren honigfarbenen Augen. »Keine Ahnung, wie so was immer herauskommt. Fürs Protokoll, ich bin aufgefordert worden, mich als Polizeipräsidentin zu bewerben. Allerdings würde das bedeuten, dass ich nach Yorkshire ziehen müsste. Das ist ganz schön weit weg von meinen Freunden und meiner Familie.«

»Es gibt schöne Wanderwege in Yorkshire. Die Täler sind zauberhaft.«

»Hier kann man auch gut wandern, DI Carter.«

»Stimmt. Also keine Reisepläne für den Norden?«

»Ich bin noch nicht sicher. Sobald ich es bin, werde ich es selbst verkünden, statt der Gerüchteküche die Entscheidung zu überlassen, wann etwas publik gemacht wird. Also, ich höre. Was ist passiert?«

Robyn erklärte die missglückte Angelegenheit mit der Verfolgung des falschen Mannes.

»Und was haben Sie jetzt vor, Robyn? Wir können heute Abend nicht noch einen Fahndungsaufruf senden.«

»Wir hatten einen weiteren Durchbruch. Einen Anruf von einer Frau. Sie denkt, der Räuber ist ihr Freund, der mit ihr zusammenlebt, Wayne Robson. Beim Durchstöbern eines Schranks auf der Suche nach Spenden für eine Wohltätigkeitseinrichtung stieß sie auf einen Rucksack voller Geld. Zurzeit versteckt sie sich bei ihrer Schwester, bis wir Robson haben. Sie hat Angst vor dem, was passieren könnte, wenn er herausbekommt, dass sie uns angerufen hat. Sie sagt er sei aufbrausend.« Sie wartete darauf, dass Louisa Mulholland etwas dazu sagte, aber es kam nichts.

»Fahren Sie fort.«

»Ich habe PC David Marker und Sergeant Patel geschickt, um ihn zur Vernehmung abzuholen.«

Mulholland nickte zustimmend. »Lassen Sie mich wissen, wenn Wayne Robson da ist. Ich möchte die Befragung gerne beobachten, um zu hören, was er zu seiner Verteidigung zu sagen hat.«

»Heißt das, dass ich besonders höflich zu ihm sein soll?«

»Das, DI Carter, heißt es natürlich nicht.«

Es war weit nach einundzwanzig Uhr, als Robyn die Wache verließ und sich auf den Weg ins Fitnessstudio machte. Sie war nicht mehr müde oder niedergeschlagen. Wayne Robson wurde jetzt offiziell beschuldigt und würde bis zur Verhandlung seines Falls in der Zelle schmoren. Robyn hatte das Gefühl, als wäre ihr eine schwere Last von den Schultern genommen worden. Es hätte genauso gut anders ausgehen können und sie könnte immer noch verzweifelt nach dem Mann suchen, der nur wegen des Nervenkitzels stahl und keinen Gedanken an die Opfer verschwendete, die er misshandelt hatte.

Sie schüttelte sich und versuchte, einen klaren Kopf zu bekommen. Sie zog sich um und bemerkte, dass Tricia auch da war. Ihre Adidas-Tasche lag am üblichen Platz vor Spind fünfzehn. Die Frau war einfach immer da. Seit ihrer Scheidung war sie fitnesssüchtig. Robyn hat nicht viel mit ihr zu tun. Eigentlich hatte Robyn mit niemandem viel zu tun. Im Studio konzentrierte sie sich voll auf ihr Training und auch heute würde sie keine Ausnahme machen. Sie hatte sich für den Staffordshire Ironman-Triathlon angemeldet, der am 17. Juni stattfand, und sie war entschlossen, ihn zu gewinnen.

Als sie ihre Lycra-Shorts anzog, fragte sie sich, wieso sie stets das Gefühl hatte, sich beweisen zu müssen. Sie warf einen Blick auf ihr schlankes Spiegelbild und sah, was ihr Team jeden Tag sehen musste – eine Frau mit großen dunklen Ringen unter Augen, die aussahen wie die eines hungrigen Raubvogels. Sie war nicht sonderlich gealtert und obwohl sie Mitte vierzig war, hatte sie die Haltung einer deutlich jüngeren Frau. Robyn scherte sich weder um ihr Aussehen noch ums Älterwerden. Solange sie ihren Job machen und so hart trainieren konnte, wie sie es tat, war alles so in Ordnung, wie es nur sein konnte. Sie betrachtete ihre Hände und nahm den Ring ab, den sie immer trug, sie verstaute ihn sicher in ihrer Handtasche und verschloss den Spind. Sie hatte ihn von Davies bekommen und wollte ihn nicht verstecken. Es waren fast zwei Jahre vergangen, seit er in einem Hinterhalt in Marokko ums Leben gekommen war. Davies, ein Offizier beim militärischen Geheimdienst, war ihr Fels in der Brandung gewesen, ihr Mann, ihre bessere Hälfte. Als er starb, wusste er nicht, dass sie schwanger war. Robyn wünschte, er hätte von dem Baby gewusst, auch wenn es nicht geboren wurde. Die Fehlgeburt war ein weiterer vernichtender Schlag gewesen und hatte Robyn fast um den Verstand gebracht. Sie verdrängte die traurigen Erinnerungen. Heute Abend würde sie alle Gedanken an die Vergangenheit, alle Gedanken an ihren Job ausblenden, und sich ganz auf die Verbesserung ihrer körperlichen Fitness konzentrieren.

Das Fitnesscenter war menschenleer. Tricia musste ihr Programm beendet haben und ins Schwimmbecken gegangen sein. Robyn genoss das Alleinsein.

Sie legte eine freie Langhantelstange in die Hantelablage und ächzte sich durch sechs Serien mit wechselnden Gewichten und Wiederholungen, angefangen mit der Hantelstange ohne Gewichte zum Aufwärmen und dann fortschreitend bis zu den abschließenden Sätzen mit Gewichten von 80 bis 85 Kilogramm. Als sie den letzten Satz beendet hatte, spürte sie die Milchsäurebildung in ihren Armen und fühlte, wie der Schweiß ihren Rücken herunterzulaufen begann. Sie trocknete ihre Hände mit dem Handtuch, das sie stets bei sich hatte, und schüttelte sich aus, um die Milchsäure abzubauen, dabei ging sie durch das Studio, wobei sie die Spiegel mied.

Der nächste Programmpunkt war rumänisches Kreuzheben. Sie absolvierte drei Sätze mit acht bis zehn Wiederholungen mit 50-Kilo-Gewichten, gefolgt von derselben Anzahl und denselben Sätzen Schulterheben.

Unmittelbar danach folgten drei Sätze Kreuzheben. Auf dem Weg zu den Zugseilübungen zur Stärkung der hinteren Oberschenkelmuskulatur bemerkte sie, dass Tricia sie beobachtete. Diese hob ihre Hand, als sie sah, dass Robyn sie bemerkt hatte, und eilte zu ihr. »Also, ich weiß ja, dass es sich nicht gehört, jemanden beim Training zu stören, aber ich muss mit dir reden.«

Robyn wischte sich den Schweiß aus dem Gesicht. Es war ihr schon etwas in die Augen gelaufen und brannte wie verrückt.

»Ich brauche noch etwa eine halbe Stunde.«

Tricia nagte an ihren Lippen. »Wenn du nichts dagegen hast, warte ich auf dich.«

Robyn warf ihr einen neugierigen Blick zu. Das sah Tricia überhaupt nicht ähnlich. Für gewöhnlich nickten sie einander bloß zu oder tauschten ein kurzes »Hi« oder ein paar Höflichkeiten aus. Sie hatten sich im letzten Jahr nur ganz selten unterhalten und eines dieser Gespräche hatte sich um Robyns Job gedreht, nachdem Tricia sie im Fernsehen gesehen hatte. Robyn kam zu dem Schluss, dass es etwas Wichtiges sein musste, wenn Tricia bereit war, untätig hier herumzulungern und zu warten. »Okay. Wir treffen uns in der Umkleidekabine. Was ist so dringend?«

»Ich sag's dir, wenn du fertig bist. Ich warte auf dich. Ich möchte dich unter vier Augen sprechen«, fügte sie hinzu, als einer der Stammgäste in die Halle kam.

4

Tricia telefonierte in der Umkleide. Für sie ungewöhnlich war ihr Gesicht nicht geschminkt. Sie beendete das Gespräch, als Robyn zwanzig Minuten später eintrat. Robyn ließ sich auf eine der Bänke fallen und wischte sich mit einem Handtuch den restlichen Schweiß aus dem Gesicht und vom Hals. »Um was geht's?«

Tricia setzte sich neben Robyn und atmete tief ein. »Ich klinge wahrscheinlich albern, aber hör' mir bitte zu. Mein Freund Miles Ashbrook ist heute Morgen gestorben.«

Robyn erinnerte sich an den Namen. Es war der Mann, von dem DI Shearer gesprochen hatte.

»Mein Beileid. Ich habe davon gehört. Herzinfarkt.«

Tricia nickte. »Das wurde uns zumindest gesagt. Ich war bei Miles' Mutter, als der Polizist kam. Es war so ein großer Typ, er sah irgendwie schlecht gelaunt aus. Aber er hatte schöne blaue Augen.«

»DI Shearer.«

»Er sagte uns, Miles sei in der Sauna gewesen, als es passiert ist.«

Robyn fragte sich, wohin das Gespräch führen würde, und hoffte, dass Shearer den Zustand der Leiche nicht allzu ausführlich geschildert hatte. Er konnte zuweilen ziemlich deutlich werden. »Das stimmt.«

»Die Sache ist die, es kann nicht so gewesen sein.«

»Dass Miles einen Herzinfarkt hatte? Ich bin sicher, dass DI Shearer Recht hatte, und die Gerichtsmedizin wird einen Bericht vorlegen, in dem die Todesursache festgestellt werden wird.«

Tricia schüttelte ihren platinblonden Kopf. »Darum geht es nicht. Ich bezweifele nicht, dass er einen Herzinfarkt hatte, was ich allerdings keine Sekunde lang glaube, ist, dass er in die Sauna gegangen ist. Und das lässt mich vermuten, dass sein Tod kein Unfall war.«

»Habt ihr darüber nicht mit DI Shearer gesprochen?«

»Ich war zu geschockt. Und später habe ich mich nicht getraut, darauf hinzuweisen. Er wirkte so entschieden. Er hätte mir sicher nur gesagt, ich solle mich beruhigen und nicht hysterisch werden. Ich habe gehofft, dass du ihn kennst und es ihm an meiner Stelle sagen könntest.« Tricia wurde vor Verlegenheit rot.

Es bestand kein Anlass, im Fall von Miles Ashbrooks Tod etwas Ungewöhnliches zu vermuten. Shearer mochte ein Griesgram und bis zur Unverschämtheit geradeheraus sein, aber er war einer der besten Polizisten, die sie kannte, wenn es darum ging, einen Tatort zu untersuchen. Er hätte jedes mögliche Szenario berücksichtigt – davon war Robyn überzeugt und sagte es auch.

Tricia schüttelte wieder den Kopf. »Nein. Miles wäre niemals in die Sauna gegangen. Das weiß ich genau. Das klingt nicht einleuchtend, oder? Tut mir leid ... Warte, ich erkläre dir, warum ich denke, dass das fingiert worden ist.«

»Lass mich erst duschen, dann setzen wir dieses Gespräch an einem geeigneteren Ort fort. In der Zeit kannst du deine Gedanken ordnen.«

»Ich wohne ganz in der Nähe.«

»Gut. Gib mir die Adresse, ich komme zu dir. Dann musst du hier nicht weiter herumlungern. Ich brauche nicht lange.«

Robyn stand unter der heißen Dusche und ließ das Wasser auf ihren Hals und ihr Haar prasseln. Sie musste sich beeilen. Tricia war dermaßen sicher, dass Miles Ashbrook nicht freiwillig in die Sauna gegangen war, dass Robyn das Gefühl hatte, sie könnte Recht haben. Sie spürte ein vertrautes Kribbeln, das sie überkam, wenn sie einen neuen Fall hatte oder wenigstens einen Hinweis darauf. Und wenn Tricia Recht hatte und Miles Ashbrook nicht aus freien Stücken in die Sauna gegangen war, was bedeuten würde, dass es an seinem Tod etwas Verdächtiges gab, wäre es Robyn eine große Freude, zu beweisen, dass Shearer sich geirrt hatte.

5

Cassidy Place lag nur zehn Minuten Fußweg vom Studio entfernt, also ließ Robyn ihren Wagen auf dem Parkplatz stehen und machte einen Spaziergang zu Tricias Haus. Tricia lebte in einer angesagten Gegend mit Reihenhäusern in viktorianischem Stil, die in den letzten Jahren modernisiert worden waren. Jedes Haus hatte einen winzigen Vorhof, gerade groß genug für ein paar größere Blumenkübel. Tricia hatte sich für zwei Lorbeerbäume in Töpfen entschieden, je einer auf beiden Seiten der in fröhlichem Rot gestrichenen Eingangstür. Robyn drückte den Klingelknopf und zog den Mantelkragen fester um ihren Hals. Nach dem stürmischen Morgen hatten sie jetzt einen eisig kalten sternenklaren Abend. Robyn wünschte sich, sie wäre hergefahren. Ihre Hände begannen taub zu werden. Sie klingelte noch einmal. Es tat sich nichts.

Sie wollte schon gehen und verfluchte die Frau dafür, dass sie ihre Pläne durcheinandergebracht hatte, aber dann entschied sie sich, es erst noch mit der Klinke zu versuchen, für den Fall, dass Tricia im Bad war und ihr Klingeln nicht gehört hatte.

Die Tür führte in einen mit Teppichen ausgelegten Flur und zu einer Treppe. Sie rief Tricias Namen. Wieder keine Antwort. Die Geräusche aus einem Fernseher, in dem irgendein Krimi mit

Schießereien und Sirenen lief, verrieten ihr, dass jemand im Haus war und dass definitiv irgendetwas nicht in Ordnung war. Tricia war nicht da, um sie zu begrüßen, dabei war sie es doch, die mit ihr reden wollte. Aus welchem Grund hätte sie ihr Haus unverschlossen lassen sollen, wenn sie nicht da war? Robyn bewegte sich auf das Fernsehgeräusch zu, ihre Sinne waren in Alarmbereitschaft, als sie sich den heulenden Sirenen näherte. Sie stieß die Tür mit dem Fuß auf und schaute in den Raum.

Auf dem Sofa saßen zwei Jungen im Teenageralter mit Spielsteuerungen in den Händen und vollkommen vertieft darin, auf finstere Gestalten zu schießen, die in Muscle-Cars dahinjagten. Keiner von beiden bemerkte ihre Anwesenheit. Sie wollte sich schon bemerkbar machen, als sie Tricia hinter sich hörte.

»Haben sie dich nicht hereingelassen? Hey, ihr beiden. Macht das verdammte Gerät leiser. Ich habe euch doch gebeten, auf die Klingel zu achten. Ihr würdet sie nicht mal hören, wenn sie so laut wäre wie Big Ben.«

Einer der Jungen drehte sich um und grinste verlegen. »Tut mir leid, Mama.« Er hatte Tricias blondes Haar und wie sie ein längliches Gesicht, während sein Bruder ein rundes Sommersprossengesicht hatte und ein freches Lächeln, mit dem er Robyn sofort für sich einnahm.

»Sorry, Mom. Ich wollte Josh kriegen. Hi.« Er nickte Robyn zu.

»Das sind Joshua und Ryan – die schrecklichen Zwillinge. Eigentlich sollten sie ihre Hausaufgaben machen«, sagte sie in ernstem Tonfall. »Oder nicht, Jungs?«

Ryan stupste seinen Bruder an, der das Spiel widerwillig anhielt und den Controller auf das Sofa legte. »Ich hab nicht viel auf. Können wir danach weiterspielen?«

»Nein. Ihr hättet das längst erledigt haben sollen, als ich weg war. Ihr kennt die Regeln – zuerst die Hausaufgaben. Morgen könnt ihr wieder spielen. Es ist schon spät und ihr habt morgen Schule. Los, los, nun macht schon.« Die Jungen schlichen davon und ließen die Frauen allein im Wohnzimmer zurück.

»Ich entschuldige mich für die beiden. Es sind gute Jungs,

wirklich. Aber sobald sie auf der Xbox spielen, sind sie total wegge-treten. Das macht süchtig. Ich war auf dem Dachboden und habe die Klingel nicht gehört. Ich wollte dieses Fotoalbum holen, um besser erklären zu können, was ich meine.«

Robyn war überrascht, dass Tricia zwei Söhne hatte. Es war ihr nie in den Sinn gekommen, dass sie eine Familie haben könnte, wo sie doch ihr ganzes Leben im Studio verbrachte.

Das Wohnzimmer war einladend. Zwei große weiche Sofas mit flachen Kissen standen vor einem großen Flachbildfernseher. Eine schwarze Katze döste auf einem der Sofas, ohne Robyns Eintreffen zu registrieren. Es gab einen Schrank mit Glastüren, hinter denen sich zahlreiche Medaillen und Preise befanden, wahrscheinlich hatten Tricias Kinder sie gewonnen, und an der Wand hingen drei Schwarzweißfotos von ihr und den beiden Jungen, alle strahlten in die Kamera und nahmen unterschiedliche Posen ein. Es war alles andere als der Ort, an dem sich Robyn hätte vorstellen können, dass Tricia dort lebt – sie hatte eher eine sterile, nur mit dem Nötigsten ausgestattete Wohnung erwartet, etwa so wie ihre eigene.

»Setz dich, dann erkläre ich's dir.« Tricia ließ sich neben der Katze auf das Sofa fallen. »Ich weiß, es klingt weithergeholt, aber ich bin fest davon überzeugt, dass der Tod von Miles Ashbrook kein Unfall war.« Sie atmete tief durch und begann zu erzählen. »Ich habe Miles kennengelernt, als ich an der Uni war, damals in den Neunzigern. Wir waren im selben Betriebswirtschaftsstudien-gang und saßen eines Tages in einer Vorlesung nebeneinander. Es war eine sterbenslangweilige Vorlesung und nach der Hälfte der Zeit reichte er mir einen Zettel mit einem Drei-gewinnt-Feld. Ich füllte mein Feld aus und er seins und so schafften wir es irgendwie, die ganze Vorlesung mit diesem dämlichen Spiel zu überbrücken. Am Ende der Stunde wurde uns gesagt, dass am nächsten Tag eine Prüfung zum Inhalt der Vorlesung stattfinden würde. Da keiner von uns einen blassen Schimmer hatte, was gesagt worden war, mussten wir unsere Kommilitonen um Hilfe bitten. Wir schafften es, einem der wirklich guten Studenten seine Notizen abzuschwatzen, kopierten sie und verabredeten uns zum Lernen in meiner Wohnung. So hat alles angefangen. Das war der Abend, an dem Miles sich verliebt hat.«

Robyn beobachtete, wie Tricias Gesicht einen versonnenen Ausdruck annahm. Sie öffnete das Fotoalbum und gab es ihr. »Das ist Mark.« Das Foto zeigte einen gutaussehenden jungen Mann mit markantem Kinn, einer nach hinten gekämmten blonden Mähne, von der ein paar Strähnen in die Stirn fielen, und Augen in einem tiefen Marineblau. Robyn wunderte sich über die Ähnlichkeit zwischen dem Mann auf dem Foto und Tricia.

Tricia starrte auf das Bild. »Er war mein Bruder – mein Zwillingsbruder. Zwillinge liegen bei uns in der Familie. Meine beiden hast du ja gesehen. Mark und ich waren auch Zwillinge. Wir waren uns sehr nah, überraschend, da wir ja nicht dasselbe Geschlecht hatten. Wir mochten dieselben Sportarten, dieselbe Musik und eine Menge anderer Sachen. Es endete sogar damit, dass wir auf dieselbe Uni gingen, wobei Mark Elektrotechnik studiert hat. Er hatte es mit Maschinen und technischem Firlefanz. Auf der Uni haben wir zusammengewohnt. Das machte Sinn, schließlich hatten wir beide kein Geld, und unsere Eltern freuten sich, dass wir im ersten Jahr zusammen waren, um aufeinander aufzupassen. An dem Abend, als Miles kam, um für die Prüfung zu lernen, traf er Mark und es hat gefunkt! Mark empfand genauso und kurz darauf zog Miles bei uns ein. Es war schön, ihn da zu haben. Er war ein Spaßvogel.«

Sie stand auf, unsicher, was sie als Nächstes sagen sollte. »Hättest du einen Tee haben wollen oder etwas anderes? Es war unhöflich von mir, nichts angeboten zu haben.«

»Nein, danke. Ich möchte nichts.«

Tricia setzte sich wieder. »Sie waren zehn Jahre zusammen. Nach der Uni haben sie gemeinsam ein Haus in Stafford gekauft. Mark hat eine Stelle bei JCB bekommen und Miles hat in Stafford einen Job als Ausbildungsleiter in einer Freizeitanlage gefunden. Sie waren wirklich glücklich. Mom und Dad haben ihre Beziehung akzeptiert und Miles ging sonntags häufig mit Mark zum Essen zu ihnen. Ich war überrascht, wie gut sich meine Eltern mit Miles verstanden und wie gut sie ihre Beziehung aufgenommen haben. Sie müssen geahnt haben, dass Mark schwul ist. Wie dem auch sei, Mark wurde befördert und belohnte sich selbst mit einem neuen Motorrad. Er hatte sich schon immer eine BMW gewünscht, also kaufte er sich eine zu seinem achtundzwanzigsten Geburtstag. Er behauptete, sie sei ein vorgezogenes Midlifecrisis-Geschenk an ihn selbst. Ich erinnere mich daran, dass ich scherzhaft gefragt habe, wo denn meins wäre. Als wir jünger waren, bekamen wir immer ähnliche Geschenke zum Geburtstag«, erläuterte sie mit erkennbar trauriger Stimme.

»Am nächsten Tag fuhr er damit zur Arbeit. In der Nacht davor hatte es starken Frost gegeben ... Er geriet auf der A50 auf eine Eisplatte, verlor die Kontrolle über das Fahrzeug und wurde von einem LKW erfasst ...«, damit schloss sie.

Robyn antwortete leise. »Das tut mir sehr leid. Das muss deine Welt erschüttert haben.«

»Das hat es. Und die von Miles. Er hat das Haus verkauft und ist für eine Weile verschwunden. Ich glaube, er hat sich eine Auszeit genommen oder so ähnlich, einfach um den Kopf wieder freizubekommen. Nach ein paar Monaten kam er zurück, nahm seine alte Arbeit wieder auf und mietete eine Wohnung. Er wurde zu einem Einzelgänger – ging nicht mehr unter Leute. Ich sah ihn nicht mehr so oft wie früher, aber ich besuchte immer noch häufig seine Mutter. Sie wohnt in Uttoxeter, also nicht weit weg. Sie hat mir erzählt, dass Miles das alles schwer zu schaffen mache und dass er seitdem keinen neuen Freund gefunden habe. Manchmal begegnete ich Miles bei ihr zu Hause. Wir quatschten ein bisschen, aber nie lange. Wahrscheinlich erinnerte ich ihn zu sehr an Mark und das ließ ihn an all das denken, was er verloren hat.

Marks Tod hat uns alle schwer getroffen. Er war immer ein Draufgänger, der den Stier bei den Hörnern packen wollte. Ich war der ruhigere Typ – und Miles auch. Mark machte aus allem einen Heidenspaß, selbst wenn es bloß ums Grillen ging. Er machte daraus etwas ganz Besonderes und ließ sich verrückte Spiele einfallen. Er hat das Leben so sehr geliebt.«

Sie blätterte die Seiten des Albums um, wobei sie mit der Fingerspitze die Gesichtszüge ihres verstorbenen Bruders nachzeichnete.

»Das sind sie. Sie gingen gemeinsam zu den Rennen nach Ascot. Mark liebte es, sich zu solchen Anlässen herauszuputzen.«

Sie zeigte auf Mark. In Zylinder und Frack mit einer Fliege aus rosafarbenem Samt legte er seinen Arm um die Schultern eines Endzwanzigers, das war Miles Ashbrook. Er war etwas größer als Mark, hatte dunkelbraunes Haar und ein fröhliches Lächeln auf den Lippen.

Sie zeigte Robyn noch mehr Bilder von Familienfeiern, ihrem Bruder und Miles Ashbrook.

»Ich bin froh, dass ich diese Fotos habe. Heute ist alles auf dem Smartphone oder in der Cloud. Es ist nicht dasselbe, wie die Seiten umzublättern und die Gesichter deiner Lieben zu sehen. Darum habe ich die Zwillinge letztes Jahr mit in ein Fotostudio genommen und von den besten Aufnahmen Abzüge machen lassen. Ich wollte etwas haben, das ich anfassen kann.«

Robyn nickte. Sie hatte Fotos von sich und Davies, die das Tageslicht nicht mehr gesehen hatten, seit er getötet worden war. Sie brachte es nicht über sich, in die Gesichter dieses verliebten Paares aus längst vergangenen glücklicheren Zeiten zu schauen.

»Marks Tod hat ein riesiges Loch in unserem Leben hinterlassen. Ich denke, deswegen habe ich geheiratet. Ich traf mich mit Travis seit ein paar Monaten vor dem Unfall. Kurz nachdem wir Mark beerdigt hatten, fragte Travis, ob ich ihn heiraten wolle, und ich habe ›Ja‹ gesagt. Wir haben uns mehr recht als schlecht durchgeschlagen, als die Jungen noch klein waren, aber ich bin letztes Jahr vierzig geworden und habe mich entschlossen, mein Leben ab jetzt so zu leben, wie ich es will, und das heißt ohne Travis. Es war nicht schmerzhaft. Wir wussten beide, dass es unvermeidlich war. Die Zwillinge sehen ihn regelmäßig.«

Robyn wartete geduldig darauf, dass Tricia endlich zum eigentlichen Anlass für das Treffen kam.

»Ziemlich lange hatte ich nicht nur einen Bruder, ich hatte vielmehr das Gefühl, ich hätte zwei davon. Ich hing häufig mit den beiden herum. Und das bringt mich darauf, wieso ich davon überzeugt bin, dass der Tod von Miles kein Unfall gewesen sein kann. Miles hatte ein Herzleiden – eine instabile Herzkranzarterie. Er wusste davon und achtete immer darauf, dass er es beim Sport nicht übertrieb. Mark war draufgängerischer und machte sich zu seinen extremeren Unternehmungen allein auf. Miles war immer dabei, um Mark anzufeuern, aber er hätte nie bei etwas mitgemacht, das sein Herz einer Belastung ausgesetzt hätte. Er wäre mit Sicherheit nicht in eine Sauna gegangen. Er wusste, dass die Hitze für sein Herz zu viel wäre und im günstigsten Fall Probleme verursachen, schlimmstenfalls jedoch zu ernsten Schäden führen könnte. Wir haben das schon zu Beginn ihrer Beziehung erfahren. Mark wollte nach der Uni auf Reisen gehen. Er wollte unbedingt nach Asien – bevor Miles sagte, dass er nicht mitkommen würde. Damals hat er uns von seinem Problem erzählt. Er konnte weder Hitze noch hohe Luftfeuchtigkeit vertragen. Wenn Miles wegen der Hitze schon nicht bereit war, mit dem Menschen, den er liebte, in ferne Länder zu reisen, wäre er sicher nicht in diese Sauna gegangen. Kannst du jetzt verstehen, warum ich glaube, dass da etwas faul ist?«

Robyn nickte zustimmend. »Ja, das tue ich. Und ich glaube, es ist es wert, mit DI Shearer darüber zu reden. Ich werde ihn bitten, sich die Sache noch einmal anzusehen.«

»Das würdest du tun?«

»Ich kann nichts versprechen, aber es sieht verdächtig aus.« Tricia schien von der Aussicht erleichtert zu sein, obwohl Robyn nicht sicher war, ob sie Shearer überzeugen konnte, die Ermittlungen wiederaufzunehmen. Sie stand auf, um zu gehen.

»Ich melde mich, wenn wir etwas Ungewöhnliches herausfinden.«

Tricia entfuhr ein hörbarer Seufzer voller Traurigkeit und Bedauern.

»Danke. Ich möchte, dass ihm Gerechtigkeit widerfährt. Mark hätte es so gewollt.« Robyn spürte einen Anflug von Mitgefühl für die Frau.

Sie ging hinaus, ihr Atem erzeugte Wolken in der Luft, als sie Tricia versicherte, sie würde tun, was sie kann.

Robyn lief zu ihrem Auto zurück. Es würde nicht einfach werden, das gerade gegebene Versprechen zu erfüllen, da sie Shearer oder vielmehr Mulholland davon überzeugen musste, dass es Gründe gab, in dieser Angelegenheit ihrem Bauchgefühl zu vertrauen. In der Vergangenheit hatten sich einige ihrer Vorahnungen als falsch erwiesen. Und wenn Mulholland wegging und die DCI-Stelle freimachte, musste Robyn beweisen, dass sie eine verantwortungsbewusste Beamtin sein konnte, die sich an die Regeln hielt. Sie schüttelte den Kopf. Tatsache war, dass sie niemals für die Stelle in Betracht gezogen würde und wenn sie ein paar Leuten auf die Füße treten würde, wäre das kein großer Verlust. Sie war allerdings nicht scharf darauf, das bei Shearer zu tun. Er hatte die Angewohnheit, sich zu revanchieren, wenn jemand ihn infrage stellte. Diesmal sollte sie vielleicht etwas subtiler vorgehen.

6

»Der Mann hatte einen Herzinfarkt. Der Befund des Gerichtsmediziners wird das bestätigen und ich schätze es ganz und gar nicht, dass Sie sich in meine Fälle einmischen. Und dieser, Carter, ist endgültig abgeschlossen.« Tom Shearer stemmte die Hände in seine schmalen Hüften und starrte sie an. Robyn ließ sich weder von seiner Haltung noch von seinem eisigen Blick einschüchtern.

»Ich bezweifele ja gar nicht, dass er einen Herzinfarkt hatte. Ich weise lediglich darauf hin, dass er bei seinem Gesundheitszustand wohl kaum eine Sauna aufgesucht hätte.«

»Sein Gesundheitszustand ist mir schnuppe. Tatsache ist und bleibt, dass er sich ausgezogen, seine Klamotten ordentlich zusammengelegt und geduscht hat, bevor er in die Sauna gegangen, umgekippt und gestorben ist. Vielleicht wollte er es ja so. Haben Sie diese Möglichkeit in Betracht gezogen? Vielleicht hatte er das Leben satt, auch wenn es eine extreme Art ist, so etwas auszuführen.«

Damit brachte er Robyn etwas aus dem Takt. Dieser Gedanke war ihr auch durch den Kopf gegangen, aber dann hatte sie Tricias Gesicht vor Augen. Die Frau war überzeugt, dass da etwas faul war. Tricia kannte Miles und sie hätte gewusst, wenn er depressiv gewesen wäre. Das passte irgendwie nicht zusammen.

Robyn verschränkte die Arme. »Ich glaube das nicht.«

»Es ist mir auch scheißegal, was Sie glauben oder nicht. Für mich ist an diesem Tod nichts Verdächtiges. Ich habe haufenweise andere Sachen zu erledigen – die Messerstecherei im Stadtzentrum letzte Nacht, um nur ein Beispiel zu nennen. Ich muss los, um den Eltern mitzuteilen, dass ihre Kinder tot sind.«

Robyn hatte von dem Vorfall vor der Bar gehört. Um zwei Uhr morgens hatte es eine Rangelei gegeben und Shearer war hinzugerufen worden, allerdings erst nachdem zwei junge Männer um die zwanzig erstochen worden waren. Kein Wunder, dass seine Stimmung alles andere als gut war.

»Okay. Das tut mir leid. Es ist manchmal kein einfacher Job. Geben Sie mir wenigstens Ihren Segen, Mulholland vorzuschlagen, dass ich den Fall übernehme?«

Shearer atmete geräuschvoll aus. »Meinetwegen. Machen Sie, was Sie wollen. Aber ich möchte darauf hinweisen, dass ich darüber nicht glücklich bin. Ich habe eine makellose Bilanz, soweit es Tatorte betrifft, und ich bleibe dabei, Miles Ashbrook ist nicht unter verdächtigen Umständen gestorben. Mit ›meinem Segen‹ hat das nichts zu tun«, fügte er hinzu, knallte eine dicke Akte auf den Schreibtisch neben ihr und stapfte mit großen Schritten aus seinem Büro.

Robyn wappnete sich für die nächste Hürde, als sie vor der Tür von DCI Mulhollands Büro am entgegengesetzten Ende des Gebäudes stand. Sie konnte Stimmen hören und verzichtete darauf anzuklopfen. Sie wartete auf dem Gang und betrachtete ein altes Plakat von der Fahndung nach einem vermissten Kind. Das kleine Mädchen war seinerzeit nicht gefunden worden und starrte Robyn jetzt von dem Plakat mit vertrauensvollen blauen Augen an, das blonde Haar zu Zöpfen gebunden. Robyn fragte sich, ob es wohl noch am Leben sei. Falls ja, müsste es jetzt etwa in Amélies Alter sein und die war zwölf. Amélie war die Tochter von Davies aus dessen erster Ehe mit Brigitte. Auch wenn sie weder verwandt noch verschwägert waren, hatte Robyn vor, das Mädchen für ein paar Tage zu sich zu holen, obwohl sie immer noch nicht wusste, was sie zusammen unternehmen könnten. Sie wollte um seinetwillen einfach ein Teil von Amélies Leben sein. Das redete sie sich zumindest ein. In Wahrheit liebte sie das Mädchen. Würde Davies noch leben, wäre Amélie ihre Stieftochter und sie wüssten weit mehr voneinander als durch die gelegentlichen Besuche, die Robyn von Zeit zu Zeit hinbekam. Sie überlegte einmal mehr, was sie sich für das nächste gemeinsame Wochenende mit Amélie vornehmen könnte, als Mulhollands Tür aufflog und ein selbstzufriedener Shearer herausstolzierte. Grußlos ging er an ihr vorbei. Sie verspürte einen Anflug von Wut. Er war mit der Absicht bei Mulholland gewesen, ihr Anliegen zu durchkreuzen, bevor sie es ihrer Vorgesetzten überhaupt hatte vortragen können. So ein Mistkerl. Sie war so anständig gewesen, sich zuerst an ihn zu wenden, ehe sie Mulholland gegenüber etwas gesagt hatte, und er hatte sie schlicht hintergangen. Gut, wenn er es unbedingt so haben wollte.

Sie klopfte an Mulhollands Tür, unsicher, was sie erwarten würde. Louisa Mulholland stand am Fenster und sah mit hinter dem Rücken verschränkten Händen hinaus. Ihr kurzes dunkelblondes Haar ließ im Licht der Sonne einige graue Strähnen erkennen. Sie wandte sich Robyn zu, ihre Miene verriet nichts. Robyn bemerkte auf ihrer Stirn ein paar neue Falten, die über Nacht aufgetaucht zu sein schienen. Louisa hielt ihrem Blick stand.

»Na los, spucken Sie's aus. Ich kann mir schon vorstellen, um was es geht. Hören wir uns Ihre Version der Geschichte an.«

Robyn fasste ihr Treffen mit Tricia zusammen und trug ihre Überzeugung vor, dass der Tod von Miles Ashbrook weitere Nachforschungen rechtfertigen würde. Als sie fertig war, blieb sie stehen. Sie war nicht aufgefordert worden, Platz zu nehmen. Louisa Mulholland nickte bedeutungsschwanger, bevor sie sprach.

»Und genau das ist mein Problem, DI Carter«, begann sie. »Letzte Nacht gab es in der Stadt einen Zwischenfall, bei dem mehrere Opfer Stichverletzungen erlitten haben. Ich bin zu der Auffassung gelangt, dass das keine Zufallstat war, sondern dass es sich um eine Art Revierstreit zwischen Gruppen oder Banden von

Jugendlichen handelt. Es ist einer der zahllosen Akte sinnloser Gewalt, zu denen es in unserem Einsatzgebiet immer wieder kommt. Außerdem haben wir mehrere Einbrüche aufzuklären, um gar nicht erst von den vielen Einsätzen zu reden, zu denen wir täglich ausrücken müssen. Erst gestern haben Sie eine Sache falsch beurteilt, als Sie vorschnell die Verfolgung eines Verdächtigen aufgenommen haben, der sich am Ende als unbescholtener Sehbehinderter entpuppt hat.«

»Ich möchte darauf hinweisen, dass ich die Beamten rechtzeitig daran gehindert habe, das Fahrzeug anzuhalten, Ma'am«, warf Robyn ein, was ihr den stahlharten Blick ihrer Vorgesetzten einbrachte.

»Zu Ihrem Glück wurde der Fall aufgeklärt, aber es ist ein weiteres Beispiel dafür, dass Sie einem Instinkt folgen, der Sie nicht immer in die richtige Richtung führt. Nun, diese Bekannte von Ihnen mag Anlass zu Zweifeln haben, aber ich habe einen hochangesehenen Ermittler auf diesen Fall angesetzt und der hat mir mitgeteilt, dass Miles Ashbrook aus freien Stücken in die Sauna gegangen ist. Außerdem liegt mir der Obduktionsbefund vor, laut dem Miles Ashbrook an einem Herzinfarkt gestorben ist, mutmaßlich bedingt durch die hohe Temperatur und Luftfeuchtigkeit in der Sauna.«

Louisa verschränkte die Finger und schlug ihre Daumenspitzen rhythmisch gegeneinander.

»Wenn Sie an meiner Stelle wären, DI Carter, würden Sie Ihren Leuten gestatten, einem höchstwahrscheinlich fruchtlosen Unterfangen nachzugehen, oder würden Sie sie andernorts einsetzen, möglicherweise in einem der zahlreichen Bereiche, in denen sie dringender gebraucht werden?«

Robyn straffte ihre Schultern und sah ihre Vorgesetzte mit selbstbewusster Miene an. »Ich würde den Beamten gestatten, ihrem Verdacht nachzugehen und wenn sie nichts fänden, würde ich sie woanders einsetzen.«

Louisa atmete tief ein. »Sie machen es mir nicht leicht, DI Carter. DI Shearer war bereits hier und hat sich darüber beschwert, dass Sie den Dienstweg nicht einhalten und ihm unterstellen, er hätte seine Arbeit nicht ordentlich gemacht. Ich will keine schlechte Stimmung unter meinen Beamten. Sie müssen als Team zusammenarbeiten. Wenn es sich herumspricht, dass ich Ihnen grünes Licht gebe, sieht es so aus, als hätte ich meine Lieblinge, aber in dieser Dienststelle gibt es keine Lieblinge, sondern nur hart arbeitende Menschen.«

»Entschuldigen Sie, Ma'am, ich habe mit DI Shearer gesprochen, bevor ich mit dieser Sache zu Ihnen gekommen bin. Ich habe ganz bestimmt nicht unterstellt, er habe seine Arbeit nicht ordentlich gemacht. Ich habe lediglich darauf hingewiesen, dass es seitens Dritter Zweifel daran gibt, dass Miles Ashbrook willentlich in die Sauna gegangen ist. Ich wollte nichts weiter sein als aufrichtig ihm gegenüber. Ich habe nichts hinter seinem Rücken getan.«

»Verstehe.« Mulholland drehte sich wieder zum Fenster. »Es tut mir leid, DI Carter. Sie haben mehrere Fälle auf Ihrem Schreibtisch und ich möchte, dass Sie sich darum kümmern. Ich kann Ihnen nicht gestatten, die Ermittlungen im Todesfall Miles Ashbrook während Ihrer wertvollen Dienststunden fortzuführen.« Sie ließ ihre Worte ohne weitere Bemerkung im Raum stehen.

»Ja, Ma'am, ich verstehe«, antwortete Robyn mit einem nachdenklichen Ausdruck in ihrem Gesicht.

Kurz darauf, kehrte Robyn in ihr eigenes Büro zurück. Mitz schrieb gerade einen Bericht. Anna arbeitete sich durch einige Akten.

»Anna, ist morgen nicht dein freier Tag?«

»Ja, so ist es. Ich mache mit dem Hund einen Spaziergang in Cannock Chase und danach werde ich mir einen Verwöhnnachmittag gönnen – Bad, Buch und Wein – viel Wein.«

Robyn grinste sie an. »Ich habe eine bessere Idee. Ich habe morgen auch frei. Warum lade ich Sie nicht einfach zu einem Wellnesstag ein?«

7

»Es ist nicht ganz das, was ich mir vorgestellt habe«, nörgelte Anna, als sie sich mit Robyn in das Büro in Bromley Hall zwängte.

»Ich sorge dafür, dass Sie einen ordentlichen Wellnesstag bekommen, wenn wir etwas Brauchbares finden«, antwortete Robyn. »Okay. Sie sind das Computergenie. Spulen Sie die Aufnahmen der Überwachungskamera bis zu dem Abend zurück, an dem Miles Ashbrook gestorben ist.«

»Sie haben Glück, dass noch so viel Filmmaterial da ist, normalerweise wird es nach vierundzwanzig oder achtundvierzig Stunden gelöscht.«

Anna spulte bis zu der Stelle zurück, an der Miles seine Kleidung auf die Liege legte.

»Das sind die schrecklichsten Unterhosen, die ich je gesehen habe«, kommentierte sie. Auf dem Bildschirm sah man Miles mit dem Rücken zur Kamera, wie er in Boxer-Shorts mit Union Jack-Motiv auf eine der Duschen vor der Sauna zuging.

»Sie sind wirklich eigenartig.« Robyn notierte die Zeit, zu der die Kamera erneut schwenkte und ein leeres Schwimmbecken zeigte. »Ist das, als er in die Sauna geht?«

»Nein, ich glaube, wir sehen ihn noch einmal. Ich habe mit PC Gareth Arrow aus Shearers Team gesprochen und der hat gesagt, dass man sehen würde, wie Miles tatsächlich in die Sauna geht.«

Die Kamera fuhr zurück auf die Eiskammer und anschließend zum Eingang der Sauna. Miles ging darauf zu. »Da.« Sie hielt die Aufzeichnung an. »Da ist er wieder in seiner flippigen Unterhose.«

Robyn trommelte mit den Fingern unhörbar auf ihr Bein. »Ist es nicht etwas komisch, in Unterhose zu duschen? Man sollte doch meinen, dass er eine Badehose dabeigehabt hätte.«

»Er muss sie vergessen haben.«

Ein leichter Seufzer entfuhr Robyn. Sie konnte nicht mit Bestimmtheit sagen, was genau nicht zu stimmen schien.

Ein Mann erschien in der Tür. »Alles okay?«, fragte er. Robyn fuhr in ihrem Stuhl herum, um mit ihm zu reden. »Alles gut, danke. DI Carter, Polizei Staffordshire«, antwortete sie, während sie in ihrer Hosentasche nach ihrem Dienstausweis suchte. »Das ist PC Anna Shamash. Wir sehen uns gerade die Aufzeichnungen aus der Nacht an, in der Miles Ashbrook gestorben ist.«

»Ich dachte, Miles hätte einen Herzinfarkt gehabt«, sagte er beiläufig.

»Wir wollen nur sichergehen, dass wir alle Gesichtspunkte berücksichtigt haben, bevor wir den Fall schließen, Mr. ...?«

Der Mann streckte ihr eine Hand entgegen. »Scott Dawson. Ich bin vorübergehend der Geschäftsführer und der Leiter des Fitnessbereichs. Armer Miles«, fügte er hinzu.

Robyn schüttelte seine Hand, sie bemerkte seinen festen Griff und die sauberen, gepflegten Nägel seiner spitzzulaufenden Finger. Davies hatte auch immer ordentlich geschnittene Nägel, kam es ihr in den Sinn.

Davies war der Überzeugung, dass die Hände und die Schuhe eines Menschen viel über ihn aussagten. Scott war kleiner als sie, hatte einen modernen, mit Gel etwas aufgepeppten Kurzhaarschnitt, markante Gesichtszüge und hellgraue Augen. Sein mit dem Hotelemblem versehenes T-Shirt schmiegte sich an die Konturen seiner wohlgeformten Brustmuskulatur. Anna warf ihm einen Blick zu und lächelte ihn an.

»Haben Sie Anlass zu der Annahme, dass an seinem Tod etwas verdächtig ist?«, fragte er.

»Wir gehen gerade allen Gesichtspunkten nach, Mr. Dawson. Wie gut kannten Sie Miles Ashbrook?«

»So gut wie man jemanden kennen kann, der den größten Teil des Tages hinter verschlossenen Türen zubringt, vertieft in Budgets und Zielzahlen. Miles war nicht der gesellige Typ. Das wäre auch schwierig gewesen, schließlich war er eingestellt worden, um rigorose Kürzungen durchzusetzen. Alle waren ihm gegenüber misstrauisch. Niemand wollte die oder der Nächste auf der Streichliste sein.«

»Kein leichter Job. Sie kannten ihn also nicht wirklich?«

»Außer bei den monatlichen Führungskräftesitzungen, bei denen wir Zahlen, Kostenrechnungen und dergleichen durchgehen mussten, habe ich ihn selten gesehen. Alle Beschäftigten essen in der Kantine, also traf ich ihn manchmal zufällig, wenn ich Spätschicht hatte und er zu Abend aß. Er machte Witze darüber, dass er im Herrenhaus essen müsse, weil er als Koch ein hoffnungsloser Fall sei. Ich sagte ihm, ich würde hier essen, weil Alex, meine Frau, eine lausige Köchin ist. Das ist sie nicht wirklich. Sie kocht großartig, aber ich kann nicht um elf Uhr nachts nach Hause kommen und erwarten, dass sie mir etwas auftischt. Außerdem bin ich nach dem ganzen Training tagsüber völlig ausgehungert. Ich würde uns die Haare vom Kopf fressen. Das Essen hier ist sehr gut, es bringt mich wieder in die Spur. Ich habe mit Miles nicht viel herumgealbert. Er war von der ruhigen, der ernsten Sorte. Aber über Fußball hat er geplaudert. Er war Fan desselben Clubs wie ich – der Wolves.« Sein Gesicht wurde für einen Augenblick sanfter.

Robyn bemerkte seinen Ehering. »Ich denke, wie bei uns, kann der Schichtdienst auch ihr Privatleben manchmal ganz schön belasten.«

»Da haben Sie Recht. Ich bin froh, dass Alex in derselben Branche arbeitet, sie versteht das. Sie ist Kosmetikerin hier, momentan allerdings in Teilzeit. Einer von uns muss sich um

George kümmern können, unseren Dreijährigen. Morgens ist er in der Krippe.« Er drehte ein Armband mit einem Verschluss aus geflochtenem Leder an seinem Handgelenk. »Also, was suchen Sie?«

»Wie gesagt, Mr. Dawson, wir gehen nur noch einmal das Filmmaterial durch.«

Scott nickte ernst, er schaute wie gebannt auf den Bildschirm. Plötzlich richtete er sich auf, als hätte er bemerkt, dass er sich besser nicht einmischen sollte. »Ich lasse Sie mal in Ruhe arbeiten. Wenn Sie mich brauchen, ich bin in Miles' Büro. Ich meine, in meinem Büro. Klingt irgendwie komisch. Gerade habe ich noch ein Fitnessstudio geleitet und jetzt plötzlich ein ganzes Wellnesshotel. Ich glaube, das ist nichts für mich. Ich bin glücklicher, wenn ich einer Gruppe Trainingsverrückter Anweisungen erteilen kann statt Mitarbeitern und Freunden. Melden Sie sich, wenn Sie in den Wellnessbereich wollen, ich werde Ihnen dann alles zeigen.«

»Vielen Dank. Hätten Sie etwas dagegen, wenn ich mich jetzt gleich dort umsehe?«

»Ich glaube, im Moment sind einige Gäste da, aber wenn Sie nichts dagegen haben, Schutzschuhe überzuziehen, können Sie dort herumlaufen.«

Robyn zwinkerte Anna zu. »Sie kommen hier alleine klar, oder?«

Anna nickte. »Hier ist es auch viel angenehmer, als in einem Whirlpool zu sitzen oder im Dampfbad zu liegen«, gab sie zurück, wobei sie sich bemühte, ein ernstes Gesicht zu machen. Scott gab die Tür frei und Robyn flüsterte: »Überprüfen Sie die Zeitstempel genau. Vergewissern Sie sich, dass alles einwandfrei passt und kein Raum für Zweifel bleibt.«

Robyn folgte dem kommissarischen Geschäftsführer, der sie durch mehrere große Räume, dann eine Treppe hinunter und schließlich durch ein Labyrinth schwachbeleuchteter Gänge in den Wellnessbereich führte.

Er redete, während sie gingen. »Wir wollten die Reservierungen aus Respekt Miles gegenüber stornieren, aber wir hatten so viele Buchungen, dass es unmöglich war, ganz zuzumachen, und wir müssen ja auch an die Gäste denken. Zurzeit haben wir einige einflussreiche Leute hier, die äußerst pikiert wären, wenn ihr gewohnter Tagesablauf gestört würde. Alle Führungskräfte wurden gestern Morgen zu einer Besprechung gerufen, nachdem Miles weggebracht worden war.« Er senkte seine Stimme. »Nach längerer Diskussion haben wir uns entschieden, das Herrenhaus und den Wellnessbereich geöffnet zu lassen. Die Sauna bleibt allerdings zu. Ich weiß noch nicht, wann wir sie wieder öffnen werden. Ich selbst war noch nicht drin seit ...« Er stieß einen leichten Seufzer aus.

»Wie lange arbeiten Sie schon hier?«

»Seit acht Jahren. Die letzten sechs Jahre als Leiter des Fitnessstudios. Davor war ich hier Fitnesstrainer. Ich leite immer noch einige Kurse.«

»Und was trainieren Sie?«, fragte Robyn.

Er grinste verlegen. »Überwiegend Kampfsport und ich betreibe eine eigene Version von Gracie's Combatives.«

»Klingt interessant. Ich nehme an, das ist eine Variante, die Sie selbst entwickelt haben«, gab Robyn zurück, als Scott eine gutaussehende, dunkeläugige Frau in den Dreißigern grüßte. Sie trug einen fachmännisch um ihren schlanken Körper gewickelten Seidensarong und die passenden Plateausandalen. Ihr volles mahoganifarbenes Haar fiel wie ein Wasserfall über ihre schmalen Schultern, während sie darauf wartete, dass er ihr die Tür öffnete. Dabei machte sie den Eindruck, als sei sie derartige Zuvorkommenheit gewöhnt. Sie lächelte schmal, als er ihrem Wunsch entsprach.

»Guten Morgen, Scott«, gurrte sie mit transatlantischem Akzent. »Jetzt werde ich mir meine frischlackierten Nägel nicht ruinieren.« Sie winkte ihm mit ihren glänzenden blutrot lackierten Nägeln zu und ging an Robyn vorbei, ohne sie eines Blickes zu würdigen.

»Fiona Maggiore«, sagte er gepresst, als ob damit alles erklärt sei.

»Hat einen millionenschweren Baulöwen geheiratet. Sie ist drei bis vier Mal im Jahr hier. Gehört zu unseren besonders wichtigen Gästen.«

Er führte Robyn in einen weiteren Gang. Anders als die anderen, die von winzigen Wandleuchten in Knöchelhöhe beleuchtet wurden, war dieser hell erleuchtet und in dezenten Blau- und Cremetönen gehalten, an den Wänden hingen Seelandschaften als Blickfänger. Robyn kam an einer Glasvitrine mit Kosmetikartikeln der Spitzenklasse umgeben von Muschelschalen in zartem Rosa vorbei, bevor sie scharf nach links in einen großen Bereich unter einer Glaskuppel abbog, in dem ihr Blick von einem geschwungenen Empfangstresen gefesselt wurde. Im ersten Moment dachte sie, das große aquamarinfarbene Wellenmuster des Tresens sei gemalt, aber da es im Licht glänzte, kam sie schnell darauf, dass es sich in Wahrheit um ein Mosaik handelte, das mit zahlreichen bunten Steinen auf dem ebenen Untergrund geschaffen worden war, um den Eindruck einer geschwungenen Fläche zu erwecken. Hinter dem Tresen telefonierte eine sehr große schlanke Endzwanzigerin mit glatter kaffeebrauner Haut, großen Mandelaugen und purpurschwarzem Haar. Scott nickte ihr zu.

»Sie haben nach Gracie's Combatives gefragt. Das ist eine Idee, die ursprünglich für die amerikanische Armee entwickelt wurde. Es geht dabei um Techniken, die beim Jiu-Jitsu angewendet werden. Einfach ausgedrückt habe ich bei den Meistern gelernt, die es entwickelt haben, und unterrichte jetzt sechsunddreißig der vielen hundert Techniken in einer besonderen Abfolge.«

»Sie waren also in den Staaten, bevor Sie herkamen?«

»Eine Zeit lang«, antwortete er und griff nach seinem Telefon, das gerade vibriert hatte. Er schaute kurz darauf und runzelte die Stirn.

»Und, haben Sie für die US Army gearbeitet?«

Entweder überging er ihre Frage oder er hatte sie nicht gehört, stattdessen winkte er sie mit dem Telefon zu sich. »Äh, Lorna ist frei. Tut mir leid, ich muss weg. Ich werde oben gebraucht. Ich überlasse Sie meiner Kollegin. Lorna, kannst du DI Carter in den Badebereich bringen? Sie möchte sich da etwas umsehen und einen Blick in die Sauna werfen. Lassen Sie mich wissen, wenn Sie etwas brauchen.«

Lorna schenkte Robyn ein breites Lächeln, das eine Lücke zwischen ihren Schneidezähnen offenbarte, dann folgte Robyn ihr durch eine Tür mit der Aufschrift »Umkleiden«.

»Sie wollen sehen, wo Miles gestorben ist?«, fragte sie. »Die Sauna ist geschlossen, seit das passiert ist. Sie muss gründlich gereinigt werden. Aber niemand will da reingehen und es machen, also hat die Geschäftsleitung eine Fachfirma damit beauftragt. Ich wette, da geht auch danach keiner mehr rein, meinen Sie nicht? Ich jedenfalls würde nicht in eine Sauna gehen, in der jemand gestorben ist.« Sie schüttelte sich bei dem Gedanken.

»Sind Sie gestern hier gewesen?«

»Ich hatte frei, Gott sei Dank. Eigentlich wollte ich mit einigen Freundinnen nach Birmingham fahren, um vorzeitige Weihnachtseinkäufe zu erledigen. Wir haben darauf verzichtet, weil das Wetter so mies war, also bin ich den ganzen Tag zu Hause geblieben. Das war auch gut so. Bei dem Wind und Regen wäre es sicher kein Vergnügen gewesen, nach Birmingham zu fahren. Ich hasse diese Jahreszeit. Sie ist so deprimierend. Ich denke, deshalb machen wir so viel Wirbel um Weihnachten. Ich kann mir nicht helfen, ich fange schon Anfang Dezember damit an, das Haus festlich zu schmücken.«

Lorna schwatzte fröhlich weiter, während sie Robyn zum Schwimmbad und zum Wellnessbereich führte. Robyn hatte noch keinen einzigen Gedanken an Weihnachten verschwendet. Zweifellos würde es wieder genauso wie die ganzen letzten Weihnachten. Sie würde zu ihrem Cousin Ross eingeladen, den Tag dort mit ihm und seiner Frau Jeanette zu verbringen, und sie würde wie immer absagen und die Arbeit als Entschuldigung vorschieben. Sie mochte ihren Cousin, er war mit ihr bei der Truppe gewesen, bis sein schlechter Gesundheitszustand und Sorgen um sein Herz ihn gezwungen hatten, seine Lebensweise zu ändern. Jetzt war er

Privatermittler und seine Herzprobleme los. Aber so sehr sie seine Gesellschaft auch schätzte, sie wollte den beiden den Weihnachtstag nicht verderben, indem sie bei ihnen herumhing. Weihnachten würde sie früh aufstehen, zehn Meilen laufen, dann ihr Fahrrad holen und bis zur totalen Erschöpfung fahren. Wieder zu Hause würde sie sich für eine Stunde in die heiße Wanne legen, in ihren Schlafanzug schlüpfen, sich im Fernsehen Wiederholungen alter Filme ansehen und solange Wein trinken, bis sie abgestumpft genug war, um den Tag zu ertragen.

»Der Badebereich liegt hier entlang.« Lorna öffnete eine Glastür. Sofort schlugen Robyn Hitze und Feuchtigkeit entgegen. Hier würde man in wenigen Minuten schläfrig werden. Lorna schlüpfte in ein Paar robuste blaue Kunststoffüberschuhe, die denen ähnelten, die in Krankenhäusern getragen wurden, um die Ausbreitung von Infektionen zu verhindern. Robyn zog ein Paar über ihre Turnschuhe und stapfte in den Badebereich.

»Wie Sie sehen, gibt es verschiedene Bereiche. Die Gäste können aus einem heißen oder warmen Bereich in einen kühleren gehen und umgekehrt. Die Sauna befindet sich hinter der Eisdusche.« Sie zeigte auf einen Bereich in der Form eines Iglus. »Ich überlasse Sie jetzt Ihrem Ermittlerkram.«

Lorna machte einen Schritt zur Seite und hielt kurz, um einer älteren Dame zuzuwinken, die in einem Liegestuhl saß und eine Zeitschrift las.

Robyn blieb einen Augenblick stehen, um den Ort auf sich wirken zu lassen. Miles wäre aus der Herrenumkleide und aus der ihr entgegengesetzten Richtung auf sie zugekommen. Sie ging hinüber zum Eingang der Umkleide. Von hier aus war keine Kamera zu sehen. Sie ging weiter zu der Dusche, die der Sauna am nächsten lag, dort hielt sie an, während ihr Verstand die Informationen verarbeitete. Miles hatte seine Kleidung auf einer Ruheliege bei der Eiskammer abgelegt. Die Kamera hatte ihn gefilmt, als er von der Liege zur Dusche ging. Robyn drehte sich um dreihundertsechzig Grad. In einer Ecke des Raums über dem Iglu war eine Kamera auf sie gerichtet. Dann drehte sie sich nach links und schwenkte später wieder nach rechts. Sie zählte die Sekunden zwischen den einzelnen Schwenks. Die Kamera erfasste jeden Bereich drei Minuten lang, bevor sie weiterschwenkte.

Sie ging an dem Iglu vorbei und sah das Flatterband, mit dem der Fundort der Leiche abgesperrt worden war, sowie den Hinweis, dass die Sauna aufgrund außergewöhnlicher Umstände außer Betrieb sei. Man entschuldige sich für die Unannehmlichkeiten.

Robyn ging noch einmal denselben Weg ab, den Miles genommen haben musste, und blieb neben der Ruheliege stehen, die er benutzt hatte. Ein Gedanke durchzuckte ihren Kopf, aber er verschwand zu schnell wieder, um ihn festzusetzen. Sie überwand sich, die Tür zur Sauna zu öffnen, und hielt den Atem an. Der Raum stank ekelhaft. Sie war sicher, den üblen Geruch von verbranntem Fleisch wahrnehmen zu können. Als sie sich umschaute, bemerkte sie die Flecken auf dem Boden, wo die Haut mit dem heißen Holz in Berührung gekommen und an ihm kleben geblieben war. Lorna hatte recht, als sie sagte, dass hier bestimmt niemand mehr in die Sauna gehen würde.

Robyn verließ den Raum und schloss die Tür. Sie funktionierte einwandfrei, aber es gab kein Schloss. Wenn Miles sich nicht wohlgefühlt hätte, er hätte er die Tür öffnen können, um der Hitze zu entfliehen. Der Herzinfarkt muss so schnell eingetreten sein, dass er nicht mehr dazu gekommen ist, das zu tun.

Robyn sah sich den Bereich noch einmal an. An der Saunawand befand sich ein Gehäuse, ein Temperaturregler, dessen Anzeige nicht mehr leuchtete. Robyn drehte sich erneut um die eigene Achse. Die Luftfeuchtigkeit im Badebereich fing an, ihr zu schaffen zu machen. Sie musste ihren Kopf klar bekommen. Ein Husten unterbrach ihre Gedanken. Anna stand am Ausgang zum Umkleideraum. »Tut mir leid, Boss. Mitz hat angerufen. Er sagt, DI Shearer ist auf dem Kriegspfad. Er hat rausgekriegt, dass wir hier sind.«

»Wie das?«

»Mitz weiß es nicht. Er sagt, Shearer ziehe ein Gesicht wie sieben Tage Regenwetter.« Annas Mundwinkel zuckten.

»So sieht DI Shearer doch immer aus. Haben Sie etwas Brauchbares gefunden?«

»Ich hatte nicht genug Zeit. Ich hab alles auf einen USB-Stick gezogen und werde es auf dem Revier durchforsten.«

»Ausgezeichnet. Na, dann los.«

Robyn konnte sich nicht vorstellen, wie Shearer herausbekommen hatte, dass sie dort war, außer jemand hätte ihn benachrichtigt. Entweder Shearer hatte hier seinen Charme spielen lassen und einen Spitzel gefunden oder jemand wollte nicht, dass sie weiter hier herumschnüffelte. Ihr Verstand sagte ihr, dass definitiv Letzteres der Fall war. Shearer könnte nicht charmant sein, selbst wenn sein Leben davon abhinge, und das machte die ganze Sache noch interessanter.

8

Rory Wallis hatte einen Scheißtag. Nicht nur hatte die verfluchte Suzy in allerletzter Minute angerufen, um zu sagen, dass sie nicht arbeiten könne, sondern dann war auch noch das Carlsberg alle, und als er in den Keller gegangen war, um das Fass zu wechseln, war er zu allem Überfluss auf einer der Treppenstufen ausgerutscht und hatte sich den Knöchel verstaucht, in dem es jetzt wie verrückt pochte. Im Pub feierte eine Gruppe Nachtschwärmer Junggesellenabschied. Rory wünschte, sie würden sich endlich vom Acker machen und in einen der Nachtclubs weiterziehen. Sie waren seit drei Stunden bei ihm im Pub und hatten so viel Alkohol intus, dass es an ein Wunder grenzte, dass sie überhaupt noch stehen konnten. Sie waren zwanzig an der Zahl und fingen ein weiteres Trinkspiel an, inklusive schallendem Gelächter und dem Herunterstürzen von Kurzen. Seine Freitagabendgäste waren längst gegangen, genervt von dem Radau, den die jungen Männer veranstalteten. Rory hatte sie weder wegen ihrer unflätigen Ausdrucksweise zur Rede gestellt noch wegen der Raufereien, denn sie sahen nicht nur aus wie Rugby-Spieler aus der ersten Angriffsreihe, die ihn ordentlich durchgenommen hätten, wenn er ihnen krumm gekommen wäre, sie ließen hier auch Geld, als gäbe es kein Morgen, und die Kasse musste weiß Gott klingeln.

Die Geschäfte liefen in letzter Zeit ziemlich erbärmlich. Sie waren das ganze Jahr über schlecht gewesen, seit die Leute die Kaffeehäuser entdeckt hatten und anfingen, billigen Fusel in Supermärkten zu kaufen. Zwei weitere Kaffeebars waren in den letzten drei Wochen in seiner Nähe eröffnet worden. Es gab in Lichfield jetzt mehr Cafés als richtige Geschäfte, zumindest schien es so. Und er konnte den Umstand, dass die Leute seltener ins Happy Pig kamen, nicht auf ihr zu geringes Einkommen schieben. Schließlich hatten alle genug Geld für einen Kaffee zum Mitnehmen für zwei Pfund fünfzig. Er musste dem ins Auge sehen – das Konsumverhalten änderte sich und die Leute kauften heute eher einen Eiskaffee und einen Muffin, als dass sie auf ein schnelles Bier ins Pub kamen. Er fuhr sich mit der Hand durch das schulterlange blonde Haar und stieß einen Seufzer aus. Die gute alte Zeit war vorbei, was ihm blieb, war Themenabende zu veranstalten, um Gäste ins Happy Pig zu locken. Der letzte Typ, den er als Elvis angeheuert hatte, war grauenhaft gewesen. Selbst Rory hätte eine passablere Imitation des großen Künstlers hinbekommen.

Es war ein Ding der Unmöglichkeit, den Rubel am Rollen zu halten. Selbst eine bekannte Brauerei schloss eines ihrer Pubs in der Innenstadt. Wenn die es schon nicht schafften, welche Hoffnung bestand da noch für das *Happy Pig*? Um ehrlich zu sein, Rory würde nicht mehr lange durchhalten. Die Tage des *Happy Pig* waren gezählt, ganz gleich mit welchen neuen Ideen er noch aufwarten würde. Quizabende, Veranstaltungen oder Happy Hours. Die Brauerei hatte ihm recht unmissverständlich klargemacht, dass, wenn die Einnahmen im nächsten Monat nicht nach oben gingen, er seine Koffer packen könne und der Laden verkauft würde.

Einem Teil von ihm war das egal. Es war ein Albtraum, manchmal bis spät in die Nacht zu arbeiten und anschließend noch einen sicheren Weg zum Parkplatz zu finden. Gruppen von Jugendlichen, die sich in den Geschäftseingängen herumdrückten, sahen ihn die Gehirne vom Alkohol benebelt mit glasigen Augen an, die Testosteron und Feindseligkeit ausstrahlten. Fast jede Nacht schien es eine Schlägerei zu geben. Bei Rory hatten sie es noch nicht versucht. Er hatte sich ein Auftreten und eine Haltung angewöhnt, die mögliche Angreifer auf Abstand hielten. Außerdem wussten die meisten, dass er der Wirt des *Happy Pig* war und keinen Ausweis sehen wollte, wenn sie bei ihm Alkohol kauften. Er musste doch jede Gelegenheit nutzen, um Umsatz zu machen.

Schließlich beschloss die Junggesellentruppe, sich grölend und johlend auf den Weg zu machen, wobei der jetzt in ein rosa Tutu gekleidete Bräutigam in spe mehr oder weniger durch die Tür getragen werden musste.

»Danke, die Herren«, rief er ihnen nach. »Beehren Sie uns bald wieder.« Rory atmete erleichtert auf. Jetzt würde er abschließen und die Gläser wegräumen. Suzy, die faule Kuh, konnte sie morgen spülen, wenn sie zur Schicht kam. Es wäre besser für sie hier aufzutauchen, ansonsten könnte sie sich gleich ihre Kündigung holen. Er hatte schon Pläne für den freien Sonnabend. Sie nahm sich stets irgendwelche Freiheiten heraus und nannte das »Frauensachen«. Und was war mit »Männersachen?« Von denen hatte er reichlich.

Er verriegelte die Vordertür. Sein Knöchel plagte ihn immer noch, als er zum Tresen zurückhumpelte und auf dem Weg halbherzig ein paar leere Gläser einsammelte. Er stellte die Gläser mit einem Klirren auf den Tresen. Da stand eine geöffnete Flasche Moët & Chandon, daneben ein Glas Champagner, in dem Blasen aufstiegen. Es war noch jemand da – wahrscheinlich einer von dem Junggesellenabschied, der ihm einen Streich spielen wollte. Er wollte ihn gerade auf, wie er meinte, nachdrückliche Art mit sachlicher, dabei aber humorvoller Stimme zurechtweisen, als er einen warmen Atem im Nacken spürte. Einen Augenblick lang fragte er sich, ob das bloß Einbildung sei. Doch bevor er reagieren konnte, zischte eine Stimme: »Trink!«

»Lass die Scherze«, gab er zurück, sein wiederkehrender Mut verdrängte den anfänglichen Schrecken.

»Trink!« Die Stimme klang jetzt eher wie ein Knurren.

»Also bitte«, begann Rory. Der Rest seiner Worte erstarb ihm auf den Lippen, als plötzlich ein Messer in seinem Blickfeld erschien. Er erkannte es. Er hatte es heute Abend noch benutzt, um Zitronen für den Tequila der Junggesellenparty zu schneiden. »Nimm dir aus der Kasse so viel du willst. Es war ein guter Abend. Nimm alles, ich werde kein Wort sagen.«

»Trink das!« Die Stimme – sie gehörte einem Mann – klang allmählich zorniger. Rory nahm das Glas mit dem Champagner und leerte es in einem Zug.

»Nochmal. Alles. Die ganze Flasche.«

Rory goss sich mit zitternden Händen ein Glas nach dem anderen ein, trank aus und nahm das nächste, wobei ihm das Schlucken immer schwerer fiel. Dann war die Flasche leer. Sein Magen rumorte aus Protest. Er machte sich nicht viel aus Champagner und ganz besonders nicht in der Menge und dem Tempo. Er stieß auf. Der Champagner hinterließ in seinem Mund einen säuerlichen Geschmack.

Der Mann sagte: »Jetzt sind wir quitt.«

Vom Alkohol ermutigt wollte Rory gerade fragen, was zum Teufel das Ganze sollte, als er spürte, wie ein spitzer Gegenstand an seine Kehle gedrückt wurde. Rorys Gehirn versuchte noch die Situation zu erfassen, als er spürte, wie sein Kopf an den Haaren nach hinten gerissen wurde. Er empfand eine plötzliche Wärme, als hätte er sich heißen Kaffee über Brust und Bauch gegossen. Er beobachtete mit weitaufgerissenen Augen, wie sich ein purpurfarbener Sprühnebel auf den Tresen und die paar Gläser legte, die er gerade eingesammelt hatte. Er fragte sich, was das sein konnte, dann dämmerte ihm langsam, dass es sein eigenes Blut war. Sein Angreifer sägte an seiner Kehle. Rorys verängstigte Gedanken vereinten sich zu einem schrillen Schreckensschrei, der schnell in ein Gluckern überging, bevor er in einer warmen Pfütze aus klebrigem Blut zu Boden sank.

9

Das Büro von DCI Louisa Mulholland befand sich im vierten Stock mit Blick auf den Mitarbeiterparkplatz. Draußen lehnte PC David Marker an einem der Einsatzfahrzeuge und unterhielt sich mit Mitz. Von Zeit zu Zeit wurden kleine Haufen toter Blätter, die von der Eiche vor dem Revier gefallen waren, vom Wind hochgehoben und an den beiden Männern vorbeigeweht. David fuchtelte mit den Händen, während Mitz seelenruhig dastand und gelegentlich nickte. David redete zweifellos über Fußball. Als glühender Anhänger von Stoke City konnte er ununterbrochen über die Potters reden. Gerade war das Transferfenster für neue Spieler und Spielerverkäufe geöffnet, sodass er mit ziemlicher Sicherheit einen Vortrag zu diesem Thema hielt oder Mitz haarklein das letzte Spiel zwischen Stoke und Bournemouth auseinanderklamüserte.

Robyn starrte weiter vor sich hin. Sie hatte Louisa Mulholland zugehört, obwohl sie nicht die Absicht hatte, sich das, was ihre Vorgesetzte ihr zu sagen hatte, allzu sehr zu Herzen zu nehmen. Es war nicht das erste Mal, dass sie für ihr eigenmächtiges Handeln zusammengestaucht wurde. Mulholland hatte ihr vor allem vorgeworfen, Anna in ihre »inoffiziellen Ermittlungen« hineingezogen zu haben, und ihr sehr deutlich zu verstehen gegeben, dass gerade von ihr als Ermittlungsleiterin erwartet würde, dass sie mit gutem Beispiel voranging. Für Robyn zeichnete sich gute Polizeiarbeit allerdings vorwiegend durch die Aufklärung von Straftaten aus sowie dadurch, gelegentlich auch mal über den Tellerrand hinauszublicken, aber das behielt sie an dieser Stelle für sich. Mulholland sprach nämlich eher Shearer zuliebe als für sich selbst. Das Ego dieses Mannes brauchte Streicheleinheiten, während Robyn sich damit abfinden musste, den Schwarzen Peter gezogen zu haben, zumindest vorübergehend.

Shearer, der neben ihr stand, schien Schwierigkeiten beim Atmen zu haben. Er schnäuzte sich in ein Papiertaschentuch und wandte ihr seine geröteten Augen zu. Offenbar hatte er den Kampf gegen die Erkältung, von der er am Vortag gesprochen hatte, verloren und sie hatte ihn nun fest im Griff. Das hatte seiner Stimmung sicher nicht geholfen.

»Also gut, in aller Kürze, ich erwarte von meinen leitenden Beamten, dass sie versuchen, miteinander klarzukommen, oder sich zumindest den Anschein geben, sie kämen miteinander klar. Ich dulde weder, dass sie einander hauen und treten, noch dass sie sich anders als vorbildlich verhalten. Ihre Untergebenen schauen zu Ihnen auf. Sie respektieren Sie. Liefern Sie ihnen keinen Grund, etwas anderes zu denken. Das wär's.«

Robyn fixierte Mulholland und nickte kurz. Das war Mulhollands Job. Mehr nicht. In ihren Augen gab es keinen Raum für Intrigen oder interne Zwistigkeiten. Draußen auf den Straßen gab es genügend Konflikte, wie DCI Mulholland ihnen ausführlich klargemacht hatte. Sie hatte die Liste der unaufgeklärten Straftaten vorgelesen, sodass selbst Shearer es schaffte, ein wenig beschämt auszusehen, weil er mit dieser läppischen Beschwerde zu seiner Vorgesetzten gekommen war, statt sich um wirklich wichtige Sachen zu kümmern.

Mulholland ließ sie wegtreten. Sobald sie das Büro verlassen hatten, streckte Robyn Shearer ihre Hand entgegen. »Ich wollte

Sie nicht kompromittieren.« Sie meinte es ernst. Sie wollte fair sein. Es war nicht ihre Absicht gewesen, Shearer als unfähig dastehen zu lassen. Sie wollte lediglich Gerechtigkeit für Miles Ashbrook, aber Louisa Mulholland hatte ihr wegen ihrer eigenmächtigen Ermittlungen in dieser Sache die Leviten gelesen und klargestellt, dass sich so etwas unter gar keinen Umständen wiederholen dürfe. Der Fall war abgeschlossen und Miles Ashbrook würde zu gegebener Zeit ordentlich bestattet werden. Shearer gab einen Grunzlaut von sich und nahm ihre Hand.

Er stapfte davon. Sie rief ihm nach. »Versuchen Sie es mit einer Dampfinhalation. Sie hilft beim Atmen. Heißes Wasser in eine Schüssel, Kopf drüber, mit einem Handtuch bedecken und den Dampf einatmen. Ein paar Tropfen Eukalyptus ins Wasser, dann geht es Ihnen sofort besser.«

»Oder ich hänge einfach ein bisschen in der Dampfsauna in Bromley Hall ab«, erwiderte er, wobei seine Lippen leicht zuckten.

»Das kann gefährlich sein«, gab sie zurück. »Nicht, dass Sie mir zusammenklappen.«

Er schniefte und griff erneut zu seinem Taschentuch.

Damit ließ Robyn ihn ziehen und ging zu ihren Leuten. Anna telefonierte. »Verstanden. Sie kommt gerade herein.« Sie winkte Robyn zu sich. »Matt ist im *Happy Pig* in Lichfield. Anscheinend wurde dem Wirt die Kehle durchgeschnitten.«

»Sagen Sie ihm, ich bin auf dem Weg.«

Robyn schnappte sich die Autoschlüssel und rannte aus dem Büro, alle Gedanken an Shearer und Miles Ashbrook waren verflogen. Sie rief ihren beiden Kollegen zu, die immer noch draußen standen und quatschten. »David, los kommen Sie. Wir haben eine Leiche. Mitz, helfen Sie Anna, finden Sie so viel wie möglich über den Wirt vom *Happy Pig* heraus.«

Als sie mit PC Marker auf dem Weg zum Auto war, sah sie Shearer an der Eingangstür. Er schnäuzte sich in ein Papiertaschentuch und tupfte sich die tränenden Augen. Er sah so elendig aus, dass sie fast Mitleid mit ihm hatte. Doch dann fiel ihr seine

Schimpftirade von eben wieder ein. Mit etwas Glück hatte er eine Grippe und würde ein paar Tage ausfallen. Plötzlich kam ihr eine Idee. Vielleicht konnte sie den Tod von Miles Ashbrook nicht mehr untersuchen, aber sie kannte jemanden, der es konnte.

10

Ross Cunningham knallte den Telefonhörer auf die Gabel und schäumte vor Wut. Bei Gelegenheiten wie dieser brauchte er einfach eine Zigarette, aber seit seinen Gesundheitsproblemen vor zwei Jahren bemühte er sich um eine gesündere Lebensweise. Er hatte nicht nur seine Stellung bei der Polizei von Staffordshire aufgegeben und sich als Privatermittler selbstständig gemacht, er hatte auch mit dem Rauchen aufgehört und sogar seiner Frau Jeanette erlaubt, seine Ernährung umzustellen. Vorbei war es mit Burgern und Pommes beim Außeneinsatz, wenn er einem Versicherungsbetrug nachging, stattdessen gab es jetzt Salate aus adretten Tupperdosen. Es war eine dieser Tupperdosen, die er sich geschnappt und an die Bürowand neben seinem Schreibtisch geknallt hatte. Sie war aufgesprungen und der Rote-Bete-Quinoa-Salat lief jetzt an der magnolienfarbenen Wand herunter. Es tat ihm sofort leid. Jeanette hatte ihn extra für ihn zubereitet, ihn auf die Wange geküsst, als sie ihn ihm gegeben hatte, und ihm gesagt: »Wenn du deinen Salat artig aufisst, wartet heute Abend eine besondere Überraschung auf dich.« Dabei hatte sie ihn mit einem vielsagenden Zwinkern bedacht.

Ross ignorierte den violetten Fleck an der Wand ebenso wie die an kleine Augäpfel erinnernden Bröckchen, ließ sich in seinen abgewetzten Ledersessel fallen und griff nach der untersten Schublade. Jetzt war so ein Moment, in dem er nichts mehr brauchte als eine Zigarette. Er war sicher, noch eine Notfallschachtel in der Schublade zu haben. Eine könnte ja wohl nicht schaden.

Während er nach dem erlösenden Glimmstängel kramte, klingelte sein Handy.

»Ross, wenn ich dich um etwas bitte, das DI Shearer und wahrscheinlich auch Louisa Mulholland richtig sauer machen würde, wärst du bereit, es für mich zu tun? Ich bezahle auch dafür.«

Er lehnte sich zurück und grinste. Seine Cousine brachte ihn immer wieder zum Lächeln. Wenn sie ihn um Hilfe bat, konnte das nur heißen, dass sie dabei war, etwas zu tun, das sie lieber nicht tun sollte. Und das mochte er an ihr. Sie hatte keine Angst, war draufgängerisch und lag für gewöhnlich richtig.

»Ist es gefährlich?«

»Nur wenn Tom Shearer davon Wind bekommt.«

»Du hast meine volle Aufmerksamkeit.« Er saß wieder aufrecht, kein Gedanke mehr an eine Zigarette. Er hatte selten Gelegenheit, sich in die Arbeit der Polizei einzumischen, und es gab immer noch Tage, an denen er sein Leben bei der Truppe vermisste.

»Pack deine Badesachen und lade Jeanette zu einem Wellnessausflug ein. Ich zahle. Nenn es ein vorgezogenes Weihnachtsgeschenk.«

Ross verzog das Gesicht. »Ich gehöre nicht wirklich zu den Männern, die auf flauschige Klamotten und Massagen stehen. Sag mir bitte, dass für mich auch etwas Spaßiges dabei ist.«

»Es gibt einen tollen Kurs, bei dem du deine Jiu-Jitsu-Künste auffrischen kannst«, scherzte sie. »Außerdem wird Jeanette sicher begeistert sein, wenn du etwas für deine Gesundheit tust.«

»Ich komme auch ohne Sportkurse gut zurecht, danke vielmals. Ich habe fünf Kilo abgenommen, seit wir uns das letzte Mal gesehen haben. Ich bin nur noch ein Schatten meiner selbst. Und ich habe mit dem Wandern angefangen. Letztes Wochenende war ich mit Jeanette im Peak District und wir waren den ganzen Tag auf den Beinen.«

»Dann kannst du mich ja bald bei einem meiner Marathons begleiten. Oder hast du etwa Lust auf den Ironman nächstes Jahr?«

Ross schnaubte verächtlich: »Willst du mir nicht lieber noch etwas mehr von dem Wellnessausflug erzählen?«

Robyn sprach schnell weiter. »Ich habe gerade nicht viel Zeit zu reden. Ich hatte heute ein Stelldichein bei der Chefin. Sie hat mir verboten, einem von Shearers Fällen weiter nachzugehen. Eigentlich hat sie mir nur verboten, es während der Dienstzeit zu tun, also habe ich gestern an meinem freien Tag zusammen mit Anna Shamash etwas herumgeschnüffelt. Shearer hat's irgendwie spitzgekriegt und mich bei Mulholland angeschwärzt, was mir 'ne ordentliche Kopfwäsche eingebracht hat. Jetzt ist es mir offiziell untersagt, nochmal nach Bromley Hall zurückzukehren, und ich traue mich nicht, einen meiner Beamten hinzuschicken.«

»An was warst du dran?«

»Der Geschäftsführer, Miles Ashbrook, wurde tot in der Sauna aufgefunden. Wahrscheinlich Herzinfarkt. Aber ich habe Grund zu der Annahme, dass Ashbrook niemals eine Sauna betreten hätte. Er hatte Herzprobleme. Laut Shearer hat Ashbrook Selbstmord begangen, obwohl es keinen Abschiedsbrief gibt. Und da ist noch etwas, das mir keine Ruhe lässt. Er ist durch die Herrenumkleide gegangen, wo er sich doch bestimmt ausgezogen hätte, hat seine Sachen aber im Erfassungsbereich einer Überwachungskamera zu einem Stapel zusammengelegt und ist dann in die Sauna gegangen. Warum sollte er seine Klamotten nicht in der Umkleide gelassen haben?«

»Gute Frage. Vielleicht wollte er sie im Auge behalten. Willst du nach der Arbeit vorbeikommen und mich richtig ins Bild setzen?«

»Abgemacht. Es kann aber spät werden, ich weiß noch nicht genau wann. Ich bin mit David Marker auf dem Weg zu einem

Tatort. Ist morgen zu früh für dich, um nach Bromley Hall zu fahren?«

»Ja. Leider. Sagen wir Montag.«

»Gut. Ich buche zwei Übernachtungen und lasse euch für ein Paket vormerken, mit dem ihr Zugang zum gesamten Wellnessbereich und beide Anspruch auf eine Anwendung habt. Hättest du lieber eine Warmsteinmassage oder ein Augenbrauen-Waxing?« Sie vernahm ein unterdrücktes Lachen. »Also lieber das Wachsen. Ich muss auflegen. David fährt. Bis später.« Sie lächelte David Marker an, während sie sich auf den Beifahrersitz schwang. »Los, geben Sie Gas.«

Ross legte sein Handy auf den Schreibtisch zurück und stand auf. Er rieb sich die müden Augen. Es war keine gute Woche für ihn gewesen. Er könnte ein paar Tage Wellness gut gebrauchen – nur er und Jeanette. Und vor allem, er könnte das mit etwas verbinden, das seine grauen Zellen auf Trab halten würde. Im Moment hatte er keine akuten Fälle und der letzte, an dem er gearbeitet hatte, hatte sich als Reinfall erwiesen.

Er ging durch die kleine Küche hinter seinem Büro und suchte in einem Schrank nach einem Lappen. Er ließ heißes Wasser ein und gab ein paar Tropfen Spülmittel dazu. Es war besser, die Sauerei zu beseitigen, die er angerichtet hatte. Er seufzte beim Anblick des Essens, das jetzt größten Teils über den Fußboden verteilt lag. Es war nicht seine Art, irgendwelche Sachen zu verlieren. Und es kam auch nicht jeden Tag vor, dass jemand sein Auto aufbrach und mit einem Computer abhaute, auf dem sich heikles Material befand.

11

Wieder so ein trüber grauer Tag. Er blinzelte mit den vom Schlaf
verklebten Augen und stöhnte. Er hasste diese grauen Tage. Sie
schlugen ihm aufs Gemüt und heute, dachte er, war so ein Tag, an
dem sich die Wolken so dicht und schwer anfühlten, als lägen sie
buchstäblich auf seinem Kopf. Er hatte gestern Abend vergessen,
die Vorhänge zuzuziehen, bevor er weggegangen war, und draußen
tobte jetzt schon der morgendliche Berufsverkehr. Die Ringstraße
von Derby war voll von gewöhnlichen Menschen, die ihre gewöhnlichen Leben lebten, ohne von ihm Notiz zu nehmen.

Widerwillig schlug er die Bettdecke zurück. Ein kalter Luftzug
berührte seine nackten Beine, als er sich aufsetzte. Er streckte sich,
gähnte und versuchte, etwas Gefühl in seinen Mund zu bekommen, indem er mit den Lippen schmatzte. Er war benommen.
Seine Zunge fühlte sich an, als sei sie aus grobem Garn gewoben.
Ihm fiel ein, dass er erst in den frühen Morgenstunden in Hoch-
stimmung in seine Wohnung zurückgekommen war, das Blut hatte
ihm in den Adern pulsiert, und für kurze Zeit hatte er sich lebendiger gefühlt als je zuvor, seitdem er sie verloren hatte. Er hatte
sich ein Glas Wodka eingeschenkt, dann noch eins, und irgendwann war seine Stimmung gekippt und er hat seine Tabletten

genommen. Hatte er weiter getrunken? Er schlurfte zu der an das Wohn- und Schlafzimmer angrenzenden Küchenzeile. Eine leere Flasche Grey Goose lag neben der Spüle. Er konnte sich nicht mehr daran erinnern, sie ausgetrunken zu haben. Er wusste auch nicht mehr, wie viele Tabletten er genommen hatte. Alles, an was er sich erinnern konnte, war die glühende Wut, die ihn von Zeit zu Zeit ergriff, und dass sie von irgendwoher aufgeflammt war und ihm die gute Laune verdorben hatte.

Er dehnte seine verletzte Hand. Die Knöchel waren an den Stellen, mit denen er mehrmals gegen die Wand geschlagen hatte, ganz wund. Eine Erinnerung blitzte auf. Er hörte einen Nachbarn schreien: »Stell den verdammten Lärm ab!« Noch mehr Wut. Er war auf dem Weg nach unten, um den Mistkerl abzustechen, als ihm sein Plan wieder einfiel. Er durfte keine Aufmerksamkeit auf sich ziehen. Er musste lernen, sich zu beherrschen.

Er schob es auf den Wodka. Es war immer dasselbe, wenn er trank. Ein Teufel in seinem Inneren schien sich zu entfesseln und verwandelte ihn in einen unkontrollierbaren Irren. Er war schon immer reizbar gewesen. Das ging Hand in Hand mit den Tagen, an denen sich riesige »schwarze Löcher« vor ihm auftaten. Tage, an denen ihn weder sein eigenes noch das Leben anderer kümmerte. Diese schwarzen Tage waren die schlimmsten. Er hatte Angst vor ihnen. Er wusste nie, wann sie kamen und wenn sie da waren, war er jedes Mal außerstande, sich dagegen zu wehren. Sie saugten ihn auf, nahmen ihm alle Gefühle außer der Verzweiflung und brachten ihn dazu, sterben zu wollen. Sie hatte die Kraft gehabt, ihn davor zu bewahren, in das schwarze Loch zu fallen. Allein der Gedanke an ihr Lächeln hatte ihn stets vom Rand des Abgrunds weggeführt. Ihr Lachen hatte diese Tage ferngehalten. Sie war sein ganz persönlicher Schutzengel gewesen.

Er öffnete den Wasserhahn, hielt ein schmutziges Glas darunter und trank den lauwarmen Inhalt. Er musste sich zusammenreißen. Der Wodka war ein Fehler gewesen. Er hatte die Flasche aus der Kneipe mitgehen lassen, nachdem er Rory Wallis ermordet hatte, er konnte der Versuchung einfach nicht widerstehen, ein Andenken an seinen ersten Mord mitzunehmen. Beim nächsten Mal würde er denselben Fehler nicht noch einmal machen. Keine Sauferei mehr. Nicht, bevor alles erledigt war.

12

»Wusstest du, dass Lichfield eine Reihe berühmter Einwohner hat? Zum Beispiel Dr. Samuel Johnson, Erasmus Darwin und David Garrick«, fragte David Marker als sie auf der A38 Richtung Lichfield fuhren. Neben Fußball interessierte sich PC Marker leidenschaftlich für Geschichte, insbesondere für die lokale. Seine Kollegen hatten schon lange aufgehört, ihn deswegen aufzuziehen, stattdessen staunten sie vielmehr über die Unmenge an Daten und Fakten zu Orten und Personen, die er sich merken konnte. Es gab kaum noch Orte in Staffordshire, an denen David noch nicht gewesen war.

»War Erasmus mit dem Darwin verwandt, der geglaubt hat, der Mensch stamme vom Affen ab?«

»Das war Charles Darwin. Erasmus Darwin war sein Großvater. Erasmus hat in dem großen Haus nahe des Westtors zur Close in der Beacon Street gewohnt. Es ist jetzt für die Öffentlichkeit zugänglich. Innen ist es faszinierend«, fügte er hinzu.

Zwischen Robyns Augenbrauen zeichnete sich eine tiefe Falte ab. »Ich lebe seit vier Jahren in Stafford und wusste nichts davon. Dabei ist es nur eine halbe Stunde bis Lichfield! Allerdings erledige ich alle meine Einkäufe in Stafford, deshalb komme ich selten auf den Gedanken, mal hierher zu fahren.«

»Es ist den Weg wert.« Er unterbrach sich und verließ die Schnellstraße bei Streethay Richtung Lichfield. Die Sirene heulte immer noch. David achtete nicht darauf, sondern setzte seine Geschichtsstunde unbeirrt fort.

»Und dann ist da natürlich noch Samuel Johnson, ein englischer Schriftsteller und Kritiker. Eine der berühmtesten literarischen Gestalten des achtzehnten Jahrhunderts. Sein bekanntestes Werk ist sein Wörterbuch der englischen Sprache – das angesehenste Wörterbuch seiner Zeit. Ich war mit meiner Frau in seinem Haus, es ist jetzt ein Museum und eine Buchhandlung. Dort zeigen sie eine beträchtliche Sammlung seiner Werke sowie Einrichtungsgegenstände, die ihm gehört haben. Selbst wenn man nicht auf Geschichte steht, es gibt hier massenhaft idyllische Cafés und reizende Läden, die einen Besuch lohnen. Ich mag Lichfield. Es hat sich seinen nostalgischen Charme bewahrt.«

Sie rasten an einem Tesco und einem Aldi vorbei und bogen rechts ab. Die Tamworth Street führte hinunter in die Stadtmitte und Robyn erblickte in der Ferne die drei Türme der prunkvollen Kathedrale, dann fiel die Straße ab und Gebäude verstellten ihr die Sicht. David fuhr langsamer. Auf beiden Seiten der Straße hatten sich Menschenansammlungen gebildet, die das vorbeifahrende Polizeiauto begafften. Robyn wandte ihren Blick starr nach vorne. Ein Beamter hinderte Fahrzeuge und Fußgänger an der Benutzung der Einbahnstraße Richtung Innenstadt, während sich an der Kreuzung eine kleine Gruppe von Menschen versammelt hatte, die darüber spekulierten, was sich wohl im weiteren Straßenverlauf tun würde.

David ließ das Fenster herunter und zückte seine Dienstmarke. Der Beamte salutierte und ließ sie durch. In der Straße herrschte reger Betrieb und ein Krankenwagen stand draußen zusammen mit drei weiteren Fahrzeugen. Sie stellten sich neben einen Streifenwagen und stiegen aus. Zwei Beamte, die sie nicht kannte, standen vor der Tür des Pubs. Sie nickten ihr zu, als sie sich näherte.

»DI Carter und das ist PC Marker.« Sie zeigte ihnen ihren

Ausweis. Einer der Beamten notierte ihre Namen und ihre Ankunftszeit auf dem Protokollbogen.

»Bereit?«, fragte sie, während sie die vorgeschriebene Schutzkleidung bestehend aus Overall, Latexhandschuhen und Schuhüberziehern aus Papier anzogen.

David betastete seine Tasche. »Hab meine Lutschpastillen dabei. Möchten Sie eine?«

»Nein, nicht nötig, aber danke.«

Er schüttete sich einige der medizinischen Bonbons in die Hand und warf sie sich in den Mund, dann zog er den Overall über.

Robyn atmete tief ein, um sich zu sammeln. Sie hatte schon einige Tatorte gesehen und wusste, dass einem dabei schlecht werden konnte. Sie öffnete den Mund etwas, um durch ihn einatmen zu können, und ging in das Pub. Die erste Tür führte in einen kleinen Eingangsbereich, auf der nächsten stand »The Happy Pig Bar«. Die Tür quietschte, als sie aufgeschwungen wurde. Licht fiel in den dunklen fensterlosen Raum, als sie eintraten, und Robyn musste die Augen zusammenkneifen, um in dem gedämpften Licht der Lampen über dem Tresen etwas erkennen zu können. Sie atmete flach, es stank nach abgestandenem Bier, und sie nahm den gewohnt unappetitlichen Geruch von Blut wahr. Sie entdeckte ihren neuen Kollegen, Sergeant Matt Higham, neben der Tür, sein Kleinkindergesicht war ganz grau. Anders als sonst, war er nicht zu Scherzen aufgelegt und sagte kein Wort. Sie brauchte etwas Zeit, um das Bild zu erfassen, das sich ihrem Blick bot. Der Tresen und der Boden waren voll von rostfarbenem Blut. Ein Körper saß gegen den Tresen gelehnt in einer Blutlache.

»Ach du Scheiße!«, sagte David kaum hörbar.

»Hat jemand etwas angefasst, Matt?«, fragte sie.

Der schüttelte den Kopf. »Suzy Clarke, die kam, um aufzuschließen, war kaum im Raum, als sie ihn sah. Sie hat sofort kehrtgemacht, die Tür verriegelt und die Polizei gerufen. Sie steht unter Schock. Sie sitzt im Moment hinten im Krankenwagen. Sie wiederholt ständig, dass sie es hätte sein sollen. Der Name des

Opfers ist Rory Wallis. Er ist der Geschäftsführer. Er hat ihre Schicht übernommen, nachdem sie sich gestern krankgemeldet hat.«

»Hat Suzy das Licht über dem Tresen eingeschaltet?«

»Sie hat nichts angefasst. Sie ist nur so weit gekommen wie wir jetzt, hat gemerkt, dass etwas faul war, ist rausgelaufen und hat uns sofort verständigt. Es ging ihr gut, als ich mit ihr gesprochen habe, aber kurz danach zeigte sie eine verzögerte Reaktion auf die ganze Sache und fing an zu zittern. Die Sanitäter sind bei ihr und PC Howarth. Er nimmt ihre Aussage auf.«

»Okay. Sie hat also am Tatort nichts angefasst. Das ist gut.«

Matt fuhr fort. »Der Pathologe ist unterwegs. Es ist Harry McKenzie. Er sollte jeden Moment hier sein.«

Robyn drehte den Kopf, um den gesamten Tatort aufzunehmen. Das Geschehen hatte sich zweifellos während der Spätschicht abgespielt, da die Gläser noch nicht abgeräumt waren und achtlos auf den Tischen standen, dazu leere Flaschen und Verpackungen von Knabberzeug. Nach der Anzahl der herumstehenden Gläser zu urteilen, muss der Laden voll gewesen sein. Der Tresen war blutverschmiert. Eine leere Champagnerflöte und eine Flasche Moët & Chandon standen bei den Zapfhähnen. Sie wirkten fremd zwischen all den Bierhumpen und leeren Tequilaflaschen. Normalerweise ging man nicht in ein Pub, um ganz allein flaschenweise Champagner zu trinken.

»War die Außentür verschlossen, als Suzy heute angekommen ist?«, fragte sie.

Er nickte. »Sie und Rory hatten die einzigen Schlüssel.«

»Gut, lasst uns alles fotografieren. Können wir etwas mehr Licht bekommen, Matt? Ich kann überhaupt nichts erkennen.« Matt fand den Lichtschalter und plötzlich war alles in helles Licht getaucht, sodass der abgenutzte Boden und die verschrammten Tische deutlich zu sehen waren. In einer Ecke des Raums zeugten Flecken von aufsteigender Feuchtigkeit, die Farbe blätterte von den Wänden ab. Die Polster auf den Hockern und Stühlen wirkten schmuddelig. Robyn rümpfte angewidert die Nase.

Matt verzog das Gesicht. »Nicht unbedingt meine Lieblingskneipe. Ein bisschen heruntergekommen. Kein Wunder, dass sie nur die Tresenbeleuchtung angemacht haben. Bei Licht betrachtet würde man den Laden wohl eher meiden.«

Robyn widmete ihre Aufmerksamkeit wieder dem Tresen und wandte sich an David. »Sorg dafür, dass wir möglichst viele Fotos vom Tresenbereich bekommen. Mich interessieren besonders die Champagnerflasche und das Glas.«

Die Drei durchsuchten den Bereich. Robyn näherte sich behutsam dem Opfer, um auf nichts zu treten, das noch von Bedeutung sein könnte. Rory lehnte am Tresen, als wäre er in betrunkenem Zustand daran heruntergerutscht, die Beine gerade nach vorne gestreckt und die geballten Fäuste auf den Oberschenkeln. Das blutgetränkte T-Shirt vermittelte den Eindruck, als trüge er ein großes braunes Lätzchen. Sein blondes Haar fiel ihm übers Gesicht und sein Kopf lag vornüber gekippt auf seiner Brust, als würde er schlafen.

Robyn ging neben ihm in die Hocke, um die klaffende Wunde zu untersuchen, die rechts an seinem Hals begann. Stücke von zerfetztem Fleisch hingen herab. Wer immer das getan hatte, war weder sehr vorsichtig noch erfahren im Aufschneiden von Hälsen gewesen. Dieser hier war zerhackt worden. Robyn hob das Haar aus seinem Gesicht, wobei sie sich sehr darauf konzentrierte, was sie tat, um den Geruch von Fäkalien und Urin nicht wahrzunehmen. Der Mann hatte Angst gehabt. Sie betrachtete seinen Gesichtsausdruck, er war zu einer Grimasse erstarrt, aber das kam, wie sie wusste, eher davon, dass sich die Gesichtsmuskeln zusammengezogen hatten, als dass es zwangsläufig auf seine Angst zurückzuführen war. Die Totenstarre war noch nicht vollständig ausgeprägt, was sie darauf schließen ließ, dass Rory Wallis seit weniger als acht Stunden tot war. Das würde der Pathologe bestätigen müssen. Sie wollte den Kopf des Opfers nicht bewegen, bevor dieser seine Untersuchung abgeschlossen hatte, also bat sie David, den Körper der Leiche zu fotografieren. Als sie aufstand, um ihm Platz zu machen, bemerkte sie ein Stück Papier. Es steckte zwischen den Fingern des Mannes.

»David, fotografieren Sie das bitte«, sagte sie, bevor sie die leicht steife Hand aufbog und das Papier herausschob. Vorsichtig entfaltete sie es. Es war eine Rechnung. Sie hielt sie hoch und las. Ein leiser Pfiff entfuhr ihren Lippen. »Okay, Kollegen – hier haben wir etwas. Eine maschinengeschriebene Quittung. Da steht nicht wofür.«

Rechnung Eins: Rory Wallis
Jetzt fällig
Zweihundertfünfzigtausend Pfund

»Jemand hat in Rot ›voll bezahlt‹ darüber gekritzelt.« Sie gab sie an Matt weiter. »Bitte eintüten.«

Robyn suchte den Tatort mit ihren Leuten systematisch ab, um sicherzugehen, dass sie nichts übersehen hatten, das möglicherweise noch von Bedeutung sein konnte.

»Ich möchte, dass diese Champagnerflöte und die dazugehörige Flasche ebenfalls eingepackt und untersucht werden. Das hier scheint nicht der Ort zu sein, den man aufsucht, um Champagner zu schlürfen. Und wieso nur ein Glas? Blubberwasser ist doch eigentlich was für feierliche Anlässe. Und wer würde schon allein hierherkommen, um etwas zu feiern?«

Die Tür wurde geöffnet und ließ etwas Tageslicht herein sowie Sam Gooch, einen der Polizeifotografen. Robyn freute sich, ihn zu sehen. Trotz seiner bärbeißigen Art war sie immer gut mit ihm ausgekommen.

»Na, wenn das nicht DI Carter ist mit ihrem fröhlichen Gefolge. Wir haben uns nicht gesehen, seit letztes Jahr dieser Typ in dem Internet gefunden wurde.« Er spielte auf einen Fall an, bei dem ein Vermisster mit seinen abgeschnittenen Genitalien im Mund tot aufgefunden worden war. Es war Robyns erster Fall nach ihrer einjährigen Auszeit gewesen. Genau das Richtige, um wieder in die Polizeiarbeit hineinzukommen.

»Wie geht es Ihnen, Sam?«

»Kann nicht klagen, tu's aber trotzdem. Meine Gelenke schmerzen, ich hasse die Kälte und ich hab's satt, dass meine Enkelkinder jedes Wochenende bei mir aufkreuzen und sich in meinem Haus niederlassen, als wär's ihres.«

Das breite Grinsen in seinem Gesicht sprach eine andere Sprache. Nichts davon war ernst gemeint. Er liebte seine Enkel, zwei Mädchen, sechs und sieben Jahre alt.

Er zeigte auf Rory. »Das sieht unappetitlich aus. Sowas habe ich schon lange nicht mehr gehabt.«

Sam packte seine Ausrüstung aus und fing an, den Tatort zu fotografieren, wobei er seinen Fotoapparat mal so, mal so hielt und Einzelheiten heranzoomte, als würde er ein Fotomodel ablichten und keine Leiche. Wieder wurde die Tür geöffnet und ein Mann mit Glatze und rötlichem Teint trat ein.

»Guten Morgen zusammen, Robyn, Sam.«

Robyn war Harry McKenzie ein paar Mal begegnet und mochte die Arbeitsweise des Schotten. Er war ein angesehener Pathologe, der allen Opfern mit dem gebührenden Respekt begegnete, als befänden sie sich in einer Arztpraxis, um sich untersuchen zu lassen. Er raschelte in seinen Papierschuhen an ihnen vorbei und kniete sich vor den Mann.

»Verletzung durch scharfe Gewalt. Die Wunde beginnt unter dem Ohr und endet auf der anderen Halsseite etwas unterhalb ihres Ausgangspunkts. In diesem Fall würde ich vermuten, dass die Schnittwunde am Hals darauf hindeutet, dass die Kehle von hinten durch einen Rechtshänder durchtrennt worden ist«, sagte er, ohne jemanden direkt anzusprechen, während er Rorys Hals untersuchte.

Robyn wartete mit den Händen auf den Hüften. »Nach was für einer Art Waffe suchen wir?«

McKenzie fuhr fort zu dozieren als stünde er vor einer Gruppe Studierender. »Es scheint sich um eine Schnittwunde zu handeln, die mit einer scharfkantigen Waffe verursacht wurde, etwa mit einem Messer, einem Stück Glas oder Metall.«

Anna nickte ernst. »Können Sie von der Wunde genau auf die Waffe schließen, mit der er umgebracht wurde?«

McKenzie schüttelte den Kopf. »Das kann ich noch nicht genau sagen. Ich muss erst das Gewebe untersuchen und die Wunden vermesse.« Er zückte ein Rektalthermometer und nahm die Arbeit an der Leiche auf. Robyn ging zur Seite, um ihm Platz zu machen, damit er sich konzentrieren konnte.

Sam schlich leise durch den Raum, sein Fotoapparat machte keine Geräusche, während er die schaurige Szenerie festhielt.

David hatte hinter dem Tresen gesucht. »Ich habe etwas. Ein Messer.«

»Nicht anfassen! Sam, fotografierst du bitte das Messer und den gesamten Tresenbereich?«

Es war ein etwa zehn Zentimeter langes Tomatenmesser mit Wellenschliff und gegabeltem Ende. Die Klinge wies braune Flecken auf.

»Gut gemacht, David. Tüten Sie es ein, sobald Sam fertig ist, und schicken Sie es zur Untersuchung auf Blutspuren und Fingerabdrücke ein. Gibt's schon was zum Todeszeitpunkt, Harry?«

»Irgendwann zwischen zehn Uhr abends und ein Uhr morgens würde ich schätzen. Sein Körper ist starr. Die Muskeln haben sich zusammengezogen und dieser Zustand hält, wie Sie wissen, normalerweise zwischen acht und zwölf Stunden an, bevor die Leiche vollkommen steif wird.« Er blickte das Gesicht des Mannes mit zusammengekniffenen Augen an und schnupperte. »Ich rieche Alkohol.«

Matt kritzelte in seinen Notizblock. »Wahrscheinlich hat er ein, zwei gekippt bei der Arbeit. Muss schwer sein, zu widerstehen, wenn du in diesem Gewerbe tätig bist.«

Jemand klopfte. Es war PC Howarth. David redete mit ihm und kam wenig später zurück.

»Wir haben die Aussage von Suzy Clarke. Sie kann nicht viel sagen, außer dass Rory Wallis alleinstehend war und eine Wohnung in Boley Park hatte. Er war hier seit vier Jahren Geschäftsführer. Das Pub hat wirtschaftliche Schwierigkeiten und die Brauerei droht, es zu schließen. Sowohl sie als auch Rory waren auf der Suche nach neuen Stellen. Es gibt nur drei Angestellte hier und der Dritte macht gerade Urlaub auf Teneriffa. Suzy sollte Rory gestern Abend um acht ablösen, aber sie hatte Bauchschmerzen und hat sich krankgemeldet. Rory war darüber nicht sehr erfreut und jammerte, dass der Laden ausnahmsweise Mal voll sei und ein Junggesellenabschied gefeiert würde. Sie konnte den Lärm im Hintergrund hören. Rory sagte ihr, dass sie ihm was schulde, und das war's dann auch schon. Heute Morgen sei sie früh gekommen, um eine Lieferung der Brauerei anzunehmen, sie habe die Tür aufgeschlossen, sei hereingegangen und habe den Eindruck gehabt, dass es merkwürdig riecht. Sie habe das brennende Licht über dem Tresen gesehen und dann den Toten. Sie wusste, es war Rory, weil sie sein Haar erkannt hat. Dann sei sie rausgerannt, habe die Tür verschlossen und die Polizei gerufen.«

Harry war in die Knie gegangen und hatte die Brille auf die Nasenspitze geschoben. »Mr. Wallis scheint gestürzt zu sein. Sein Knöchel ist geschwollen. Ich denke, das ist einige Zeit vor seiner Ermordung passiert.« Er setzte die Untersuchung der Leiche fort. Robyn ging wieder zu ihm. »Ich vermute, dass sein Hals nach hinten gebogen wurde, um die Luftröhre deutlicher hervortreten zu lassen. Der Angreifer hat das Messer an der linken Halsseite seines Opfers entlanggeführt. Es gibt Einschnitte – Anzeichen für ein Zögern – und dann hat sie oder er die Halsmuskeln, Blutgefäße und die Halsschlagader durchschnitten oder zersägt, was zu seinem Tod geführt haben dürfte. Möglicherweise hat er noch eine oder zwei Minuten gelebt, nachdem sie durchtrennt worden ist. Es gibt Verletzungen im übrigen Halsbereich, aber unser Opfer ist aus dieser Wunde verblutet.« Er zeigte auf den großen klaffenden Schnitt in Rorys Hals.

Robyn nickte. »Können wir sicher sagen, dass unser Angreifer Rechtshänder ist?«

»Es scheint zumindest so.«

Robyn betrachtete den Tresen gedankenvoll. »Unser Verdächtiger könnte von hinten gekommen sein und ihm den Hals aufgeschlitzt haben. Harry, würde aus so einer Wunde Blut spritzen?«

»Das ist anzunehmen. Sobald die Halsschlagader verletzt ist, besteht die Wahrscheinlichkeit, dass es spritzt, vor allem wenn das Herz des Opfers rast. Es würde nicht lange dauern.«

»Lange genug, um die Gläser zu besprenkeln. Die Kriminaltechnik soll sich darum kümmern. Matt, Sie bleiben hier und weisen sie ein, wenn sie da sind. Ich fahre nach Stafford zurück und sammle Informationen über Rory Wallis. Danke, Harry.«

Sam überprüfte seine Aufnahmen. »Ich komme mit. Ich bin hier fertig. Schön Sie wiedergesehen zu haben, Robyn. Glückwunsch zum Fund der Waffe.«

»Es macht mich immer nervös, wenn etwas zu glatt läuft, um wahr zu sein. Ich wette, wir finden keine DNA-Spuren des Verdächtigen darauf.«

»Man kann nie wissen.«

David Marker erschien und räusperte sich. »Da wäre noch eine Sache – Suzy hat PC Howarth erzählt, dass Rory abstinent war. Er trank keinen Alkohol.«

»Aber aus seinem Mund roch es nach Alkohol«, erwiderte Robyn. Sie schüttelte ihren Schutzanzug ab und rieb sich die Stirn. »Lassen Sie die Flasche und das Glas mit Vorrang untersuchen.«

Sie verließ das Gebäude. Auf der Straße mussten die Beamten immer noch Schaulustige auf Distanz halten. Trotz des grauen Tages erschien hier draußen alles heller und freundlicher. Sie atmete tief durch, um den Gestank des Todes abzuschütteln, der in der Luft des *Happy Pig* hängengeblieben war. Robyn ahnte, dass dieser Fall sich ungeachtet der Indizien als harte Nuss entpuppen würde. Sie erblickte ein bekanntes Gesicht in der Menge. Amy Walters, die Reporterin einer Lokalzeitung, winkte ihr zu, um auf sich aufmerksam zu machen. Aber sie schenkte Amy keine Beachtung, sondern stieg mit versteinerter Miene in den Streifenwagen und fuhr davon.

13

»Ich werde keine Anzeige erstatten, also hör auf damit.« Ross war sichtlich angefressen.

Robyn wusste, dass Ross nicht nur sauer war, weil sein Auto beschädigt und sein Computer mit streng vertraulichen Daten gestohlen worden war. Er ärgerte sich mehr über sich selbst, weil er nicht durchschaut hatte, dass er reingelegt worden war.

»Also, wer könnte das gewesen sein?«, fragte sie leise.

»Da ich an einer Untreuesache arbeite, setze ich auf den fremdgehenden Ehemann. Ich denke, der Ehebrecher hat Wind davon bekommen, dass seine Frau mich auf ihn angesetzt hat, und da hat er mir seine Schläger auf den Hals gehetzt.«

Es ging dabei um mehr als nur um einen verärgerten Ehemann. Robyn bedrängte ihn weiter.

»Wer, Ross?«

Er wollte es ihr nicht sagen. »Nichts für ungut«, antwortete er.

»Ross, wer ist es? Los, sag schon.«

»Jason Nuttall«, knurrte er schließlich.

»Jason Nuttall, der mit dem Box-Studio in Derby? Jason ›Nutter‹ Nuttall?«

Ross verschränkte die Arme. »Eben der.«

Robyn schürzte die Lippen und atmete langsam aus. »Puh!

Ganz schön mutig von dir, diesen Auftrag anzunehmen. Er ist ein Gangster durch und durch. Und vorbestraft, Ross. Was hast du dir nur dabei gedacht?«

»Ich muss meine Hypothek abbezahlen, Robyn«, war seine Antwort. »Außerdem ist das mein Job. Ich werde angeheuert, um Probleme zu lösen – Ehebrecher zu überführen oder Fälle von Versicherungsbetrug aufzudecken. Und Nuttall war so ein Job.«

»Weiß Jeanette das?«

Ross schüttelte den Kopf. »Ich habe ihr nicht von dem Fall erzählt. Ich habe ihr gesagt, mir sei jemand hinten draufgefahren, aber das Auto und ich seien in Ordnung. Mehr muss sie nicht wissen, also kein Wort zu ihr.«

»Gut, ich schweige, aber nur, wenn du mir versprichst, nichts auf eigene Faust gegen ihn zu unternehmen. Sag der Polizei in Derbyshire, was du weißt und überlass ihnen den Rest. Wer hat den Vorfall aufgenommen?«

Ross breitete resigniert die Arme aus. »Sie werden mir jetzt doch wahrscheinlich nicht mehr glauben? Ich habe den Zusammenstoß nicht angezeigt. Es gab keine Zeugen. Ich war in dem Kreisverkehr am Bahnhof, als ein schwarzer Audi herangeschossen kam und mir hinten draufgefahren ist. Als ich ausstieg, um die Versicherungsdaten auszutauschen, hat er zurückgesetzt. Ich dachte, er fährt an den Fahrbahnrand, um den Schaden zu begutachten und die Sache zu regeln, also ging ich hin. Ein Kerl mit einer Sturmmaske sprang raus, schlug mir derart in den Bauch, dass ich zusammengeklappt bin, stieg wieder ein und verschwand. Als ich wieder zu Atem gekommen war, bin ich zu meinem Wagen zurückgegangen, wo ich feststellen musste, dass mein Notebook verschwunden war. Ich denke, er hatte einen Komplizen, der es gestohlen hat, während der Mann mit der Maske mich verprügelt hat. Zum Glück hatte ich mein Handy in der Jackentasche, sonst hätten sie's wahrscheinlich auch mitgenommen. Die Polizei wird nur aufgrund dieser Hinweise nichts gegen Nuttall unternehmen. Es hätte jeder gewesen sein können. Und auch wenn sie Nuttall befragen sollten, glaubst du, der würde von sich aus zugeben, mein

Notebook geklaut zu haben? Komm schon, Robyn. Du weißt so gut wie ich, wie das läuft – selbst wenn ich ihn zur Rede stelle, wird er behaupten, mit der ganzen Sache nichts zu tun zu haben, und schickt mir stattdessen wahrscheinlich seine Schläger nochmal vorbei, um mich ein bisschen durch die Mangel zu drehen. Ich werde die Sache also auf sich beruhen lassen.«

Robyn hatte plötzlich das Bedürfnis, Nuttall selbst eine zu verpassen, aber Ross hatte recht. Es war klüger, die Finger davon zu lassen. »Und was ist mit dieser Untreuegeschichte?«

»Ich werde Sheila Nuttall sagen, dass ich nicht länger für sie arbeiten kann.«

Robyn hatte Verständnis für Ross. Er wollte es allen recht machen und sie war sich sicher, dass Sheila jemand war, dem Ross helfen wollte. Sheila war eine stille, zierliche Person, die sich hoffnungslos in Jason verliebt hatte, als sie noch ein Teenager war. Jetzt, mit fünfundzwanzig, hatte sie vier Kinder unter zehn und war wieder schwanger. Sheila hatte sie allein durchbringen müssen, während ihr Göttergatte im Knast saß.

»Wie wäre es, wenn wir die Sache anders angehen?«

»Und wie genau? Wenn ich an der Sache dranbleibe, wird er einen Weg finden, um mich zur Räson zu bringen. Dieses Mal waren es das Auto und mein Computer. Beim nächsten Mal könnte ich es sein oder, was noch schlimmer wäre, Jeanette. Ich werde hinschmeißen. Sheila muss sich einen neuen Privatschnüffler suchen.«

Ross übersah den Blick, den sie ihm zuwarf, und zupfte an einem Stück überstehender Nagelhaut. »Gut, erzähl mir von deinem Fall. Ich könnte etwas Ablenkung vertragen.«

Robyn erzählte, was sie von Tricia gehört und was sie im Wellnesshotel herausgefunden hatte.

»Was macht dich so sicher, dass Miles Ashbrook ermordet wurde?«

»Zunächst einmal ist Tricia überzeugt, dass er niemals in eine Sauna gegangen wäre. Er hatte sich geweigert, mit ihrem Bruder in Gegenden mit feuchtwarmem Klima zu reisen, als die beiden ein

Paar waren. Zweitens hatte er einen Herzfehler. Wenn er vorgehabt hätte, sich auf diese Weise das Leben zu nehmen, hätte er sich nicht ausgezogen. Er wäre in voller Montur in die heiße Sauna gegangen. Und drittens sind die Aufnahmen, die ihn beim Duschen zeigen, schlicht und ergreifend abwegig. Warum hätte er sich nicht vorher in der Umkleide umziehen sollen?«

Ross schnippte imaginäre Büroklammern vom Tisch. »Dürftige Beweise, DI Carter, sehr dürftig. Tricia könnte recht haben, aber woher willst du wissen, ob Miles nicht vielleicht einfach keine Lust auf heißes Klima hatte oder auf Reisen überhaupt. Wenn mich jemand bitten würde, nach Borneo oder Singapur zu reisen, könnte ich genauso gut mit der Begründung ablehnen, dort herrsche zu hohe Luftfeuchtigkeit. Nicht jeder mag es feucht. Er mag zwar ein Herzleiden gehabt haben, aber wie wahrscheinlich ist es, dass ein paar Minuten in der Sauna es verschlimmert hätten? Vielleicht hatte er einen anstrengenden Tag im Büro und wollte sich etwas entspannen. Er könnte das regelmäßig gemacht haben, aber diesmal hatte er eben einen Herzinfarkt. Und nicht zuletzt wollte er seine Sachen vielleicht einfach in seiner Nähe haben, falls jemand sie entdeckt und sich gefragt hätte, was er da wohl treibt. Ich denke, es wird sicher nicht gerne gesehen, dass leitende Angestellte die Annehmlichkeiten von Bromley Hall außerhalb der Öffnungszeiten genießen. Damit schließe ich die Beweisführung, Euer Ehren.«

Robyn nagte an ihrer Unterlippe. »Verflucht, vielleicht hast du recht. Interpretiere ich möglicherweise zu viel in die Sache hinein, bloß damit Shearer falsch liegt?«

Ross zuckte mit den Schultern. »Das kann ich nicht sagen, aber er hat so eine Art, die dich auf die Palme bringt. Und nicht nur dich.«

»Ich glaube, es könnte nicht schaden, wenn du nach Bromley Hall fahren würdest, um dir selbst ein Bild zu machen. Sprich mit Scott Dawson. Er hat die Geschäftsleitung übernommen. Versuch etwas über den Ort oder die Menschen herauszufinden, das mir weiterhelfen könnte. Im besten Fall stößt du auf mögliche

Verdächtige oder einen Grund für Miles Ashbrooks Ableben und wenn nicht, verbringst du wenigstens ein angenehmes Wochenende gemeinsames mit Jeanette.« Sie boxte ihn sanft auf den Oberarm. »Das wird dich von ›Nutter‹ ablenken. Ein paar Tage Erholung würden dir guttun. Schließlich bekommst du nicht jeden Tag die Gelegenheit, dich für lau in einem Wellnesshotel der Spitzenklasse verwöhnen zu lassen. Alles ist bezahlt. Wie gesagt, ihr seid eingeladen.«

Ross grinste gezwungen. Robyn sah ihn an und ließ ihren Kopf hin und her wippen, er nannte das ihren Frechspatzenblick. Sie mochte vielleicht nicht viel in der Hand haben, das auf einen Mord hindeutete, aber sie besaß wirklich einen ausgezeichneten sechsten Sinn. Wenn sie den Verdacht hatte, es könnte etwas faul sein, würde er sein Bestes tun, um ihr zu helfen, das zu beweisen. Außerdem war er auch nicht gerade ein Fan von Tom Shearer. Er war früher ein paarmal mit ihm aneinandergeraten. Shearer war ruppig und überheblich. Es könnte nicht schaden, wenn er um eine oder zwei Nummern zusammengestaucht würde. Bei dieser Vorstellung musste er lächeln.

»Abgemacht. Ich gehe jetzt besser nach Hause und zeige, dass ich wohlauf bin und bei meinem ›Unfall‹ nicht ernsthaft verletzt wurde.« Dabei zeichnete er mit seinen Fingern Gänsefüßchen in die Luft.

$$14$$

Wieder hämmerte es in seinem Kopf und sein Körper fühlte sich so schlapp an, dass es kaum noch auszuhalten war. Er drehte sich um und schlief wieder ein. Die Traumwelt war besser als die reale.

Er hatte von ihr geträumt. Sie lief am Stowe Pool-Stausee auf ihn zu. Er umwanderte den Stausee, der jetzt nur noch zu Erholungszwecken genutzt wurde, ohne auf die Enten zu achten, die am Rand des Wassers entlangwatschelten und laut quakten, als er vorbeiging. Seine Augen waren auf die Kathedrale mit ihren drei Türmen gerichtet. Er war absolut nicht religiös. Im Geiste verspottete er vielmehr diese armen, in die Irre geführten Kreaturen in ihrem Gottesglauben. Wenn es nach ihm ging, lebte man und starb. Es gab keine geheimnisvolle Macht, die einen leitete, tröstete oder behütete. Er hatte das vor zwei Tagen bewiesen, als er abends der Katze seines Nachbarn eins mit dem Spaten übergezogen hatte. Jetzt würde sie nicht mehr auf seinen Rasen scheißen. Und wo war Gott da gewesen? Bestimmt nicht auf der Hut für seine Geschöpfe.

Er grub seine Hände tiefer in die Taschen und beugte sich vor, um dem eisiger werdenden Wind, der ihm ins Gesicht schlug und seine Augen tränen ließ, weniger Angriffsfläche zu bieten. Er war auf dem Weg ins Zentrum von Lichfield. Er wünschte, er hätte etwas Wärmeres angezogen. Die verfluchten Wetterfrösche hatten einen milden Tag vorhergesagt und er war unpassend gekleidet von zu Hause losgegangen – in grauer Trainingshose und mit einem leichten Longsleeve. Es war nicht seine Absicht gewesen, lange wegzubleiben. Er hatte mal wieder einen Termin bei der Bank, wegen seiner Schulden. Und es brachte nichts, sich für den dämlichen Zwanzigjährigen herauszuputzen, den man mit ziemlicher Sicherheit mit seinem ›Problem‹ betraut hatte. Er fingerte in seiner Tasche nach einer Zigarette, als er sie aus dem Augenwinkel erblickte. Sie war noch unpassender angezogen als er, sie trug eine enge Laufweste in Fuchsia-Pink mit dem Aufdruck »Glaub' an dich« und dazu eine schwarze Laufhose. Ihr glänzendes blondes Haar wurde von einem rosafarbenen Stirnband zurückgehalten. Er bemerkte sie, weil sie ihn anlächelte, als sie an ihm vorbeilief. Nicht viele Menschen lächelten ihn an und bestimmt keine wie sie. Sie strahlte Wärme und Freundlichkeit aus und er wusste von dem Moment an, in dem er sie sah, dass er sie wollte.

Er schreckte hoch, Schweiß im Gesicht. Nein, das waren Tränen. Er hatte wieder im Schlaf geweint. Der Schmerz, sie in seinem Traum zu sehen, und die Qual zu wissen, dass sie fort war, überforderten seinen verwirrten Geist.

Reiß dich zusammen. Er musste sich konzentrieren. Es blieb nicht viel Zeit. Er strich über die feuchten Flecken auf seinen Wangen, jetzt schon wütend. Sie schuldeten es ihm. Sie sollten für ihre Taten bezahlen. Und heute war Zahltag.

15

Robyn schälte sich aus ihren Laufsachen, warf sie auf den Wäschestapel und ging unter die Dusche. Normalerweise half ihr das Laufen beim Denken. Die meisten ihrer besten Entscheidungen und Ahnungen waren ihr gekommen, als sie durch die Straßen trabte. Heute hatte das rhythmische Flapp-flapp-flapp ihrer Laufschuhe nur die Erinnerung an Davies geweckt.

———

Sie kommt in die Wohnung, das Gesicht von der Anstrengung gerötet, und streift ihre Schuhe ab. Davies sitzt auf dem Sofa und begrüßt sie. Die Verpackung einer Familientafel Schokolade neben sich grinst er breit. Sie setzt sich zu ihm.

»Ich weiß nicht, wie du so schlank bleibst, wo du doch scheinbar nie trainierst.«

Davies lässt das letzte Stück Schokolade in seinem Mund verschwinden und schmunzelt. »Ein hyperaktiver Stoffwechsel«, antwortet er, »oder zu viel Stress.«

»Du kannst nicht gestresst sein. Du bist der entspannteste Mensch des Universums.«

Davies lehnt sich tiefer in das Sofa zurück und legt seinen Arm um ihre Schultern. Er massiert sie und lockert Schritt für Schritt ihre Verspannung. »Bei dir fühle ich mich unbeschwert.«

Robyn lacht. »Unmöglich, du hilfst mir runterzukommen. Ohne dich würde ich ständig unter Strom stehen wie eine riesige Spiralfeder.«

»Dann ist es ja gut, dass ich da bin. Ich kann schließlich nicht zulassen, dass du mitten in einem Fall aufspringst.«

Sie spürt, wie sich die Verhärtungen in ihren Muskeln lösen, und dankt dem Himmel dafür, dass er ihr so einen Mann geschenkt hat.

———

Nach dem Duschen trocknete sie sich ab und ging, während sie sich ein Handtuch wie einen Turban um den Kopf schlang, in ihr Schlafzimmer, wo sie sich auf die Bettkante setzte.

Sie beugte sich vor und zog den Bettkasten heraus. Die Schachtel lag noch genau da, wo sie sie vor zwei Jahren hingetan hatte, als sie versuchen wollte, das Gewesene hinter sich zu lassen.

Sie hob sie hoch, stellte sie auf das Bett und fuhr mit dem Finger über den Schriftzug auf dem Deckel. »Familienfotos.« Außer Ross und Jeanette hatte sie kaum Verwandte. Und die Chance, eine eigene Familie zu haben, war ihr entrissen worden. Sie öffnete den Deckel und nahm einen ersten Packen Bilder heraus. Sie zeigten Davies und sie in Paris auf einem Kurztrip zum Valentinstag. Davies hatte sie mit den Tickets überrascht und sie im Eurostar zu einem romantischen Wochenende entführt, das sie nicht enttäuscht hatte.

Robyn spürte die Wärme des Glücksgefühls, das die Erinnerungen begleitete, getrübt von der Trauer darüber, dass es unwiederbringlich vergangen war. Aber Tricia hatte recht, es war besser, richtige Abzüge statt sie bloß auf dem Computer oder einem Handy zu haben. Allein der Umstand, dass man sie anfassen konnte, ließ die Erinnerungen echter erscheinen. Sie betrachtete das Gesicht von Davies, es war so ruhig, zufrieden und verlässlich.

Sie nahm das Foto, küsste ihre Fingerspitzen und berührte seine Lippen. »Und wer sorgt jetzt dafür, dass ich nicht ›aufspringe‹?«

Sie nahm ein anderes Bild heraus, ein Foto von ihnen beiden mit Amélie im Urlaub in Devon. Amélie steht an einem Kieselstrand und hält einen Eimer in die Luft. Sie hatte in den Tümpeln zwischen den Felsen gesucht und einen mittelgroßen Krebs gefunden, der ihr mit seinen Scheren zugewunken hatte. Stolz wie Oskar hatte sie ihn eingefangen und in ihren Eimer getan, um ihn etwas später wieder laufenzulassen. Sie war ihrem Vater so ähnlich – neugierig, interessiert und stets auf der Suche nach dem nächsten Abenteuer. Das brachte Robyn auf eine Idee für einen Ausflug mit ihr. Das könnte toll werden.

Das Mädchen war häufig bei ihnen gewesen. Die Trennung von Davies und Brigitte, Amélies Mutter, war einvernehmlich verlaufen und Brigitte war Robyn gegenüber äußerst großherzig, als sie erfahren hatte, dass sie sich mit Davies traf. Auch Amélie hatte sie akzeptiert und Robyn war ganz vernarrt in das Mädchen.

Sie legte die Fotos zurück, unfähig sich alle anzuschauen, und ging in die Küche. Beim Öffnen des Kühlschranks kam sie zu dem Schluss, dass ihr die dürftige Auswahl darin nicht zusagte. Stattdessen nahm sie einen Getreideriegel aus dem Schrank und legte einen Stapel leere DIN A4-Blätter vor sich auf den Küchentisch. Sie nahm sich einen schwarzen Stift und fing an zu schreiben. Davies hatte ihr beigebracht, alles aufzuschreiben, was sie wusste, wenn sie über einem Fall brütete. »Das fokussiert deine Gedanken«, hatte er gesagt. Sie begann mit dem Namen Rory Wallis und dem Wort Rechnung.

16

Robyn hatte ihre Leute in ihrem Büro zusammengerufen. Sie hatte sich den größten Teil des Samstagabends sowie den ganzen Sonntag mit dem Fall Rory Wallis herumgeschlagen. Achtundvierzig Stunden waren vergangen, seit er tot aufgefunden worden war, und sie konnte weder ein Motiv finden noch eine Verdächtige oder einen Verdächtigen. Ihre Überlegungen berührten sich punktuell mit Gedanken über Miles Ashbrook und DI Shearer. Sie spekulierte zu viel. Das wusste sie, aber sie konnte es einfach nicht lassen.

David Marker kam als Letzter. Er schlüpfte mit einem »Sorry« auf den Lippen herein. Sie nickte ihm zu und erhob sich. Das war das Signal, auf das alle gewartet hatten. Sie saßen ruhig da, während sie den Stand der Dinge präsentierte.

»Rory Wallis.« Sie zeigte auf das Foto eines breit grinsenden Mannes mit schulterlangem blondem Haar und grünen Augen. »Geschäftsführer und Wirt im *Happy Pig*. Sie sind alle auf dem neuesten Stand, was die grundlegenden Daten betrifft. Was uns noch fehlt, ist die Täterin oder der Täter. Wie weit sind wir damit, Anna?«

Anna blätterte in ihren Aufzeichnungen und erwiderte mit

Nachdruck: »Wir haben mit seiner nächsten Verwandten gesprochen, Annette Wallis, seiner Mutter. Sie konnte sich keinen Grund vorstellen, weshalb er hätte angegriffen worden sein können. Laut ihrer Aussage war er ein ruhiger Mensch, der sie jede Woche besuchte und an seinen freien Samstagen mit ihr einkaufen ging. Er war in keiner festen Beziehung, zumindest nicht im letzten Jahr. Seine Freundin, mit der er zehn Jahre zusammen gewesen war, ist nach ihrer Trennung 2013 nach Australien gegangen und seitdem hat er nichts Festes mehr gehabt. Er schien auch kein besonders ausgeprägtes Sozialleben zu haben. Er hat Computerspiele gespielt und war in seiner Freizeit fast ständig online. Sein bester Freund, Stephen Cross, ist auch ein Gamer und lebt in Barry, in Wales. Sie haben sich nur ein bis zwei Mal im Jahr gesehen, aber sie waren häufig gemeinsam online. Die Gamerwelt ist groß und Rory hatte Kontakt zu Menschen rund um den Globus. Stephen hat bestätigt, dass Rory ein richtiger Eigenbrötler war und sich wie ein Einsiedler fast vollkommen zurückgezogen hat, seit seine Freundin weg war. Rory hat eine Facebook-Seite, aber er hat seit mehr als zwei Jahren nichts mehr eingestellt, es finden sich also auch da keine Spuren.

In letzter Zeit hat er sich auf einige Stellen in Pubs in anderen Gegenden beworben. Er hat offensichtlich überlegt, sich zu verändern und das deckt sich mit Suzys Aussage. Beide waren auf der Suche nach einem neuen Job. Das *Happy Pig* steckt seit einem Jahr in der Krise und Rory hat eine schriftliche Mitteilung von der Brauerei erhalten, dass man überlegt, es dicht zu machen. Wir haben einige Stammgäste des *Happy Pig* befragt und konnten die Junggesellentruppe ausfindig machen, die Freitagabend im Pub war. Es waren überwiegend junge Männer von hier, wir haben ihre Aussagen aufgenommen. Zwei fehlen uns allerdings noch. William Dixon und Kyle Copeland aus Shropshire. Sie sind Samstagabend nach Amsterdam abgereist und werden heute im Lauf des Tages zurückerwartet. Obwohl sie an diesem Abend alle gebechert hatten, konnten die meisten der jungen Männer bestätigen, dass sie das Pub gegen dreiundzwanzig Uhr verlassen haben und ins *Shenanigans* gegangen sind. Sie waren die Letzten, die das Lokal verlassen haben, und konnten versichern, dass der Wirt die Tür ganz bestimmt hinter ihnen verriegelt habe, da sie sich daran erinnern konnten, aus Spaß noch einmal angeklopft zu haben, um ihn zu bitten, sie auf einen Absacker wieder hereinzulassen.«

»Unser Opfer war an dem Abend also allein im Pub«, bemerkte Matt. »Oder scheinbar allein. Er könnte irgendwann jemanden hereingelassen haben.«

»Oder jemand war schon da, als er das Pub abgeschlossen hat.« Mitz spielte mit einem Stift.

Anna nickte. »Wär möglich, Mitz. Es gibt eine Hintertür, sie führt auf den Hof, obwohl es fast unmöglich sein dürfte, ungesehen über die hohe Mauer zu klettern, um hineinzugelangen. Die Mauer grenzt an einen Parkplatz. Die einzigen Schlüssel zu der Hintertür waren an demselben Schlüsselbund wie der für die Eingangstür.

Wir haben die Aussagen der Stammgäste. Die meisten sind wegen des Lärms durch den Junggesellenabschied Freitagabend früh gegangen. Keiner von ihnen hat angegeben, Rory näher zu kennen. Die Kommentare reichten von ›Hab kaum mit ihm gesprochen‹ bis ›Er konnte ein richtiger Griesgram sein‹. Eine Person gab an, dass Rory die Lust an seinem Job verloren zu haben schien und dass er früher besser drauf gewesen sei. Den meisten war es lieber, wenn Suzy da war. Alles in allem scheint niemand viel über sein Privatleben zu wissen, oder viel Gutes über ihn sagen zu können.« Anna legte ihre Notizen zurück auf den Schreibtisch.

Robyn richtete sich an ihre Truppe. »Der Befund der Gerichtsmedizin ist da. Er bestätigt, dass Rory Wallis an Blutverlust aufgrund der mit einem Messer zugefügten Verletzung seines Halses, bei der die Halsschlagader durchtrennt wurde, gestorben ist. Der Bericht der forensischen Toxikologie belegt eine hohe Alkoholkonzentration in seinem Blut und es gibt zahlreiche Hinweise, die vermuten lassen, dass Rory Wallis kurz vor seiner

Ermordung eine größere Menge Alkohol zu sich genommen hat. Sowohl auf der Champagnerflasche als auch auf dem Glas wurden seine Fingerabdrücke gefunden.«

Sie machte eine Pause, damit sich all diese Informationen setzen konnten. Dann zeigte sie auf das Foto von der Rechnung, das neben den übrigen Aufnahmen vom Tatort ebenfalls an der weißen Wandtafel hing. »Wir haben eine maschinengeschriebene Rechnung an Rory Wallis über die Summe von 250.000 Pfund mit dem Vermerk ›voll bezahlt‹. Ich gehe davon aus, dass Rory diesen Betrag mit seinem Leben bezahlt hat. Und ich will wissen, wieso. Wem hat er so viel Geld geschuldet?«

Matt hob seinen Block. »Wir haben seine finanziellen Verhältnisse überprüft und haben nichts Außergewöhnliches gefunden. Er hatte eine Hypothek, die er regelmäßig bedient hat, und ein paar hundert Miese auf seiner Kreditkarte, aber nichts Gravierendes. Ich habe mir seinen Computer- und Handyverlauf angesehen, er hat keine Glücksspielseiten besucht. Er scheint absolut sauber zu sein.«

Robyn starrte auf die Tafel. »Hat sonst noch jemand etwas über ihn?«

David Marker räusperte sich, um auf sich aufmerksam zu machen. »Ich habe mir seinen Werdegang angesehen. Er hat einen Abschluss in Sozialwissenschaften an der Keele University gemacht, bevor er für ein Jahr auf Reisen war. 2005 ist er wieder hergekommen und hat in einem Pub in Hoar Cross gearbeitet. 2008 wurde er dann Barleiter in Bromley Hall.«

Robyn war plötzlich putzmunter. »Bromley Hall?«

»2013 ist er da weg und hat den Job im Happy Pig übernommen.«

»Konntest du herausfinden, warum er gegangen ist?«

»Leider nicht, Boss.«

Sie versuchte, diese neuen Informationen einzuordnen und fragte sich, ob die beiden Fälle in irgendeiner Form zusammenhängen konnten. Es musste purer Zufall sein. Rory hatte Miles

Ashbrook weder gekannt noch war er ihm begegnet. Robyn ließ sich von dem Wunsch blenden, Shearer eins auszuwischen. Aber sie glaubte nun einmal nicht an Zufälle. Es könnte sich lohnen, dem nachzugehen.

»Bleiben Sie bitte dran und finden Sie heraus, ob Rory privat mit Miles Ashbrook zu tun hatte, oder ihn von früher her kannte. Sprechen Sie mit seiner Mutter und mit Suzy Clarke. Danke.« Sie kam wieder auf das eigentliche Thema zurück. »Rory Wallis wurde am späten Freitagabend von einem oder mehreren Unbekannten angegriffen und ermordet. Er hat die letzten Gäste vor dreiundzwanzig Uhr aus dem Pub geworfen und anschließend eine ganze Flasche Champagner getrunken. Suzy hat angegeben, dass sie im Pub keinen Champagner verkaufen, also muss entweder Rory selbst oder sein Angreifer die Flasche und das Glas mitgebracht haben. Wir wissen nicht, ob das von Bedeutung ist und wenn ja, von welcher. Gab es etwas zu feiern? Haben sie beide getrunken, und der Angreifer hat später sein Glas entsorgt? Oder hat Rory alleine getrunken? Beides kommt mir komisch vor, besonders weil Rory abstinent war.

Und wir haben die Tatwaffe gefunden.« Sie zeigte wieder auf die Tafel und auf das Foto von einem Messer. »Die Waffe wurde abgewischt, es gibt also weder vollständige noch Teile von Fingerabdrücken auf ihr. Auch keine Handschuhabdrücke. Das Labor hat Blutspuren auf der Klinge gefunden, außerdem Askorbin- und Zitronensäure.

Die Blutgruppe ist A-positiv, also keine Seltenheit. Der Gerichtsmediziner hat bestätigt, dass Rory Wallis A-positiv hatte. Es besteht die Möglichkeit, dass das Messer zu denen gehörte, die von den Pub-Mitarbeitern verwendet werden. Wir haben Suzy Clarke gebeten, es zu identifizieren und laut ihrer Aussage sieht es genauso aus, wie die Messer, die sie zum Schneiden von Zitronen oder Limetten benutzen. Im Moment ist das alles, was wir haben.

Ich werde versuchen, einige der Ereignisse des Abends nachstellen zu lassen, möglicherweise ruft das ein paar Erinnerungen wach. Irgendwer da draußen muss doch jemanden gesehen haben, der sich verdächtig verhalten oder nach Geschäftsschluss das Gebäude betreten hat. Ich möchte, dass Sie, Mitz, die Stammgäste nochmal befragen und alle Teilnehmer des Junggesellenabschieds, einschließlich William Dixon und Kyle Copeland. Sie könnten jemanden gesehen haben, der dort herumgelungert hat, und es vergessen haben. David, finden Sie etwas mehr über Rorys Zeit in Bromley Hall heraus. Anna, könnten Sie bei der Brauerei nachfragen? Wie war deren Beziehung zu Rory. Ich möchte klären, ob es in der Brauerei jemanden gibt, der vorbeigekommen sein könnte, um mit ihm zu sprechen. Das klingt alles weithergeholt, aber wir müssen der unwahrscheinlichsten Möglichkeit nachgehen, egal, wie abwegig sie zu sein scheint. Hat noch jemand eine Frage?«

Sie ließ ihre Leute wegtreten und rief Matt Higham zu sich.

»Es gibt da etwas, das mir schleierhaft ist. Kann ich mit Ihnen darüber reden?«

Er nickte.

»Suzy hätte an dem Abend arbeiten sollen. Woher wusste der Angreifer, dass sie nicht da war?«

Matt dachte über ihre Frage nach.

»Vielleicht hat Rory seinen Angreifer in das Pub eingeladen?«

Sie schüttelte den Kopf. »Er hat weder von seinem Handy aus noch über das Festnetz telefoniert. Der einzige eingehende Anruf war der von Suzy gegen halb acht.« Sie lehnte sich in ihrem Stuhl zurück und strich sich ein unsichtbares Haar hinter das Ohr. Matt dachte immer noch nach. »Offensichtlich hat der Täter das Pub beobachtet und den richtigen Moment abgepasst. Er wusste nicht, dass es eigentlich Suzys Schicht war. Er sah seine Chance und hat sie ergriffen.«

»Genau das habe ich auch gedacht. Er hat einfach eine Gelegenheit genutzt, was mich zu der Annahme veranlasst, dass das Ganze nicht geplant war.«

»Und was ist mit dem Champagner?«

Sie trommelte mit den Fingern auf ihrem Kinn. »Wenn er sich spontan, sozusagen aus einer Laune heraus, entschlossen hätte, den Mord zu begehen, und der Champagner Teil seines Planes war, hätte er ihn mit Sicherheit irgendwo in der Nähe des Pubs gekauft. Er hätte ihn nicht tagelang mit sich rumgeschleppt, während er auf eine Chance wartete, um seinen Plan in die Tat umzusetzen.«

»Es sei denn, er hatte ein Auto und hat ihn dort aufbewahrt.«

Sie fluchte. »Sie haben recht. Er könnte in die Stadt gefahren sein. Wir sollten die Aufzeichnungen der Überwachungskamera des Parkplatzes für den Abend sichten, um herauszufinden, ob irgendwelche Nummernschilder regelmäßig auftauchen. Bevor Sie damit anfangen, überprüfen Sie bitte, ob an dem Abend irgendein Schnapsladen, Pub oder Restaurant eine Flasche Moët & Chandon verkauft hat.«

»Wird gemacht, Boss.«

Sie lehnte sich in ihrem Stuhl zurück und schloss die Augen. Sie bekam diesen Fall einfach nicht zu fassen. Sie hatte keine Ahnung, warum jemand einen Menschen umbringen und eine Rechnung über so einen immensen Betrag in seiner Hand zurücklassen sollte. Eine Stimme auf dem Gang ließ sie sich wieder aufrecht hinsetzen, die Augen jetzt fest auf die Tür gerichtet. Sie sah Shearer an ihrem Büro vorbeihuschen, während er in sein Handy sprach und dabei sehr ruhig und geschäftig aussah. Sie musste an Mulhollands Worte denken und nahm sich vor, sich noch stärker darum zu bemühen, mit Shearer zurechtzukommen, auch wenn er ihr wirklich auf die Nerven ging. Sie sollte einfach nicht mehr an ihn denken und sich auf ihren Fall konzentrieren, aber genau das war das Problem. Obwohl sie ihr gesamtes Team einsetzte und alle ihr Bestes gaben, wurde das Ganze zu einer frustrierenden Angelegenheit. Es ließ ihr keine Ruhe. Warum hat jemand eine Forderung über eine Viertelmillion Pfund dagelassen? Was hätte Rory gekauft oder getan haben sollen, um sie zu rechtfertigen? Hatte er sich Geld bei einem Kredithai geliehen, der nicht länger auf die Rückzahlung warten wollte? Wenn dem so war, wozu hatte er es verwendet? Es gab keine Anzeichen dafür, dass er es ausgegeben hatte. Im Augenblick gab es Fragen über

Fragen. Sie atmete tief ein und versuchte, einen klaren Kopf zu bekommen. Was sie dringend brauchte, war ein Durchbruch in diesem Fall. Ihre Gedanken schweiften kurz zu Ross ab. Sie wusste, dass sie sich auf den Mord in Lichfield zu konzentrieren hatte, aber sie hoffte, Ross würde in Bromley Hall etwas Brauchbares ans Licht bringen.

17

Linda Upton nestelte an dem Ärmel, bis endlich eine kleine rundliche Hand erschien.

»So, sitzt. Jetzt müssen wir es nur noch ein wenig richten«, sagte sie fröhlich zu ihrem vierjährigen Sohn, der es fertigbrachte, gleichzeitig mürrisch und niedlich auszusehen.

»Ich will nicht«, wiederholte er zum fünften Mal. Er umklammerte einen Spielzeugdinosaurier, den er seiner Mutter entgegenschwenkte. Es war jeden Montag dasselbe, aber heute war Louis besonders widerspenstig wegen des Dinosaurierskeletts aus Plastik, das gerade angekommen war.

»Louis, du magst doch die Schule. Und heute hast du Kunst bei Mrs. Simmons. Du könntest doch noch ein schönes Bild für mich malen, vielleicht einen Dinosaurier für den Kühlschrank.«

Der Kühlschrank war übersät mit Bildern von Hunden, Dinosauriern und Katzen, die einander alle sehr ähnlich sahen, mit steifen Beinen und braunen Ohren. Er warf ihr einen ernsten Blick zu. »Ein großer Dinosaurier. Ein Terryansaurus.«

»Tyrannosaurus«, antwortete sie, wobei sie ihn anlächelte, während er sein Gesicht bei dem Versuch verzog, das Wort zu wiederholen. Er bekam es hin und strahlte sie an. Sie drückte ihn.

»Wie wär's, wenn du mir in der Schule einen großen Dinosaurier malen würdest und wir das Skelett heute Abend gemeinsam zusammenbauen? Komm, wir legen die Teile auf den Tisch und sobald du aus der Schule kommst, darfst du sie zusammensetzen.«

Louis schenkte ihr erneut ein herzerwärmendes Lächeln und holte die Schachtel mit dem kostbaren Skelett. Er kippte ihren Inhalt aus und verteilte ihn behutsam auf dem Tisch, wobei er sich die großen Teile aus weißem Kunststoff genau ansah.

»Der hat aber viele Knochen«, kommentierte er.

»Wir werden schnell herausbekommen, wie sie zusammengehören«, gab sie zur Antwort. »Der sieht doch aus wie ein langer Beinknochen.« Sie zeigte auf einen Oberschenkelknochen. Louis nickte nachdenklich. Er holte die Anleitung heraus und legte sie neben die Plastikteile.

»Ich werde es zusammensetzen und du kannst mein Helfer sein. Du kannst die Destruktionen lesen.«

Sie lachte. »Abgemacht. Aber es heißt Instruktionen nicht Destruktionen.«

Sie bugsierte den Jungen aus dem Haus. Er hielt ihre Hand und plapperte lebhaft. Sie freute sich, dass er immer noch an ihrer Hand gehen wollte. Irgendwann würde er das nicht mehr wollen. Aber, egal wie alt er war, er würde immer ihr kleiner Junge bleiben. Es waren nur zehn Minuten zu Fuß bis zur Schule, das war einer der Gründe dafür gewesen, dass Linda und ihr Mann nach Kings Bromley gezogen waren. Sie dankte ihrem Glücksstern, dass sie ein Haus in der Nähe einer so zauberhaften Dorfschule mit Vorschulklassen gefunden hatten. Sie hatte nur siebzig Schülerinnen und Schüler, die meisten aus der Nachbarschaft, und erhielt Jahr für Jahr ausgezeichnete Bewertungen durch die Schulbehörde. Linda sah auf ihre Armbanduhr. Sie waren spät dran. Es war fast neun. Louis' Lehrerin hatte Aufsicht auf dem Schulhof. Sie hatte seine Klassenkameraden zusammengerufen und wollte gerade mit ihnen ins Gebäude gehen. Als Louis durch das Schultor kam, ertönte ein lautes Signal, das den Beginn des Schultags ankündigte. Er flitzte zu seiner Lehrerin und schloss sich der Gruppe an.

»Hallo, Louis. Was hast du denn da?«

Mrs. Simmons war eine Mittfünfzigerin – der rundliche, mütterliche Typ. Wenn sie mit ihren Schülerinnen und Schülern sprach, leuchteten ihre Augen stets vor Freude.

»Tyrannosaurus«, antwortete Louis stolz und schwenkte seinen Spielzeugdinosaurier vor seiner Lehrerin.

»Wow! Wir bringen ihn besser rein, bevor er den anderen Kindern Angst macht.«

Louis ging neben seinem Freund Harry und knuffte ihn mit dem Dinosaurier. Die Jungen begannen zu lachen und fauchten einander an. Dann ging er hinein, seine Mutter hatte er vergessen, als er das Gebäude betrat. Im letzten Moment fiel sie ihm ein, er drehte sich um und winkte. Linda warf ihm eine Kusshand zu und wartete, bis er aus ihrem Blickfeld verschwunden war, dann ging sie nach Hause, ein Lächeln umspielte ihre Lippen. Ihr Mann würde heute Abend nach Hause kommen. Er war die ganze Woche geschäftlich unterwegs gewesen und sie hatte ihn vermisst. Sie öffnete das Tor zu ihrem Garten und ging den Weg zum Haus hinauf, versunken in Gedanken an das Abendessen, an Louis und an das Dinosaurierskelett, das sie zusammenbauen wollten, wenn er nachmittags aus der Schule kam. Sie bemerkte den Mann erst, als sie den Schlüssel schon ins Schloss gesteckt hatte.

»Geh rein«, flüsterte er. »Kein Geschrei oder ich murks dich ab und nachher dein Kind.«

Er stieß sie grob durch die Tür und zerrte sie am Arm weiter ins Wohnzimmer. Sie verlor das Gleichgewicht und sackte neben dem Tisch auf dem Fußboden in sich zusammen.

»Was wollen Sie?«, fragte sie mit zitternder Stimme.

»Eine Rechnung begleichen«, erwiderte er.

Sie starrte den Mann fassungslos an. Es musste sich um einen Irrtum handeln. Sie schuldete niemandem Geld. Ebenso wenig wie ihr Mann. Sie waren recht wohlhabend. Schuldenfrei. Es lag ein Fehler vor. So wollte sie es ihm sagen, bis sie seinen Gesichtsausdruck sah. Das war kein Geldeintreiber. Er war ein Mörder.

»Bitte«, setzte sie an, wobei ihr Herz so laut pochte, dass sie das

Gefühl hatte, selbst er müsse es hören. »Mein kleiner Junge. Er braucht mich. Er ist erst vier. Bitte tun Sie mir nichts. Ich mache alles, was Sie wollen.«

Er reagierte nicht auf ihr Flehen, ihre Augen fingen an, sich mit Tränen der Angst zu füllen. Er hatte einen Job zu erledigen und die Zeit lief ab. Er neigte seinen Kopf zur Seite, seine dunklen Augen funkelten und er schien über ihre Bitte nachzudenken. Einen Augenblick lang dachte sie, er würde sie gehenlassen. Sie hatte keinen Schimmer, warum er das hier tat. Sie kannte ihn nicht. Wer war er? Hatte er sich geirrt, als seine Wahl auf sie gefallen war? Dann, als er in seinem Rucksack kramte, erfasste ihr Gehirn den Umstand, dass sie sein Gesicht gesehen hatte, ohne dass er versucht hatte, es zu verbergen. Das konnte nur eines bedeuten. Es war ihm gleichgültig, ob sie ihn der Polizei beschreiben könnte. Er würde sie umbringen. Sie musste schnell etwas unternehmen.

Ein kräftiger Adrenalinstoß beflügelte sie und ließ sie auf die Füße springen, während er noch in seinem Rucksack herum-wühlte, der dabei auf den mit den Teilen des Plastikskeletts bedeckten Tisch schlug. Sie rannte Hals über Kopf Richtung Haustür. Sie floh durch den Flur, stolperte in Panik und streckte ihre Hand nach der Türklinke aus. Sie war in Reichweite. Sie hatte das Überraschungsmoment genutzt. Draußen würde sie schreien so laut es ging und ihre Nachbarn aufscheuchen, ein Rentnerehepaar, das jetzt zu Hause war. Als sie die Klinke mit ihren ausgestreckten Fingern schon berühren konnte, spürte sie einen stechenden Schmerz in ihren Kniekehlen, der sie abrupt zusammenfahren ließ. Sie stürzte kopfüber gegen die Tür und schlug mit ihrem Gesicht auf den Boden. Ihre Nase knackte fürch-terlich. Wellen betäubender Schmerzen brannten in ihren Knie-kehlen. Ihr Kampfgeist versiegte. Die Realität übermannte sie. Sie würde sterben und sie wusste nicht wieso. Heiße Tränen rollten ihr über die Wangen. Der Mann stand über ihr und schwang einen Baseballschläger. Er verzog den Mund zu einem grausamen Lächeln.

»Du, du, du. Böses Mädchen. Jetzt hast du es für dich nur noch schlimmer gemacht.«

»Warum?«

»Deine Zahlung ist fällig.«

»Welche Zahlung? Ich habe nichts auf Kredit gekauft.«

Er tat, als dächte er über ihre Antwort nach, während er mit der Spitze des Baseballschlägers auf seine Handfläche klopfte. Sie hoffte, er würde sagen, sie sei nicht die Person, nach der er suchte. Dass er sich geirrt habe und dass er sie gehenlasse, wenn sie schweigen würde.

»Ich werde niemandem etwas erzählen, wenn Sie mich gehenlassen«, platzte es aus ihr heraus.

Er hörte mit dem Klopfen auf, als wäre er aus einer Trance erwacht.

»Wenn Sie mich mit jemandem verwechselt haben ...«

Ein Fingerzeig ließ sie verstummen, er flüsterte: »Pschsch!«

Sie kämpfte mit Wellen der Übelkeit. Die Schmerzen waren furchtbar, wenn auch bei weitem nicht so schlimm wie die eisige Angst, die ihren Körper überflutete. Er sah sie unnachsichtig an und ließ erneut ein ›du, du, du‹ vernehmen.

»Du musst zahlen. Du hast nicht einen einzigen Gedanken darauf verschwendet, seit es passiert ist, nicht wahr?«

Sie schüttelte den Kopf. Das war offenbar die Antwort, die er erwartet hatte. Ihr Körper und ihre Hände zitterten dermaßen, dass sie kaum reagieren konnte. Sie fürchtete, das Bewusstsein zu verlieren, und wenn das geschah, hätte sie keine Chance mehr, sich noch irgendwie herauszureden. Er stupste sie mit dem Baseballschläger an und grinste zynisch.

»Du hast ein tolles Leben und eine wunderbare Zukunft mit deinem Kleinen.« Ein Kichern entschlüpfte seinem Mund und er zuckte die Achseln. »Bloß, dass es für dich keine Zukunft mehr gibt, Linda Upton.«

Sie stieß einen kurzen Schrei aus. Er kannte ihren Namen. Es war kein Irrtum.

»Nein ... Bitte nicht«, stammelte sie. »Ich mach's wieder gut.«

Seine Miene änderte sich wieder. Er hatte das Gerede satt. Er hob den Schläger und ließ ihn auf ihre Schulter herunterkrachen. Sie schrie auf.

»Still«, zischte er. »Du kannst nichts wiedergutmachen. Dazu ist es zu spät. Aber du kannst dafür bezahlen.«

Linda verlor das Bewusstsein und merkte nur noch, dass er sie hochhob und nach oben trug. Gegenwehr war zwecklos. Sie war schon so gut wie tot.

18

Ross Cunningham unterhielt sich angeregt mit dem Portier, der sie zu ihrem Zimmer begleitete. Der Mann war Mitte sechzig, wie er Ross' Frau Jeanette stolz erzählte. Jeanette erschien bei ihrer Ankunft in Bromley Hall in vollendetem Vierzigerjahre-Outfit mit einem Kunstfellkragen an ihrer Tweed-Jacke und nostalgischer Victory Roll-Frisur, was der Aufhänger für das Gespräch mit dem Mann war, der auf den Namen Charlie hörte. Jetzt hielt sie die Hand ihres Mannes fest umklammert und drückte sie gelegentlich, um ihm ihre Unterstützung zu signalisieren. Sie war schon häufiger in so einer Situation gewesen, in der sie die stille Begleiterin im Hintergrund spielte, während Ross an einem Fall arbeitete. Sie mochte den Eindruck der wortkargen Gattin vermitteln, aber sie nahm alles auf, was sie sah oder hörte, und teilte es ihm mit, wenn sie allein waren.

Charlie sprach begeistert über die Geschichte des Herrenhauses und war sehr mitteilsam gewesen, obwohl Ross dabei nichts erfahren hatte, was ihm helfen konnte herauszufinden, ob Miles Ashbrook ermordet worden war. Alle Bemühungen, das Gespräch in diese Richtung zu lenken, waren gescheitert, bis Jeanette sich einschaltete.

»Ich kann immer noch nicht glauben, dass Sie schon fünfundsechzig sind. Sie haben bestimmt schon daran gedacht, in Rente zu gehen?«

»Das habe ich nicht, denn ich liebe es hier, aber man hat mich genötigt, es zu tun. Diejenigen, die jetzt das Sagen haben, wollen uns Portiere abschaffen. Sie sagen, die Gäste wollten nicht mehr von uns willkommen geheißen werden und die Zeiten, in denen es für uns wirklich viel zu tun gab, scheinen vorbei zu sein. Früher habe ich für die Gäste ständig Fahrdienste oder Ausflüge in die Stadt organisiert, oder sie im Golfbuggy von ihren Hubschraubern abgeholt. Die Geschäftsleitung hat uns schon auf zwei Stellen zusammengestrichen und wir arbeiten beide in Teilzeit. Sie haben Dan vielleicht bemerkt, er ist der andere Portier. Er stand am Empfang, als Sie angekommen sind.«

Ross erinnerte sich an den feierlich dreinschauenden jungen Mann, dessen Arme für seine Ärmel zu lang zu sein schienen und der eine enge schwarze Wollmütze auf dem Kopf hatte. Ross hatte versucht, mit ihm ins Gespräch zu kommen, aber er war von einem Mitarbeiter fortgerufen worden. Stattdessen wurde Charlie zu ihnen geschickt, um sie zu ihrem Zimmer zu führen. Charlie fuhr fort: »Dan und ich, wir haben nicht mehr dieselben Aufgaben wie früher. Wir sind jetzt eher Handlanger. Es ist ungewöhnlich, dass wir beide gleichzeitig im Dienst sind, aber heute musste die Frau eines Stammgastes im Wagen des Geschäftsführers chauffiert werden. Ich habe es Dan überlassen. Er kann das gut. Er quatscht nicht so gerne mit den Gästen, deshalb freut er sich, wenn er sie schweigend herumfahren kann. Ich mag Menschen. Ich lerne die Gäste gerne näher kennen. Dagegen komme ich nicht an. So bin ich eben«, sagte er mit einem Lächeln. »Aber neuerdings verbringe ich viel zu viel Zeit damit, an der Tür herumzulungern und nichts zu tun. Es ist wirklich eine Schande. Früher hat es mir besser gefallen, als wir dauernd etwas zu tun hatten. Damals waren wir zwei Portiere in jeder Schicht. Jetzt übernimmt das Personal am Empfang die Begrüßung und Einweisung und die Gäste müssen ihre Taschen selbst zu ihren Zimmern fahren. Dan und ich gehen Ende des Monats. Für mich ist das in Ordnung, weil ich meine

Rente habe und mehr Zeit mit meiner besseren Hälfte und den Enkelkindern verbringen kann, aber er ist gerade mal dreißig. Er ist eher der stille Typ, wissen Sie? Er kann sich nicht besonders gut verkaufen. Ich glaube nicht, dass er so schnell etwas Neues findet. Ich weiß nicht, was er macht, wenn das hier vorbei ist. Es gibt heutzutage nicht mehr viele Jobs wie diesen.«

Jeanette klopfte dem Mann freundschaftlich auf den Arm. »Es wird etwas fehlen, wenn man nicht mehr von jemandem wie Ihnen begrüßt wird.« Er lächelte sie an.

»Es ist schön, jemandem zu begegnen, der so viel Stil hat wie Sie, Mrs. Cunningham. Ich musste gleich an meine liebe Mutter denken. Sie war stets elegant gekleidet genau wie Sie, sogar bei der Hausarbeit. Ihre Frisur lag immer perfekt und wenn sie ausging, war sie eine echte Wucht.«

Jeanette musste bei dem altmodischen Ausdruck schmunzeln.

»In den letzten Wochen hat es einige Veränderungen gegeben. Es geht um die Atmosphäre hier, verstehen Sie?« Er flüsterte: »Man sieht, wenn jemandem gesagt wurde, dass es aus ist. Die laufen dann rum mit Gesichtern wie sieben Tage Regenwetter oder jammern ständig, dass man sie entlassen hat. Dan und ich, wir haben nichts gesagt. Wir haben niemandem etwas erzählt. Wir haben mit dem übrigen Personal ohnehin nicht viel zu schaffen. Wir sind ja nur die Gepäckträger. Aber was bringt's, sich die Stimmung noch weiter zu vermiesen? Es war hier manchmal schon ganz schön deprimierend. Es kommen immer noch Gäste, die nicht von ›armen Schluckern‹ begrüßt werden wollen, wenn Sie verstehen?«

»Die Zeiten ändern sich.«

»Das tun sie überall. Da kann man nichts machen. Ich habe den Ort hier in seiner Blütezeit erlebt. Und weshalb sind Sie hier? Um Stress abzubauen?«, fragte er Ross.

»Es ist ein nachträgliches Geschenk zum Hochzeitstag. Wir dachten, wir könnten ein paar schöne Tage verbringen. Es war Jeanettes Idee. Sie hat gesagt, es würde mir guttun, die Arbeit ein paar Tage ruhen zulassen und mir stattdessen etwas zu gönnen.

Ich bin noch nie in so einem Laden gewesen. Ich dachte immer, die wären nur was für die Damen. Wie läuft das denn so ab?«

Charlie lächelte freundlich. »Stellen Sie sich einfach vor, Sie wären der Herr des Hauses und lassen es sich gutgehen.«

»Darin habe ich keine Erfahrung. Ich bin nicht mal Herr in meinem eigenen Haus.« Er lachte laut auf, dann stieß er einen Pfiff aus. »Sehr heimelig, nicht wahr«, fuhr er fort, als Charlie sie durch die Long Gallery führte, einen imposanten Raum mit Holztäfelung und großen Porträts ernst dreinschauender Menschen. »Das ist ja ein richtiger Palast. Sowas bin ich ja nun gar nicht gewohnt.« Er staunte mit offenem Mund, als sie an den riesigen Ölgemälden und samtbezogenen Sofas vorbeigingen. »Ich bin nicht sicher, was ich erwartet habe.«

»Lord und Lady Bishton haben das Haus gekauft und es, so gut sie konnten, im Originalstil wiederherrichten lassen«, erklärte Charlie. »Es hat zwei Jahre gedauert, es in diesen Zustand zu versetzen. Sie hatten einen wahnsinnig guten Geschmack, was die Inneneinrichtung betrifft, und interessierten sich sehr für Antiquitäten und Mobiliar aus jener Zeit. Das war ihre Leidenschaft. Lady Bishton ist regelmäßig ins Ausland gereist, um die perfekten Einrichtungsgegenstände und den richtigen Marmor für die Fußböden zu finden. Sie haben Monate damit zugebracht, die Innenausstattung zu studieren und haben einen tollen Innenarchitekten dazu geholt, um sich bei der Planung des perfekten Erholungsortes helfen zu lassen. Bromley Hall war in allen Hochglanzmagazinen zu sehen, als es eröffnet wurde. Zur feierlichen Eröffnung hatten wir einige ganz besondere Gäste hier.« Er spulte eine Aufzählung hochkarätiger Namen ab, was Ross erneut pfeifen ließ.

»Ist im Moment jemand Berühmtes da?«, fragte Jeanette.

»Nee. Im Penthouse residiert ein nachrangiges Mitglied des saudischen Königshauses mit einem Teil seines Gefolges. Sie reisen heute ab. Er war schon ein paar Mal hier, aber er lässt sich nie blicken. Er hat seinen eigenen Fitnesstrainer, nimmt seine Mahlzeiten auf seinem Zimmer ein, und seine Frauen werden von einem Leibwächter in den Schönheitssalon begleitet. Abgesehen von ihm ist niemand hier, den man kennt.«

»Leben Lord und Lady Bishton noch hier?«

»Sie haben ein Haus in unmittelbarer Nähe des Anwesens, aber sie verbringen den Großteil ihrer Zeit in Thailand. Sie haben das Herrenhaus 2014 verkauft, nachdem der neue Wellnessbereich fertiggestellt war. Es ist nicht mehr dasselbe, seit sie weg sind.«

»Ich kann Sie verstehen, ich hätte es auch einfach so gelassen. Es ist ein hübsches Hotel.«

»Mit Schönheitsbehandlungen und einem Wellnesserlebnis dazu lässt sich nun mal mehr Geld verdienen. Die Gäste von heute wollen mehr als nur ein schönes gemütliches Zimmer und ein reichhaltiges englisches Frühstück. Die neuen Eigentümer haben es in der Hoffnung übernommen, die Mischung aus Kurbad und Luxushotel wäre ein schlagendes Verkaufsargument. Aus irgendeinem Grund hat es sich nicht so entwickelt, wie sie gehofft hatten, deshalb die Entlassungen. In den letzten Wochen sind schon einige Köpfe gerollt. Ich sollte nicht darüber reden, aber hey, ich bin bald weg, also was soll's!«

»Ich finde es wunderbar«, sagte Jeanette, während sie die goldenen und roten Tapeten und die antiken Tische im Gang bewunderte. »Mir gefällt diese Kombination von Altem und Neuem.«

Ross lachte kurz auf. »Ich habe mir Kurbäder immer so vorgestellt, dass man in dicken Frotteeklamotten herumsitzt, in Illustrierten blättert oder sich in einem warmen gechlorten Becken langweilt und seiner Badehose dabei zusieht, wie sie ihre Farbe verliert, und der Haut, wie sie schrumpelig wird wie die Haut auf einem Pudding, und dabei die ganze Zeit gläserweise Gemüsesaft schlürft. Für Jeanette bin ich in solchen Sachen ein engstirniger alter Dinosaurier und sie versucht, mich eines Besseren zu belehren. Fürs Erste bin ich jedenfalls echt beeindruckt.«

Jeanette lächelte. Sie wusste, wohin sich das Gespräch wenden würde und schlüpfte in ihre Rolle, wie sie es auf der Hinfahrt besprochen hatten. »Ich hab' dir ja gesagt, dass Frauen und Männer in Wellnesshotels kommen, Ross. Das ist ganz normal. Ich weiß nicht, wo du deine antiquierten Ideen hernimmst.«

Ross nickte zustimmend. »Ich glaube, mir ist die ganze Vorstellung fremd. Kommen viel Männer hierher, Charlie?«

Charlie kicherte. »Ich weiß, was Sie meinen. Ich bin seit Jahren hier und habe noch nie einen Wellnesstag genossen. Aber es gibt mehr männliche Gäste, als man erwarten würde. Die jüngere Generation steht Gesichtspflege und Anwendungen weitaus aufgeschlossener gegenüber als meine Altersklasse. Wir haben auch recht viele Paare, so wie Sie, die herkommen, um ein wenig zu chillen, so nennt man das doch heutzutage, oder? Ich beobachte häufig, dass Männer das Studio häufiger nutzen als Frauen. Außerdem scheinen sie die Sauna und die Dampfbäder ebenfalls zu mögen. Es heißt, dort könne man sich entspannen. Sie sollten es mal ausprobieren.«

Ross senkte seine Stimme. »Ich weiß nicht, ob da was dran ist, aber ich habe zufällig aufgeschnappt, wie jemand sagte, hier habe jemand in der Sauna einen Herzinfarkt erlitten.«

Charlie zog die Stirn in Falten. Sie hatten ihr Zimmer erreicht und er führte sie hinein. »Das war kein Gast«, antwortete er, nachdem sich die Tür hinter ihnen geschlossen hatte. »Ich darf eigentlich mit Gästen nicht darüber reden, aber ich möchte nicht, dass Ihnen von dem, was sie gehört haben, der Spaß vergeht. Es war keiner der Gäste, der gestorben ist. Es war der Geschäftsführer des Hotels. Er hatte einen plötzlichen Herzstillstand. Ich glaube nicht, dass die Sauna etwas damit zu tun hatte.«

»Ach, du lieber Himmel! Da werden die Gäste, die gerade im Wellnessbereich waren, ganz schön geschockt gewesen sein. Was für eine grauenvolle Vorstellung.«

Ross zog eine Zehn-Pfund-Note aus der Brieftasche und reichte sie Charlie, aber der lehnte ab.

Er schüttelte den Kopf. »Das ist zu viel, Sir.«

»Ach, kommen Sie, nehmen Sie es und kaufen Sie Ihren Enkelkindern etwas Schönes zu Weihnachten.«

Charlie steckte den Geldschein ein, bedankte sich und fuhr fort: »Es ist spätabends passiert, deshalb hat es vor dem nächsten Morgen niemand bemerkt. Der Bäderbereich ist nach neunzehn Uhr geschlossen, also konnte niemand seine Leiche entdecken, bis der Reinigungsmann ihn gefunden hat. Aber jetzt ist wieder alles in Ordnung. Die Sauna ist von Grund auf gereinigt worden und man merkt nicht mehr, dass dort etwas passiert ist.«

»Ich bin nicht zart besaitet. Ich werde es ausprobieren. Aber, angenommen ich hätte nach sieben Lust auf ein Runde Nacktbaden, das würde nicht gehen?« Er grinste Charlie an, aber der lachte nur.

»So ist es. Der Wellnessbereich ist von neun bis neunzehn Uhr geöffnet. Außerhalb der Öffnungszeit wird die Eingangstür automatisch geschlossen und nur Beschäftigte mit besonderen Zugangskarten können ihn betreten, ich an Ihrer Stelle würde mir das Nacktbaden jedenfalls abschminken, Mr. Cunningham.«

»Das durchkreuzt natürlich meine Pläne für das Wochenende«, scherzte Ross und klopfte Charlie auf den Rücken. »Es sei denn, Sie hätten vielleicht eine Zugangskarte.«

»Tut mir leid. Ich müsste in der Geschäftsleitung sein, um einen Zugangsschlüssel zu bekommen. Wir sind nicht anders als Sie – wir haben nur Tagesausweise.«

»Naja, Fragen kostet bekanntlich nichts. Vielen Dank für die herzliche Begrüßung. Ich denke, es wird uns hier gefallen. Ich dachte schon, ich würde mich fühlen wie der sprichwörtliche Fisch auf dem Trockenen.«

»Ich bin sicher, dass Sie es genießen werden. Vor allem in Gesellschaft dieser reizenden Lady«, sagte er und verneigte sich vor Jeanette. »Die Bar ist ab achtzehn Uhr geöffnet, Abendessen gibt es um zwanzig Uhr.«

»Keinen Gemüsesaft?«

»Nur, wenn Sie es wünschen. Sie haben dort eine gute Auswahl an Bieren.«

Ross tat weiter kameradschaftlich. »Ausgezeichnete Nachricht. Dann weiß ich ja, wo ich mich dieses Wochenende verstecke. Vielen Dank, Charlie.«

Charlie grinste zurück, bevor er das Zimmer mit einem fröhlichen »Genießen Sie Ihren Aufenthalt, Mr. und Mrs. Cunningham« verließ.

Nachdem die Tür geschlossen war, blickte Ross aus dem Schiebefenster auf den gepflegten Rasen. »Ziemlich geschmackvoll hier, nicht wahr?«

»Sehr hübsch«, antwortete Jeanette: »Was hast du jetzt vor?«

»Ich spiele weiter meine ›unglückseliger Ehemann, der nicht weiß, was er erwarten soll‹-Nummer und versuche an Informationen über Miles Ashbrook zu kommen. Es gibt zweiundzwanzig Zimmer, von denen laut Charlie nur elf belegt sind, das Penthouse eingeschlossen. Einige dieser Gäste sind schon ein paar Tage da. Ich werden mir das Studiopersonal vorknöpfen, um mehr über Miles zu erfahren. Ich bin in einer halben Stunde zu einer persönlichen Trainingseinheit angemeldet. Was man nicht alles tut«, stöhnte er und ließ sich auf das riesige Doppelbett fallen.

»Denk an den ganzen Nachtisch, den du heute Abend essen darfst, wenn du genügend Kalorien verbrennst«, antwortete Jeanette, öffnete den Reißverschluss einer der Taschen, die Charlie auf einem Podest abgestellt hatte, und nahm einen Badeanzug heraus. »Ich fange im Bäderbereich an. Ich bin sicher, ich finde jemanden zum Plaudern. Wer weiß, vielleicht ist jemand schon ein paar Tage hier und tratscht gerne.«

»Das ist meine Frau!«

Im Studio wurde Ross von Brad Turnpike in Empfang genommen, dessen breites Lächeln und aufmunternde Art ansteckend waren.

»Mr. Cunningham?«, fragte er und streckte Ross eine riesige Hand entgegen, in der seine komplett verschwand. »Ich bin heute Ihr Trainer. Wir müssen vorab ein paar Dinge besprechen, um sicherzustellen, dass Sie fit genug sind und wir loslegen können.«

Brad erwies sich als wesentlich verschlossener als Charlie, und alles, was Ross herausfinden konnte, war, dass das Studiopersonal vor Kurzem von sechs auf drei Beschäftigte reduziert worden war. Sie unterstanden Scott Dawson, dem Studioleiter, der, wie Brad durchblicken ließ, nicht immer einer Meinung mit dem für die Kürzungen verantwortlichen Geschäftsführer Miles Ashbrook gewesen sei.

Brad arbeitete seit vier Jahren in dem Studio und war abgesehen von Scott das dienstälteste Mitglied im Team. Nach einer halben Stunde verriet er, dass er ebenfalls vorhabe sich etwas Neues zu suchen und nur noch auf die Ergebnisse seiner Tauglichkeitsprüfung für den Feuerwehrdienst wartete. »Die Bezahlung ist doppelt so hoch wie das, was ich hier verdiene«, gestand er, als Ross nachhakte. »Hier zahlen sie einen Hungerlohn, kein Wunder, dass keiner hierbleibt. Schade, denn wir waren mal eine gute Truppe, bis die Geschäftsleitung anfing, das Personal zusammenzustreichen und an den Einsatzplänen herumzumurksen. Ich glaube kaum, dass ich dem hier eine Träne nachweinen werde.«

Ross verließ das Studio reichlich verschwitzt und mit dem starken Eindruck, dass Miles Ashbrook sich in Bromley Hall nicht wenige Feinde gemacht haben musste.

19

Robyn drückte und rieb ihren Nasenrücken. »Nichts? Absolut nichts?«

Mitz fuhr in seiner gewohnt ruhigen Art fort. Er wusste, dass seine Vorgesetzte wegen der fehlenden Fortschritte in dem Fall langsam sauer wurde, aber er konnte nur sagen, was er wusste. Die beiden Männer, die befragt worden waren, hatten sich gleichgültig und unverschämt gegeben. Es kümmerte sie nicht, dass ein Mensch umgebracht worden war. Sie hatten mit einem hämischen Grinsen im Gesicht vor Mitz gesessen. Es war keine einfache Befragung gewesen, obwohl keiner der Männer der Tat verdächtigt wurde. »Dixon und Copeland wussten nicht mehr viel von dem Abend. Sie erinnerten sich an einen ›mürrischen alten Sack, der ihnen gesagt hatte, sie sollten mit dem Radau aufhören‹, und daran, dass sie von ihren Freunden aus dem Happy Pig geschleppt worden seien und auf der Straße ein paar Mädels angemacht hätten. Aber sie konnten die Frauen nicht mal beschreiben.«

»Unbrauchbar! Ich fürchte, sie waren in jeder Beziehung schon zu fertig, um noch verdächtige Aktivitäten zu bemerken. Also haben wir nicht einen einzigen Zeugen. Die Überwachungskamera des Parkplatzes hat auch nichts Ungewöhnliches aufgezeichnet. Was zum Teufel ist da passiert? Wie ist der Angreifer in das Pub gekommen und warum hat ihn niemand hineingehen sehen? Wir können nur hoffen, dass die Fernsehrekonstruktion heute Abend etwas Verwertbares liefert.«

Sie ging durch den Raum zu ihrem Schreibtisch. Ihre Leute arbeiteten auf Hochtouren. Wenn sie nicht bald etwas ans Licht bringen würden, wüsste sie nicht mehr weiter. Sie hatte keine Lust, vor DCI Mulholland zu stehen und zugeben zu müssen, dass sie keinen blassen Schimmer hatte, warum Rory Wallis ermordet wurde. Ihr Telefon klingelte und sie meldete sich barsch. Sie erkannte Shearers Stimme sofort. Seine Worte jagten ihr einen eisigen Schauer über den Rücken. »Carter, ich habe eine Leiche, die Sie interessieren dürfte. Wollen Sie herkommen?«

Es war ein gewöhnliches mittelgroßes Badezimmer, blitzblank mit blauen Frotteehandtüchern auf einer Handtuchstange neben einer cremefarbenen Badewanne. Ein aufziehbarer Frosch und ein U-Boot warteten auf dem Badewannenrand darauf, dass ihr Besitzer mit ihnen spielte. Eine Badeschaumflasche aus Kunststoff lag in einer der kleinen Pfützen auf dem Boden, ein Plastikfisch und mehrere bunte Spielzeugboote waren ringsum verteilt, und in der halbvollen Wanne lag Linda Upton in Unterwäsche mit blau schimmernden Lippen und weit geöffneten blutunterlaufenen Augen.

»Nach dem Chaos auf dem Fußboden zu urteilen, muss sie sich heftig gewehrt haben.« Shearers Gesicht wirkte noch faltiger als sonst. »Der Pathologe nimmt an, dass sie mehrere Verletzungen erlitten hat, bevor der Angreifer sie in die Wanne gehievt hat. Sie ist mit ziemlicher Wucht von einem stumpfen Gegenstand in den Kniekehlen und an der Schulter getroffen worden. Im Badezimmer wurde keine Waffe gefunden, aber wir werden das ganze Haus drinnen und draußen gründlich auf den Kopf stellen.«

Eine tiefgreifende Traurigkeit überkam sie. Da lag eine wehrlose Frau, die brutal überfallen und getötet worden war – eine

Frau mit einem kleinen Kind. Es überstieg ihr Vorstellungsvermögen, wie jemand ticken musste, der so barbarisch sein konnte.

Shearer spürte ihre Stimmung und verkniff sich seine üblichen Sprüche und Kommentare. »Wir werden die Obduktion abwarten müssen, um die Todesursache festzustellen. Bis dahin gehe ich davon aus, dass sie in der Badewanne ertrunken ist und dass es kein Unfall war.« Er verschränkte die Arme und wartete auf ihre Antwort. Ein leichtes Hüsteln ließ sie bemerken, dass Harry McKenzie da war. Er stand an der Tür. Als sie sich zu ihm umdrehte, sagte er: »Linda Upton war vollständig bekleidet, einschließlich Straßenkleidung und Schuhen. Diese wurden ihr offenkundig mit Gewalt ausgezogen. Sie liegen auf einem Haufen im Schlafzimmer. Wie Sie sehen, ist sie in Unterwäsche. Ohne eine richtige Untersuchung ist schwer zu sagen, ob sie sexuell missbraucht wurde. Ihr Körper weist mehrere Blutergüsse auf, die auf Schläge mit einem stumpfen Gegenstand schließen lassen. Bei meinem Eintreffen lag sie so wie jetzt auf der Seite, aber ich vermute, dass sie mit dem Gesicht nach unten ins Wasser gedrückt wurde, bis sie tot war. Nach der Krümmung und der Schwellung ihrer Nase zu urteilen, hat sie sich diese gebrochen, bevor sie ertrunken ist. Die Toxikologie wird feststellen, ob sie Tabletten oder Alkohol zu sich genommen hat und ohne Fremdeinwirkung ertrunken ist. Ich denke aber, es ist unwahrscheinlich, dass sie sich selbst ertränkt hat. Es gibt deutliche Hinweise darauf, dass sie geschlagen, verletzt und angegriffen wurde, bevor sie in das Badezimmer gelangte, obwohl wir, bis die Indizienlage klar ist, noch jede Möglichkeit in Betracht ziehen müssen. Ich werde sofort loslegen.«

Shearer nickte. »Danke, Harry.« Robyn und er verließen das Badezimmer und gingen in den Flur, wo ihr Blick auf ein Aufsitzfeuerwehrauto fiel. Sie spürte, wie ihr Herz stockte. Ein Kind hatte seine Mutter verloren. Sie konnte den Kummer nicht abstellen, der diesen Gedanken begleitete. Shearer sagte: »Mein Junge hatte auch so eins.«

»Ein Feuerwehrauto?«

»Ja, als er klein war. Er stand auf *Feuerwehrmann Sam*. Wir haben ihm genauso ein Feuerwehrauto gekauft, er ist damit den ganzen Tag überall im Haus herumgefahren und hat dabei auch immer ein Sirengeheul von sich gegeben. Es hat mich irre gemacht.« Seine Augen sagten etwas anderes. Sie hatte nicht gewusst, dass er einen Sohn hatte. Das war ein Shearer, den sie noch nicht kannte. Sie hatte das Gefühl, etwas erwidern zu müssen.

»Wie alt ist ihr Sohn jetzt?«

»Neunzehn. Er studiert. Irgendwas Hochgestochenes, von dem er sich einen Job in der Politik verspricht. Er hat die Feuerwehrautos hinter sich gelassen. Ich verstehe seine Welt nicht mehr. Er steht auf Rapper, von denen ich noch nie etwas gehört habe, und auf Technik, die meinen Horizont übersteigt. Sie werden einfach zu schnell erwachsen.«

»Was ist mit dem Jungen von hier? Wo ist er?«

»Bei seinem Vater und seiner Großmutter. Seine Lehrerin hat uns informiert. Linda war bei Schulschluss nicht da, um ihn abzuholen. Mrs. Simmons, seine Lehrerin, hat sich Sorgen gemacht und Linda auf dem Handy angerufen. Als sie sie nicht erreichen konnte, ist sie hergekommen, hat Lindas Auto draußen stehen sehen und geklingelt. Als niemand reagierte, hat sie uns gerufen. Vorder- und Hintertür waren verschlossen, als wir kamen. Es gab keine Anzeichen für ein gewaltsames Eindringen. Die Nachbarn hatten gesehen, wie sie mit ihrem Sohn zur Schule gegangen ist. Sie haben sie nicht zurückkommen sehen, weil das Frühstücksfernsehen lief. Meine Leute machen eine Tür-zu-Tür-Befragung.« Shearer wand sich unwillig. »Sie trug das hier um ihren Hals. Ich habe mit Mulholland gesprochen und die meinte, ich solle Sie anrufen.«

Er reichte ihr einen wasserdichten roten Kunststoffbehälter an einem roten Band. »Ist zur Aufbewahrung von Kreditkarten, Geld und Schlüsseln beim Schwimmen. Damit sie nicht nass werden oder abhandenkommen. Machen Sie es auf.«

Sie klappte den Behälter auf und nahm ein Stück Papier

heraus. Sie konnte sich schon denken, was darauf stand. Sie fummelte es auseinander.

RECHNUNG ZWEI: LINDA UPTON
JETZT FÄLLIG
ZWEIHUNDERTFÜNFZIGTAUSEND PFUND

Sie seufzte tief. Es bestand zweifellos eine Verbindung zu der Ermordung von Rory Wallis. Robyn las die Forderung, die bei Lindas Leiche hinterlassen worden war, noch einmal. Das Feuerwehauto auf dem Treppenabsatz erinnerte sie schonungslos daran, wie groß der Verlust für diese kleine Familie war. Wie viele Waisenkinder würden es noch werden und wie viele Rechnungen würde es noch geben, bis sie den Killer aufgespürt hätten?

Sie ging hinunter ins Wohnzimmer, Kunststoffteile waren über den dicken bordeauxroten Teppich verstreut. Das Zimmer war mit hellgrauen Wänden und bequemen Sofas geschmackvoll und behaglich eingerichtet. Wieder musste sie seufzen, als sie einen Teddy sah, der in der Ecke eines Sessels lag – ein weiteres Zeichen dafür, dass es sich hier um das Zuhause einer Familie handelte. Sie machte einen Bogen um die Plastikteile auf dem Boden und bemerkte auf dem Tisch ein Schaubild von einem Dinosaurierskelett. Je mehr sie suchte, desto mehr Hinweise auf den Jungen fand sie. Dort gab es fein säuberlich in Regalen angeordnete Kinder-DVDs sowie an chinesischen Ornamenten entlang geparkte Spielzeugautos. Es gab Familienfotos, sie standen aufgereiht auf einem Regalboden, darauf umarmte die freudig strahlende Linda mit kastanienbraunem Haar einen kleinen Jungen und beide kicherten. Bilder zeigten die Drei im Zoo vor einem Elefantengehege. Es gab weitere Fotos von ihr und ihrem Mann beim Abendessen in einem Restaurant am Strand sowie bei der Hochzeit von Freunden, und eines von Linda mit einer Freundin. Beide trugen Laufklamotten und hielten Medaillen eines Wohltätigkeitslaufs hoch. Darauf hatte Linda kürzere Haare und war etwas fülliger. Ihre

Freundin war gertenschlank und blond, sie sah sehr sportlich aus. Beide hatten rosa Schleifen im Haar.

Robyn wandte sich von den Fotos ab und sah sich ein letztes Mal um. Die Spurensicherung machte sich jetzt im ganzen Haus breit. Und sie musste Platz machen. Sie warf noch einen letzten Blick auf die verstreuten Dinosaurierteile und fragte sich, wie jemand so kaltblütig sein konnte, eine Frau zu ermorden, die ein kleines Kind hatte. Wer auch immer das getan hatte, sie schwor sich, ihn zu kriegen.

20

Er kam ihr immer näher. Er war felsenfest überzeugt. Er spürte es bis ins Mark. Er konnte sie rufen hören. Die Tabletten, die die Schmerzen in seinem Kopf linderten, hatten ihn schläfrig gemacht und er konnte sich nicht mehr auf das Fernsehprogramm konzentrieren. Das Gesicht der Moderatorin kam ihm bekannt vor – schulterlanges blondes Haar und feine Gesichtszüge, genau wie sie. Je mehr er sie mit zusammengekniffenen Augen fixierte, desto fester war er davon überzeugt, dass sie es war, sie, seine Geliebte. Er blinzelte, aber das Bild blieb verschwommen. Er hätte seine Tabletten nicht mit Bier nehmen sollen. Wenn er so weitermachte, würde es damit enden, dass er sich selbst umbrachte, bevor er das Versprechen erfüllen konnte, das er ihr gegeben hatte.

Sein Handy zeigte einundzwanzig Uhr. Auch dass es im Zimmer dunkel war, sprach dafür, dass es neun Uhr abends war. Er hatte ein paar Tabletten eingeworfen und sie mit Bier hinuntergespült. Er wusste nicht mehr wieso. Hatte es vielleicht etwas damit zu tun, dass er jemandem etwas angetan hatte? Ah ja, Linda Upton. Er genoss die kurz aufflackernde Erinnerung daran, wie er mit dem Baseballschläger ausgeholt hatte und an das Geräusch, als er ihre Schulter zerschmetterte, ihr jämmerliches Geheule. Sie war so schwach gewesen. Hatte so leicht aufgegeben.

Als er sie nach oben getragen hatte, war sie kaum lebendiger als eine Marionette gewesen. Zweifellos hatte sie gedacht, er hätte es auf ihren Körper abgesehen. Angewidert verzog er das Gesicht. Niemanden hätte er je weniger begehrt. Er hatte auch keine Erregung empfunden, als er an ihren Klamotten herumgezerrt, sie hin und her geschoben und sie schließlich Stück für Stück ausgezogen hatte. Dabei musste er an den Knöpfen ihrer Bluse reißen, bis sie den spitzenbesetzten Büstenhalter freigaben, weil sie sich nicht so einfach öffnen ließen. Als sie ihn mit ausdruckslosen Augen anstarrte und vor Angst, er könne sich an ihr vergehen, erzitterte, da hatte ihn die Wut gepackt. Wie konnte sie es wagen? Er packte sie an den Haaren und zerrte sie vom Bett bis ins Bad. Sie winselte wie ein Kind und wartete ergeben auf den Knien, während er Wasser in die Wanne einließ. Verzweifelt bemühte sie sich darum, ihm keinen Anlass für einen weiteren Angriff auf ihren schwächlichen Körper zu geben. Er musste sich beherrschen, bis sie auf seinen Befehl hin freiwillig in die Wanne stieg. Vielleicht hoffte sie immer noch, er würde sie gehen lassen. Sie kniete in der Wanne, wie er es ihr aufgetragen hatte, und erst als er ihr Gesicht ins Wasser drückte, begann sie zu kämpfen, aber da war es schon zu spät. Er presste ihren Kopf gewaltsam in die Wanne, sodass ihre bereits gebrochene Nase auf den Boden schlug. Er wollte sichergehen, dass das Wasser so lange in großen Schlucken in sie eindrang, bis sie aufhörte, zu zappeln und um sich zu schlagen. Die Erinnerung ließ ihn erneut lächeln. Sie hatte ihre wohlverdiente Strafe erhalten. Wieder zu Hause hatte er sich zur Feier des Tages einen Drink gegönnt und dann noch einen, bis er vor dem Fernseher das Bewusstsein verloren hatte.

Er konnte sich nicht mehr erinnern, wann er zuletzt etwas gegessen hatte. Es könnte gestern gewesen sein oder vorgestern. Manchmal verlor er die Übersicht über ganz alltägliche Sachen wie das Essen. Aber er musste etwas essen. Es war Montagabend und er musste morgen arbeiten. Er setzte sich aufrecht hin, dabei wurde ihm schwindelig. Er wollte sich wieder aufs Sofa legen und in seine Traumwelt zurückkehren, aber das ging nicht. Im Fernseher lächelte die Moderatorin und ließ ihre Zähne so weiß strahlen, dass es ihm in den Augen schmerzte. Jetzt sah er wieder richtig, die Moderatorin sah billig aus in ihrem Glitzerkleidchen, aus dessen tiefem Ausschnitt ihre Brüste hervorquollen. Im Handumdrehen wurde er wütend. Wie war er nur darauf gekommen, dieses Flittchen würde auch nur annähernd so aussehen wie sein wundervoller Engel? Er schleuderte die Fernbedienung in Richtung des Fernsehgerätes. Sie schlug gegen den Bildschirm und fiel mit einem dumpfen Geräusch auf den Fußboden. Aber nichts war kaputtgegangen. Und wenn schon, es wäre ihm egal gewesen.

Er zwang sich aufzustehen und schwankte. Das Zimmer schien sich zu drehen. Wie viele Pillen hatte er geschluckt? Sechs leere Dosen lagen verstreut auf dem Boden und der Geruch von abgestandenem Bier stieg ihm in die Nase. Er hätte kotzen können. Im Zimmer war es dunkel, nur das blaue Licht des Fernsehers flackerte wie eine langsame Diskoleuchte und warf tanzende Schatten an die Wände. Er stieß gegen den kleinen Tisch und fluchte. Mit ausgestreckter Hand tastete er nach dem Lichtschalter und kniff die Augen zu, als die nackte Glühbirne über dem Sofa anging. Er sah sich im Zimmer um und machte eine Bestandsaufnahme. Das war also aus ihm geworden: Bierbüchsen, ein ausgeblichenes Sofa mit abgewetzten Stellen, ein gebraucht gekaufter Fernseher, ein kleiner verkratzter Tisch. Er machte sich nichts aus Besitz – das Kostbarste, was er je besessen hatte, war ihm genommen worden und nichts würde es jemals ersetzen können. Der Fernseher flimmerte und warf sein Licht auf die Wände und die unzähligen Fotos von einer Frau, die überall zu finden waren.

Er schlurfte zur Kochnische – einer Küchenzeile direkt vor seinem Schlafzimmer. Sie bestand nur aus dem Allernötigsten: Spüle, Kühlschrank, Mikrowelle, Gaskocher, Wasserkessel und Toaster. Er öffnete den Kühlschrank und rümpfte die Nase, als ihm ein säuerlicher Gestank entgegenschlug. Er hatte wieder einmal vergessen, die abgelaufene Milch wegzuschütten. Auf dem Einlegeboden lag ein Stück unappetitlicher Käse, eine angebrochene Dose Bohnen und eine Fleischpastete. Er griff nach Letzterer, zog die Verpackungsfolie ab und bis von der Pastete ab. Er kaute gedankenversunken und versuchte, sich zu konzentrieren. Er war schon seit mehr als einem Tag neben der Spur. Er musste wieder zu Kräften kommen. Er schaute auf den Kalender neben dem Kühlschrank – ein großes rotes ›X‹ stand neben dem 27. November. Er kaute weiter. Die Pastete schmeckte wie Pappe. Er drehte den Wasserhahn auf und versuchte, die in seinem Mund klebenden Fleisch- und Pastetenstückchen hinunterzuspülen. Nach einer Weile gab er es auf und legte den Rest zurück in den Kühlschrank. Er trank noch etwas Wasser. Dabei zeichnete er das ›X‹ langsam mit dem Finger nach. Ihm blieb nicht mehr viel Zeit.

21

Mitz nahm den Anruf der Journalistin Amy Walters entgegen.

»Ich habe mich gefragt, ob Sie vielleicht schon Einzelheiten zum Mord an Linda Upton nennen können«, säuselte sie. »DI Carter wurde am Tatort gesehen, was zu der Frage führt, ob möglicherweise ein Zusammenhang mit dem Tod des Wirtes Rory Wallis vor vier Tagen in Lichfield besteht?«

Mitz grummelte »Kein Kommentar« und knallte den Hörer auf die Gabel. »Wie ist die denn hierher durchgekommen«, fragte er Anna.

»Wer?«

»Die neugierige Walters von der Lichfield Times.«

»Sprich die Zentrale darauf an. Die dürfen eigentlich keine Journalisten zu uns durchstellen. Wahrscheinlich hat sie sich irgendwie durchgemogelt. Besser, du warnst die Chefin. Das wird sie nicht freuen.«

Mitz ging mit großen Schritten an ihrem Schreibtisch vorbei und lehnte sich mit einer Tasse Kaffee in der Hand gegen den Türpfosten. Nachdenklich runzelte er die Stirn. Die letzten Tage waren lang gewesen und die Besprechung eben eine einzige Enttäuschung. Sie waren keinen Schritt weiter gekommen, eine Verbindung zwischen Rory Wallis und Linda Upton herzustellen, noch hatten sie auch nur den geringsten Hinweis darauf, wer diese abscheulichen Taten begangen haben könnte.

Das Büro war leer abgesehen von Mitz und Anna, die gerade die Aussagen zum Fall Linda Upton durchging. Mit einem tiefen Seufzer sagte sie: »Ich kann einfach nicht glauben, dass niemandem ein Fremder aufgefallen ist. Es ist doch ein Dorf und ich dachte, die Menschen in kleinen Dörfern wissen immer, was gerade los ist. Das sind doch normalerweise verschworene Gemeinschaften, oder nicht?«

»Die Zeiten haben sich geändert. Dörfer wie Kings Bromley sind heute voll von Leuten, die vorher in Städten wie Birmingham gelebt haben. Einige wissen nicht mal, wer nebenan wohnt. Die Zeiten sind vorbei, als man sich im Gemeindesaal zu gemeinsamen Veranstaltungen traf und jeder genau wusste, wann es eine Geburt zu feiern gab oder ein Todesfall zu betrauern war.«

»Ich fass es nicht. Wir haben zwei Mordfälle und niemand hat etwas gesehen? Niemandem ist ein fremdes Auto aufgefallen? Das kann doch gar nicht sein, ich merke sofort, wenn jemand auf unserem Parkplatz steht.«

»Weil du so eine aufmerksame Beamtin bist«, gab Mitz grinsend zurück.

Gedankenversunken ignorierte Anna seine Bemerkung. »Es müssen doch Leute dagewesen sein, die mit ihrem Hund draußen waren oder von der Schule zurückgekommen sind, nachdem sie ihre Kinder dorthin gebracht haben, oder die mit dem Bus gefahren sind oder auf einen gewartet haben ...« Sie brach mitten im Satz ab. »Busse«, wiederholte sie langsam. »Ich brauche einen Busfahrplan.« Sie sprang fast zum Computer, beugte sich über die Tastatur und hämmerte wie wild auf sie ein. Mitz stellte sich zu ihr. Sie hatte die Buslinien aufgerufen und studierte sie.

»Es fahren nicht viele Linien durch das Dorf. Es gibt einen Bus nach Burton-upon-Trent um Viertel vor acht morgens, einen weiteren mittags und zwei am Nachmittag. Nach Lichfield fahren Busse um zehn nach sieben und um Viertel nach zehn sowie zwei andere viel später am Tag. Was, wenn unser Verdächtiger mit dem

Bus gekommen oder weggefahren ist und an der Haltestelle im Dorf gesehen wurde? Wie weit ist es von Lindas Haus bis zu der Bushaltestelle hier?«

»Sie liegt in Nähe der Kreuzung auf der A513 und ihr Haus befindet sich in der anderen Richtung von der A515 abgehend. Das ist nicht weit. Etwa fünf Minuten von ihrer Straße aus.«

»Ich weiß, es klingt verrückt, aber wir sollten uns das mal ansehen und vielleicht sogar mit der Busleitstelle sprechen. Viele der Fahrgäste auf diesen Nahverkehrsstrecken fahren regelmäßig. Es könnte doch sein, dass einem der Fahrer ein neues Gesicht aufgefallen ist.«

Mitz tätschelte ihr herzlich die Schulter. »Gute Arbeit. Da wäre ich nicht darauf gekommen. Möchtest du dem nachgehen?«

Anna klappte die Lehne ihres Stuhls nach hinten. »Darauf kannst du Gift nehmen.«

Robyn war in Mulhollands Büro. Shearer hatte sich ausnahmsweise von seiner liebenswürdigen Seite gezeigt und ihr seine Ermittlungsergebnisse aus dem Haus von Linda Upton ohne zu zögern überlassen. »Viel Glück«, hatte er ihr gewünscht. »Nicht, dass Sie es brauchen würden. Sie werden schon herausfinden, wer auch immer das getan hat.« Sie hütete sich, daraus vorschnelle Schlüsse zu ziehen. Shearer war im Normalfall nicht so entgegenkommend und er war auch nicht der Typ, der mit zunehmendem Alter milder wurde.

In dem Büro war es zu warm. Sie fühlte sich unbehaglich und wollte lieber wieder an die Arbeit gehen, statt hier herumzulungern. Sie hasste es, Zeit zu vergeuden, und jede Minute bei Mulholland war vergeudet. Sie sollte bei ihren Leuten sein.

Mulholland schlug die Beine übereinander und tippte mit einem Finger auf die Akte Rory Wallis. »Also bislang kaum Fortschritte, DI Carter?«

Sie starrte auf das Foto, auf dem PC Louisa Mulholland eine Auszeichnung für besondere Tapferkeit verliehen bekam. Auf dem Foto war sie zwanzig Jahre jünger, zierlich, fast zerbrechlich. Kaum jemand wäre auf die Idee gekommen, sie würde es einmal zur Leiterin eines großen Reviers bringen. Mulholland hatte in ihrem Leben viel durchgemacht, unter anderem hatte sie ihren Mann früh verloren, aber sie hatte sich stets in die Arbeit gestürzt und war besessen davon, Ergebnisse zu liefern und Kriminelle zu überführen. Robyn vermutete, dass es zwischen ihnen beiden große Ähnlichkeiten gab. Die Arbeit war auch ihr Leben und die Kraft, die sie antrieb. Das war es, was sie jeden Morgen aufstehen ließ und all ihr Denken bestimmte. Sie kannte den Unterton in Louisas Stimme – es war eine Mischung aus Ungeduld und Hoffnung. Robyn wusste, dass Mulholland auf das berühmte Bauchgefühl setzte, das ihr nachgesagt wurde, auch wenn die vertrauten Stimmen, von denen sie sich leiten ließ, in diesem Fall bisher stumm geblieben waren.

»Ich gebe zu, dass wir, zumindest im Moment, noch im Dunkeln tappen. Ich habe meine Beamten darauf angesetzt, die Aussagen noch einmal durchzugehen und jeden aufzuspüren, der in der Nacht, in der Rory Wallis ermordet wurde, in der Stadt gewesen sein könnte. Wir haben mit allen Schnapsläden in der Umgebung gesprochen und auch mit den großen Supermärkten am oberen Ende der Green Hill Road, auf der Suche nach Zeugen, die sich an jemanden erinnern können, der eine Flasche Moët & Chandon gekauft hat. Wir haben alle erdenklichen Menschen befragt, die in dieser Nacht in Lichfield gewesen sind. Genauso haben wir alle Anwohner in der Straße befragt, in der Linda Upton gewohnt hat, und sind die Hauptstraße abgegangen in der Hoffnung, dass jemand ein fremdes Auto oder ungewöhnliche Vorkommnisse bemerkt hat. Anna hat die Handys und Notebooks beider Opfer durchforstet und versucht herauszufinden, ob es zwischen ihnen irgendeine Kommunikation gegeben hat und ob sie etwas anderes finden kann, das uns weiterhilft. Matt überprüft die Halter der Fahrzeuge, die zu der Zeit, als Rory Wallis ermordet wurde, auf dem Parkplatz standen. Die Rekonstruktion, die wir im Happy Pig durchgeführt haben, hat keine brauchbaren Hinweise geliefert und wir haben Energie und Zeit damit verschwendet, jedem Anruf, den wir erhalten haben, nachzugehen.«

Louisa Mulholland schüttelte bei diesen Neuigkeiten den Kopf. »Ich weiß nicht, wie lange ich diese Sache noch unter Verschluss halten kann. Die Presse lechzt nach Informationen und zum gegenwärtigen Zeitpunkt möchte ich noch nicht zugeben müssen, dass es eine Verbindung zwischen den beiden Fällen gibt. Amy Walters von der Lokalzeitung hat heute schon zwei Mal angerufen. Ich habe ihr jedes Mal gesagt, dass ich weder mit ihr noch mit anderen Pressevertretern reden werde. Die Leute werden schnell nervös, wenn sie glauben, da draußen würde ein Serienmörder herumlaufen. Sagen Sie mir, dass Sie etwas, irgendetwas in der Hand haben, das ich denen zum Fraß vorwerfen kann, um sie zu beruhigen.«

Im Raum war es stickig, obwohl es November und draußen sehr kalt war. Robyn hatte plötzlich das Verlangen nach frischer Luft. Sie brauchte Platz. Alles ging so schnell und der Killer hinterließ nichts, was ihn verraten könnte. Sie spürte ein Kribbeln im Nacken. Das war der Punkt, der Killer arbeitete schnell. Zwischen den Morden lagen nur drei Tage. Diese Schuld, von der er dachte, dass die Leute sie zurückzahlen müssten, war jetzt fällig, und er verlor keine Zeit, die vermeintlichen Schuldner zu töten. Sie musste herausbekommen, worin für ihn der Gegenwert für die zweihundertfünfzigtausend Pfund je Opfer bestand. Sie befeuchtete ihre Lippen und presste sie zusammen. »Geben Sie mir vierundzwanzig Stunden, dann bringe ich Ihnen etwas.«

Mulholland fixierte sie mit einem stahlharten Blick. Sie nahm die Akten und übergab sie ihr. »Vierundzwanzig Stunden, mehr nicht. Wir müssen zeigen, dass wir die Sache im Griff haben. Wenn Sie nichts haben, muss ich den Fall DI Shearer übertragen.«

Wieder im Büro knallte Robyn die Akten auf ihren Schreibtisch. Ihre vierundzwanzig Stunden liefen. Sie hoffte, sie hatte nicht zu viel versprochen. Falls doch, hätte sie gerade ihren Fall und alle Aussichten auf eine Beförderung an Shearer verloren.

22

Sie lief mit leuchtendem Gesicht und ausgebreiteten Armen auf ihn zu. Er wartete an ihrer Bank, dem Ort, an dem sie zum ersten Mal zusammengesessen und sich unterhalten hatten. Es war auch so ein kalter Tag gewesen und in der Hoffnung, sie zu sehen, war er schon vier Mal mit dem Hund um den Stausee herumgegangen. Ein vertrautes Pochen in der Schläfe, ein Vorbote aufziehender Kopfschmerzen, setzte ein. Wenn sie nicht bald auftauchen würde, käme der rote Nebel. Stacey war überrascht und skeptisch gewesen, als er ihr angeboten hatte, mit dem Hund zu gehen. Für gewöhnlich konnte er mit dem dämlichen Mistviech nichts anfangen. Stacey ging ihm auf die Nerven mit ihrer blöden Kleinmädchenstimme und der Art, wie sie das Tier in den Arm nahm und es die ganze Zeit ›Baby‹ nannte. Obwohl sie ein wenig misstrauisch war, was seine Motive betraf, ließ sie ihn den Hund mitnehmen, dankbar für die kleine Auszeit.

Er zog den Hund, einen weißen West Highland Terrier, ungeduldig sie wiederzusehen, hinunter zum Stausee. Der Hund trippelte unternehmungslustig neben ihm her und ließ die kleine rosafarbene Zunge heraushängen. Er hegte gemischte Gefühle für dieses Geschöpf, aber heute musste es seinen Beitrag dazu leisten, ihre Aufmerksamkeit auf ihn zu lenken. Während er an der Bank stand, zog er zur Beruhigung seiner Nerven an einer Zigarette. Alfie, der Westie, schnüffelte im Gras herum und zog an der Leine. Er war fasziniert von den Enten, die am Wasser entlangwatschelten und deren grünes und blaues Gefieder in der Morgensonne glänzte. Er setzte voll auf Alfie.

Plötzlich erschien sie aus Richtung der Kathedrale, wie sie es immer tat, bog nach rechts ab und begann, den Stausee zu umrunden. Sie konnte ihn noch nicht sehen. Sie würde um das Bootshaus herumlaufen und an dem Schulhof vorbei, bevor er in ihrem Blickfeld auftauchen würde. Die richtige Zeitplanung war das A und O. Er öffnete den vorbereiteten Plastikbeutel mit dem Brot und warf den Enten die Krümel zu. Mit lautem Gequake watschelten sie zu dem Futter und pickten es unter erregtem Schnattern auf. Ihr Lärm war das Signal für weitere Enten, die herbeiflogen und begierig sich den anderen beim Fressen anzuschließen, mit wildschlagenden Flügeln im Wasser landeten. Er zählte im Stillen. Er wusste, wie lange sie brauchen würde. Er hatte sie so oft beobachtet. Fünfunddreißig – jetzt war sie am Bootshaus vorbei. Vierundvierzig. Sie passiert den Schulhof, noch zehn Schritte, bis sie um die Biegung kommen und ihn sehen würde. Er bückte sich und machte den erregten Alfie los, der an der Leine zerrte, um zu den Enten zu kommen. Er flüsterte gespielt aufgeregt: »Enten, Alfie, Fass!« Alfie rannte kläffend los und scheuchte die Enten auf. Der herumrasende Alfie, der ganz in seinem Element war, und die quakenden Enten verursachten einen Heidenlärm. »Alfie, hierher!«, rief er, doch der Hunde hörte ihn nicht. Die Enten versperrten jetzt den Weg und sie musste langsamer werden und schließlich stehenbleiben. Er lächelte ihr um Entschuldigung bittend zu. »Es tut mir furchtbar leid. Ich weiß nicht, wie er sich abgeleint hat. Normalerweise ist er ganz harmlos.« Er rief erneut nach dem Hund, diesmal winkte er mit einem Beutel Leckerchen. Alfie ließ von seinem Spiel ab und rannte zu ihm zurück, machte brav Sitz und hob wie zur Begrüßung eine Pfote. Das war eines der Kunststückchen, die Stacey ihm beigebracht hatte.

Er gab Alfie ein Leckerchen. Die Frau lächelte den Hund an, der jetzt die andere Vorderpfote hob.

»Fürs Entenjagen hat er eigentlich keine Belohnung verdient«, sagte er, »aber er ist einfach so niedlich, ich kann ihm nicht widerstehen. Möchten Sie sehen, wie er ›böser Hund‹ spielt?«

»Ja, gerne.« Ihre Augen funkelten belustigt.

»Alfie, du böser, böser Hund.«

Alfie ließ sich auf den Boden fallen, verzog die Brauen und verdeckte seine Augen mit den Pfoten. Sie prustete vor Lachen. »Oh, das ist ja entzückend.«

Sie kamen ins Gespräch, sie setzte sich zu ihm auf die Bank. Sie erzählte ihm von dem Hund, den sie als Kind gehabt hatte. Er ließ sie Alfie im Tausch gegen Kunststückchen Leckerchen geben. Sein Herz hämmerte in seiner Brust, als er einen Hauch ihres blumigen Parfums einatmete. Er blickte in ihre sanften grauen Augen und verspürte einen starken Drang, ihr perfektes Gesicht mit der hübschen Nase und den wunderbaren geschwungenen Lippen zu streicheln. Noch nie hatte er jemanden so sehr begehrt. Nach einer Weile machte sie sich wieder auf den Weg und winkte ihm noch einmal zu, als sie ihn auf der Bank zurückließ. Er schwebte förmlich nach Hause und hatte ausnahmsweise nicht das Bedürfnis, Alfie einen Tritt zu versetzen, als sie dort ankamen.

Jetzt kam sie wieder auf ihn zu, die Arme weit ausgebreitet, um ihn festzuhalten. Er streckte ihr die Hände entgegen, versuchte verzweifelt, sie mit seinen Armen zu umschlingen. Sie wirkte so lebendig. Er verstand, wieso und warum sie so glücklich zu sein schien. Es war seinetwegen. Es lag daran, dass er endlich die Schuld zu tilgen begann, diese Schuld, die voll bezahlt werden musste. Sobald das geschehen war, würden sie wieder zusammen sein. Sie war so nah, er konnte fast ihre Hände berühren. Sein Herz überschlug sich vor Freude.

Der Klang einer Krankenwagensirene schreckte ihn auf, er lag da wie betäubt. Es hatte sich so real angefühlt. Wie konnte das bloß ein Traum gewesen sein? Er wollte nicht wahrhaben, dass er sich alles nur eingebildet hatte. Es war ein Zeichen von ihr. Sie wollte, dass er weitermachte, und das würde er. Er würde erst aufhören, wenn die Schuld voll bezahlt war.

Sein Mund war trocken. Er taumelte ins Bad und nahm zwei Tabletten. Ihre Wirkung ließ in letzter Zeit merklich nach. Er würde noch ein paar brauchen, bevor er sich auf der Arbeit sehen lassen konnte. Sein Job diente lediglich einem Zweck. Er machte ihm keinen Spaß. Aber alles war ein Teil des Ganzen. Er schloss die Augen und dachte an ihr strahlendes Lächeln. Wie viel heller würde es erst strahlen, wenn es ihm gelänge, eine weitere ausstehende Schuld einzutreiben. Er hatte nicht vorgehabt, sie so schnell abzuarbeiten, aber jetzt wollte er mehr als je zuvor mit ihr zusammen sein. Er öffnete die Augen und sah, was seine Arbeitskollegen tagtäglich sahen – einen farblosen Menschen, einen Menschen, den niemand eines zweiten Blickes würdigte. Ja, es würde ganz einfach werden, einen weiteren Teil der Schuld zu tilgen. Morgen war Mittwoch. Morgen würde er es tun.

23

Robyns Füße trommelten auf die Straße. Der kalte Luftzug beruhigte ihren Kopf und die rhythmische Laufbewegung half ihr, ihre Gedanken zu bündeln. Nachdem sie aus Mulhollands Büro gekommen war, hatte sie ihre Laufklamotten angezogen, die stets in ihrem Spind hingen, und war losgerannt. Ein Lauf würde ihr mehr bringen als etwas zu essen.

Sie lief direkt zum Victoria Park, einem schönen, preisgekrönten Park im Zentrum von Stafford. Sie nahm den Eingang bei dem Vogelgehege, das von Vertretern der unterschiedlichsten Arten bevölkert wurde, darunter Pfaue und farbenprächtige Wellensittiche.

Sie lief schneller, um den Schmerz abzuschütteln, der anfing sich in ihrer Brust auszubreiten. Dieses Gefühl hatte sie häufig, wenn sie die Erinnerung an Davies überkam. Sie konzentrierte sich auf den Killer. Zweihundertfünfzigtausend Pfund waren ein schöner Batzen. Hatte er vielleicht einen Prozess verloren? Hatte er eine Verletzung erlitten und entsprechende Ansprüche geltend gemacht? Wenn dem so war, welche Verbindung hätte das zu Rory Wallis und Linda Upton? Das musste überprüft werden. Im Geist legte sie eine weitere Notiz auf ihrer wachsenden Liste an. Ihr Handy vibrierte und sie hielt in der Nähe einer Baumgruppe mit kahlen Zweigen an, um das Gespräch entgegenzunehmen. Der morgendliche Frost war verflogen, aber unter den Bäumen funkelte noch ein weißer Teppich. Sie hielt sich das Telefon ans Ohr. Es war Tricia.

»Entschuldige, ich weiß, ich sollte dir nicht auf die Nerven gehen, während du arbeitest. Ich habe gehofft, es gäbe etwas Neues zu Miles. Ich habe wieder und wieder darüber nachgedacht und bin sicherer denn je, dass er an dem Abend nicht vorhatte, in die Sauna zu gehen.«

Robyn hatte ein schlechtes Gewissen, weil sie Miles Ashbrook nicht mehr Zeit hatte widmen können, obwohl sie immerhin die zweitbeste Lösung gefunden hatte, als sie Ross darum bat, sich die Sache einmal anzuschauen.

»Ich kann dem selbst nicht nachgehen, deshalb habe ich vor Ort einen verdeckten Ermittler eingesetzt.« Sie musste nicht wissen, dass es sich um einen Privatdetektiv handelte, der offiziell nichts mit der Polizei zu tun hatte. »Sobald ich etwas höre, lasse ich es dich wissen.«

Tricia klang verheult. Sie schniefte. »Danke. Ich bin bei seiner Mutter. Wir kümmern uns um die Beerdigung. Nächsten Mittwoch findet in der Kirche seiner Gemeinde ein Gottesdienst statt. Das hat so viele Erinnerungen an meinen Bruder Mark geweckt. Miles' Mutter ist am Boden zerstört. Sie kann genauso wenig wie ich verstehen, warum ihr Sohn in die Sauna gegangen sein sollte. Ich werde mich später mit ihr hinsetzen und seine persönlichen Sachen durchgehen, die man ihr aus Bromley Hall zugeschickt hat. Sie möchte das nicht alleine tun. Ich habe gehofft, du hättest vielleicht etwas gefunden, das uns hilft, mit Miles abzuschließen. Im Moment können wir uns einfach noch nicht damit abfinden, dass er nicht mehr da ist.«

Robyn kannte das Gefühl hinter ihren Worten. Jemanden zu bestatten, war erst der Anfang. Es kostete so viel Zeit, mit dem Umstand klarzukommen, dass diese Person nie wieder zurückkommen würde. Ross wollte anrufen, sobald er etwas hatte. Dass er es bisher noch nicht getan hatte, verhieß nichts Gutes. Vielleicht musste Tricia sich von dem Gedanken verabschieden, dass Miles ermordet wurde.

»Wenn es etwas gibt, das auch nur im Entferntesten verdächtig ist, werden wir dem nachgehen und ich lasse es dich wissen. Richte Miles' Mutter bitte mein Beileid aus. Wir werden unser Bestes tun.«

Sie beendete das Gespräch und lief weiter. Eine Mutter mit einem kleinen Kind fütterte die Enten, die auf dem Fluss Sow schwammen, der durch den Park floss. Sie konzentrierte sich auf die Fakten, die sie hatte. Rory Wallis war allein im Pub, als er eine Flasche Champagner getrunken hatte, bevor ihm die Kehle durchgeschnitten wurde. Linda Upton hatte nichts getrunken. Der toxikologische Befund war, was Alkohol und Drogen betraf, negativ. Sie wurde irgendwann zwischen neun Uhr morgens und zwölf Uhr mittags in ihrer Badewanne ertränkt. Das rhythmische Geräusch ihrer Füße auf dem Asphalt des Parkrundwegs brachte sie wieder zur Ruhe und sie hatte endlich das Gefühl, es mit einem Puzzle zu tun zu haben, das sie lösen konnte. Sie brauchte lediglich noch ein Teil, das ihr den Weg wies. Ein paar Minuten später flackerte, begleitet von einem Kribbeln in der Kopfhaut, kurz ein Anflug von Erleuchtung auf, um fast sogleich wieder zu erlöschen. Der Mörder hatte Lindas Kleidung entfernt, aber nicht ihre Unterwäsche. Warum hat er sie nicht ganz ausgezogen oder ihr alle Klamotten angelassen? Genauso unwahrscheinlich war, dass Wallis ein Glas Champagner getrunken hätte, geschweige denn eine ganze Flasche. Der Mann war Abstinenzler. Das musste etwas zu bedeuten haben. Sie bekam die Antwort noch nicht zu fassen. Es gab aber ein Muster, sie musste es nur sehen und seinen Sinn enträtseln.

24

Der betörende Geruch der Duftkerze und die Regenwaldklänge im Hintergrund hatten Ross vor allem in Verbindung mit der zutiefst entspannenden Massage beinahe in einen tiefen Schlummer versetzt. Lorna, die gerade die Verspannungen in seinen Schultern löste, hatte seiner Meinung nach magische Finger – sicher, stark und in der Lage, jeden Muskel aufzuspüren und zu kneten, bis er sich warm und entspannt anfühlte. So hatte er bis jetzt völlig vergessen, warum er eigentlich hier war.

»Würden Sie sich bitte umdrehen«, bat sie leise.

Er gehorchte. Mit dem Gesicht nach oben, war es leichter, sich mit ihr zu unterhalten.

»Arbeiten Sie schon lange hier?«

»Seit sechs Jahren«, erwiderte sie.

»Gefällt es Ihnen hier? Es scheint wirklich ein angenehmer Ort zum Arbeiten zu sein.«

»Es ist ganz okay. Wir sind eine kleine Truppe, aber wir verstehen uns gut.«

»Haben Sie viele berühmte Gäste aus dem Hotel hier?«

»Früher hatten wir ein paar Popstars und Leute, die man aus dem Fernsehen kennt. Aber ich darf nicht darüber reden. Wir müssen die Privatsphäre aller Gäste achten, egal, um wen es sich handelt. Als Lord und Lady Bishton das Haus noch geführt haben, sind jedes Wochenende irgendwelche Berühmtheiten angereist. Sie landeten gewöhnlich mit ihren Hubschraubern oder fuhren in Limousinen vor. Das war fantastisch. Wir durften uns sogar nach der Arbeit mit ihnen an der Bar treffen. Lord B. wusste, wie man große Namen herbringt.« Sie senkte die Stimme und flüsterte ihm die Namen einiger namhafter Personen zu, die früher hier zu Gast gewesen waren.

»Damals war es etwas anderes. Heutzutage haben wir wohlhabende Gäste, aber kaum noch Promis. Seit Lord Bishton das Haus verkauft hat ist alles anders geworden. Das Unternehmen, das das Hotel gekauft hat, hat einige Neuerungen eingeführt und jetzt gibt es fünfzig weitere Club-Mitglieder, die die Einrichtungen tagsüber nutzen können, zusätzlich zu den Hotelgästen. Heute geht es nur noch ums Geld«, grollte sie. »Mir war es lieber hier, als alles noch kleiner und intimer war. Die Bishtons haben diesen Anbau nur errichten lassen, um das Haus besser verkaufen zu können. Ich habe gerne im Herrenhaus gearbeitet. Dort hatten wir eigene Behandlungsräume im Erdgeschoss in den umgebauten Dienstbotenquartieren. Ich habe die alte Ausstattung in Rot und Gold geliebt. Man hatte das Gefühl, an einem besonderen Ort zu arbeiten. Das hier könnte jedes x-beliebige moderne Wellnesshotel sein.«

»Wie war das vor dem Anbau?«

»Das Herrenhaus hatte genauso zweiundzwanzig Zimmer wie jetzt auch. Die Long Galley unten war ein großer Speisesaal, außerdem gab es eine Champagnerbar. Heute wird die Long Galley nur noch als Tanzsaal für den jährlichen Sommerball genutzt. Aus dem alten Ballsaal haben sie den Speisesaal gemacht, den die Gäste auch abends nutzen können. Als wir noch Popstars zu Besuch hatten, haben die manchmal nach dem Abendessen spontan improvisierte Konzerte gegeben. Der Wellnessbereich lag eigentlich unter diesem Stockwerk. Heute ist alles anders, jetzt befinden sich dort der Speiseraum für die Beschäftigten und die Waschküche.

Dabei gab es mal ein atemberaubendes ovales Schwimmbecken. Die Seitenwände bestanden aus hunderten bunter Mosaiksteinchen und es gab Sprudeldüsen und Wasserfälle, um sich Hals und Rücken massieren zu lassen. Es war riesig, mit dicken Steinsäulen neben den Treppen und Löwenstatuen. Wenn man den richtigen Schalter betätigte, strömte Wasser aus den Mündern der Löwen. Man hatte das Gefühl, in einem ägyptischen Palast zu sein. Nicht, dass ich je in einem gewesen wäre«, kicherte sie.

»Es muss doch ein Vermögen gekostet haben, den Bereich trockenzulegen und zu verfüllen. Macht einen leicht verrückten Eindruck, wo man doch stattdessen den Speiseraum in dem Anbau hätte unterbringen können.«

Er spürte, dass sich der Druck auf seinen Hals und seine Schultern veränderte. Lorna nahm ihre Hände von seinem Körper.

»Das war's für heute, Mr. Cunningham. Warten Sie einen Moment, bevor Sie aufstehen, und richten Sie sich nicht zu schnell auf.«

Sie überließ ihn sich selbst. Er bewegte sich nicht gleich. Sein Verstand hatte Fahrt aufgenommen. Die Regenwaldklänge fingen an, ihm auf die Nerven zu gehen. Er setzte sich auf und versuchte, das entrückte Gefühl abzuschütteln. Hatte er sich das nur eingebildet oder war Lorna von jetzt auf gleich verstummt?

Jakub hatte die Umkleideräume geputzt und saß mit einem Kaffee in der Kantine, als der Gast auftauchte. Der Mann machte in seinem weiten weißen Bademantel und den kostenlosen Badelatschen einen ziemlich lächerlichen und sehr unbehaglichen Eindruck, als fühlte er sich völlig fehl am Platz. Sein Haar war ungekämmt, aber seine Augen waren hell und aufmerksam. Er hob eine Hand und kam zu Jakub an den Tisch.

Er lächelte freundlich. »Ich glaube, ich hab mich verlaufen. Meine Frau hat mir gesagt, das Restaurant wäre hier unten.«

Jakub schüttelte den Kopf. »Nein, hier ist Personal. Hier kein Restaurant.«

Der Mann nahm sich einen Stuhl und setzte sich ihm gegenüber. »Was für ein fabelhafter Ort! Ich bin froh, dass ich hergekommen bin. Ein Freund von mir war vor ein paar Jahren hier. Ich glaube, seitdem hat sich viel verändert. Er hat mir erzählt, hier gäbe es ein Schwimmbad.«

»Bad weg«, sagte Jakub und wünschte sich, der Mann würde wieder gehen. Er wollte seine Kaffeepause ungestört genießen. »Im neuen Teil«, fügte er hinzu, wobei er zu der Tür zeigte, durch die man in das neue Gebäude gelangte. Er hoffte, der Mann würde sich sofort aufmachen, um nachzusehen. Er tat es nicht. Stattdessen zog der Fremde eine Packung Schokoladenkekse aus der Bademanteltasche und bot Jakub einen an. Der lehnte jedoch ab.

»Sicher nicht? Sie sind sehr gut. Ich bin süchtig danach.« Er schüttelte einen heraus und biss hinein, bevor er die Packung weiterreichte. »Na, los. Nehmen Sie einen. Sie passen gut zu Ihrem Kaffee.«

Jakub grummelte ›Danke‹ und nahm einen aus der Packung. Er hatte wieder nicht gefrühstückt und Bruno war nicht da, um ihm einen Toast oder Reste zuzuschieben. Sein Magen knurrte dankbar.

»Arbeiten Sie schon lange hier?«

»Fünf Jahre.«

»Kannten Sie das Haus schon, bevor der Anbau errichtet wurde?«

Jakub nickte und kaute seinen Keks. Der Mann hatte recht. Er war sehr lecker.

»Schade, dass das Schwimmbecken verschwunden ist. Es klang irgendwie schön: Säulen, Löwenstatuen, Sprudelbäder.«

»Ja. Sehr schön, wie Kurbad in Polen.«

»Und trotzdem haben sie es dichtgemacht. Verrückt. Was sie wohl dazu veranlasst hat?« In gespielter Überraschung verzog Ross die Augenbrauen zu zwei Dreiecken über seinen hellen Augen. Jakub beobachtete das Gesicht des Mannes. Er war nicht die gewöhnliche Sorte Gast und Gäste suchten normalerweise auch nicht das Gespräch mit ihm, schon gar nicht über Sachen, die in der Vergangenheit passiert waren. Er schob sich den Rest des Kekses in den Mund und trank seinen Kaffee aus.

»Muss geh'n. Arbeit. Das Kantine für Personal. Sie auch gehen, bitte.«

Er schob seinen Stuhl zurück und verließ den Mann im Bademantel.

Ross nahm einen weiteren Keks heraus und biss hinein. Sein Gefühl hatte ihn nicht getrogen. Niemand wollte über den alten Wellnessbereich reden. Könnte da eine Verbindung zum Tod von Miles Ashbrook bestehen? Er würde es klug anstellen müssen, um aus diesem Völkchen hier etwas herauszukitzeln.

25

Robyn war von ihrem Lauf zurück und saß jetzt vor den ordentlich aufgereihten Notizen an ihrem Schreibtisch. Sie hatte ihre Gedanken einzeln auf diese quadratischen gelben Zettel geschrieben und war dabei, sie der Reihe nach durchzugehen, als Anna mit geröteten Wangen ins Büro stürmte. Sie schwenkte ihren Notizblock.

»Ich hab vielleicht 'ne Spur im Fall Linda Upton, Boss. Ein unbekannter Mann ist gesehen worden, als er auf den Bus nach Lichfield gewartet hat.«

Sie las die Angaben aus ihrem Notizblock vor. »Flora Mackay, sie wohnt in dem strohgedeckten Landhaus an der Manor Road, war gestern Morgen gegen zehn Uhr fünfzehn auf dem Weg zum Briefkasten, als sie einen Mann in einem blauen Mantel an der Bushaltestelle warten sah. Die Sicht auf ihn war durch das überwuchernde Buschwerk an der Haltestelle zum Teil verdeckt. Sie hat ihm außer einem missbilligenden Blick, als er eine Zigarettenkippe auf den Boden geworfen und mit dem Fuß zertreten hat, wenig Beachtung geschenkt. Das Dorf hat in diesem Jahr den Wettbewerb für das gepflegteste Dorf gewonnen und da sie dem Gemeinderat angehört, betrachtet sie es als ihre Aufgabe, darauf zu achten, dass alle sich an die Regeln halten. Der Rat hat sich zum

Ziel gesetzt, dafür zu sorgen, dass Kings Bromley das ganze Jahr über sauber und ordentlich ist. Sie wollte den Mann gerade darauf ansprechen, als der Bus kam und er einstieg. Flora hat die Kippe dann selbst aufgehoben und in die nächste Mülltonne geworfen.«

Annas Worte überschlugen sich: »Der Mann war kein Einheimischer. Flora weiß genau, wer in Kings Bromley wohnt. Sie hat ihr ganzes Leben dort verbracht und ist sowohl Mitglied des Gemeinderates als auch der örtlichen Kirchengemeinde. Möglicherweise hat der Mann nichts mit Linda Upton zu tun, aber es ist etwas, dem wir nachgehen sollten. Mitz ist im Busdepot und wartet auf den Fahrer, der die Strecke gestern gefahren ist. Anscheinend ist der Bus um diese Zeit nicht besonders voll, weshalb geplant ist, den Fahrplan auf nur noch zwei Fahrten pro Tag zusammenzustreichen. Wir könnten also Glück haben.«

Robyn betrachtete ihre junge Kollegin aufmerksam. Sie war eifrig darauf bedacht, einen guten Eindruck zu machen. Das erinnerte Robyn an sie selbst, als sie frisch bei der Truppe war. Sie kaute an einem eingerissenen Daumennagel. Es war durchaus möglich, dass Lindas Angreifer den Tatort ganz ungeniert verlassen und den Bus genommen hatte, um aus dem Dorf zu verschwinden, statt das Risiko einzugehen, dass jemand sein Auto sah. Vielleicht hatte er nicht mal ein eigenes. Anna war ihrem Instinkt gefolgt und wer war Robyn, sie dafür zu kritisieren? Im Moment war das alles, was sie hatten. Sie konnte keine Theorie ausschließen. Sie ließ von ihrem Nagel ab und starrte auf ihre eigenen Notizen, jede davon eine Theorie, ein Gedanke, kaum mehr als eine Ahnung.

»Und es besteht keine Chance, die Zigarettenkippe zu finden?«

Anna schüttelte den Kopf. »Ich habe sofort in der Mülltonne nachgesehen, aber sie war schon geleert worden.«

Sie nickte bekräftigend. »Wenn Linda Upton angegriffen wurde, kurz nachdem sie ihren Sohn zur Schule gebracht hat, ist es möglich, dass dieser Mann mit ihrer Ermordung zu tun oder wenigstens etwas gesehen haben könnte, das uns weiterbringt. Ich sehe hier, dass Flora den Mann beschreibt als ›zwischen dreißig und vierzig, mit dunkelblauer Jacke und Jeans‹.«

»Sie hat sich dafür entschuldigt, dass sie nicht besser helfen konnte. Sie hat ihn nicht besonders beachtet. Sie ist erst auf ihn aufmerksam geworden, als sie gesehen hat, wie er die Zigarette weggeworfen hat. Die Wörter, die sie verwendet hat, um ihn zu beschreiben, waren ›ungepflegt‹ und ›stieläugig‹.«

Ein Lächeln huschte über Robyns Lippen. »Das ist ein Ausdruck, den man nicht jeden Tag hört. Gut gemacht, Anna. Ich überlasse es Ihnen und Mitz, in dieser Richtung weiter zu ermitteln. Ich habe versucht, eine Verbindung zwischen Rory Wallis und Linda Upton zu finden, aber da war nichts. Matt hat Lindas Handy gebracht. Haben Sie auf ihren Seiten in den sozialen Medien und in ihren E-Mails irgendeinen Hinweis auf Rory Wallis gefunden? Waren sie Freunde auf Facebook oder ist sie ihm auf Twitter gefolgt?«

»Ich hab alles überprüft. Hat nicht lange gedauert, ihr Mann hat mir alle Passwörter überlassen. Es gibt nichts von Bedeutung in ihrer Anrufliste oder ihren E-Mails – nicht mal im ›Papierkorb‹. Sie scheint sich ab und zu mit einigen Frauen aus dem Dorf geschrieben zu haben, hatte eine Handvoll Freundinnen auf Facebook, Mütter wie sie selbst, und war in einigen gesundheitsbewussten Gruppen. Sie hielt sich fit, hat Pilates gemacht und ein paar Kurse im örtlichen Gemeindesaal besucht. Auf Rorys Geräten war nichts zu finden außer Anrufen bei seiner Mutter oder bei Nummern in Verbindung mit seiner Arbeit. Er war ein ziemlicher Einzelgänger. Mit Facebook hat er sich nicht beschäftigt und in seinem Browserverlauf ging es fast ausschließlich um Gaming-Webseiten.«

»Mist! Ich hatte gehofft, Sie hätten etwas gefunden. Okay, danke. Machen Sie erstmal weiter mit der Suche nach diesem Mann von der Bushaltestelle. Wenn jemand nach mir fragt, ich bin in dem Dorf etwa drei Meilen außerhalb von Kings Bromley.

Direkt an der A38. Es heißt Alrewas. Ich will mich mit Lindas Ehemann unterhalten.«

Spätblühende Rosen überwölbten den Eingang zu dem strohgedeckten Haus und klammerten sich mit letzter Kraft an ihre blassrosafarbenen Blütenblätter, die von den ersten Frösten des Jahres schon ganz verschrumpelt und an den Rändern braun geworden waren. Das Haus war das perfekte Bilderbuchmotiv umrahmt von zwei bezaubernden Fachwerkhäusern. Die kleine Straße hinter der Dorfkirche von Alrewas war für Robyn eine Offenbarung: durch und durch englisch, mit perfekten Vorgärten, jetzt fein säuberlich gestutzt und winterfest gemacht. Sie klopfte an die Tür von Blossom Cottage und wurde von einem großen schlanken Mann um die dreißig begrüßt. Sein Gesicht war fahl und seine Augen vor Müdigkeit geschwollen. Sie wusste, dass das Robert Upton war. Sie zeigte ihm ihren Dienstausweis und er bat sie herein.

Die Diele war schwach beleuchtet, aber der Duft frischen Gebäcks, der aus der Küche kam, sorgte für eine heimelige Atmosphäre. Robert öffnete eine Tür und führte sie in einen Raum mit niedrigen Holzbalken, der mit antiken Möbeln vollgestellt war und in dem ein Holzfeuer unter einem Feuerrost bollerte. Glänzende Pferdemessinge hingen über der Feuerstelle und in den Nischen in der Ziegelwand sah sie Fotos von lächelnden Menschen, denen sehr ähnlich, die sie im Haus in Kings Bromley gesehen hatte. Robert bot ihr einen Platz an und sie hatte sich gerade auf dem breiten Kissen niedergelassen, als die Tür aufging und eine Frau eintrat. Sie war elegant in maßgeschneiderte Hosen, einem Kaschmirpullover und teuren Halbschuhen gekleidet. Das aschblonde Haar wurde von einer großen Haarspange aus Schildpatt zusammengehalten.

»Mutter, das ist Detective Inspector Carter.«

Ein Hauch von Kummer legte sich auf das Gesicht der Frau. Sie flüsterte: »Geht es um Linda?«

Robyn nickte.

»Ich werde Louis beschäftigen«, fuhr sie fort. »Er fragt dauernd, wann sie zurückkommt.« Ihre Stimme bebte eine Sekunde lang, dann wandte sie sich ab, um zu gehen. Im selben Moment spazierte ein fröhlich dreinschauender Junge mit einem Spielzeugdinosaurier in der Hand ins Zimmer. Er sah sie aufmerksam an. »Hallo, ich bin Louis und ich bin vier Jahre alt. Wie alt bist du?«

»Eine Dame fragt man nicht nach ihrem Alter.« Roberts Mutter legte eine Hand auf den Kopf des Jungen. Der wand sich darunter weg.

»Warum nicht?«

»Es ist unhöflich zu fragen.«

»Warum? Ich finde es nicht unhöflich.«

»Nun, das nennt man Privatsache.«

»Mein Dinosaurier ist viele hundert Jahre alt«, sagte Louis, der seine Großmutter ignorierte und weiter ins Zimmer kam, um sein Spielzeug zu zeigen. Robyn bemerkte sein kastanienbraunes Haar, ganz das seiner Mutter, die vollen Wangen und die hellen Augen. Es hatte ihm noch niemand gesagt, dass seine Mutter nie mehr zurückkommen würde. »Ich habe viele Dinosaurier und ein Dinosaurierskylett. Mama baut es mit mir zusammen, wenn sie wieder da ist. Sie musste dringend weg. Ich kann kaum erwarten, dass sie nach Hause kommt. Ich möchte es so gerne zusammenbauen und mit in die Schule nehmen, aber Papa kann es nicht, also muss ich warten. Bist du gut im Sachenzusammenbauen?«

Robyn streckte ihre Hand nach dem Dinosaurier aus. »Das ist einer der furchterregendsten Dinosaurier der Welt.«

Sein Kopf wippte zustimmend auf und ab. »Das ist er. Es ist ein Tyrannosaurus.« Er grinste in heller Freude darüber, dass er den Namen richtig ausgesprochen hatte, so sehr, dass seine Zahnlücke zu sehen war.

»Und, hast du keine Angst vor ihm«, fragte sie. »Er ist doch ein großes Monster.«

Der Junge schüttelte den Kopf. Sie gab ihm den Dinosaurier

zurück. »Da bist du aber ein tapferer Junge.« Sie lächelte ihn an, aber ihr Herz wurde schwer.

Er grinste. »Ich bin tapfer. Mama hat mir erzählt, ich war tapfer, als ich hingefallen bin und mir das Knie aufgeschlagen habe.« Er zeigte Robyn eine kleine Narbe auf seiner Kniescheibe. »Ich hab nicht geweint.«

Seine Großmutter nahm ihn bei der Hand. »Komm, Louis. Die Dame möchte mit deinem Vater reden. Lass uns gehen und den Kuchen aus dem Ofen holen.«

»Es wird ein Dinosaurierkuchen«, sagte Louis fröhlich, schwenkte seinen Dinosaurier an einem Bein und verschwand durch die Tür.

Roberts Gesicht war grau geworden. Sie wusste wieso. »Er weiß es noch nicht, oder?«

Robert schluckte ein Schluchzen herunter und schüttelte den Kopf. »Wir sagen es ihm später. Ich wollte ihm einfach noch einen Tag gönnen, bevor seine Welt aus den Fugen gerät. Er und Linda standen sich so nah. Er war ihr Ein und Alles und sie war so eine tolle Mutter.«

»Mein Beileid, ich bedaure Ihren Verlust. Ich kann vollkommen verstehen, was Sie gerade durchmachen. Ich kann es für Sie nicht einfacher machen, aber ich werde versuchen, den Verantwortlichen aufzuspüren, wer auch immer das sein mag.«

»Und haben Sie schon eine Spur, Detective?«

»Es ist noch zu früh, um Verdächtige zu nennen. Wir gehen verschiedenen Hinweisen nach und gerade sind ein paar neue Informationen bei uns eingegangen. Seien Sie versichert, wir arbeiten alle mit Hochdruck an dieser Sache.« Mehr musste der Mann nicht wissen. Selbst wenn – wann auch immer – sie den Mörder finden würden, es würde weder Robert Upton noch seinem Sohn helfen. Nichts könnte sie für ihren Verlust entschädigen.

»Würden Sie mir wohl ein paar Fragen beantworten?«

»Zu Linda?« Robert schnäuzte sich in ein Taschentuch. Die Wirklichkeit ihres Todes begann, ihm bewusst zu werden. »Ich kann ihre Beerdigung erst organisieren, wenn ihr Leichnam freigegeben ist, wissen Sie?«

»Das ist das übliche Vorgehen. Die Freigabe erfolgt so schnell wie irgend möglich.«

Er starrte auf das Handy, das auf dem Tisch lag, als ob Linda anrufen könnte. Plötzlich sagte er mit feuchten Augen: »Ich war auf der Rückreise aus Dubai. Ich war für eine Woche dort, um zusammen mit meinem Vorgesetzten einen Vertrag für ein Neubauvorhaben auszuhandeln. Ich habe sie gestern Morgen noch angerufen, um ihr zu sagen, dass mein Flug pünktlich war und ich zum Abendessen zu Hause sein würde. Sie war aufgewühlt. Louis wollte sich nicht für die Schule fertigmachen, sondern lieber mit seinem Dinosaurier spielen. Sie musste los und ich konnte ihr nicht einmal mehr sagen, wie sehr ich sie liebe.« Er brach ab und schluckte leise.

»Ich bin sicher, sie hat es gewusst.«

Sein Nicken signalisierte Zustimmung. »Was wollen Sie wissen?«

»Ist Ihre Frau jemals in Lichfield gewesen? Zum Essen oder um auszugehen?«

Er rieb sich die Augen. »Sie war gelegentlich zum Einkaufen in Lichfield. Ich bin sicher, dass sie auch mit Freundinnen aus der Schule oder dem Dorf zum Kaffeetrinken hingefahren ist. Sie ist sogar mit meiner Mutter dort gewesen, obwohl beide lieber in Burton einkaufen. Sie war nicht der Ausgehtyp, außer mit mir. Wir sind erst vor fünf Jahren hergezogen. Es war Lindas Idee. Wir wollten eine Familie gründen und ihr Kind sollte lieber in einem Dorf als in der hektischen Stadt aufwachsen. Sie hatte die Vorstellung, Kinder aus der Nachbarschaft zum Nachmittagstee und zum Spielen einzuladen. Sie war ein Einzelkind und es ist anscheinend ziemlich einsam, so aufzuwachsen. Sie wollte, dass das Leben unserer Kinder anders wird. Es war gut, dass meine Eltern hier in Alrewas leben, also sind wir von Sutton Coldfield weggezogen und nach Kings Bromley gekommen. Ihre alten Freundinnen und Freunde leben nach wie vor in und um Sutton, obwohl der

Kontakt abgerissen ist. Sie wissen ja, wie das ist. Man heiratet, bekommt Kinder, zieht weg und verändert sich.

Als wir nach Kings Bromley gezogen sind, hat sie sich sofort einem Laufclub in Lichfield angeschlossen. Sie war intensiv bei der Sache, lief fast jeden Tag und traf sich drei Mal in der Woche mit anderen Läuferinnen. Sie hat sich mit Harriet angefreundet, einer der Frauen in ihrem Alter. Sie haben sich irgendwann von der ursprünglichen Gruppe abgekoppelt und haben angefangen, zusammen zu trainieren. Sie haben an einigen Rennen und einem Halbmarathon teilgenommen. Dann ist Harriet gestorben und Linda hat ganz mit dem Laufen aufgehört. Ein paar Wochen nach Harriets Tod hat sie festgestellt, dass sie schwanger ist. Nachdem Louis da war, hat sie sich in einer Müttergruppe im Dorf engagiert und sie wirkte sehr zufrieden damit, Teil dieser Gruppe zu sein und ab und zu bei Fitnesskursen im hiesigen Gemeindesaal mitzumachen. Sie kannte alle und jeden im Kurs, falls Ihnen das weiterhilft. Ich bin sicher, die können Ihnen mehr erzählen.«

»Wir werden sie zu gegebener Zeit befragen.«

Robert fuhr sich mit den Händen durchs Haar. »Sie war einer der besten Menschen überhaupt. Sie gehörte zu denen, die mit allem zufrieden sind, was auch immer das Leben ihnen beschert. Und sie hat Louis vergöttert.« Seine Augen wurden feucht und er versuchte, den drohenden Tränenstrom herunterzuschlucken.

Robyn war nicht sicher, ob sie die richtigen Fragen gestellt hatte. Bisher hatte ihr nichts weitergeholfen. Sie hatte Robert als Verdächtigen ausgeschlossen, da er zum Zeitpunkt von Lindas Tod im Flugzeug gesessen hatte. Was die Verbindung zwischen Linda und Rory betraf, so wäre es möglich, dass sie sich in Lichfield begegnet sind, aber bestimmt nicht beim Laufen. Und es war unwahrscheinlich, dass Linda alleine oder mit einem Kind im Schlepptau in ein Pub gegangen wäre. Die Bestätigung dafür erhielt sie ein paar Augenblicke später, als sie erfuhr, dass Linda, wie Rory, abstinent war.

»Sie hat keinen Alkohol mehr getrunken, seit sie wusste, dass sie schwanger war, und hat das auch nicht mehr geändert.«

Robyn konnte weder weitere nützliche Hinweise sammeln noch eine Verbindung zu Rory Wallis herstellen. Sie wollte gerade das Haus verlassen, als sie dasselbe Foto von Linda mit einer Freundin sah, das sie schon im Haus der Uptons gesehen hatte – das mit den beiden Frauen, die ihre Medaillen zeigten und rosa Schleifen im Haar hatten. Sie zeigte darauf. »Ist das Lindas Freundin Harriet? Hatte sie Krebs?«

Er schüttelte den Kopf. »Nein, Harriets Tod war ein Unfall. Linda und sie hatten sich ein paar Mädelstage in einem Wellnesshotel gegönnt. Harriet hat zu viel getrunken und ist noch alleine schwimmen gegangen, als Linda schon im Bett war. Sie ist wohl auf den Fliesen am Beckenrand ausgerutscht, mit dem Kopf aufgeschlagen, ins Wasser gefallen und ertrunken. Ihr Mann, Alan, war am Boden zerstört. Vor dem Unfall waren er und Harriet ab und zu bei uns zu Gast. Wir haben dann Trivial Pursuit gespielt. Linda hat das Spiel geliebt. Sie hat immer das rosafarbene Tortenstück gewonnen, weil sie sich sehr für Unterhaltung interessiert hat. Sie hat gerne Filme gesehen, vor allem romantische Komödien. Bei einem Happy End brach sie unweigerlich in Tränen aus.« Die Erinnerung ließ ihn lächeln. »Die Eigentümer des Wellnesshotels haben Alan eine Wiedergutmachung für ihren Tod gezahlt. Er hat nie gesagt, wie viel. Welchen Wert soll man dem Leben eines innig geliebten Menschen beimessen? Er hat sein Haus verkauft und ist nach Knowle bei Solihull gezogen. Er hat die Verbindung zu uns gekappt. Linda war danach nicht mehr dieselbe. Sie hat sich das wirklich zu Herzen genommen. Zum Glück hat Louis ihr geholfen, wieder nach vorne zu schauen.«

Ein Kribbeln wie von spitzen Nadelstichen lief über Robyns Rücken. Sie musste an das Dinosaurierskelett denken, dessen Teile verstreut auf dem Boden des Wohnzimmers der Uptons lagen. Sie war dabei, das erste Teil ihres eigenen Puzzles aufzuheben. Sie versuchte ruhig zu sprechen, auch wenn ihr Herz raste. »In welchem Wellnesshotel sind die beiden gewesen?«

»Bromley Hall. Etwa zwanzig Meilen von hier.«

Sie verabschiedete sich hastig und eilte zu ihrem Wagen,

wobei ihre Schuhe im Kies der Zufahrt geräuschvoll knirschten. Sie war sicher, etwas in der Hand zu haben, aber die Freude über diese Gewissheit wurde von dem Gedanken an Louis getrübt, dem bald die grausame Nachricht übermittelt würde, dass seine Mutter nie mehr zurückkommen würde, um das Dinosaurierskelett mit ihm zusammenzubauen.

26

Jeanette ließ sich neben ihrem Mann aufs Bett fallen. »Ich hab was aufgeschnappt.« Ross richtete sich auf und lehnte sich gegen ein großes Kissen.

»Und ich habe steife Gelenke und beschlossen, dass ich allergisch gegen Fitness und eine gesunde Lebensweise bin. Trotzdem bin ich den ganzen Tag in Bromley Hall herumgeschlendert und habe mich mit einigen der Beschäftigten unterhalten. Außerdem habe ich in der Küche eine Gratisprobe Butterbrotauflauf bekommen, es war also nicht alles umsonst. Robyn hat recht, was die Überwachungskameras betrifft. Sie scheinen nur auf einzelne Abschnitte des Wellness- und Bäderbereichs gerichtet zu sein und ich habe keinen Zugang zu ihnen, um sie eingehend zu untersuchen, jedenfalls nicht, ohne gesehen zu werden. So, Mrs. Cunningham, was haben Sie zu bieten?«

»Ich habe mich mit einem Gast unterhalten, einer Frau, die Anfang der Woche hier gewesen ist, Fiona Maggiore. Sie kommt häufig her. Zuerst dachte ich, sie sei etwas arrogant, aber eigentlich ist sie ganz in Ordnung. Sie ist mit einem stinkreichen Immobilienhändler verheiratet, aber ich habe den Eindruck, dass sie keine besonders glückliche Ehe führen. Sie hat mir erzählt, dass es hier in den letzten Wochen einige Veränderungen gegeben hat und keine davon sei zum Besseren gewesen. Einige Beschäftigte sind entlassen worden und die, die übriggeblieben sind, sprudeln auch nicht gerade über vor Glück.«

»Und woher weiß Frau Stinkreich das alles?«

»Sie hat eine ganz besondere Beziehung zu einem der Beschäftigten hier.«

»Du meinst, sie hat hier jemanden zum Vögeln?«

»Du und deine Ausdrucksweise, Ross.«

»Also, hat sie?«

»Das ist zumindest mein Eindruck.«

»Hat sie gesagt, sie hat?«

»Wir Frauen wissen, wie wir anderen Frauen geheime Botschaften ohne Worte übermitteln.«

»Wie Gedankenleser.« Er grinste sie an. Sie schlug ihm scherzhaft auf den Arm.

»Sie sagt, es habe viel böses Blut gegenüber Miles Ashbrook gegeben, seit er begonnen hatte, mir nichts dir nichts Leute zu entlassen. Er hätte sich in seinem Büro vergraben, damit ihn niemand zur Rede stellen konnte, aber am Tag seines Todes hat jemand zufällig gehört, dass er in seinem Büro von jemanden angebrüllt worden ist.«

»Von wem?«

»Das war anscheinend Jakub Woźniak, der Mann, der für die Reinigung des Wellnessbereichs zuständig ist. Es hatte ein ziemliches Theater gegeben, als Miles Jakubs Frau Emily gefeuert hat. Sie hat an der Rezeption gearbeitet. Vor zwei Wochen sind einige Frauen, die im Empfangsbereich und in der Verwaltung gearbeitet haben, zu Miles ins Büro gerufen worden, wo sie ihre fristlose Kündigung mit einem Abfindungsangebot erhalten haben. Als sie dagegen protestierten, wurde ihnen gesagt, dass sie entweder das Geld nehmen könnten, solange das Angebot steht, oder ohne gehen müssten, wenn das Haus wegen Zahlungsunfähigkeit geschlossen werde. Er war knallhart, was das betraf. Die Frauen haben das Angebot angenommen und waren noch am selben Tag weg, aber Jakub Woźniak hat die

Nachricht von der Entlassung seiner Frau nicht so gut aufgenommen. Und dann haben Emily und er auch noch festgestellt, dass ihr zweites Kind unterwegs ist, sie also das Einkommen mehr denn je bräuchten. Wie dem auch sei, letzten Mittwoch ist er morgens ins Büro marschiert und hat Miles angedroht, ihn umzubringen.«

»Hmm. Das können hitzige Worte gewesen sein, die nichts zu bedeuten haben.«

»Fiona ist felsenfest davon überzeugt, dass er es auch so gemeint hat und ich hielt es für erwähnenswert. Wir haben uns im Sprudelbecken des Wellnessbereichs angeregt unterhalten. Ihr gefällt es hier und sie kennt fast jeden. Ich bin sicher, dass sie nicht nur wegen der Anwendungen herkommt. Du solltest das überprüfen.«

»Das sollte ich. Ich habe vorhin mit Jakub Woźniak gesprochen. Er schien ein wenig kurz angebunden. Ich werde nochmal versuchen, mit ihm ins Gespräch zu kommen. Du kannst Fiona vermutlich nicht dazu bringen, dir zu verraten, wer ihre Quelle ist?«

»Vielleicht doch. Ich habe mich um sechs mit ihr zu einem Champagner in der Bar verabredet. Mal sehen, ob ich es aus ihr herauskitzeln kann.«

»Super. Weniger super ist, dass ich noch eine Trainingseinheit mit einem weiteren Trainer habe. Ich versuche es mit einem Jiu-Jitsu-Kurs bei Scott Dawson. Ich kann's kaum erwarten! Ich habe schon versucht, mit Scott zu sprechen, aber er ist dauernd beschäftigt. Also scheint das die einzige Möglichkeit zu sein, ihn zu fassen zu kriegen. Ich hoffe, ich kann ihn nach dem Kurs für ein paar Minuten abfangen, sofern ich nicht völlig verkrampft bin und noch laufen kann. Brad hat mir erzählt, Scott wäre seit der Eröffnung hier und ich bin sicher, dass er seine eigene Meinung zu der Sache mit Miles Ashbrook hat. Außerdem bin ich ein wenig neugierig, warum alle so verschlossen sind, wenn es darum geht, wieso das ursprüngliche Schwimmbecken und der Wellnessbereich dichtgemacht worden sind. Vielleicht kann Scott mich aufklären. Ich hatte gehofft, mit Charlie darüber zu sprechen, er redet ja gerne über alles, aber er hat heute und morgen frei.«

»Du musst weder Charlie fragen noch zu deinem Kurs gehen, um deinen Trainer mit dem alten Wellnessbereich zu nerven. Ich weiß, warum das Becken zugeschüttet worden ist.«

»Wie hast du das herausbekommen?«

Jeanette tippte an ihren Nasenflügel. »Gewusst wie.«

»Komm schon, sag's mir.«

»Es hat einen Unfall in dem alten Schwimmbecken gegeben. Eine Frau ist ertrunken.«

»Und warum wurde es verfüllt?«

»Laut Fiona haben die Bishtons dem Ehemann der Frau, sie hieß Harriet Worth, eine hohe Entschädigung gezahlt. Er hätte als Teil der Wiedergutmachung außerdem darauf bestanden, dass das Becken zugeschüttet wird.«

Er schürzte die Lippen, tief beeindruckt von dem, was seine Frau herausgefunden hatte. »Sehr interessant. Das heißt, ein Geheimnis wäre gelüftet. Jetzt muss ich nur noch Herrn Woźniak finden und herausbekommen, ob er Miles Ashbrook wirklich genug gehasst hat, um ihn zu töten.«

»Hast du nicht etwas vergessen?« Jeanette lächelte.

»Danke. Du hast mich davor bewahrt, kostbare Zeit auf die Lösung dieses Rätsels zu verschwenden.« Er legte die Hände zusammen, verbeugte sich theatralisch und küsste ihr die Hand. »Und jetzt freue ich mich darauf, die Techniken des Mata Leon – des Löwentöters – oder eines abgestuften Würgegriffs zu erlernen, sie könnten mir nützlich sein, wenn ein Kunde sich weigern sollte, mich zu bezahlen.«

»Ich meinte eigentlich, ob du nicht vergessen hast, mir deine Kreditkarte zu geben, damit ich meine neue Freundin auf ein Glas Champagner einladen kann?«

27

Robyn warf die Zeitung hin und rieb sich den Nacken. Das Porträt Linda Uptons starrte sie an.

»Diese verfluchte Amy Walters. Was soll das? Es ist eine laufende Ermittlung.«

Matt, der außer ihr als Einziger im Büro war, nahm die Zeitung und las:

»Die Einwohner von Kings Bromley waren erschüttert, als sie von der Ermordung der angesehenen Dorfbewohnerin und Mutter Linda Upton (34) erfuhren. Weitere Einzelheiten sind bislang noch nicht bekannt geworden, aber eine Einwohnerin meinte: ›Im Moment sind alle nervös. Es ist beängstigend zu wissen, dass dich jemand beobachten könnte, der hinter dir her ist.‹ Der Mord an Linda Upton ist der zweite Mordfall in dieser Gegend in weniger als zwei Wochen. Der Geschäftsführer und Wirt Rory Wallis wurde am vergangenen Freitag im Happy Pig in Lichfield tot aufgefunden. Suzy Clarke, Kellnerin im Happy Pig, berichtete der Lichfield Times: ›Ich kann da nicht mehr hingehen. Ich stelle mir dauernd vor, dass mich jemand beobachtet, um sich wie eine Raubkatze auf mich zu stürzen, wenn ich durch die Tür gehe. Ich habe schreckliche Albträume, seit das passiert ist.‹ Solange nicht mehr bekannt ist, leben die Einwohner weiterhin in der Angst, von dem Mörder überfallen zu werden, den man bereits den ›Leopard von Lichfield‹ nennt.«

Matt legte die Zeitung hin und zuckte mit den Schultern. »Das ist sensationslüsterner Unsinn.«

Robyn massierte weiterhin ihren Nacken. »Und es steigert die Auflage.«

Matt grinste hämisch. »Jemand müsste Amy Walters das Maul stopfen, bevor sie alles kaputt macht. Soll ich mich um sie kümmern?«

»Ich regle das schon, danke. Ich werde ihr sagen, dass sie warten soll, bis wir etwas haben, statt Unruhe zu stiften. Das können wir jetzt ganz und gar nicht gebrauchen. Der Leopard von Lichfield. Ich könnte das Miststück echt erwürgen.« Robyn dehnte ihren Hals nach links und nach rechts, aber die Verspannung ihrer Muskeln wollte sich nicht lösen lassen.

Matt las den Artikel noch einmal. »Wenn das ein Trost ist, sie hat es damit nicht auf die Titelseite geschafft.«

Robyn schnaufte geräuschvoll und stellte sich vor die Weißwandtafel, auf der die Fotos von Rory Wallis und Linda Upton hingen. Sie schrieb einen Namen neben das Bild von Linda. Alle wussten, dass sie lieber mit einem schwarzen Filzstift schrieb, als PowerPoint-Präsentationen vorzuführen. Sie hatte das Gefühl, es sei hilfreich, Zusammenhänge schwarz auf weiß vor sich zu sehen.

»Kann ich ein paar Gedanken mit Ihnen besprechen?«

Matt legte seine Arbeit zur Seite. »Klar, schießen Sie los, Boss.«

Robyn zeigte auf den Namen, den sie aufgeschrieben hatte. »Robert Upton war mit Linda verheiratet. Er war zum Zeitpunkt von Lindas Ermordung auf der Rückreise aus Dubai, er ist also kein Verdächtiger. Ich habe mit ihm und seiner Mutter gesprochen und sehe keinen Anlass zu der Annahme, er könne etwas mit dem

Mord an Linda zu tun haben. Nachdem er auszuschließen ist, habe ich keine Ahnung, wo wir als Nächstes suchen sollten.« Sie klopfte mit dem Ende ihres Stiftes gegen die Tafel. »Wir haben eine scheinbar ganz gewöhnliche, gutgestellte Familie ohne Schulden, ohne dunkle Geheimnisse, die wir hätten aufdecken können, und ohne uns bekannte Feinde. All das lässt die Frage offen nach dem ›Wer‹. Wer wollte Linda tot sehen?«

»Ein enttäuschter Liebhaber?«

»Nochmal, es gibt keine Hinweise darauf, dass Linda eine Affäre gehabt haben könnte. In den Anruflisten oder E-Mails wurde nichts gefunden, das darauf hindeutet. Sie war eine zufriedene Hausfrau mit einem kleinen Freundinnenkreis, die die meiste Zeit mit ihrem Sohn und ihrem Mann verbrachte.« Sie zeigte auf das Bild von Rory Wallis.

»Und dann ist da Rory Wallis, der, was man so hört, jemand war, der gerne für sich blieb, weder eine Freundin noch eine Lebensgefährtin und nur sehr wenige Freunde hatte. Unsere Ermittlungen haben absolut nichts ergeben. Er hat gearbeitet, Computerspiele gespielt und wenig Gesellschaft gehabt. Und er war Abstinenzler, was etwas ironisch anmutet, wo er doch in einer Kneipe gearbeitet hat. Bei keiner dieser beiden Personen gibt es etwas Auffälliges.«

Sie zog zwischen den Fotos eine Linie und schrieb ›Bromley Hall‹ dazu. »Das ist das Einzige, was diese Menschen verbinden könnte. Helfen Sie mir auf die Sprünge, Matt, wann hat Rory in Bromley Hall gearbeitet?«

»Ab der Eröffnung 2008 bis 2013. Er war Leiter der sogenannten Champagnerbar.«

Sie schwenkte ihren Stift und schrieb den Namen Harriet Worth unter Bromley Hall.

»Ich fange jetzt an zu spekulieren: Diese Dame war die Freundin von Linda Upton. Harriet ist während eines Wellnesswochenendes in Bromley Hall ums Leben gekommen, nachdem sie zu viel getrunken hatte, ins Schwimmbecken gefallen und ertrunken ist.«

»Dann haben also beide eine Verbindung zu dem Ort. Aber was verbindet die beiden sonst noch?«

»Ich habe keinen Schimmer. Wir sind alles durchgegangen, aber da gibt es keine andere Verbindung außer dieser einen – sie könnten beide an dem Abend im Juli 2012, an dem Harriet Worth gestorben ist, in Bromley Hall gewesen sein und sie könnte Rory Wallis in der Champagnerbar begegnet sein. Ich brauche seinen Schichtplan, um festzustellen, ob er an dem Abend Dienst hatte. Ich möchte nur sicher sein, dass ich nicht auf dem Holzweg bin, bevor ich damit zu Mulholland gehe.« Sie ging vor der Tafel auf und ab und sprach weiter: »Was, wenn jemand jetzt Rache für den Tod von Harriet Worth nimmt? Was, wenn jemand denkt, andere wären schuld an ihrem Tod und mit anderen meine ich Linda Upton, die mit ihrer Freundin in das Wellnesshotel gefahren ist, und Rory Wallis, der ihr an dem Abend, an dem sie starb, möglicherweise Alkohol serviert hat? Klingt das zu weit hergeholt?«

Matt schüttelte den Kopf. »Nein, tut es nicht. Es klingt sogar logisch, vor allem weil bei beiden Leichen eine Rechnung über jeweils zweihundertfünfzigtausend Pfund gefunden wurde.«

»Das war genau mein Gedanke, Matt. Das stößt einen förmlich darauf, dass jemand Wiedergutmachung für ihren Tod sucht. Ich kann mich irren und die Rechnungen könnten sich trotzdem auf etwas ganz anderes beziehen, aber im Augenblick passt es. Aber was ich immer noch nicht zusammenkriege, ist Miles Ashbrook. Wir haben drei Todesfälle, die alle irgendwie mit Bromley Hall verbunden sind, und ich schaffe es nicht, eine Verbindung zwischen unseren beiden Fällen und Miles Ashbrook herzustellen. Er war noch nicht in Bromley Hall, als Harriet Worth ertrunken ist, und es gab keine Rechnung bei oder in der Nähe seiner Leiche.«

Matt fuhr sich mit der Hand durchs Haar. »Die Rechnung könnte in der Hitze der Sauna zerbröselt sein, auch wenn das eher unwahrscheinlich sein dürfte. Wenn Sie meine Meinung hören wollen, ich glaube, Miles Ashbrook ist eines natürlichen Todes gestorben und wenn es keine Rechnung gibt, haben die Fälle vermutlich nichts miteinander zu tun.«

»Es bleibt dabei, ich höre, was Sie sagen, und werde trotzdem das Gefühl nicht los, dass es da irgendeinen Zusammenhang gibt.«

»Ich halte mich an das, was wir haben, und hoffe, dass wir etwas finden, das Ihren Verdacht erhärtet. Aber Sie bringen die Leute nur gegen sich auf, wenn Sie versuchen, den Fall Miles Ashbrook wieder aufzurollen. Und Shearer wird alles daransetzen, dass Ihnen die Ermittlungen entzogen werden.«

Robyn seufzte. »Ich fürchte, da haben Sie Recht.«

Matt neigte seinen Kopf zur Seite: »Was, wenn Harriet Worths Mann sich plötzlich dazu entschlossen hat, Rache zu nehmen? Vielleicht hat er das Geld verpulvert und will jetzt Blut sehen? Gut, das ist vielleicht etwas im Trüben gefischt«, räumte er ein, als er den überraschten Ausdruck im Gesicht seiner Vorgesetzten bemerkte.

Mit zusammengepressten Lippen ließ sich Robyn diesen neuen Ansatz durch den Kopf gehen. »Nein, es lohnt sich, darüber nachzudenken. Sie kennen mich doch. Ich gehe jeder Spur und jedem Gefühl nach. Können Sie die Akte Harriet Worth für mich anfordern und mir die Einzelheiten per E-Mail schicken? Ich möchte wissen, was an dem Abend passiert ist und welche Entschädigung ihr Mann erhalten hat. Ich werde nachsehen, ob Mr. Worth zu Hause ist und ihm einen Überraschungsbesuch abstatten. Schicken Sie mir die Informationen, sobald Sie sie haben. Übrigens, wissen Sie vielleicht, wo Mitz steckt?«

»Anna und er sind auf dem Weg zum Busdepot. Sie versuchen, den Kerl von der Bushaltestelle in Kings Bromley aufzuspüren.«

»Er soll mich anrufen, wenn er etwas hat, und wenn Mulholland mich sucht, sagen Sie ihr, dass ich eine heiße Spur verfolge und dass wir Fortschritte gemacht haben. Ich muss sie mir so lange wie möglich vom Hals halten.«

Matt grinste: »Ich werden sie schon irgendwie besänftigen.«

. . .

Der Busbahnhof war übervoll mit Schulkindern und Menschen, die vom Einkaufen kamen. Alle warteten auf ihren Bus nach Hause. Anna mochte größere Menschenansammlungen schon unter normalen Umständen nicht und die älteren, aufsässigeren Kinder gingen ihr so richtig auf die Nerven mit der lauten Musik aus ihren iPhones und ihren gespielten Schreien, wenn sie sich anrempelten und boxten, um dann ›Hilfe, Polizei! Mein Kumpel hat mich geschubst‹ zu rufen.

Sie war froh, als der Bus, auf den sie wartete, einfuhr und ein uniformierter Mann in den Sechzigern mit einer Umhängetasche ausstieg. Seine Schultern waren gebeugt, der oberste Knopf seines Hemdes stand offen und er ging wie jemand, der nichts weiter wollte, als nach Hause zu kommen und die Füße hochzulegen. Anna konnte mit ihm fühlen. Sie hatte in den letzten Tagen fast durchgängig gearbeitet und könnte auch etwas Freizeit gebrauchen. Außerdem machte sie sich Sorgen um ihren Kollegen, Sergeant Mitz. Er hatte sie alleine gelassen und war eilig zum Haus seiner Eltern gefahren, in dem er mit ihnen lebte. »Es ist etwas mit meiner Oma.« Mehr hatte er nicht gesagt. Anna wusste, wie wichtig Mitz seine Familie war; er hatte oft von seiner wundervollen Großmutter gesprochen, sie spendete ihr ganzes Geld an gemeinnützige Organisationen oder gab es Menschen, von denen sie dachte, ihnen gehe es noch schlechter als ihr selbst. Anna hatte sie vor einigen Wochen kennengelernt, als sie Mitz abholte, und war dem Charme der alten Dame sofort erlegen.

Der Busfahrer führte sie hinter dem Busbahnhof in einen Raum mit schmutzigen weißgetünchten Wänden. Dort waren Hinweise für die Bediensteten ausgehängt und es gab einen Tisch mit fünf Plastikstühlen. »Hier ist es etwas ruhiger. Nennen Sie mich Bill.« Er stellte seine Tasche auf den Boden.

»Wir sind auf der Suche nach einem Mann in blauer Jacke und Jeans, von dem wir annehmen, dass er gestern Morgen um Viertel nach zehn in Kings Bromley in den Bus nach Lichfield gestiegen ist.«

»So ein unrasierter Kerl, der aussah, als wäre er auf Drogen?

Ich erinnere mich an ihn. Er hat kaum mehr als ein Grunzen herausgebracht, als er einstieg. Die Leute heutzutage wollen von niemandem mehr gestört werden, hab' ich nicht recht? Es gab Zeiten, da habe ich jedem, der in meinen Bus stieg, ›Guten Morgen‹ gesagt. Heute gucken sie mich finster an oder ignorieren mich gleich ganz, dann traue ich mich gar nicht erst, ein zwangloses Gespräch mit ihnen anzufangen. Einige der Älteren sind immer noch höflich. Ich mag diese Dorflinie, da habe ich häufig ältere Einheimische an Bord, besonders an Markttagen. Die sind mitunter recht redselig.«

Anna spürte, wie ein Schauer der Begeisterung in ihrer Brust aufstieg. Sie hatte richtig damit gelegen, diesen Ermittlungsansatz zu verfolgen. »Ich nehme an, Sie wissen noch, wo er ausgestiegen ist?«

Bill grinste nur. Ihm fehlte ein Schneidezahn, aber das machte ihn noch sympathischer.

»In der Tat, junge Dame, das tue ich. Er ist auf freier Strecke in der Nähe des Bootsanlegers ausgestiegen. Es gibt dort keine Bushaltestelle, aber er hat mich gefragt, ob ich ihn dort rauslassen kann. Normalerweise darf ich niemanden einfach so aussteigen lassen, aber an dem Tag war kein anderer Fahrgast im Bus, also hab' ich zugesagt. Es ist ein weiter Weg von Kings Bromley bis zum Anleger und irgendwie hatte ich Mitleid mit dem Typen. Er sah wirklich fertig aus. Viel mehr kann ich Ihnen allerdings nicht sagen. Der Kerl ist eingestiegen, hat sich ganz nach vorne gesetzt, einen Anruf erhalten und mir gezeigt, wo er aussteigen wollte. Er hat es sogar geschafft, ›Danke‹ zu sagen.«

Die Euphorie, die Anna gerade noch verspürt hatte, verflog schnell wieder. Der Anleger war riesig, sie würden massenhaft Leute brauchen, um den Mann aufzuspüren.

»Wenn das irgendwie hilft, ich glaube, er heißt Peter«, setzte Bill hinzu. »Sein hat Telefon geklingelt und er hat sich mit ›Ja, hier ist Peter ...‹ gemeldet, den Nachnamen habe ich allerdings nicht verstanden. Es ist mir nur aufgefallen, weil mein Enkelsohn auch Peter heißt. Soll ich zur Polizeiwache kommen und jemanden für Sie identifizieren? Ich habe ein gutes Gedächtnis für Gesichter.«

Der Eifer, mit dem er helfen wollte, war ermutigend und er ließ seine Schultern enttäuscht sinken, als sie ihm sagte, dass es dazu noch zu früh sei. Nachdem sie den Busbahnhof verlassen hatte, wählte sie Robyns Nummer, stockte aber, bevor sie die Anruftaste drückte. Sie hatte ihrer Vorgesetzten nicht sehr viel zu erzählen. Es wäre besser, wenn sie zuerst zum Anleger fahren würde, um den Mann ausfindig zu machen. Damit würde sie Eigeninitiative beweisen. Sie würde herumfragen und herausbekommen, wo dieser Peter wohnte, und dann würde sie Verstärkung rufen.

28

Sie sitzen auf der Bank am Stausee. Alfie hat einen Kauknochen und arbeitet sich geduldig daran ab, bis nur noch mikroskopisch kleine Teilchen übrig sind. Er leckt sich die Pfoten und schnauft zufrieden. Stacey hat keine Ahnung, dass er ihren Hund mal wieder hat. Aber das ist der einzige Weg, diese wunderbare Frau dazu zu bringen, ihren Lauf zu unterbrechen und sich mit ihm zu unterhalten. Sie mag diese erbärmliche Kreatur. Heute hat er einen von Alfies Lieblingsquietschbällen mitgenommen. Er ist früh aufgebrochen, um sicherzugehen, dass er in Position ist, wenn sie zu ihrer Morgenrunde eintraf. Er kannte ihre Strecke genau. Sie lief bei ihrem Haus in Cathedral Rise los, die kleine Straße zum See hinunter, wo sie den ersten Eingang nahm, dann an der Friary-Schule vorbei und den Weg hinunter, der mit dichtem Buschwerk bestanden war, um den Sportplatz der Schule vor unerwünschten Blicken zu schützen. Sie bog nach links ab und kam auf den Rundkurs, auf dem sie die eine Meile lange Trainingsrunde um den Stowe Pool-Stausee und die Stowe Fields fünf Mal lief. Dann machte sie bei der Allwetter-Trainingsanlage Halt, um ein paar Übungen an verschiedenen Geräten zu absolvieren, ehe sie zum anderen Ende des Stausees lief und den Park bei der Kirche wieder verließ. Von dort lief sie nach Hause zurück. Wenn er sich auf einer Bank hinter dem Sportplatz niederließ, würde sie ihn erst sehen, wenn sie um die Biegung herumkam und an der Stelle vorbeilief, an der die Angler saßen.

Es war ein feuchter, trüber Morgen – einer, an dem die Wolken so niedrig hingen, dass man das Gefühl hatte, sie mit der erhobenen Hand berühren zu können. Er war sehr früh geweckt worden von dem Geräusch eines um sein Leben hustenden Motors, dessen Anlasser wieder und wieder ins Leere lief, bis der Lärm ihm derart an den Nerven zerrte, dass er hätte schreien können. Dann fing auch noch Alfie an, in seiner hochtönenden, nervigen Art zu bellen. Stacey ist schließlich aufgestanden und hat sich um Alfie gekümmert. Er hat den Wasserkocher gehört, als sie sich eine Tasse Tee machte. Es war Donnerstag und sie hatte Frühschicht. Gleich wäre sie weg und er hätte seine Ruhe und könnte mit seinem Tag machen, was immer er wollte, und er würde ihn mit der Frau verbringen, die er liebte. Mit diesem verlockenden Gedanken zog er die Bettdecke über seinen Kopf und versuchte, wieder einzuschlummern, aber er konnte nur an seine neue Freundin in spe denken – die Frau, die um den Stausee lief.

Er war zu früh gekommen und musste mit Alfie den Stausee hin und zurück umrunden, aus Angst die Aufmerksamkeit der beiden Mütter zu erregen, die sich unterhielten, während ihre Hosenmatze quietschvergnügt auf dem Klettergerüst spielten. Es war Frühling und Gruppen von violetten und gelben Krokussen kämpften sich durch das Gras. Schon bald würde sich der Park mit Spaziergängern und Menschen füllen, die Fußball oder Cricket spielten oder Frisbee-Scheiben warfen. Sobald es so weit war, wäre es unmöglich, sie für sich allein zu haben. Im Moment gab es nur ein paar Angler, die unter Regenschirmen kauerten und in der Hoffnung auf einen Fang ins Wasser starrten. Im Stausee gab es alle möglichen Fischarten. Er hatte nie verstanden, wie die Leute tickten, die stundenlang dasaßen und darauf warteten, bis sie einen am Haken hatten. Die Warterei wäre zu viel für ihn. Er könnte nicht Stunde um Stunde herumstehen und sich fragen, ob wohl ein

Fisch anbeißt. Er war ein Mann der Tat und seine Angebetete war noch nicht erschienen. Er verlagerte sein Gewicht von einem Fuß auf den anderen. Alfie zog an der Leine und fiepte. Er zog die Leine kurz, versetzte dem Tier einen sanften Tritt und grummelte: »Still. Sitz!« Alfie winselte und legte sich hin, den Kopf auf den Pfoten.

Verstohlen beobachtete er die Allwetter-Trainingsanlage neben dem Kinderspielplatz und hoffte, dass sie heute nicht auf ihren Lauf verzichten würde. Die Kirchturmuhr von St. Chad schlug neun. Es wurde immer später. Sein Knie federte rastlos auf und nieder. Gerade, als er dachte, er würde vor Ungeduld platzen, sah er sie, wie sie in den Rundweg einbog. Sie trug Laufkleidung, die ihren wohl-geformten Körper umschmeichelte; nicht so einen Schlabbersack wie Stacey, wenn sie zu Hause herumgammelte. Er lächelte, als er sein Mädchen so hoch aufgerichtet laufen sah, erhobenen Hauptes, das Haar zu einem Pferdeschwanz gebunden, der hin und her pendelte. Er fragte sich, wie es wäre, ihn zu streicheln. Er war sicher, dass es sich wie Seide anfühlen würde.

Sie befand sich in der Nähe der Stowe Fields genannten Wiesenfläche und es war Zeit, seinen Plan in die Tat umzusetzen. Er nahm den Quietschball und drückte ihn. Bei dem Geräusch machte Alfie Sitz, all die schlechte Behandlung war vergessen. Der Mann löste die Leine am Halsband des Hundes und hielt den Ball hoch, wobei er ihn vor dem Tier schwenkte. Die Augen des Hundes funkelten vor Entzücken, als er sein Lieblingsspielzeug sah. Der Mann drückte noch einmal auf den Ball, sodass dieser ein lautes Quietschen von sich gab, was Alfie vor Aufregung auf und ab hüpfen ließ. Er quietschte noch einige Male mit dem Ball, bevor er ihn mit ziemlicher Kraft wegwarf. Der Ball verschwand tief im Gebüsch und Alfie schoss ihm nach.

Das Timing war perfekt. Der Hund war gerade verschwunden, als sie auftauchte. Er stolperte auf den Rundweg und gab sich über-rascht darüber, sie zu sehen. Sie war gezwungen anzuhalten und beim Anblick seines verzweifelten Gesichts fragte sie: »Ist alles in Ordnung?«

Er schluckte und sah sich nach allen Richtungen um. Er hielt die Leine hoch, mit Tränen in den Augen. »Alfie ist schon wieder verschwunden. Ich suche ihn seit über einer Stunde. Er ist weggelaufen und ich weiß nicht, was ich machen soll.«

»Wo haben Sie ihn verloren?«

»Wir waren auf den Spielfeldern. Ich habe seinen Ball geworfen, als ein anderer Hund gekommen ist – einer von diesen großen Schäferhunden. Ich konnte seinen Halter nicht sehen. Er fing an, auf Alfie loszugehen. Ich habe versucht, ihn am Halsband wegzuziehen, aber er hat mich angeknurrt. Dann hat er Alfie weiter bedrängt, er hat gebellt und ist vor und zurückgesprungen, dabei hat er nach ihm geschnappt, bevor er mit dem Ball davongerannt ist. Und Alfie hinterher. Seitdem habe ich keinen von beiden mehr gesehen. Was, wenn der Hund ihn angegriffen hat oder er auf die Straße gelaufen ist?« Er riss die Augen weit auf, so als sei dieser Gedanke ihm gerade erst gekommen.

»Ist schon in Ordnung. Ich helfe Ihnen. Wenn wir ihn hier nirgends finden können, gehen wir zur Polizei.«

Obwohl das der letzte Ort war, zu dem er gehen würde, warf er ihr einen dankbaren Blick zu. »Das würden Sie tun? Ich weiß nicht, wie ich Ihnen danken soll. Ich bin schon ganz heiser vom Schreien.«

Sie rief laut den Namen des Hundes. Während er die Daumen drückte, dass Alfie noch immer nach seinem Ball suchte. Er hatte ihn direkt in das stachelige Gebüsch geworfen und gehofft, dass er sich dort festsetzen würde. Sie formte mit ihren Händen ein Trichter und rief. Ihre Fingernägel waren in Perlenrosa lackiert und sehr gepflegt. Er sah sie an und stellte sich vor, wie sie sein Gesicht, seine Brust liebkosten. Er riss sich aus seinen Gedanken und rief: »Alfie, nun komm' schon mein Junge.«

Sie gingen rufend zurück zu den Spielfeldern. Nach ein paar Minuten warf er ihr einen sorgenvollen Blick zu, wobei er sich innerlich zu seiner gelungenen Vorstellung beglückwünschte. Er wischte sich die Augen. »Danke sehr, aber es ist zwecklos. Ich habe ihn verloren. Ich hoffe nur, dass nichts Schlimmes passiert ist. Ich könnte das nicht ertragen.« Sie legte eine Hand auf seinen Arm, eine nette Geste, und sagte: »Machen Sie sich keine Sorge. Er spielt sicher irgendwo und kommt wieder nach Hause, wenn er fertig ist.«

Er nickte langsam, wünschte sich, sie würde ihre Hand nicht wegnehmen. Die Wärme, die von ihr ausging, durchströmte seinen Körper. Er musste diese Frau haben.

»Sie sind sehr freundlich.« Er hatte seinen Satz kaum beendet, da ertönte eine Salve von Quietschgeräuschen, als Alfie mit dem Ball im Fang erschien und ihn ihr zu Füßen legte.

»Alfie!«, rief er und fiel auf die Knie, um den kleinen Hund zu umarmen. Der jedoch wand sich heraus und forderte ihn schwanzwedelnd auf, den Ball wieder wegzuwerfen. Ihr Lachen ließ ihm die Seele aufgehen.

»Du böses, böses Hundchen«, sagte sie scherzhaft. »Da hast du uns einen schönen Schrecken eingejagt.« Beim Klang ihrer Stimme machte er artig Sitz.

Der Mann heuchelte Erleichterung und Dankbarkeit: »Ich muss Ihnen danken. Es ist nur Ihnen zu verdanken, dass er wieder da ist. Sehen Sie sich den kleinen Kerl an. Er ist hin und weg von Ihnen.«

Sie musste wieder lachen: »Er ist so ein witziger kleiner Hund. Ist er in Ordnung? Der andere Hund hat ihn doch nicht verletzt?«

»Es scheint ihm gutzugehen. Er muss ihm nachgejagt sein, seinen Ball zurückerobert und nach mir gesucht haben.« Er strich dem Hund zärtlich über den Kopf. »Ich muss mich Ihnen irgendwie erkenntlich zeigen. In der Nähe ist ein Café – lassen Sie sich von mir zu einem Kaffee einladen.«

Sie schüttelte den Kopf. »Tut mir leid, ich kann nicht. Danke trotzdem. Ich muss los. Ich bin um elf Uhr verabredet und muss vorher noch duschen. Ich bin nur froh, dass Alfie okay ist. Ich mach mich besser auf den Weg. Sei lieb, Alfie. Und keine Jagd mehr auf große Hunde.« Sie tätschelte das Tier.

»Vielen Dank nochmal ... ähm, ich weiß gar nicht, wie Sie heißen.«

»Harriet. Gern geschehen. Wir sehen uns. Tschüss.«

Sie lief aus dem Park, ohne ihre üblichen Runden zu drehen. Er leinte Alfie wieder an und ging in die entgegengesetzte Richtung davon. Er fühlte sich warm, leicht und hoffnungslos verliebt. »Harriet«, flüsterte er und ließ den Namen auf seinen Lippen ruhen, ehe er ihn wiederholte. Schon sehr bald würde er sie erobert haben.

29

Der Binnenanleger in Bromley Hayes war sogar noch größer als Anna erwartet hatte. Sie hatte sich nie für Kanäle oder Boote interessiert, aber die Phalanx der hübsch angemalten schmalen Boote mit Chrysanthementöpfen an Deck und Namen wie Dragonfly, Free Spirit, Serendipity und Blue Moon beschworen eine romantische Stimmung herauf. Sie konnte sich vorstellen, wie reizvoll es wäre, das Kanalnetz zu befahren oder auf einem dieser Boote zu leben, in eine kleine Kajüte gekuschelt, gewärmt von einem knisternden Holzofen, statt sich vom Nieselregen, der gerade fiel, patschnass machen zu lassen. Sie griff nach einer Haarsträhne, die ihr ins Gesicht gefallen war, und schob sie hinters Ohr, dann ging sie zum Büro der Verwaltung.

Auf dem Anleger war es still, keine Menschenseele zu sehen, nicht einmal auf dem Versorgungskai, wo es den Treibstoff für die Boote gab. Vielleicht ließ das Wetter die Leute zu Hause bleiben. Die Liegeplätze befanden sich in zwei von Landschaftsgärtnern gestalteten Becken, die durch einen Steg miteinander verbunden waren. Anna konnte erahnen, wie schön es im Sommer hier aussehen musste, mit den von hohem Gras und Sträuchern gesäumten Holzstegen zu den Booten und den Rhododendronbüschen voller rosafarbener und blauer Blüten.

Weiter entfernt waren ein Betriebsgebäude und eine Laube zu sehen, Letztere schien neueren Datums zu sein. Sie hatte gehört, dass die Kanalschiffer ein freundliches Volk seien. Zweifellos würden sie die warmen Sommerabende plaudernd bei Wein und Bier verbringen und von den Fahrten erzählen, die sie gemacht hatten.

Im Büro brannte Licht, also klopfte sie an und ging hinein. Eine Frau, die eine Zeitschrift lesend neben einem elektrischen Heizgerät saß, sagte nur: »Schrecklicher Tag, nicht wahr!« Als sie Annas Uniform bemerkte, weiteten sich ihre Augen erstaunt: »Guten Tag, Officer. Gibt's Ärger? Es wurde doch wohl kein Boot gestohlen, oder?«

Anna schob ihren Dienstausweis über den Schreibtisch. »Nichts dergleichen. Ich bin auf der Suche nach jemandem, der gesehen wurde, wie er in diese Richtung ging. Wir vermuten, dass er sich möglicherweise hier auf einem Boot aufhält und dass er uns bei unseren Ermittlungen behilflich sein könnte.«

Die Frau schob die Brille auf ihr mahagonifarbenes Haar und blinzelte Anna kurzsichtig an. »Oh, na gut.«

»Ich suche nach einem Mann namens Peter.«

»Ich hole mein Buch. Wir bewahren hier die Schlüssel auf und führen eine Liste der Bootseigentümer. Geben Sie mir einen Augenblick.« Sie ließ die Brille wieder heruntergleiten und fuhr mit dem Finger eine Namensliste ab, wobei sie leise vor sich hinmurmelte, während sie ihre Funde auf ein Blatt Papier schrieb. Zu guter Letzt schob sie die Brille zurück auf ihren Kopf.

»Hier sind vier Peters gemeldet. Sie zeigte auf den ersten Namen: »Peter Arnfield ist nicht da. Er ist im August abgereist und lässt sein Boot hier leer überwintern. Er kommt frühestens im April wieder her. Peter Howes ist momentan auch weg. Er ist gestern mit seinem Boot abgefahren. Peter Carmichael hat Liegeplatz Hundertzwölf. Sein Boot heißt Voyager und Peter Bullock hat die Zweihundertvierunddreißig mit seiner Dreamcatcher.« Sie reichte Anna das Blatt sowie einen Lageplan mit den Liegeplätzen. Die wichtigen kreiste sie ein.

»Ich habe keine genaue Beschreibung des Manns. Ich weiß nur, dass er zwischen dreißig und vierzig Jahre alt ist und eine blaue Jacke und Jeans getragen hat, als er gesehen wurde.«

Die Frau zuckte die Achseln. »Da klingelt gar nichts. Fast alle tragen Jeans und ich sehe sie nur, wenn es ein Problem gibt oder wenn sie sich anmelden.«

Anna erinnerte sich an Floras Beschreibung. »Wenn ich ihn als ›stieläugig‹ beschreiben würde, würde das Ihrem Gedächtnis auf die Sprünge helfen?«

»Hmm. Das könnte Peter Bullock sein. Er ist erst vor zwei Wochen angekommen und lebt alleine auf seinem Boot. Er ist aus Essex. Ich wollte mich mit ihm darüber unterhalten, weil meine Schwester dahingezogen ist, aber er war nicht sehr mitteilsam. Er sieht aus wie ein Musiker, lange Haare, ungepflegt – ein bisschen wie dieser Bob Geldof. Seine Augen sind so – glasig.«

Anna bedankte sich bei der Frau und trat aus dem Büro hinaus ins Grau des Tages. Es regnete jetzt stärker. Sie knickte den Lageplan, um zu sehen, wo sie hinmusste, und stapfte den Pfad Richtung Liegeplatz Zweihundertvierunddreißig entlang. Ihr Telefon klingelte und sie sah, dass es Mitz war.

»Anna, wo bist du?« Seine Stimme klang, als wäre es dringend.

»Am Bootsanleger in Kings Bromley. Ich habe mit dem Busfahrer gesprochen und er konnte sich daran erinnern, den Kerl, hinter dem wir her sind, hier abgesetzt zu haben. Ich habe auch einen Namen – Peter Bullock.«

»Du bist doch nicht alleine, oder etwa doch?«

Anna antwortete nicht.

Es lag Nachdruck in seiner Stimme. »Bleib, wo du bist. Ich bin unterwegs. Du kannst ihn nicht auf eigene Faust verfolgen. Er könnte gefährlich sein. Gib den Namen durch und finde etwas mehr über ihn heraus. Ich bin gleich da.«

Er legte auf. Anna war ein wenig angefressen wegen seines Tonfalls. Sie kam alleine klar. Für gewöhnlich unterstützte Mitz ihre Vorschläge und ermutigte sie, ihren Instinkten zu folgen. Hier hatte sie das Überraschungsmoment auf ihrer Seite und sie war dafür ausgebildet. Sie wollte nur sichergehen, dass sie auf der richtigen Spur war und hätte es gemeldet, sobald sie sich ihrer Fakten vergewissert hätte. Wenn Mitz nicht an ihrem ersten Einsatzort einfach abgehauen wäre, hätten sie das hier zusammen erledigt. Der Drang, die Boote zu überprüfen war groß, aber Mitz hatte trotz allem recht mit dem Hinweis darauf, dass der Mann gefährlich sein könnte. Wenn Peter Bullock der Mann war, der Linda Upton ermordet hatte, war er zu extremer Gewalt fähig. Sie trat gegen einen Kieselstein und ging zu ihrem Streifenwagen zurück, um auf Mitz zu warten.

Sie tat, was Mitz angeordnet hatte und rief in der Dienststelle an, um den Namen zu melden. Robyn war gerade gegangen, also erzählte sie David, was sie bisher herausgefunden hatte. Sie suchte gerade in ihrem Smartphone nach Informationen über ihn, als sie eine Gestalt mit schulterlangem Haar aus dem Betriebsgebäudeblock kommen sah. Er trug Jeans und einen blauen Mantel und beugte sich gegen den jetzt peitschenden Regen vor. Eine Schwade blauen Dunstes deutete darauf hin, dass er sich eine Zigarette angezündet hatte und daran zog. Auf ihn traf die Beschreibung von Peter Bullock zu und er ging in Richtung Parkplatz. Gleich würde er ihren Streifenwagen entdecken und wenn er es tatsächlich war, könnte sie ihn verlieren. Ohne jeden Gedanken an ihre eigene Sicherheit stieg sie aus und ging auf ihn zu. Da er den Kopf gesenkt hatte, dauerte es einen Augenblick, bis er sie sah. Erst als sie ihn ansprach, »Mr. Bullock? Mr. Bullock, könnten Sie mir bitte ein paar Fragen beantworten«, blickte er erschrocken auf. Er warf die Zigarette zur Seite, drehte sich um und raste Richtung Leinpfad davon. Anna fluchte und jagte ihm nach. Obwohl sie hörte, dass jemand ihren Namen rief, setzte sie die Verfolgung des Mannes fort, der jetzt angefangen hatte zu sprinten.

Anna stampfte in ihren flachen Polizeischuhen den Weg hinunter und wünschte sich, sie hätte geeignetere Laufschuhe an. Aber ihre Jugend und Ausdauer sprachen für sie, und Bullock begann schon kurz darauf, langsamer zu werden, nachdem der Adrenalinschub der Kampf-oder-Flucht-Reaktion verflogen war. Die im Kanal festgemachten Boote huschten als verschwommener knallbunter Fleck vorbei, während sie sich auf Bullock konzentrierte und ihre Beine hämmern ließ, um ihn Stück für Stück einzuholen.

Er drehte sich zu ihr um, eine Hand erhoben. »Ich ergebe mich.« Er beugte sich vor und schnaufte. Sie kam zum Stehen: »Mr. Bullock, ich würde Ihnen gerne ein paar Fragen stellen.«

Sie hatte kaum ausgesprochen, als er zu einem Schlag ausholte, dem sie ausweichen konnte. Dank ihrer Polizeiausbildung ließ sie einen Arm vorschnellen, um ihn zu packen, bekam aber stattdessen nur einen Ellbogen ins Gesicht. Er hatte ihre Nase erwischt, sie fiel auf die Knie und stieß einen Schmerzensschrei aus, während er wieder losrannte. Sie führte eine Hand an ihre pochende Nase und zog sie wieder weg. Die Hand war nass von Blut. Der Sauhund. Damit würde er nicht durchkommen. Sie wischte sich die Nase mit dem Ärmel ab und nahm die Verfolgung wieder auf, jetzt mehr denn je entschlossen, ihn zu kriegen. Ihre Nase pulsierte und Blut tropfte auf ihre Bluse, aber das war ihr egal. Sie entfernten sich vom Anleger und drangen tiefer in die offene Landschaft vor. Jetzt gab es nur noch freies Feld. Sie waren alleine. Sie konnte hören, wie das Blut von der Anstrengung, den Mann einzuholen, in ihren Ohren rauschte. Aus heiterem Himmel blieb er stehen. Nur wenige Meter hinter ihm, wurde sie ebenfalls langsamer, griff nach ihren Handschellen und machte sich bereit, ihn über seine Rechte zu belehren.

Peter sah sich um, als würde er seine Chancen abwägen. Seine Zunge huschte über seine Lippen, dann lächelte er sie an. Seine Augen bohrten sich in sie hinein und die Sekunden wurden zu Minuten, als sie bemerkte, wie töricht sie gehandelt hatte. Sie befand sich mitten im Nichts, allein mit einem mutmaßlichen Mörder. Ihr Gehirn befahl ihr, sich zu bewegen, aber sie stand wie angewurzelt da, durchbohrt von seinen funkelnden Augen. Ohne

Vorwarnung stürzte er sich auf sie und bevor sie etwas tun konnte, hatte er sie am Arm gepackt und zerrte an ihr mit einer Kraft, die sie überraschte. Er zischte ihr obszöne Beschimpfungen zu, während er nach ihren Füßen trat, um sie aus dem Gleichgewicht zu bringen. Endlich kam sie wieder zu sich. Er versuchte, sie in den Kanal zu stoßen und zu ertränken, daran hatte sie keinen Zweifel. Wie aus dem Nichts besann sich Anna auf ihre Ausbildung. Sie rangen, verschlungen wie ein leidenschaftliches Tanzpaar, wobei sie sich wegduckte, abtauchte und sich zur Wehr setzte, bis sie sich seinem Griff schließlich entwinden konnte. Sie standen gefährlich nah am Wasser – mit seiner schlammigbraunen Farbe und dem Geruch modriger Vegetation. Er wühlte in seiner Tasche, und sie bereitete sich darauf vor, einen Messerangriff abzuwehren, indem sie einen Arm anhob, um ihr Gesicht zu schützen.

»Anna!«

Mitz lief in ihre Richtung, noch zu weit entfernt, um ihr zu helfen, wenn dieser Verrückte sie jetzt abstechen würde. Auch Peter hatte Mitz bemerkt, fuhr herum und rannte wieder los.

Sie wollte diesen Mistkerl unbedingt kriegen und setzte ihm trotz der Schmerzen nach. Der Mann war nur wenige Zentimeter vor ihr, also spannte sie ihr Beinmuskeln an, sprang ab und riss ihn zu Boden. Er gab einen Schrei des Protests von sich.

»Mr. Bullock, ich nehme Sie mit zu einer Befragung.«

Peter Bullock wand sich und bockte, bis er sie abgeschüttelt hatte. Sie war auf den Rücken gefallen und hatte sich verdreht. Sie musste husten von dem Blut, dass ihr jetzt in Mund und Nase lief. Sie konnte nicht atmen. Ihr Herz begann zu rasen. Sie musste sich bewegen, sonst würde sie ersticken. Peter Bullock versuchte sich aufzurichten. Ihr blieb nicht viel Zeit. Sie riss sich zusammen und spuckte das Blut aus. Er stand jetzt und wollte weiterrennen. Sie hatte vor, sich ihm in die Füße zu werfen und ihn zu Fall zu bringen, als sie einen Luftzug spürte und sah, wie Peter Bullock mit einem Rauschen auf dem Leinpfad landete.

Mitz Patel packte Bullock am Kragen und stellte ihn auf die Füße. Bullock spuckte nach ihm, verfehlte aber sein Ziel. Mitz blieb die Ruhe selbst, als er den Mann belehrte: »Sie müssen keine Aussage machen. Aber es kann Ihre Verteidigung erschweren, wenn Sie bei der Befragung etwas verschweigen, auf das Sie sich später vor Gericht berufen möchten. Alles, was Sie sagen, kann als Beweismittel verwendet werden ...«

»Bist du okay?«, fragte er, als Anna zu ihm trat, eine Hand an der Nase, um den Blutstrom zu stoppen. Das Adrenalin, das sie auf den Beinen gehalten hatte, ebbte ab und sie hatte das Bedürfnis, sich zu setzen, aber sie wollte ihr Gesicht wahren. »Bestens. Bringen wir diesen Dreckskerl zurück zum Auto.«

»Ist wirklich alles in Ordnung?«, fragte Mitz ruhig, als Bullock im Wagen saß, und sie daneben standen.

»Mir geht's gut. Es blutet schon fast nicht mehr.«

»Du weißt doch, dass du hättest warten müssen?«

Sie nickte verlegen. Es hätte schlimm ausgehen können, vor allem wenn Bullock eine gefährliche Waffe bei sich gehabt hätte. Sie war leichtfertig gewesen und das wusste sie.

»Wirst du mich melden?«, fragte sie. »Bitte, tu's nicht. Ich hätte es besser wissen müssen. Ich habe mich hinreißen lassen. Ich wollte ihn einfach kriegen. Du kennst dieses Gefühl doch, oder? Bitte erzähl keinem was davon. Ich will meinen Ruf nicht ruinieren.«

Mitz schüttelte den Kopf. »Nein. Ich werde niemandem etwas sagen, auch wenn ich müsste. Es war zum Teil mein Fehler. Ich hätte dich nicht bitten dürfen, das zu übernehmen.«

»Danke. Ich stehe in deiner Schuld. Es wird nicht wieder vorkommen. Und danke, dass du dich auf ihn gestürzt hast. Ich dachte, er würde mich erstechen.«

»Er war unbewaffnet. Du hattest Glück. Es hätte schlimmer kommen können. Bist du sicher, dass mit deiner Nase alles in Ordnung ist?«

»Ich glaube nicht, dass sie gebrochen ist. Ich habe die Nase meines Vaters geerbt. In der Familie Shamash haben alle gute, robuste Nasen. Groß, aber robust.« Sie versuchte zu lächeln. Mitz verstand ihren Versuch, es mit Humor zu nehmen, und erwiderte das Lächeln.

Er ging um den Wagen herum und war gerade dabei einzusteigen, als sie ihn fragte: »Mitz – deine Oma, wie geht es ihr?«

Er schüttelte traurig den Kopf. »Oma Manju ist vor einer Stunde von uns gegangen.«

»Oh nein. Das tut mir sehr leid. Du solltest bei deiner Familie sein.«

»Ich sehe sie heute Abend. Ich musste wieder zur Arbeit. Ich hätte dich mit dem Fall nicht im Stich lassen dürfen. Im Moment bin ich Sergeant und habe meine Pflichten.«

Sie wollte ihm etwas Tröstendes sagen, aber Mitz schlüpfte in seinen Wagen, schloss die Tür und machte bereits Meldung. Bullock saß regungslos im Fond. Sein Kampfgeist hatte ihn verlassen. Sie hoffte, dass sie keinen Fehler gemacht hatte und dass sie den Richtigen erwischt hatten.

Nach ihrer Rückkehr zum Revier besorgte Mitz einen Verhörraum. Peter Bullock war jetzt ruhig und verträglich. Als er aufgefordert wurde, seine Taschen zu leeren, kam er dem nach und legte Münzgeld, Zigaretten, ein Feuerzeug und ein durchsichtiges Plastiktütchen mit einem weißen Pulver auf den Tisch.

»Was ist das«, fragte Mitz, hob es hoch und untersuchte es im Gegenlicht.

»Was denkste, dasses is?« Sein unüberhörbarer südlondoner Akzent stand in deutlichem Kontrast zu den lokalen Dialekten in Staffordshire. »Deshalb wart ihr doch hinter mir her, oder nich? Dassis Charley, C, Koks, Kokain.« Er lehnte sich auf seinem Stuhl zurück, seine Augen funkelten böse. »Habbich kein Recht aufn Anwalt, wenner mich anklagen wollt?«

Mitz schüttelte das weiße Pulver und legte es auf den Tisch zurück. Er atmete tief ein. Anna sah ihn an, sie hatte das Gefühl, ihr Herz würde ihr in die Hose fallen.

»Sie sind vor einer Polizeibeamtin geflohen und haben sie

angegriffen, Mr. Bullock. Das ist ein schweres Vergehen. Warum haben Sie das getan?«

Bullock grinste verächtlich. »Ich dachte, ihr wolltet mich wegen Drogenbesitz drankriegen. Ich kam gerade aus dem Scheißhausblock, als sie mich angehalten hat. Ich weiß nich, was mich geritten hat, stiften zu gehn. Ich hätte stehenbleiben und sie anhören müssen, aber das geht bei mir automatisch mit dem Abhauen. Ich bin inner gefährlichen Gegend aufgewachsen, da haben wir immer zugesehn, dass wa Land gewinn, wenn sich einer von euch blicken ließ. Ich konnte nich anders. Ich weiß zu was ihr Bande fähich seid.«

Er verschränkte die Arme und fixierte Mitz.

»Mr. Bullock, Kokain und Angriff auf einen Beamten mal beiseite, wir haben Sie gesucht, weil wir Ihre Hilfe in einer anderen Angelegenheit brauchen könnten.«

Bullocks Gesichtszüge entgleisten. »Ach du Scheiße. Dann gings garnich um Drogen?«

Mitz schüttelte den Kopf. »Nein. Wir waren nicht wegen Drogenbesitzes hinter Ihnen her. Es sei denn, Sie hätten eine große Menge auf Ihrem Boot und würden uns gerne davon erzählen?«

Bullock lachte. »Ihr macht Witze. Das Päckchen hier hat mich weit genuch zurückgeworfen. Überprüfts ruhich, wennas mir nicht glaubt. Ich hab nur genuch für mich.«

»Wir untersuchen ein Vorkommnis in Kings Bromley und fragen uns, ob Sie vielleicht etwas Ungewöhnliches bemerkt haben. Mr. Bullock, haben Sie gestern Morgen gegen Viertel nach zehn an der Haltestelle in Kings Bromley den Bus genommen und ihn in der Nähe des Anlegers in Bromley Hays wieder verlassen?«

»Jaa, das habich. Ich hab mein Tantchen besucht. Sie wohnt in Kings Bromley. Sie geht auf die Sibbzich zu und ich dachte, ich kuckma aufn Sprung vorbei bei ihr. Ich bin erst seitn paar Wochen in der Gegend. Happ letztes Jahr mein Job verlorn und wusste nix mit mir anzufangen, also habbich meine Abfindung genomm, mein Haus verkauft und mirn Boot besorcht. Meine beste Entscheidung ever. Bin im ganzen Land rumgeschippert. Triffst nette Leute da an'n Kanäln. Als Nächstes wolltich nach Nottingham. Wollte eigentlich letzte Woche schon weiter, aber der Liegeplatz hier is schön – echt friedlich. Dachte, ich häng nochn bisschen was dran, bleibe hier und genieße die Natur. Bin jetz raus aus dem Hamstarad. Und werd wohl auch nich mehr zurückgehn. Ich brauch nich viel Geld zum Leben aufm Boot, nur fürs Nötichste.« Er schüttelte das Tütchen mit dem Kokain und grinste schief.

»Sie haben nicht zufällig irgendwelche ungewöhnlichen Aktivitäten bemerkt, als Sie an der Bushaltestelle gewartet haben, oder vielleicht doch?«

»Was meinste mit ›ungewöhnlich‹?«

»Hatte es jemand besonders eilig oder hat jemand verdächtig ausgesehen?«

»Nee, dassn echt ruhiges Dörfchen. Ich bin um zehn bei mein Tantchen wech. Sie hat mich früh losgeschickt, falls der Bus eha kommt. Er kam nich eha, also habbich ne gute Viertelstunde wien Volltrottel da rumgestandn. Sonz hat niemand an der Haltestelle gewartet. Ziemlich viele Lastwagen sind vorbeigerauscht. Echt ne Schande, die versaun den Ort total. Die ganzen kleinen strohgedeckten Häuschen und dann die fetten Laster, die vorbeidieseln und die Luft verpesten. Kannich sagen, dass ich was Merkwürdiges gesehn happ. Ah, stopp, da war son Typ, der aufn Parkplatz vom Pub gegang is. War offensichtlich spät dran fürs Studio, hat nämlich so komisch gezapplt – wie beim Laufen. War in Sweatshirt und Träningsbuxe. Adidas, denkich, nach dem weißn Logo, oda wars Nike? Nee, dassn weißes Häkchen. Das hier hat ausgesehn wie 'ne Krone mit dem Namen drunter. Ich schmeiß die Markenzeichn imma durchenander. Er hatte sone große Sporttasche dabei. Is inn Auto gestiegn, ich happ die Tür laut zuschlagn undn Motor startn hörn. Dann issa an mia vorbei Richtung A38.«

»Konnten Sie sein Gesicht sehen?«

»Nee. Happ nich drauf geachtet. Ich hattes langsam satt, auf den blöden Bus zu wartn. Dachte ernsthaft dran, zu Fuß zu gehn.«

»Wissen Sie vielleicht, was für ein Fabrikat der Wagen war, Mr. Bullock?«

»Na, da kann ich euch wirklich weitahelfn. Es warn silbana Fiat 500. Zweitausendvierzehna Kennzeichn.«

»Sind Sie da wirklich sicher?«

Bullock lehnte sich selbstzufrieden zurück. »Natürlich binnich das. Tante Jean hat den gleichn in Weiß.«

30

Alan Worth war ein arroganter Mensch, der Robyn kaum beachtete, als sie von seiner Haushälterin, einer charmanten Asiatin mit glänzend schwarzem Haar, das von bunten Haarspangen in Schmetterlingsform gehalten wurde, ins Zimmer geführt wurde. Sein Arbeitszimmer war ein riesiger Raum mit einem Fußboden aus polierter Eiche, der mit, soweit sie das beurteilen konnte, wertvollen Teppichen ausgelegt war. Zwei abstrakte Gemälde, die farbige geometrische Figuren zeigten, hingen an den Wänden. In einer Ecke des Raums stand eine fast lebensgroße Bronzestatue einer nackten Tänzerin, ein Knie angehoben und beide Arme nach vorne von sich gestreckt. Zwei weitere erotische Statuetten standen auf einem Bücherschrank, in dem sich nur eine Handvoll Bücher sowie verschiedene andere Schmuckstücke befanden.

Sie stand vor einem handgefertigten Mahagonischreibtisch, der auch zu einem viktorianischen Gelehrtenzimmer gepasst hätte, und hielt ihm ihre Hand hin.

Er schüttelte sie ein Mal. Sein Händedruck war schlaff, seine Handfläche feucht. »Wie kann ich helfen, Detective Inspector Carter?«

»Es geht um Harriet.«

Er ließ sich in seinen Ledersessel fallen und beobachtete sie aus schwerlidrigen Augen. Seine gebogene Nase verstärkte den raubvogelhaften Eindruck. »Harriet ist vor vier Jahren gestorben.« Er verstummte und wartete darauf, dass sie noch etwas sagen würde.

»Ich ermittle in einem Fall, der mit ihrem Tod in Verbindung stehen könnte.«

Er führte die Fingerspitzen zusammen und starrte sie an. »Inwiefern?«

»Ich bin noch nicht sicher, aber ich würde Ihre Mithilfe wirklich sehr zu schätzen wissen.«

Ein Geräusch, etwas zwischen einem Zischen und einem Seufzen, entfuhr seiner Nase. »Was wollen Sie wissen?«

»Ich habe die Akte zum Tod Ihrer Frau gelesen. Ich wüsste gerne weitere Einzelheiten – Sie hatten vor, die Bishtons, die damaligen Eigentümer von Bromley Hall zu verklagen, aber es ist nicht zu einem Prozess gekommen. Ich würde gerne wissen, wieso nicht und was man Ihnen dafür gezahlt hat.«

Er starrte Robyn zornig an, aber sie hielt seinem Blick stand. »Ich wüsste nicht, was Sie das angeht.«

»Ich verstehe Sie, Mr. Worth, und ich kann Ihnen versichern, dass nichts davon an die Öffentlichkeit gelangen wird. Aber ich muss Sie das fragen, weil es für unseren Fall von Bedeutung sein könnte.«

»Ich wiederhole mich, ich wüsste nicht, was Sie das angeht, und solange Sie mir nicht erklären, warum Sie das wissen müssen, bitte ich Sie zu gehen.«

»Sie werden Verständnis dafür haben, dass ich nicht über laufende Ermittlungen sprechen darf. Ich setze voll und ganz auf Ihr Entgegenkommen, zumal es um jemanden geht, den Sie kennen.«

Seine Augen weiteten sich ein wenig. »Um wen?«

»Linda Upton.«

Alan zwinkerte mehrmals. »Linda? Was ist mit ihr?«

»Sie wurde in ihrem Haus tot aufgefunden. Es stand etwas darüber in der Lichfield Times.«

»Das Blatt interessiert mich nicht. Wann ist es passiert?«

»Gestern Morgen.« Sie beobachtete seine Reaktion auf die Nachricht. Er zwinkerte noch einmal, dann gewann er seine überlegene Haltung wieder.

»Sie wollen damit sagen, dass sie unter verdächtigen Umständen gestorben ist, verstehe ich das richtig? Ich hoffe, Sie betrachten mich nicht als Verdächtigen. Ich war den ganzen Morgen über wegen meiner Steuererklärung in einer Besprechung mit meinem Steuerberater. Außerdem gibt es mehrere Zeugen, die mich beim Mittagessen im Olive Tree in Lichfield gesehen haben.«

»Wie gesagt, Sir, ich will lediglich wissen, wie viel die Bishtons Ihnen als Entschädigung für den Tod Ihrer Frau Harriet gezahlt haben.«

Er stand plötzlich auf und stakste zur Tür. »Wenn ich nicht verdächtigt werde, wäre ich Ihnen dankbar, wenn Sie mich jetzt in Ruhe lassen würden. Ich habe in ein paar Minuten einen Termin und kann Ihnen bei Ihren Ermittlungen nicht weiterhelfen.«

Sie erhob sich und ging auf ihn zu. Sie hatte nur noch eine Karte im Ärmel und wenn Mulholland dahinterkäme, dass sie sich in dieser Sache nicht strikt an das polizeiliche Vorgehen hielt, würde sie schön in der Tinte sitzen. Sie würde versuchen, ihm Angst zu machen, damit er mit ihr sprach: »Sie werden sicher verstehen, Sir, dass ich mir Sorgen um Ihre Sicherheit mache.«

Er hielt inne, die Hand auf der Klinke. »Glauben Sie, dass ich in Gefahr sein könnte?«

»Ich weiß es nicht. Wenn Sie meine Frage beantworten würden, könnte ich das besser beurteilen.«

Er seufzte. »Anderthalb Millionen. Die Bishtons haben mir anderthalb Millionen geboten. Ich habe angenommen unter der Bedingung, dass sie den Bäderbereich schließen. Ich wollte ihnen das Leben schwermachen. Ich habe gehofft, das würde sie ruinieren. Ich hatte nicht damit gerechnet, dass sie das Haus danach einfach um einen Anbau erweitern und so einen noch größeren Wellnessbereich errichten würden. Hätte ich das, dann hätte ich weit mehr als die anderthalb Millionen verlangt. Zu dem Zeitpunkt, als sie sich zu dem Bau entschlossen haben, hatte ich kein Druckmittel mehr. Letzten Endes habe ich das Geld genommen und konnte so mein Leben weiterleben.« Er ließ den Kopf sinken, was ihn für einen Augenblick noch verletzlicher erscheinen ließ. Dann richtete er sich auf: »Glauben Sie, dass ich in Gefahr bin?«

Robyn sah den Mann an, der hochnäsige Gesichtsausdruck war wieder da. Er hatte keinerlei Regung gezeigt, als er erfahren hatte, dass Linda Upton tot war, er war nur besorgt um sich selbst. Auch wenn sie jetzt die Informationen hatte, um die es ihr gegangen war, wusste sie, dass sie sich in der Situation moralisch fragwürdig verhalten hatte. »Ich werde meine Ermittlungen fortsetzen und natürlich dafür sorgen, dass Sie Polizeischutz erhalten, wenn ich der Meinung bin, dass Sie in Gefahr sind, Sir. Ich danke Ihnen, dass Sie sich Zeit für mich genommen haben.«

Robyn marschierte mit großen Schritten gegen den Wind und den jetzt fallenden Nieselregen an und warf sich in ihr Auto, froh, aus dem ungastlichen Haus heraus zu sein. Sie hatte zwei entgangene Anrufe. Sie rief die Textnachrichten auf. Beide waren von Mitz, der sie warnte, dass Mulholland nach dem neuesten Stand der Ermittlungen in beiden Fällen gefragt habe, und ihr mitteilte, dass Anna und er ihren Verdächtigen vernommen und dabei erfahren hätten, dass er mit der Sache nichts zu tun hatte. Immerhin gab der letzte Teil von Mitz' Nachricht Robyn den dringend benötigten Auftrieb. Der Verdächtige, aus dem jetzt ein Zeuge geworden war, hatte ein Fahrzeug beobachtet, das aus Kings Bromley weggefahren war. Anna und Mitz waren auf der Suche nach ihm. Für einen Moment schloss sie die Augen, um sich ihre Weißwandtafel zu vergegenwärtigen. Es fing an, den Eindruck zu machen, als hätten sie zumindest die Witterung des Killers aufgenommen.

Jetzt mussten sie es nur noch schaffen, ihm einen Schritt voraus zu sein. Sie legte den Gang ein und trat aufs Gaspedal. Wenn sie müsste, würde sie die ganze Nacht durcharbeiten. Sie würde nicht zulassen, dass noch jemand verletzt würde von diesem Leoparden von Lichfield.

31

»Das war doch nicht nötig«, sagte Harriet, einen Strauß leuchtend bunter Blumen in den Armen.

Er lächelte scheu. »Die sind nicht von mir. Sie sind von Alfie. Darum sind so viele gelbe Blüten dabei. Es ist seine Lieblingsfarbe.«

Sie musste wieder lachen. Alfie wedelte bei diesem Klang mit dem Schwanz.

»Soll ich sie für dich halten, während du trainierst? Ich möchte dich nicht aufhalten.«

»Ist schon gut. Ich könnte einen Tag Pause vertragen. Ich trainiere seit Wochen jeden Tag. Samstag nehme ich an einem Spaßlauf teil und wollte dafür fit sein. Wahrscheinlich tut ihr mir einen Gefallen. Meine Muskeln können etwas Ruhe gebrauchen.«

Er strahlte. »Ein Spaßlauf? Ich hätte nie gedacht, dass Laufen etwas mit Spaß zu tun hat.«

Harriets Lächeln war offen und zeigte sich auch in ihren Augen. Er dachte, er hätte sein Spiegelbild in ihnen gesehen und war einen Augenblick lang ganz verzückt, bis ihn ihre Stimme wieder zu sich kommen ließ. »Ich war ein hoffnungsloser Fall beim Laufen, als ich jünger war. Letztes Jahr ist eine meiner Freundinnen an Krebs erkrankt und es ging ihr während der Behandlung richtig dreckig. Ich wollte etwas unternehmen, um darauf aufmerksam zu machen und das Bewusstsein zu schärfen, deshalb habe ich mit dem Laufen angefangen und an einem Halbmarathon teilgenommen. Ich habe damit etwas Geld gesammelt. Das hat mich ermutigt weiterzumachen und jetzt laufe ich regelmäßig bei Volks- und Spaßläufen mit.«

»Das ist inspirierend. Deine Freundin war sicher sehr dankbar.«

»Sie war voller Schwung und Tatendrang. Leider ist sie trotz allem gestorben. Der Krebs war zu aggressiv. Jetzt laufe ich in ihrem Namen und jeder Cent, den ich einnehme, geht in die Forschung zur Ausrottung dieser schrecklichen Krankheit.«

In Harriets Stimme lag so viel Leidenschaft, dass er ihre Hand nehmen und sie trösten wollte, aber es war zu früh für derartige Liebesbekundungen. Noch kannte sie ihn nicht gut genug.

»Wenn du heute schon nicht läufst, wie wär's dann, wenn ich dich zu dem Kaffee einlade, den ich dir schulde? Alfie kann auch mitkommen und draußen vor dem Café warten. Es ist schönes Wetter, sodass wir ihm Gesellschaft leisten können.«

Sie wandte sich den Blumen zu und suchte nach einem höflichen Weg, um abzulehnen. Heimlich zog er ein Hundeleckerchen aus seiner Hosentasche und wie aufs Stichwort begann Alfie zu bellen, weil er es haben wollte.

»Siehst du, Alfie möchte, dass du mitkommst. Nur auf einen Kaffee, ich beiße schon nicht. Und Alfie auch nicht.«

Ihre Lippen zuckten lächelnd. »Gut. Weil ihr beiden mich so nett gebeten habt.«

Sie schlenderten zu dem Café im Ort und er spendierte ihr einen großen Milchkaffee. Er gab Alfie ein Stück Butterkeks, wobei er ein großes Trara veranstaltete. Er achtete darauf, dass das Gespräch ungezwungen blieb und überzeugte sie davon, dass er ein richtiger Historiker sei, auch wenn er seine Kenntnisse erst tags zuvor im Internet zusammengesucht hatte.

»Wusstest du, dass Stowe Pool früher ein Fischereigewässer war?«

»Nein, ich hatte keine Ahnung. Ich habe gedacht, es wäre ein großer Teich.«

Er lachte. »Tatsächlich ist es vor vielen Jahren ein Mühlteich gewesen. Er hat seitdem viele Eigentümer gehabt und wurde erst vor kurzem, 1968, zu diesem Naherholungsgebiet.«

Ihre Augen weiteten sich. »Wow, was du alles weißt.«

»Ich brauchte die Geschichte von Lichfield als Teil der Recherche für meine Vorlesung über Städte in England.«

Sie zog die Augenbrauen hoch und fuchtelte mit ihrem Löffel herum. »Du bist Historiker? Ich habe mir Historiker immer grauhaarig und irgendwie älter vorgestellt. Ich war nicht gut in Geschichte … wie in den meisten Fächern. Ich konnte es nicht erwarten, von der Schule wegzukommen. Es hat mir einfach keinen Spaß gemacht. Jetzt wünsche ich mir allerdings, ich wäre damals aufmerksamer gewesen.«

Er schenkte ihr ein Lächeln. »Das ist nicht jedermanns Sache.«

»Wo unterrichtest du«, fragte sie.

»An der Universität von Birmingham, aber ich nehme dieses Jahr Forschungsurlaub, um ein Buch zu schreiben.«

Ihre Augenbrauen wölbten sich noch höher und ihr Mund formte ein vollendetes »o«. »Das wird ja immer besser. Wovon handelt das Buch? Von Lichfield?«

Er deutete ein Lächeln an. »Versprichst du, nicht zu lachen, wenn ich es dir erzähle?«

Sie schüttelte den Kopf, legte die Unterarme auf den Tisch und beugte sich zu ihm vor, um seine Antwort zu hören. Er konnte ihren warmen Atem beinahe spüren.

»Es ist eine historische Liebesgeschichte, angesiedelt im zweiten Weltkrieg.«

Ihr Unterkiefer klappte herunter: »Echt?«

»Ja, aber ich sage es kaum jemandem. Ich schreibe unter einem Pseudonym.«

Sie leckte ihren Löffel ab und als er sah, wie ihre rosige Zunge vor- und zurückschnellte, dachte er, er bekäme gleich einen Herzanfall, so raste es in seiner Brust. Alfie sah den Löffel ebenfalls und gab

Pfötchen. Sie beugte sich zu ihm herüber und tätschelte ihn. »Er ist so ein lieber Hund.«

»Er ist aus der Tierrettung. Ich habe ihn aus dem Tierheim. Eigentlich wollte ich einen Labrador oder etwas anderes Größeres. Zuerst bin ich an seinem Käfig vorbeigegangen, aber dann habe ich angehalten. Er saß als ein zitterndes Elend in der Ecke – nur zwei riesige verängstigte Augen. Als ich ihn sah, wusste ich gleich, den muss ich haben.«

Sie sah ihn freundlich an. »Das ist so schön.«

»Er ist misshandelt worden. Er war so abgemagert, dass man seine Rippen sehen konnte, und sein Fell war verklumpt – total verfilzt und schmutzig. Er ist regelmäßig geschlagen worden und hatte Angst vor Menschen.«

Alfie winselte und gab wieder Pfötchen. Harriet hatte keine Ahnung, dass Alfie nur hinter Futter her war. Zu Hause bettelte er ständig und Stacey verwöhnte ihn bis zum Gehtnichtmehr. »Er mag dich wirklich. Er ist ein guter Menschenkenner.«

Sie unterhielten sich noch eine Weile ziellos über Lichfield und Hobbys. Als sie ihr Getränk ausgetrunken hatte, dankte er ihr noch einmal dafür, dass sie Alfie gefunden hatte, und ging. Sie winkte, als er sich mit dem Hund auf den Weg machte. Hinter der nächsten Ecke gönnte er sich ein Grinsen. Seine neue Freundin war schön, herzlich und leicht hinters Licht zu führen.

———

Langsam kehrte er in die Gegenwart zurück. Er war so in die Erinnerung an seine Zeit mit Harriet versunken gewesen, dass er die Klingel fast nicht gehört hätte. Es klingelte wieder – lange – das klang nach jemandem, der sauer war. Er ließ es läuten. Er konnte sich nicht aufraffen zu öffnen. Zweifellos war es der Nachbar, der sich über irgendetwas beschweren wollte.

Das Klingeln verstummte und er legte sich aufs Sofa, um die Tabletten ihre magische Wirkung entfalten zu lassen und dabei in jenen halbbewussten Zustand hinüberzugleiten, in dem er mit seiner Harriet zusammen sein konnte.

32

Robyn ging am Mittwochmorgen als Erstes mit großen Schritten durch den Flur zu Mulhollands Büro und klopfte an die Tür. Louisa beugte sich über ein Schriftstück – sie hatte tiefe Falten auf der Stirn und ihre rotgeränderten Augen waren feucht. Sie musste plötzlich mehrmals hintereinander niesen, bevor sie nach der Schachtel mit den Papiertaschentüchern griff. Sie sprach durch die Nase, ihre Stimme klang irgendwie verschleimt.

»Wie ich von Sergeant Higham erfahren habe, waren Sie gestern Nachmittag auf einer ›heißen Spur‹. Ist das ein anderer Ausdruck für ›ich versuche verzweifelt, irgendwas zu finden, damit mir mein Boss den Fall nicht entzieht‹?«

Robyn zuckte die Achseln. »Jetzt habe ich tatsächlich etwas. Es bestehen gesicherte Verbindungen zwischen den Toden von Rory Wallis und Linda Upton. Sie stehen beide in Zusammenhang mit Harriet Worth, die 2012 gestorben ist. Hier ist die Ermittlungsakte von damals.« Sie hatte sich den Großteil der Nacht damit herumgeschlagen und kannte ihren Inhalt ganz genau.

»Harriet Worth war mit ihrer Freundin Linda Upton im Wellnesshotel Bromley Hall, dort ist sie ausgerutscht und ins Schwimmbecken gefallen. Der Vorfall hat sich außerhalb der üblichen Öffnungszeiten ereignet. Der Schwimmbadbereich hätte verschlossen sein müssen, war es aber nicht, und Harriet, die den ganzen Abend in der Champagner-Bar verbracht hatte, hat irgendwie den Weg zum Schwimmbecken gefunden, wo sie sich ausgezogen hat, um Schwimmen zu gehen. Zu jener Zeit gab es anders als in dem modernen Erweiterungsbau, in dem sich der Wellnessbereich heute befindet, weder Sicherheitsvorkehrungen noch Überwachungskameras. Harriet wurde erst am nächsten Morgen gefunden, zu dem Zeitpunkt war sie bereits tot.

Laut dem Befund des Gerichtsmediziners hat ein Schlag gegen Harriets Kopf, vermutlich aufgrund eines Sturzes, dazu geführt, dass sie bewusstlos geworden ist und anschließend sei sie ins Wasser gefallen und ertrunken. Die Spurensicherung hat Blut an dem gefliesten Beckenrand gefunden, das mit dem Blut des Opfers übereinstimmte, und daraus gefolgert, dass sie ins Becken gefallen war und sich im Fallen den Kopf am Beckenrand gestoßen hatte. Außerdem wurde festgestellt, dass der Fußboden am Becken von einer undichten Dusche, die am darauffolgenden Morgen repariert werden sollte, nass war und dass das entsprechende Hinweis-schild, das vor der Rutschgefahr warnte, an der richtigen Stelle aufgestellt gewesen ist.«

»Worauf wollen Sie damit hinaus, DI Carter?«, fragte Mulhol-land, wobei sie sich mit einem Papiertaschentuch die Nase putzte. Sie steckte sich eine Halstablette in den Mund.

»Der Tod von Harriet Worth wurde als Unfall deklariert. Trotzdem wollte ihr Mann die Sache vor Gericht bringen und das Hotel sowie das Ehepaar, dem es damals gehörte, auf Schmerzens-geld verklagen. Letztlich hat man sich außergerichtlich auf eine Abfindung in Höhe von anderthalb Millionen Pfund geeinigt unter der Bedingung, dass der Wellnessbereich geschlossen wird.«

Robyn schwieg kurz, um sicherzugehen, dass Louisa ihrer Argumentation folgen konnte. »Es war Linda Uptons Vorschlag gewesen, dass die beiden sich ein Wellnesswochenende gönnten. Der Mann, der ihnen an diesem Abend den Champagner serviert hat, war Rory Wallis. Und da ist die Verbindung. Bei den Zetteln, die bei beiden Leichen hinterlassen wurden, handelt es sich jeweils um eine Rechnung über eine Viertelmillion Pfund. Wenn ich mich nicht irre, haben wir es mit einem Mörder zu tun, der Vergeltung für Harriets Tod will. Und nicht nur das, ich bin sicher, dass er weitermorden wird, und zwar schon bald. Er verliert keine Zeit.«

»Sie sind also der Meinung, es stehen möglicherweise vier weitere Personen auf seiner Todesliste?«

»Ja, das denke ich, es sei denn, Miles Ashbrook war einer von denen, die er tot sehen wollte.«

Mulhollands Gesichtszüge veränderten sich. »Sie wollen sich doch wohl hoffentlich nicht über diesen besonderen Gesichtspunkt den Kopf zerbrechen, oder etwa doch?«

»Nein, Ma'am. Es war nur so ein Gedanke. Ich möchte alle befragen, die zu dem Zeitpunkt von Harriets Tod in Bromley Hall gearbeitet haben. Fürs Erste möchte ich mich auf das Personal konzentrieren, aber ich setze meine Leute auch darauf an, alle Gäste ausfindig zu machen, die im Juli 2012 dort gewesen sind.«

»Damit habe ich kein Problem. Legen Sie los.«

»Vielen Dank, Ma'am. Das heißt also, es ist noch mein Fall?«

»Ja«, lautete Mulhollands Antwort: »Sie haben genug, um dranzubleiben. Wie ich höre, haben Sie ja sogar noch eine weitere Spur.«

»Mitz und Anna haben einen Zeugen befragt, der an dem Morgen, an dem Linda Upton ermordet wurde, gesehen hat, wie ein Fahrzeug aus Kings Bromley weggefahren ist. Im Moment haben wir noch nicht viel mehr. Sie durchforsten die Datenbanken nach einem silbernen Fiat 500, Baujahr 2014.«

»Okay. Das reicht. Darf ich Sie bei dieser Gelegenheit daran erinnern, dass unorthodoxe Ermittlungsmethoden nicht hingenommen werden, DI Carter? Ich weiß, dass ich bei Ihnen und Ihrer Truppe in der Vergangenheit beide Augen zugedrückt habe, aber das kann ich mir in diesem Fall nicht leisten. Sie müssen zeigen, dass Sie sich an die offizielle Vorgehensweise halten können. Habe ich mich klar ausgedrückt?«

»Entschuldigen Sie bitte, Ma'am, ich weiß, dass ich mir die eine oder andere Freiheit herausnehmen musste, um zu Ergebnissen zu kommen, aber ich habe diese Ergebnisse stets geliefert. Wir müssen einem Killer das Handwerk legen und wenn ich meinen Instinkten folgen muss, um das zu schaffen, dann sollte das doch wohl hinnehmbar sein.«

»Nein, DI Carter, ist es nicht. Nicht dieses Mal. Und wenn mir zu Ohren kommt, dass Sie sich nicht darangehalten haben, habe ich keine andere Wahl, als Ihnen den Fall zu entziehen. Robyn, ich will nur Ihr Bestes.«

»Ist es wegen Shearer? Hat er gedroht, Sie zu melden, wenn Sie mich nicht an die Kandare legen?«

Der folgende Augenblick des Schweigens reichte ihr als Bestätigung. Robyn fixierte ihre Vorgesetzte mit einem harten Blick: »Ich werde mich von diesem Mann weder einschüchtern noch unter Druck setzen lassen. Und das sollten Sie auch nicht.«

»Es geht nicht um Einschüchterung. Es ist nur zu Ihrem Besten. Sie wollen doch nicht ewig DI bleiben, oder?«

»Im Moment ist mir das egal. Ich will nur meine Arbeit machen und meine Arbeit besteht darin, denjenigen zu finden, der für die Ermordung von Linda Upton und Rory Wallis verantwortlich ist.«

Mulholland stockte, als wolle sie noch etwas anderes sagen, und Robyn wartete darauf, dass sie weitersprechen würde. Aber die Zeit verstrich wortlos und sie durfte wegtreten.

Sie war gerade wieder in ihrem Büro, als ihr Handy klingelte. Es war Ross.

»Hi, Cousinchen. Ich habe ein paar interessante Neuigkeiten für dich.«

»Hallo, Ross. Perfektes Timing. Ich wollte dich gerade anrufen. Wir haben hier einen Durchbruch und es gibt eine mögliche Verbindung zu Bromley Hall.«

»Gut. Ich fasse mich kurz. Ich habe keinen Zugang zu dem Material der Überwachungskamera. Es gibt eine Steuereinheit an der Außenwand der Sauna, für die man einen Schlüssel braucht.

Die Saunatemperatur kann mithilfe dieser Steuereinheit eingestellt werden. Es hätte also jemand die Temperatur erhöhen können, ohne dass jemand in der Sauna das mitbekommen hätte. Der Haustechniker und der Leiter des Fitnessstudios haben die Schlüssel für diese Steuereinheit. Es könnte demzufolge sein, dass Miles Ashbrook gar nicht wusste, wie heiß es in der Sauna war, was erklären würde, wie er im Lauf der Nacht derart gebraten werden konnte.

Miles Ashbrook war bei einigen Mitgliedern der Belegschaft nicht sonderlich beliebt. Er hatte vor kurzem angefangen, Leute zu entlassen und es gab eine Menge böses Blut ihm gegenüber. Es wird gemunkelt, dass Jakub Woźniak, der für die Reinigung des Wellness- und Bäderbereichs zuständig ist, damit gedroht hätte, Miles umzubringen, aber das müsste überprüft werden. Er ist gegen die Entscheidung, seine Frau Emily zu entlassen, angegangen und jemand hat zufällig gehört, wie er mit Miles gestritten und ihm gedroht hat. Ich habe bisher weder mit Jakub noch mit der Person gesprochen, die die Unterhaltung mit angehört hat, aber ich habe den Namen eines Gastes, der euch dabei vielleicht weiterhelfen kann – Fiona Maggiore. Es wäre besser, wenn ihr dieses Gespräch in etwas offiziellerem Rahmen führen würdet.

Ich habe auch nicht mit Scott Dawson sprechen können. Tut mir leid. Immer wenn ich es versucht habe, war er entweder in einer Besprechung oder hat Kurse gegeben. Wir checken in einer Stunde aus. Ich schreibe meine gesammelten Erkenntnisse für dich auf und schicke sie dir, sobald ich wieder im Büro bin. Ich habe einige Grundrissskizzen des Wellnessbereichs angefertigt, ich scanne sie und schicke sie dir ebenfalls.«

»Vielen Dank, Ross. Ich werde mit Jakub und Fiona sprechen. Vergiss nicht, mir deine Rechnung zu schicken.«

»Lass gut sein. Du hast doch schon unseren Wellnessausflug bezahlt. Außerdem hat es mir Spaß gemacht, ein wenig herumzuschnüffeln. Auch wenn es nichts mit diesem Fall zu tun hat, hier wimmelt es nur so von Geheimnissen. Der alte Wellnessbereich ist abgerissen und das Schwimmbecken zugeschüttet worden, nachdem ein Gast darin ertrunken ist. Niemand hier lässt sich dazu etwas entlocken, allerdings war einer der Gäste etwas mitteilsamer. Ich erzähl's dir, wenn wir uns sehen.« Er sah Robyns Gesicht mit den eingezogenen Wangen, während sie seine Worte verdaute, bildlich vor sich.

»Das ist sehr interessant. Aber ich glaube, diese Information haben wir schon. Der Name der Ertrunkenen war Harriet Worth. Ich habe jetzt noch eine kurze Besprechung mit meinen Leuten und dann komme ich nach Bromley Hall. Wir treffen uns gegen zwei Uhr an der Rezeption, wenn ihr auscheckt.«

Schlaflose, von Falten gezeichnete Gesichter hoben sich, als sie anfing zu sprechen. Die Fälle begannen allmählich, ihren Tribut zu fordern. Selbst der sonst stets tipptopp gepflegte Mitz hatte Stoppeln am Kinn und dunkle Ränder unter den Augen. »Mitz, Sie kommen mit mir. Matt, finden Sie alles über Harriet Worth heraus – spüren Sie alte Freundinnen auf und versuchen Sie, mehr Informationen zu ihrem Tod zu sammeln. David, übernehmen Sie bitte die Suche nach dem silbernen Fiat?« Er salutierte spöttisch.

»Anna, Sie haben doch noch die Aufnahmen der Überwachungskamera aus der Nacht, in der Miles Ashbrook gestorben ist?«

»Ja, Chef.«

»Bitte gehen Sie die ganze Nacht nochmal sorgfältig durch. Ich werde nach wie vor den Verdacht nicht los, dass Ashbrooks Tod irgendwie mit dem allem hier zusammenhängt. Achten Sie auf alles, was verdächtig scheint. Und überprüfen Sie die Zeitangaben zu dem Zeitpunkt, an dem man Miles kommen sieht sowie zu allen sonstigen ungewöhnlichen Vorgängen in oder in der Nähe der Sauna.« Matt warf ihr einen Blick zu, den sie ignorierte. Sie würde sich nicht einschüchtern lassen und es war ihr gleichgültig, ob Shearer sie melden oder sonst wie Ärger machen würde. Sie wollte ein für alle Mal beweisen, dass der Tod von Miles Ashbrook kein Unfall war.

33

Jakub atmete die kalte Nachmittagsluft ein und trat kräftiger in die Pedale. Sein Gesicht war schon wieder nass von dem anhaltenden Nieselregen und ihn fröstelte. Wegen der schweren schwarzen Wolken war es eher dunkel geworden als üblich und er wünschte sich nichts mehr, als nach Hause zu kommen, zu Emily und seinem Sohn Adam. Immer wenn er Frühschicht hatte, sorgte er dafür, dass er rechtzeitig zu Hause war, um mit dem Jungen Verstecken zu spielen. Es war das Lieblingsspiel seines Sohnes und es endete jedes Mal damit, dass er gefunden und durchgekitzelt wurde, bis ihm vor Lachen die Tränen kamen. Bald würde Adam zu alt sein für solche Kindereien, aber bald würde das neue Baby das Spiel genauso genießen. Wenn es ein Junge wird, wollten sie ihn Tobias nennen, nach Jakubs Vater. Sein Vater wäre sehr stolz darauf.

Trotz des schlechten Wetters war Jakub mit seinem Schicksal zufrieden. Er hatte eine tolle Familie und auch wenn es manchmal hart war, war er froh, dass er sie hatte. Emily hatte ihm am Nachmittag eine SMS geschickt, um ihm zu sagen, dass sie ein Vorstellungsgespräch für eine neue Stelle hatte. Schlagartig ließ der Druck, der auf ihm lastete, nach. Jetzt musste er nur noch das verdammte Auto repariert bekommen, dann wäre alles in Butter.

Die Werkstatt hatte zugesichert, er könne es morgen abholen. Er war froh darüber, es wiederzubekommen. Er war es leid, morgens und abends bei jedem Wetter mit dem Rad fahren zu müssen.

Er freute sich auf etwas Wärme, eine heiße Mahlzeit und darauf, vor dem Fernseher zu sitzen und Fußball zu schauen, sobald Adam im Bett war. Er ließ sein Rad das Stück am ehemaligen Segelflugplatz hinunterrollen, ohne zu treten. Vor einem Jahr noch hatte er die weißen Flieger beobachtet, wie sie lautlos über ihn hinwegglitten. Er hatte sich gefragt, wie es wohl wäre, in so einem Cockpit zu sitzen. Er stellte sich vor, das müsse so ähnlich sein, als wäre er ein Vogel, der im Sturzflug herabstößt, den Auftrieb der Thermiken nutzt und hoch über die Felder und das Herrenhaus hinwegsegelt. Die Segelflugschule war mittlerweile geschlossen und das Land stand zum Verkauf.

Er überquerte die Kreuzung, schaltete herunter und machte sich bereit, den Hang hinaufzuradeln, als er plötzlich die Kontrolle über das Rad verlor. Es begann an der Steigung zu schlingern und nachdem Jakub es gerade noch rechtzeitig hatte ausbalancieren können, stieg er ab und schimpfte lauthals. Sein Vorderrad war so platt, wie es nur ging. Wie konnte das passieren? Er hatte das Rad erst heute Morgen überprüft. Er musste über etwas Scharfes oder Spitzes gefahren sein. Er nahm sein Handy, um Emily Bescheid zu geben und Hilfe zu rufen, als er aus Richtung des Herrenhauses Scheinwerfer näherkommen sah. In der Hoffnung auf eine Mitfahrgelegenheit oder wenigstens Pannenhilfe stellte er sich auf die Straße und schwenkte die Arme. Der Wagen fuhr sehr langsam, fast schon zu langsam. In seiner Warnweste würde der Fahrer ihn sicher bemerken. Jakub musste lächeln, als sich das Fahrzeug näherte. Er erkannte das Auto und den Fahrer. Er musste also doch nicht zu Fuß nach Hause gehen. Er winkte noch einmal, um sicherzugehen, dass er gesehen worden war, dann wartete er darauf, dass das Auto neben ihm anhielt. Aber das Auto hielt nicht. Jakubs Lächeln verschwand, als der Wagen plötzlich beschleunigte und mit Karacho auf ihn zuraste. Er wusste, er musste aus dem Weg springen, aber er war wie angewurzelt, hilflos, unfähig, sich zu bewegen, und obwohl sein Gehirn ihn anbrüllte, stand er da mit hängenden Armen, den Mund vor Überraschung geöffnet, als der Wagen ihn anfuhr. Er spürte rein gar nichts, als er in die Luft geschleudert wurde, und die Felder sich drehten, während er immer höher stieg. Jetzt fühlte er sich wie ein fliegender Vogel. Zumindest kannte er jetzt das Gefühl von Schwerelosigkeit und Freiheit, wie Vögel es erleben.

Er fiel auf den Asphalt, zerschmettert und bewusstlos. Der Fahrer schaute in den Rückspiegel, dann setzte er zurück. Er stieg aus und beugte sich über Jakubs bäuchlings ausgestreckten Körper. Er tippte ihn leicht mit dem Fuß an. Als er keinen Laut von sich gab, schob er Jakub ein zusammengerolltes Stück Papier in die Hosentasche, dann wendete er das Fahrzeug und brauste über die Landstraße davon.

34

Es regnete ohne Unterlass, als Robyn aus Stafford herausfuhr. Auf den Straßen herrschte Höchstbetrieb und die entgegenkommenden Fahrzeuge warfen ein trübes gelbes Licht in die großen Pfützen, die sich auf dem Asphalt bildeten. Sie fluchte, als sie von einer weiteren Ampel aufgehalten wurden und langsam auf die Abzweigung zufuhr.

Mitz schwieg, seit sie die Dienststelle verlassen hatten, weshalb sie zunächst glaubte, auch ihn würde die Last des Falls bedrücken. Sie versuchte, ihn aufzuheitern und fragte nach seinem letzten Blind Date. Mitz hatte ständig Verabredungen mit Netzbekanntschaften, die alle unausweichlich in einem Fiasko endeten. Er schmunzelte kurz.

»Letzten Freitag hatte ich eines. Ich dachte, diesmal hätte es gefunkt. Sie sah umwerfend aus. Alles lief gut, dachte ich zumindest bis zum Schluss, als wir uns verabschiedeten. Ich wollte aufs Ganze gehen, aber sie gab mir nur einen Klaps auf die Schulter. Einen Klaps! Ja, geht's noch, frag ich Sie«, witzelte er. Für einen Moment war das typische Funkeln zurück in seinen Augen.

Robyn hatte größten Respekt vor dem jungen Mann. Er arbeitete unermüdlich und war vor kurzem zum Sergeant befördert worden. Es herrschte Schweigen, während sie durch die verstopften Kreisverkehre von Stafford lenkte, die jetzt übervoll waren mit hektischen Menschen auf der Jagd nach den ersten Weihnachtsschnäppchen. Es schien jedes Jahr früher loszugehen. Das erinnerte sie daran, dass sie ein Geschenk für Amélie besorgen musste und es immer noch nicht geschafft hatte, ihren gemeinsamen Tagesausflug zu organisieren. Auf der Landstraße hinter Cannock Chase konnte sie endlich etwas Gas geben. Brauner Farn und die triefenden Äste der Bäume vervollständigten das trübe Bild.

Sie schaute zu Mitz hinüber, dessen Gedanken ganz woanders zu sein schienen. »Alles in Ordnung?«

Mitz schüttelte langsam den Kopf. »Eigentlich nicht. Meine Oma Manju ist gestern Nachmittag von uns gegangen.«

»Mein aufrichtiges Beileid.« Robyn war von dieser Nachricht zutiefst betroffen. Nicht nur, weil Manju eine wirklich einzigartige Dame war, die ungeheuer stolz auf ihren Enkel gewesen war, sondern auch, weil sie wusste, wie nah ihr Mitz gestanden hatte. Das musste ein schwerer Schlag für ihn gewesen sein. »Sie sollten sich ein paar Tage freinehmen.«

Er schüttelte den Kopf. »Nee, Boss. Granny Manju hat mir so viel beigebracht und sie war stolz auf das, was ich erreicht habe. Sie war so glücklich, als ich dieses Jahr meinen Sergeant gemacht habe. Sie würde wollen, dass ich diesen Killer zur Strecke bringe, statt zu Hause Trübsal zu blasen.

Die Beisetzung ist nächsten Dienstag. Der indische Trauerakt ist um eins, die Einäscherung um zwei. Wie bei meiner Granny zu Hause, jeder ist herzlich eingeladen, also wenn Sie es einrichten können ...«

»Ich werde da sein. Sie war eine wunderbare alte Dame.«

Es herrschte wieder Stille. Schließlich sagte Mitz: »Boss, ich musste gestern mitten in einer Ermittlung weg. Ich habe der mir unterstellten Beamtin die Sache übertragen. Das war höchst unprofessionell von mir. Ich habe versprochen, nichts davon zu erzählen, aber ich denke, das wäre auch nicht richtig.«

»Was ist passiert?«

»Meine Mutter rief mich an und teilte mir mit, dass Granny Manju im Sterben liegt, also bin ich hingefahren, weil ich sie noch ein letztes Mal sehen wollte. Ich habe Anna angerufen und sie hat übernommen. Ich hatte darauf gewartet, einen Busfahrer zu befragen. Er hatte Informationen zu dem Mann, der an der Bushaltestelle gesehen worden ist. An meiner Stelle hat Anna diese Informationen bekommen und entsprechend gehandelt. Ich hätte da sein müssen. Es hätte fürchterlich schiefgehen können und Anna hätte es noch schlimmer erwischen können.«

»Du hast doch bei der Festnahme des Mannes geholfen, oder nicht?«

»Das habe ich. Als ich nach Hause kam, war Manju schon tot. Ich habe meine Chance verpasst. Ich habe ihr meinen Respekt erwiesen und ein paar Worte mit meinen Eltern gewechselt, danach habe ich mich unverzüglich wieder auf den Weg zu Anna gemacht.«

»Es gibt erklärliche Umstände für Ihr Verhalten und Sie haben absolut richtig gehandelt, als Sie wieder hingefahren sind. Das spricht für Ihr Engagement. Ist Anna okay?«

»Sie hat eins auf die Nase bekommen, aber es geht schon wieder. Der Notarzt hat sie durchgecheckt. Ich habe darauf bestanden. Anna weiß, dass sie so einen Verdächtigen nicht hätte allein verfolgen dürfen. Ich wollte nicht, dass sie Ärger bekommt. Sie ist eine tolle Polizistin. Im Nachhinein betrachtet, hätte ich den Vorfall melden müssen. Ich habe ein schlechtes Gewissen wegen dieser Sache, aber ich mag es nicht, etwas zu vertuschen.«

Mitz sah erschöpft und traurig aus. Robyn schenkte ihm ein aufmunterndes Lächeln. »Denken Sie nicht mehr darüber nach. Ich finde, Sie haben sich angemessen verhalten. Also vergessen Sie die ganze Geschichte.«

»Aber was, wenn ich länger zu Hause geblieben wäre? Anna hätte ernsthaft verletzt werden können.«

»Da gibt's kein ›Was wäre wenn‹. Alles ist gut. Ihr habt einen möglichen Verdächtigen geschnappt und Informationen erhalten, die sich als nützlich erweisen werden. Dank eurer Initiative sind wir einen Schritt weiter. Also Schluss damit oder ich sehe mich gezwungen, Ihnen eine Auswahl meiner Achtzigerjahre-Tanzmusik vorzuspielen.«

Sie verließen die Hauptstraße und schossen ungehindert von jeglichem Verkehr über breite Wege auf ihr Ziel zu. Fünfzehn Minuten später, um halb drei, fuhren sie in Bromley Hall vor. Wilder Wein bedeckte die Fassade. Im Herbst färbten sich die Blätter feuerrot und setzten das Herrenhaus in Flammen, jetzt im Winter berankte er als ein riesiges Netz dunkler Adern das Mauerwerk bis hoch zum Giebel. Sie wandte sich ihrem Kollegen zu, dabei stütze sie einen Ellenbogen auf das Lenkrad. »Kommen Sie, Sergeant Patel, sehen wir mal, ob wir hier weiterkommen.«

Ein ernst dreinschauender junger Mann in Livree stand an der Rezeption und wartete darauf, einem Gast behilflich zu sein. Er sah Robyn und Mitz hereinkommen und kam ihnen entgegen. Ross fing ihn ab.

»Schon in Ordnung, Dan. Die gehören zu mir.«

Der Mann neigte den Kopf mit einem kehligen »Kein Problem, Sir.« Robyn versuchte, nicht auf das rechte Ohr des jungen Manns zu starren, das sehr groß war und abstand, stattdessen schenkte sie ihm ein knappes Lächeln. Er nickte ihr zu.

»Dan!« Eine junge Frau an der Rezeption gab ihm ein Zeichen und er eilte davon.

»Er ist hier das Mädchen für alles«, sagte Ross, als Dan außer Hörweite war. »Er ist ein bisschen sonderbar. Er redet nicht gerne und verbringt die meiste Zeit des Tages damit, in den Himmel zu starren. Er ist der erste junge Mensch, den ich kenne, der nicht ständig auf sein Smartphone glotzt. Aber vollkommen harmlos.«

Sie gingen in die Long Galley mit ihrer exklusiven Ausstattung und den reich bestickten Vorhängen, wo sie ein stilles Plätzchen neben einer Porzellanvitrine fanden. Sie ließen sich in die stilvollen Sofas fallen und Ross legte ihnen mit gedämpfter Stimme alle Informationen dar, die er hatte sammeln können. Mitz schrieb mit, während Robyn sich auf die Kante setzte und aufmerksam jedem einzelnen Wort von Ross lauschte.

»Das Haus gehörte früher einer wohlhabenden Familie, den Bishtons, die es 2013 verkauft haben. Sie haben das große Landhaus unweit des Herrenhauses behalten und sind manchmal noch hier, obwohl sie die meiste Zeit auf Reisen sind und auch ein Haus in Thailand besitzen. Momentan ist niemand hier, weswegen ich weder mit Lord noch mit Lady Bishton sprechen konnte. Aber ich habe in Erfahrung gebracht, dass Lord Bishton zum jährlichen Jagdball erwartet wird, der am kommenden Sonntag stattfindet. Er ist nur kurz hier, wenn ihr also mit ihm reden wollt, solltet ihr mit seinem Sekretariat einen Termin vereinbaren. Er soll Freitagmorgen anreisen, bleibt aber nur bis Dienstag.«

Mitz kritzelte in seinen Block.

»Es war unmöglich Scott Dawsons habhaft zu werden. Ich konnte nicht herausfinden, ob er fürchterlich beschäftigt ist oder sich einfach nur vor allen versteckt. Vielleicht ist die Verantwortung als kommissarischer Geschäftsführer für ihn doch eine Nummer zu groß. Außerdem hat er Stress zu Hause. Jeanette hat durch den Flurfunk erfahren, dass seine Frau und er im Moment eine harte Zeit durchmachen. Er arbeitet seit der Eröffnung in Bromley Hall und wurde 2010 zum Geschäftsführer des Fitnessbereichs befördert, er war also hier, als Harriet ertrunken ist.«

»Ich werde zuerst mit ihm sprechen. Ist er gegenwärtig im Haus?«

»Er ist eben gegangen. Donna von der Rezeption hat gesagt, er sei kurz nach Hause gefahren. Er wird am frühen Abend zurückerwartet, weil er dann einen Kurs gibt, du müsstest also danach mit ihm sprechen können. Er sollte so gegen fünf wieder hier sein.«

»Und was ist mit Jakub?«

»Er war auf Frühschicht, dürfte also bald Feierabend haben. Vielleicht musst du bis morgen warten, um mit ihm zu sprechen.«

Robyn rutschte auf ihrem Platz herum. »Und mit wem, meinst du, sollte ich hinsichtlich der anderen Sache reden?«

»Fang mit Bruno Miguel an. Er ist einer der Jungköche und hat eine langjährige Affäre mit einem der Gäste, Fiona Maggiore. Sie haben das aus naheliegenden Gründen ziemlich geheim gehalten. Die fragliche Dame ist nach ein paar Gläsern Champagner Jeanette gegenüber recht mitteilsam geworden. Es hat sich herausgestellt, dass sie sich mit Bruno trifft, seit sie herkommt. Anfangs war es eine einmalige Geschichte, aber dann ist die Beziehung mit jedem ihrer Aufenthalte hier ernster geworden. Sie überlegt, ihren Mann für Bruno zu verlassen, aber sie wollen das noch nicht an die große Glocke hängen.«

»Bruno? Das ist doch ein spanischer oder italienischer Name, oder?«

»Eigentlich ein deutscher. Bruno ist allerdings Portugiese, lebt aber schon seit frühester Kindheit in Großbritannien und spricht fließend Englisch. Er hat Fiona erzählt, dass er daran denkt, seinen Job hier aufzugeben. Er hatte gehofft, die neue Verwaltungsgesellschaft würde das Haus größer und besser machen, aber stattdessen haben sie sich verzettelt, strenge Sparmaßnahmen eingeführt und Leute entlassen. Die Küche steht unter enormem Druck. Er hatte darüber mit Miles Ashbrook sprechen wollen, aber als er bei dessen Büro angekommen sei, habe er laute Stimmen gehört. Er ist mit dem festen Vorsatz wieder gegangen, Miles am nächsten Morgen darauf anzusprechen. Da war es dann allerdings schon zu spät. Aber das ist alles nur Hörensagen von der Dame, mit der er sich trifft, ihr werdet das also überprüfen müssen.«

»Das war sehr hilfreich, Ross.«

»Gern geschehen. Wie ich schon am Telefon gesagt habe, halte ich es für möglich, dass jemand mit einem Schlüssel den Temperaturregler an der Sauna manipuliert haben könnte. Man könnte meinen, man säße da bei siebzig oder achtzig Grad, obwohl es in Wirklichkeit viel mehr ist. Wenn die Temperatur auf hundertzehn Grad steigt, kann die Haut durchaus verkohlen. Ich habe die Überwachungskamera überprüft und ihre Bewegungsabläufe beobachtet. Wie es scheint, erfasst sie diesen Teil des Wellnessbereichs gar nicht. Ihr müsstet unglaubliches Glück haben, wenn ihr an eine Aufnahme von jemandem in der Nähe der Steuereinheit kommt.

Ich habe aufgeschrieben, wie lange die Kamera auf jeden Bereich gerichtet ist und in welche Richtung sie sich bewegt. Ihr solltet also in der Lage sein, die Zeitleiste der Kameraaufzeichnungen auf ihre Stimmigkeit zu überprüfen und zu sehen, ob sich jemand daran zu schaffen gemacht hat.«

Mitz hob seinen Stift wie ein Schuljunge, der sich im Unterricht meldet. »Haben Sie etwa den Verdacht, jemand könnte die Temperatur in der Sauna hochgedreht haben, Boss? DI Shearer hätte das doch sicher festgestellt.«

»Das bleibt unter uns, okay? Ich wandele hier auf einem schmalen Grat, deshalb habe ich Ross gebeten, die Möglichkeit zu überprüfen. Wahrscheinlich kommt nichts dabei heraus, aber ich wollte dem auf alle Fälle nachgehen. Keinen Stein unumgedreht lassen, sozusagen.«

»Was soll's, ich halte es für äußerst unwahrscheinlich, dass jemand an der Steuerung herumgepfuscht hat. Es gab keinen Grund dafür. Ashbrook hatte eine kaputte Pumpe. Er hatte einen Herzinfarkt. Er ist in eine heiße Sauna gegangen und puff.« Ross öffnete seine Finger seesternförmig wie bei einer Zaubervorstellung.

»Ich krieg's nicht aus meinem Kopf. Er wusste, dass er ein schwaches Herz hatte. Das macht einfach keinen Sinn.«

Ross ließ es dabei bewenden. Robyn konnte sehr entschieden und bisweilen wenig offen für rationale Argumente sein. Das war eine ihrer Schwächen und Stärken zugleich. Er versuchte ihr in die Augen zu sehen, aber sie mied seinen Blick. Sie war abgespannt, ihre hohen Wangenknochen stachen hervor, ihre Augen hatten von der Müdigkeit rote Ränder und sie war noch dürrer als sonst. Sie war dabei, sich mit ihrer Arbeit selbst ein frühes Grab zu schaufeln. Vielleicht war das ihr Plan. Sie war über den Verlust von Davies immer noch nicht hinweg, selbst nach so vielen Jahren. Vielleicht wollte sie so lange an ihre Grenze gehen, bis etwas kaputtging.

Sie ließ das Thema Ashbrooks Tod fallen und stellte Ross stattdessen Fragen zu einigen Mitgliedern der Belegschaft und zum

Grundriss des Herrenhauses. Kurz darauf gesellte sich Jeanette zu ihnen. Sie trug ein Twinset und eine Perlenkette mit einem passenden Tweedrock. Sie begrüßte alle, dann zog sie Ross am Arm. »Es ist nach drei, Ross, Zeit, diese Beamten ihren Ermittlungen zu überlassen. Robyn, ich danke dir. Es war ein herrlicher Aufenthalt und ich glaube, Ross hat die Ruhe auch gutgetan.«

»Das freut mich. Hast du ein Foto von ihm in Badehose gemacht?«

Jeanette lachte. »Das sicher nicht. Stattdessen habe ich ihn geknipst, wie er in seinem Frotteebademantel im Tiefschlaf auf einer Ruhebank liegt. Ich werde das Bild behalten, um ihn stets daran zu erinnern, dass er auf sich achtgeben muss.«

Ross sah sie verlegen an und zog dabei die buschigen Augenbrauen hochzog. »Das ist nicht dein Ernst?«

»Da kannst du Gift drauf nehmen«, gab sie zurück, hakte sich bei ihm ein, und sie zogen von dannen.

Robyn nahm Fahrt auf: »Ich werde mit Jakub Woźniak reden, wenn er noch nicht weg ist, und anschließend Bruno Miguel fragen, was er an dem Abend gehört hat, als Miles Ashbrook gestorben ist. Lassen Sie Ihren Charme bei der Dame an der Rezeption spielen und finden Sie heraus, wie viele der gegenwärtigen Beschäftigten schon 2012, als Harriet ums Leben gekommen ist, hier gearbeitet haben. Befragen Sie alle, die gerade im Haus sind. Sobald Scott Dawson zu seinem Kurs erscheint, werden wir mit ihm sprechen. Wir treffen uns um halb fünf im Fitnessbereich. Ich will nicht bis nach dem Kurs warten, damit er nicht wieder verschwindet.«

Mitz sprach leise. »Sie haben vor, Ashbrooks Tod weiter zu untersuchen, hab ich recht?«

»Haben Sie ein Problem damit?«

Mitz kaute auf seiner Lippe, bevor er antwortete. »Ich will ehrlich sein, mir ist nicht wohl dabei, aber ich werde nichts sagen. Ich hoffe nur, dass sich das nicht im Revier rumspricht.«

35

Sein Verstand war wie im Fieber. Der Nervenkitzel des Tötens war ein Hochgefühl, wie er es nie zuvor erlebt hatte. Gelegentlich hatte er Kaninchen mit einem Luftgewehr zur Strecke gebracht sowie einig Katzen aus der Nachbarschaft, an denen er seine Halsabschneidetechnik verfeinert hatte, doch noch nie hatte er getötet wie bei dieser, seiner großen Mission. Es war so einfach und elektrisierend gewesen. Im Geist rief er sich das Geräusch wieder und wieder in Erinnerung, das Jakubs Körper gemacht hatte, als er auf die Motorhaube aufschlagen war. Wenn er die Augen schloss, konnte er den vor Überraschung starren Blick des Mannes sehen, als er in den dunklen Himmel flog.

Es war perfekt arrangiert. Eine Reißzwecke in Jakubs Vorderrad hatte dazu geführte, dass es ganz allmählich die Luft verlor. Der Reifen wäre erst vollkommen platt, wenn das Rad mehr als normal belastet würde. Seine Berechnungen hatten sich als einwandfrei erwiesen und Jakub stürzte am Rand des kurvenreichen Streckenabschnitts, genau wie er gehofft hatte. Es hätte gar nicht besser laufen können. Er durfte sich davon aber nicht zu sehr mitreißen oder gar erregen lassen. Er musste ruhig bleiben. Später wäre noch genug Zeit zum Feiern.

Er öffnete seine Brieftasche und betrachtete das Foto von

Harriet, das er darin aufbewahrte. Er warf ihr einen Kuss zu. Immer wieder flüsterte er ihren Namen, während er in Erinnerungen schwelgte.

———

Die nächsten Tage musste er es ruhig angehen lassen. Er wollte Harriet nicht abschrecken. Jedes Mal, wenn sie um den Stausee herumlief, würde er mit Alfie auf der Spielwiese sein, eine Frisbee-Scheibe oder Alfies Quietschball werfen und so tun, als würde er jede Minute davon genießen. Immer, wenn sie an den Freiluftgeräten trainierte, würde er Alfie mit Zuneigung und Leckerchen überschütten. Er würde nur die Hand zum Gruß heben und in ihre Richtung lächeln oder ›Hallo‹ sagen. So würde er sie rumkriegen. Sie würde keinen blassen Schimmer davon haben, dass er an ihrer Straße vorbeiging, während sie nach dem Laufen unter der Dusche stand, und dass er jetzt schon so viel über sie wusste.

Seiner Schwester Stacey andererseits erschien sein Verhalten immer verdächtiger. Sie konnte nicht verstehen, warum er entgegen seinen sonstigen Gewohnheiten jetzt jeden Tag mit Alfie ging. Er hatte sie mehrmals mit fadenscheinigen Begründungen abgespeist.

»Das ist gut für meine Gesundheit. Der Arzt hat mir gesagt, ich brauche frische Luft und mit Alfie zu gehen, hilft mir, mich aufzuraffen.« Damit hätte sie sich vielleicht zufriedengegeben, wenn sie ihn nicht dabei erwischt hätte, wie er dem Hund im Hinterhof einen Tritt versetzt hatte. Er hatte nicht mitbekommen, dass sie früher nach Hause gekommen war, weil er sich draußen eine heimliche Zigarette gegönnt hatte – Stacey hätte Zeter und Mordio geschrien, wenn er im Haus geraucht hätte. Alfie war mit seinem Quietschball nach draußen gekommen und konnte es nicht lassen, fortwährend damit herumzuquietschen. Der Lärm ging ihm dermaßen auf die Nerven, dass er mit dem Fuß ausholte und Alfie einen heftigen Tritt in die Genitalien versetzte. Das Tier hatte vor Schmerzen gejault und Stacey hatte alles durch das Küchenfenster mitangesehen.

Sie verschränkte ihre riesigen Arme vor der Brust und nahm ihn mit kalten, ungerührten Augen ins Visier: »Du musst dir etwas anderes suchen. Hier kannst du nicht bleiben. Es war von Anfang an nur als Übergangslösung gedacht. Jetzt bist du schon fünf Monate hier. Du musst verschwinden. Ich brauche den Platz.«

Er flehte sie an, denn er wusste, dass er sich ihr Wohlwollen normalerweise immer wieder erschleichen konnte. »Schwesterherz, das war keine Absicht.« Stacey schaute ihn mit demselben misstrauischen Blick an, wie sie es getan hatte, als sie jünger waren. Sie wusste, wie er wirklich war. Und sie wusste, dass man ihm nicht trauen konnte. Sie versperrte die Küchentür wie ein Sumoringer und schüttelte den Kopf. Seine Glückssträhne war gerissen.

Das durchkreuzte seine Pläne und statt Harriet in neckische Plaudereien zu verstricken oder sie mit Auszügen aus seinem Roman zu beeindrucken, die er in Wirklichkeit aus dem Internet zusammenkopiert hatte, musste er zu Plan B greifen. Er wollte ihn sofort umsetzen und machte sich zur gewohnten Zeit auf den Weg zum Stowe Pool. Er konnte nicht anders. Das Verlangen, sie zu sehen, war zu groß.

Es war seltsam ohne den Hund. Als es von St. Chads zehn Uhr läutete, rieb er sich heftig die Augen, bis sie schmerzten, beugte sich nach hinten und träufelte die Augentropfen hinein, die er aus dem Badezimmerschrank seiner Schwester hatte mitgehen lassen. Er ging gesenkten Hauptes zu dem Rundweg um den Stausee. Als er die Spielwiesen erreicht hatte, hörte er sie rufen. Er ignorierte ihre Rufe. Die Neugierde würde sie zu ihm führen. Und tatsächlich hörte er kurz darauf ihre atemlose Stimme, als sie ihn einholte: »Hey. Was ist los? Wo ist Alfie?«

Er fuhr sich mit der Daumenkuppe unter dem Auge entlang, bevor er sich mit einem Papiertaschentuch die Nase putzte. Seine blutunterlaufenen Augen und sein bebendes tränenloses Schluchzen sagten alles.

»Hey«, wiederholte Harriet, legte ihren Arm um seine Schultern und zog ihn zu sich heran. Er hoffte, dass sie sein heftig klopfendes Herz nicht hören konnte. Er schniefte und schluckte seine imaginären Tränen herunter. Die Augentropfen liefen über seine Wangen.

»Alfie ist überfahren worden.«

»Oh nein!« Sie schlug die Hände vor den Mund. »Ist er ...?«

»Er ist in meinen Armen gestorben. Der Briefträger war schuld. Er hat das Tor nicht richtig zugemacht und als Alfie rauskam, um sein Geschäft zu erledigen, hat er auf der anderen Straßenseite etwas gesehen und ist hingerannt. Ich habe das Quietschen der Reifen gehört und wusste sofort Bescheid. Mein armer kleiner Hund.« Er schniefte wieder und wischte sich die Augen.

»Es tut mir so leid. Ich weiß gar nicht, was ich sagen soll.«

Sein Körper zitterte in erster Linie wegen ihrer Nähe, aber sie deutete es als Zeichen der Erschütterung.

»Wann ist das passiert?«

»Ganz früh heute Morgen. Ich hab's im Haus nicht mehr ausgehalten. Ich musste raus. Ich habe ihn noch nicht begraben. Ich habe ihn in seinem Körbchen gelassen und mit einer Decke zugedeckt. Als würde er nur schlummern und könnte in der nächsten Sekunde aufspringen, um Gassi zu gehen. Klingt das nicht irgendwie unsinnig?«

»Ganz und gar nicht. Es dauert, bis man sich daran gewöhnt hat. Hey, warum trinken wir nicht eine Tasse Tee zusammen, danach fühlst du dich vielleicht eher in der Lage, ihn zu begraben, wenn du nach Hause kommst?«

Er warf ihr einen Blick zu, von dem er hoffte, dass sich darin Dankbarkeit und Trauer mischten. Er nahm ihre Hand. »Das ist sehr lieb von dir. Aber ich will dir nicht zur Last fallen. Ich bin doch bloß irgendein Typ, der seinen Hund jetzt endgültig verloren hat. Du musst trainieren und ich hab dir in den letzten Tagen genug Zeit gestohlen.«

»Ich bestehe darauf. Du kannst mir etwas von deinem Buch erzählen. Lass dich ein wenig von dem furchtbaren Schreck ablenken.«

Er nickte trübsinnig. »Wahrscheinlich hast du recht. Ich danke dir. Aber ich bezahle.«

»Denk nicht einmal dran. Ich werde bezahlen. Schließlich hat Alfie mir so wundervolle Blumen geschenkt.«

Er schnäuzte sich erneut und wischte sich die Augen. »Nur, wenn du dir sicher bist. Das wäre wirklich schön.«

Sie wählte ein idyllisches Café in der Nähe der Kirche, das bis auf die beiden ganz leer war, und bestand darauf, ihn zu einem Stück Kuchen und einer großen Tasse Tee einzuladen. An den weiß gestrichenen Wänden des Cafés hingen große Schwarzweißfotografien von Straßenszenen aus den fünfziger Jahren. Die Tischdecken waren rotkariert und auf jedem Tisch stand eine kleine Vase mit Blumen.

Er blieb in seiner Rolle, spielte weiter den verwirrten und verzweifelten Mann. »Ich kann dir gar nicht genug dafür danken, dass du so freundlich bist.«

»Das ist doch wohl das mindeste. Sag mal, hast du an deinem Roman weitergeschrieben?«

Er spielte mit der Serviette und zupfte an ihren Ecken. »Das habe ich in der Tat.«

Sie sah ihm zu, wie er seine Tasse hob, seine Hand zitterte. »Nächstes Mal musst du mir daraus vorlesen.«

Sie plauderten noch ein wenig über die Bücher, die sie gelesen hatte, dann kamen sie auf das Thema Filme. Zum Glück konnte er bei den Filmen, die sie mochte, mitreden. Er hatte sie über sich ergehen lassen müssen, als er noch bei Stacey wohnte. Sie stand auf Schmachtstreifen. Er hatte so viele sterbenslangweilige Abende damit zugebracht, sich diesen Mist anzusehen und sich dabei Möglichkeiten auszudenken, wie er seine Schwester umbringen könnte, während sie dabei war, ihr eigenes Körpergewicht in Schokolade herunterzuschlingen und über das Gekasper auf dem Bildschirm wahlweise zu lachen oder zu weinen. Plötzlich sah er vor sich, wie er seine Schwester erwürgte und musste lächeln. Harriet dachte, er würde wegen des Films lächeln, den sie gerade beschrieb, und berührte in ihrem Überschwang seine Hand. Die Woge, die seinen Arm durchlief, war heftig. Er spürte plötzlich, wie sein Magen sich zusammenzog. Lange würde er das nicht mehr durchhalten. Er begehrte Harriet mit jeder Faser seines Körpers.

Er trank seine Tasse aus und bedankte sich bei ihr. »Jetzt geht es mir schon besser. Ich sollte jetzt lieber gehen und mich der traurigen Aufgabe stellen, solange ich mich stark genug fühle. Vielen lieben Dank, Harriet. Ich wäre wirklich verzweifelt, wenn ich dich nicht zufällig getroffen hätte. Er mag zwar nur ein Hund gewesen sein, aber er war mein Ein und Alles.«

Sie trat auf ihn zu und küsste ihn zärtlich auf die Wange.

»Alle Gute.«

Fast war sie sein. Er musste seinen ganzen Willen zusammennehmen, um nicht aus dem Café zu stürmen und laut drauflos zu jubeln. Stattdessen trottete er davon, den Kopf gesenkt, ganz der vom Schicksal gebeutelte Mann.

36

Die Küche in Bromley Hall war gut organisiert und erstaunlich ruhig, keine Chefköche, die herrisch ihre Anweisungen herausbellten oder klappernde Pfannen, wie Robyn es erwartet hatte. Einige Nachwuchsköche bereiteten Gemüse und Saucen für das Abendessen zu und sie nahm den köstlichen Duft von Basilikum wahr, der aus dem Ofen kam. Schließlich fand sie Bruno Miguel, der makellos in seine Kochmontur gekleidet auf einem Hocker saß und an einem Kräutertee nippte. Seine Kochmütze stand stramm und seine Schuhe glänzten. Er war eher für ein Defilee von Köchen ausstaffiert als für einen Arbeitstag in der Küche.

»Ich musste eine große Fleischlieferung sortieren und brauche ne Pause«, erklärte er. »Die Lieferanten haben alles zu spät geliefert, deshalb war's der helle Wahnsinn. Jetzt herrscht die Ruhe vor dem Abendsturm, obwohl ich nicht glaube, dass heute viele Essen rausgehen werden. Es sind nur wenige Gäste da. Der Chef hat sich den Tag freigenommen, um Weihnachtseinkäufe zu erledigen, deshalb arbeite ich heute mit dem stellvertretenden Küchenchef. Er ist draußen und raucht eine. Wenn er nicht regelmäßig seinen Schuss Nikotin bekommt, ist er am Ende der Schicht fertig mit den Nerven.«

»Ich hab mir Ihre Speisekarte angesehen, das sieht alles sehr ansprechend aus.«

»Und ekelhaft gesund«, ergänzte er.

»Ich stehe auf eine gesunde Lebensweise und gesundes Essen.«

»Dann sollten Sie ein oder zwei Gerichte probieren. Sie müssen kein Gast des Hotels sein, um hier essen zu können, und wir machen den besten Karottenkuchen, den Sie je gegessen haben, mit Möhrensorbet und Kürbiskernen.«

»Klingt köstlich.«

»Das ist es. Es ist eines unserer ›Essen ohne Reue‹-Gerichte, auf die wir sehr stolz sind.«

»Haben Sie einen Augenblick Zeit für ein paar Fragen?«

»Klar. Worum geht's?«

»Mir ist zu Ohren gekommen, dass Sie gehört haben, wie jemand gedroht hat, Miles Ashbrook zu töten.«

Brunos Gesichtsausdruck veränderte sich. Er gab seine entspannte Haltung auf, beugte sich zu ihr vor und zischte: »Da müssen Sie sich verhört haben.«

Robyn blieb hartnäckig, sie ließ sich durch seinen Stimmungswechsel nicht beirren. »Ich habe Grund zu der Annahme, dass Sie zufällig Ohrenzeuge eines Gesprächs zwischen Jakub Woźniak und Miles Ashbrook geworden sind, in dessen Verlauf Mr. Woźniak gedroht hat, Mr. Ashbrook umzubringen.«

»Da täuschen Sie sich. Und jetzt entschuldigen Sie mich bitte, ich muss mich zum Kochen fertigmachen.«

»Ich danke Ihnen, dass Sie sich für mich Zeit genommen haben, Mr. Miguel. Schade, dass Sie nichts gehört haben. Dann muss ich wohl mit Frau Maggiore darüber sprechen.«

Er knallte seine Teetasse hin. »Halten Sie sie da raus.«

Sie hob eine Augenbraue. »Das würde ich gerne, aber ich muss dem nachgehen.«

»Okay, aber lassen Sie Fiona aus dem Spiel. Wir wollen keine Aufmerksamkeit erregen. Ja, ich habe zufällig ein Gespräch der beiden mitangehört. Jakub war ordentlich angefressen, weil seine

Frau an die Luft gesetzt worden war. Sie hat mehr verdient als Jakub und sie brauchen das Geld. Es ging nicht bloß darum, dass sie entlassen worden war, es ging auch um die Art und Weise, in der Ashbrook es getan hatte. Er hat die Frauen nacheinander einzeln in sein Büro bestellt und sie vom Fleck weg gefeuert. Jakub war richtig in Rage deswegen. Man merkte ihm an, dass er wütend war. Er fluchte den ganzen Tag unablässig vor sich hin. Ich war auch sauer. Ashbrook hat eine richtige Kündigungsorgie veranstaltet. Ich arbeite seit 2010 hier und ich habe noch nie eine derart schlechte Stimmung erlebt. Es ist schon schwer genug mit den ganzen persönlichen Zwistigkeiten, die es hier gibt, aber es ist noch schwerer, wenn du kein Belegschaftsmitglied länger als sechs Monate an Bord halten kannst. Zu meinen Aufgaben gehört es, dafür zu sorgen, dass die Küchenmannschaft motiviert und gut organisiert ist. Es war die Hölle in den zurückliegenden Monaten. Wir haben Küchenhilfen und Köche verloren noch und nöcher, und die ganze Arbeit bleibt an uns paar Jammergestalten hängen, die noch übrig sind.«

»Und was genau haben Sie gehört«, fragte Robyn, darum bemüht, ihn wieder zum eigentlichen Thema zurückzubringen.

»Jakub hat rumgeschrien. Er hat eine ganz eigene Art zu sprechen, deshalb wusste ich, dass er es war. Er sagte Ashbrook, es sei falsch gewesen, wie dieser die Entlassung gehandhabt hätte und dass er dagegen vorgehen werde. Ashbrook antwortete, das alles liege nicht in seinen Händen. Er würde lediglich Anweisungen ausführen und er persönlich hätte die Frauen nicht auf diese Weise entlassen wollen. Jakub nannte Ashbrook einen Feigling und fügte hinzu, dass ein ›richtiger Mann‹ der Entscheidung der Geschäftsleitung widersprochen hätte. Darauf sagte Ashbrook ihm, dass er sich aus seinem Büro scheren solle, wenn er sich nicht selbst in der ›Schlange der Arbeitsuchenden‹ wiederfinden wolle. Jakub hat etwas vor sich hin gegrummelt, das ich nicht hören konnte, und dann hat er, glaube ich, etwas geworfen oder auf den Tisch gehauen. Es gab ein Scheppern und Ashbrook hat gebrüllt: ›Raus hier, bevor ich dafür sorge, dass du dich nach Polen zurückscheren kannst.‹ Worauf Jakub erwidert hat, er solle sich lieber vorsehen, denn da wo er herkomme, habe man Mittel und Wege, um mit Leuten wie ihm fertigzuwerden. Da hat Ashbrook gebrüllt: ›Drohst du mir etwa?‹ Und Jakub hat geantwortet: ›Ja. Das tue ich.‹ Ich bin dann gegangen, bevor Jakub das Büro verlassen hat.«

»Wie viel ist hier allgemein von Miles Ashbrook bekannt?«

»Niemand kannte ihn näher. Außer bei Besprechungen und Gesprächen über die Arbeit hatten wir kaum Kontakt zu ihm. Wir haben hier unten zu viel zu tun, um uns mit den anderen Beschäftigten oben im Herrenhaus herumzuschlagen. Solange sie uns nicht bei der Arbeit stören, kommen wir miteinander aus. Es ist, als bestünde das Haus aus vier voneinander getrennten Teilen. Wir sind die Küchenmannschaft, dann gibt es da noch das Schönheitsteam, die Fitnesstruppe und das Hotelpersonal. Im Grunde haben wir kaum gemeinsame Interessen. Viele der Beschäftigten arbeiten in Teilzeit und wir sehen sie nicht allzu häufig. Das liegt unter anderem daran, dass sie andere Schichtpläne haben als wir.«

Sie sah, wie die Hintertür geöffnet wurde und der stellvertretende Küchenchef kam zurück. Gleich würde die Arbeit losgehen. Sie konnte Bruno nicht mehr lange aufhalten.

»Ich könnte mir vorstellen, dass es anders war, als das Hotel noch den Bishtons gehört hat.«

»Vollkommen anders. Wir waren wie eine große Familie. Damit ist es jetzt vorbei. Ich kenne kaum noch jemanden von denen, die im Herrenhaus arbeiten, abgesehen von Charlie, dem Portier.«

»Kannten Sie Rory Wallis?«

Bruno seufzte. »Ja, ich kannte Rory. Ich habe gehört, dass er gestorben ist. Er ist ermordet worden, stimmt das? Schreckliche Sache. Der arme Kerl.« Bruno schüttelte den Kopf.

»Ich habe gehört, er hätte vor ein paar Jahren hier gearbeitet.«

»Er hat die Champagner-Bar geleitet. Er war ein Eins-A-Cocktailmixer. Er ist gegangen, weil er ein Pub übernehmen wollte. Ich hatte seit Jahren keinen Kontakt mehr zu ihm. Warum fragen Sie?«

»Wir untersuchen den Mord an ihm und freuen uns über jeden Hinweis.«

Bruno schüttelte noch immer den Kopf. »Ich kann Ihnen da keine große Hilfe sein. Er hat Anfang Juli 2013 hier aufgehört, etwa zur selben Zeit, als die Bishtons sich entschlossen haben, das Haus zu modernisieren. Ich glaube, er hat die Zeichen der Zeit erkannt, bevor dem Rest von uns die Augen aufgegangen sind.« Er starrte einen Augenblick lang an die Decke. »Rory war echt in Ordnung. Ein wenig verschlossen, aber ein anständiger Kerl.«

Robyn schenkte ihm ein verständnisvolles Lächeln. »Ich habe gehört, dass die Bishtons das Haus nach dem unglücklichen Vorfall mit Harriet Worth aufwerten und verkaufen wollten.«

Bruno seufzte gedehnt. »Das stimmt. Ich habe seinerzeit nicht genau mitbekommen, was passiert ist. Harriet war einer unserer Gäste und ist tragischerweise im Schwimmbecken des alten Wellnessbereichs ertrunken. Das Haus war über einen Monat lang geschlossen, um die ganzen Folgen und rechtlichen Fragen zu klären, und ein paar Monate danach wurden wir wieder dichtgemacht, um das Schwimmbecken trockenzulegen und den Wellnessbereich abzureißen. Uns wurde versichert, unsere Jobs seien sicher und wir haben den Restaurant- und Hotelbetrieb aufrechterhalten, aber wir haben zahlreiche unserer Stammgäste verloren. Sie waren nicht bereit, die Beeinträchtigungen hinzunehmen und haben sich andere Häuser mit ähnlichen Angeboten gesucht.

Der neue Erweiterungsbau wurde schnell hochgezogen und alles sah recht vielversprechend aus. Die Bishtons haben quasi sofort nach seiner Eröffnung verkauft. Die neuen Eigentümer sitzen in Hongkong. Wir gehören zu ihrem weltweiten Imperium. Ab und zu kommt einer der Bosse vorbei, dann putzen wir uns für sie immer extra heraus. Ashbrook war nur eine ihrer Marionetten.«

»Hatten Sie Kontakt zu Harriet, als sie hier war?«

»Nein. Ich hatte eine Woche Urlaub und war in der Türkei.«

Der stellvertretende Küchenchef, ein mürrisch dreinschauender Mensch, rief und signalisierte Bruno, er solle sich wieder an die Arbeit machen. Bruno stand auf. »Ist das alles?«

»Fürs Erste.«

»Sie müssen nicht mehr mit besagtem Gast reden?«

»Nein. Ich denke, ich habe, was ich brauche, Mr. Miguel.«

Jetzt war in der Küche mehr los, ein orchestrierter Tanz, der sichtlich Tag für Tag geprobt wurde. Mehr würde sie von Bruno Miguel nicht erfahren. Außerdem war es halb fünf, Zeit sich mit Mitz zu treffen und Scott Dawson zu befragen. Dawson sollte bald wieder da sein, wenn er um fünf einen Kurs zu leiten hatte.

Sie ging durch die dunklen Gänge und versuchte sich vorzustellen, wie das Herrenhaus wohl in seiner Glanzzeit ausgesehen haben mochte. Im Moment war es ein heilloses Durcheinander von Altem und Zeitgenössischem. Seine Zukunft war nicht besonders rosig.

Wieder oben griff sie nach ihrem Handy. Sie hatte eine Nachricht von David Marker. Peter Bullock hatte ein schlechtes Gewissen, vielleicht hoffte er, Anna würde keine Anzeige gegen ihn erstatten. Er hatte auf dem Revier angerufen, um weitere Hinweise zu geben. Er konnte sich daran erinnern, auf der Heckscheibe des Fiat 500 einen kleinen Aufkleber mit der Aufschrift ›I Love Westies‹ gesehen zu haben.

37

Sein Handy piepte laut. Er brauchte drei Anläufe, bis er es ertastet hatte. Er wollte nichts lieber, als sich auf dem Sofa umzudrehen, um zu ihr zurückzukehren. Er stöhnte. Er hatte eine Stunde lang gedöst, aber jetzt musste er aufstehen. Es galt, eine weitere Schuld einzutreiben. Er wackelte mit den Zehen, die ganz taub davon waren, dass er sie gegen die Seitenlehne des Sofas gepresst hatte, und versuchte, sich seinen Traum ins Gedächtnis zu rufen.

Er saß mit ihr an einem Kaminfeuer. Sie hatte sich in seinen Schoß gekuschelt und er hatte einen Arm um sie gelegt. Er konnte Lilien riechen, als er seine Nase in ihr Haar drückte, um ihr den Nacken zu küssen. Sie schloss die Augen und schnurrte genussvoll.

Seine Füße waren immer noch kalt, als sein Körper langsam wach wurde. Der Traum verschwand, Wut trat an seinen Platz – Wut darüber, dass diese Szene sich niemals ereignen würde. Sie war ihm geraubt worden.

Er öffnete die Vorhänge und sah auf die Ringstraße, ausnahmsweise herrschte kein Verkehr. Der November näherte sich seinem Ende und der Dezember mit all seinem Glanz, Glitter und Kommerz stand vor der Tür. In wenigen Stunden wäre die Straße wieder verstopft, denn die Leute würden in ihrer Gier nach Weihnachtskrempel in die Innenstadt strömen.

Vor ein paar Tagen war er durch die Passage auf die andere Seite der Ringstraße gegangen, um Zigaretten und Schnaps zu kaufen, aber das Einkaufszentrum quoll von Menschen über. Wohin er auch sah Massen von Leuten im Kaufrausch, die hin und her wuselten und mit ihren Plastiktüten voller Einkäufe auf ihn eindroschen. Das war zu viel für ihn gewesen, er hatte sich seinen Weg nach Hause freigerempelt, hatte stattdessen kurz an der Tankstelle in der Nähe seiner Wohnung vorbeigeschaut, seine Augen brannten von der grellen Weihnachtsbeleuchtung, und er hatte mordsmäßige Kopfschmerzen.

Er hasste diese Zeit des Jahres. Was gab es schon groß zu feiern, wenn man allein lebte? Die meisten seiner Weihnachtsfeste waren schrecklich gewesen. Stacey und er waren von einer Pflegefamilie zur nächsten weitergereicht worden. Stacey war besser gefahren als er und bei einem Paar in Nottingham untergekommen, aber er war ein griesgrämiges hässliches Kind gewesen und ein noch übellaunigerer Teenager, der ständig in Schwierigkeiten steckte. Er hatte ein oder zwei angenehme Weihnachtserinnerungen. Als er zehn Jahre alt war, haben seine damaligen Pflegeeltern, Mr. und Mrs. Dobson, versucht, für ihn und die anderen Pflegekinder, die sie betreuten, ein schönes Weihnachtsfest auszurichten. Es gab einen großen echten Tannenbaum, der mit glitzernden handgemachten Kugeln und einem großen goldenen Stern auf der Spitze geschmückt war. Darunter lagen fein säuberlich verpackte Geschenke für alle vier. Das Haus war voller köstlicher Düfte. Mr. Dobson spielte Klavier und es wurden Weihnachtslieder gesungen.

Er hatte einen Game Boy bekommen. Das war das beste Geschenk, das ihm je gemacht worden war. Es gab Truthahn und Weihnachtspudding, den sie flambiert hatten. Alles war sehr lustig, bis Gregory, ein älterer Junge, versucht hatte, ihm seinen Game Boy wegzunehmen und sie anfingen, darum zu kämpfen. Gregory war viel größer und stärker als er, aber er war ein Straßenkind und wusste, wie man dort kämpft. Er riss an Gregorys Haaren und biss ihm kräftig ins Ohrläppchen. Gregory schrie wie ein Ferkel in Todesangst. Taub gegen das Geschrei, ließ er nicht locker. Erst als Mr. Dobson sie getrennt hatte, erkannte man, dass er noch ein Stück von Gregorys Ohr im Mund hatte. Er hatte es einfach abgebissen. Er spuckte das Fleisch auf den Teppich und wischte sich siegesgewiss das Blut von den Lippen. Gregory würde sich hüten, ihm nochmal etwas wegzunehmen. Das erwies sich als zutreffend. An Neujahr wurde er ins Heim zurückgeschickt.

Er sah auf seinen Kalender. Das große ›X‹ war nur noch vier Tage entfernt. Er steckte sich eine weitere Zigarette an und ließ sich aufs Sofa fallen. Er hatte keine Lust zu frühstücken. Er würde noch aufrauchen und sich dann auf den Weg machen. Er gönnte sich fünf Minuten, um an das letzte Mal zu denken, dass er sie gesehen hatte. Das würde ihm helfen, sich bereit zu machen. Er würde wieder morden ...

———

Einmal mehr hatte er den ganzen Morgen auf Harriet gewartet. Es war der vierte Tag in Folge, an dem sie nicht zur gewohnten Zeit erschienen war. Er war an ihrer Straße vorbeigegangen und ihr Auto hatte in der Einfahrt gestanden, er wusste also, dass sie da war. Folglich hatte sie wohl etwas anderes zu tun und musste ihr Trainingsprogramm ändern. Er hoffte sehnlichst, dass sie nicht krank oder verletzt war oder sogar das Laufen ganz aufgegeben hatte. Wenn Harriet heute nicht auftauchen würde, müsste er wohl an ihre Tür klopfen. Diese Angst beunruhigte ihn sehr. In der Nacht zuvor hatte er nicht geschlafen. In der betreuten Wohnanlage war es sehr laut gewesen und ein Betrunkener war erst spät in der Nacht hereingekommen und hatte ihn geweckt. Der Mann hatte so laut geschnarcht, dass er den Rest der Nacht nicht mehr schlafen konnte.

Er hatte diesen Tag so gut geplant und jetzt ging alles schief. Es war sein vierter Versuch und er verlor langsam die Geduld. In seinem Kopf begann es zu trommeln. Er hatte so verdammt viel Zeit

darauf verwendet, den perfekten Textabschnitt zusammenzu-
klauen, um ihn ihr vorzulesen. Er hatte alles in einer Schreibwerk-
statt im Internet gefunden und es wortwörtlich abgeschrieben und
in seinen Schreibblock übertragen. Schreiben war nicht seine
Stärke, folglich hatte er zu seinem Ärger mehrere Anläufe
gebraucht, um es halbwegs hinzukriegen. Jetzt fragte er sich allerdings, ob er jemals Gelegenheit haben würde, es ihr vorzulesen.

Es war zwei Uhr, als er sie schließlich erblickte. Bis zu diesem
Zeitpunkt hatte er den größten Teil des Tages damit zugebracht von
dem Parkeingang am Ende des Stausees Richtung Stadt zu
spazieren und wieder zurück, was im mächtig auf die Nerven ging.
Sie war an der Beinpresse, ganz versunken in das Zählen der
Wiederholungen, wenn sie mit ihren Beinen drückte und ihre Oberschenkelmuskulatur sich anspannte. Ihr Mund öffnete sich zu
einem kleinen ›o‹, als sich sein Schatten über ihr zeigte.

»Hallo, Harriet. Ich habe nicht erwartet, dich um diese Tages-
zeit hier zu sehen.«

Sie ließ ein schwaches Lächeln erkennen. »Ich musste zu Hause
noch auf ein Paket warten.«

»Ich war im Café und habe geschrieben. Es ist so ein schöner
Tag. Ich habe ziemlich viel geschafft.«

»Es ist ein Supertag. Ich freue mich, dass es dir besser geht.«

»Ich vermisse Alfie. Am schlimmsten ist es morgens, wenn ich
aufstehe und er nicht da ist, um mich zu begrüßen. Das Haus fühlt
sich so leer an.«

»Vielleicht solltest du dir einen neuen Hund zulegen.«

»Alles zu seiner Zeit. Im Moment kann ich mir das nicht
vorstellen. Du kannst mir nicht vielleicht einen Gefallen tun?
Würdest du dir etwas von dem anhören, was ich geschrieben habe
und mir sagen, wie es klingt? Ich bin mir nicht sicher, ob ich das
romantische Element richtig hinbekommen habe, als Mann und so«,
lachte er. Sie rutschte mit sichtlichem Unbehagen auf dem Sitz hin
und her. »Möchtest du gerne etwas von dem hören, was ich
geschrieben habe? Es wird nicht lange dauern.«

Sie zögerte für sein Empfinden etwas zu lange und er konnte

schon spüren, wie die Hitze in seinen Adern aufwallte. Ihre Augen schweiften durch die Gegend und als sie sah, dass sie nicht alleine waren, entspannten sich ihre Schultern. »Okay. Wieso nicht?«

Sie wischte die Griffe der Geräte, die sie benutzt hatte, mit einem Waschlappen ab, steckte ihn in eine Tasche ihres Trainingsanzuges und folgte ihm zu einer Bank in der Nähe der Allwetter-Trainingsanlage. Die Nachmittagssonne spendete ihnen etwas Wärme und ließ den Stausee glitzern. Er seufzte erleichtert. Der heraufziehende rote Nebel hatte sich verflüchtigt.

Er öffnete seinen Block und begann zu lesen: »John suchte nach ihren großen blauen Augen und verspürte ein heftiges Verlangen. Tessa war alles, was er sich je würde wünschen können. Ihr honigfarbenes Haar, weich und weiblich, war mit Haarspangen an ihrem Kopf festgesteckt und perfekt zu kleinen Löckchen frisiert, die im Sonnenlicht schimmerten. Sie trug ein knielanges grün gepunktetes Trapezkleid mit enger Taille und weißem Kragen, der ihren schwanenhaften Hals zur Geltung brachte. Der Schaffner ließ einen Pfiff ertönen und in diesem Augenblick ging alles ganz schnell. ›Ich liebe dich. Willst du meine Frau werden?‹ Sein Herz stand still, während er auf ihre Antwort wartete. Sie warf ihm die Arme um den Hals. ›Ja, ja, ja. Ich will, natürlich will ich.‹

Sie hatten nur wenig Zeit sich zu umarmen. Er spürte ihren warmen, weichen Mund auf seinem und für die Ewigkeit einer Minute hielt er sie an sich gedrückt. Der Zug ließ unter wütendem Poltern eine Schwade Dampf ab, widerwillig hob er seinen Tornister vom Bahnsteig, schleuderte ihn in den Wagon und sprang selbst auf, als der Zug sich in Bewegung setzte. Er winkte ihr zu. Sie hielt Schritt mit dem Zug und rief, dass sie ihn liebte. Er warf ihr eine Kusshand zu. Der Zug nahm Fahrt auf und er beobachtete, wie die kleine, wie wild winkende Gestalt auf dem Bahnsteig langsam verschwand. Er nahm seine Tasche und bahnte sich den Weg zu seinem Abteil. Jetzt hatte er einen Grund zu kämpfen und einen Grund zu überleben.«

Er hörte auf zu lesen. »Also, was sagst du?«

»*Es ist wunderbar. Ich würde am liebsten gleich das ganze Buch lesen.*«

»*Findest du es nicht zu schnulzig?*«

»*Ganz und gar nicht.*«

Die Enten im Stausee paddelten zufrieden auf dem Wasser und pickten gelegentlich nach Futter. Zwei Schwäne glitten zum Ufer und wurden vor der Bank langsamer. Er fühlte sich als Teil eines Paares. So wollte er für immer mit ihr zusammenbleiben. Er roch ihr Geißblattparfum und nahm seinen ganzen Mut zusammen.

»*Du bist die Tessa in meinem Buch. Immer, wenn ich von Tessa schreibe, sehe ich dich. Du bist meine Inspiration.*«

»*Oh, das ist aber nett, ich fühle mich geehrt. Vielen Dank.*« *Sie rutschte verlegen auf der Bank hin und her.*

»*Wie läuft's mit dem Training?*«

»*Ganz gut, danke. Morgen nehme ich an dem Wohltätigkeitslauf teil, danach werde ich mich ein wenig erholen – ich mache ein paar Tage Pause mit dem Training. Ich bin zu einem Luxus-Wellnessurlaub eingeladen.*« *Sie biss sich auf die Lippe. Sie sollte diesem fremden Menschen besser keine persönlichen Sachen anvertrauen, aber sie plapperte drauf los, erzählte, was ihr in den Sinn kam, und dachte doch die ganze Zeit über daran, wie sie ihn am besten loswerden könnte. Die Worte purzelten nur so aus ihrem Mund.* »*Meine Freundin Linda hat das vorgeschlagen. Sie hat einen Sonderpreis bekommen, sonst hätten wir uns das nie und nimmer leisten können. Linda ist meine Laufpartnerin. Längere Läufe mache ich mit ihr zusammen. Hier wärme ich mich immer nur leicht auf, um meine Muskulatur anzuregen. Normalerweise laufe ich abends oder an den Wochenenden mit ihr. Wir versuchen, jedes Mal zehn Meilen zu schaffen.*«

»*Das ist ganz schön viel.*«

»*Man gewöhnt sich dran.*«

»*Ist das Linda Cheshire? Sie läuft. Ich kenne ihren Mann.*« *Er bemühte sich, möglichst normal zu klingen. Harriet wirkte heute nervös und er hatte Angst, sie könnte das Interesse an ihm verlieren.*

Sie schüttelte den Kopf. »Nein, sie heißt Linda Upton. Ich kenne keine Linda Cheshire.«

Seine Mundwinkel sanken nach unten und er zuckte die Achseln. »Na klar, es gibt sicher Massen von Frauen, die Linda heißen und laufen.« Vor Nervosität geriet er ins Schwafeln. Unübersehbar wollte sie weg und er wollte nicht, dass sie ging. Mit Sicherheit wären ihre nächsten Worte: »Ich muss jetzt los. Wir sehen uns sicher wieder.«

Ihm wurde übel. Es könnte eine Ewigkeit dauern, bis es für sie wieder so einen Moment wie diesen geben würde. »Ich halte dich auf dem Laufenden mit meinem Buch.«

»Ja. Das wär super.«

»Genieß den Wellnessausflug mit Linda und viel Erfolg bei dem Lauf.«

»Danke. Ich freu mich schon drauf.«

Sie standen auf. Plötzlich bekam er Panik. Er würde sie einige Tage nicht sehen. Schlimmer noch, nach dem Wellnessausflug und ohne anstehende Laufveranstaltungen in der nächsten Zeit könnte sie ihren Trainingsrhythmus ändern, und er würde sie nicht wiedersehen, niemals wieder. Er wollte mehr als nur die paar Minuten auf der Bank mit ihr. Als sie sich entfernte, konnte er sich nicht länger beherrschen: »Harriet, du weißt doch, dass du mein Vorbild für die Figur der Tessa bist? Und ich, ich bin John.«

Sie blieb stehen.

Dadurch ermutigt fuhr er fort. Er musste es ihr sagen: »Ich bin der John in dem Buch. Und ... und ich liebe dich. Harriet, ich liebe dich.«

Sie wurde rot und schaute auf ihre Füße: »Oh, okay.« Das war alles, was sie sagen konnte.

»Ich weiß, das kommt alles etwas plötzlich, aber ich wusste es seit dem ersten Mal, als ich dich gesehen habe. Du musst nichts sagen. Ich wollte nur, dass du es weißt.« Er griff nach ihren Händen und umschloss sie unbeholfen mit den seinen, er spürte die zarte Haut und die zierlichen Knochen ihrer schlanken Finger, als er seinen Griff verstärkte, wohl wissend, dass sie nur allzu leicht zu zerquetschen waren.

Verwirrung und Überraschung huschten über ihr Gesicht – und noch etwas anderes, das er nicht kannte. Harriet nickte. »Okay. Das kommt allerdings etwas überraschend ...«

Er hieß sie schweigen. »Pscht, sag jetzt nichts. Mach's nicht kaputt. Sag mir, dass du dasselbe empfindest, wenn du so weit bist.«

Ein Mann auf einem Fahrrad kam auf sie zu und klingelte, damit sie den Rundweg um den Stausee für ihn freimachten. Er hielt noch immer ihre Hände und sah ihr in die Augen auf der Suche nach Liebe darin. Die Fahrradklingel ertönte mehrmals. »Aus dem Weg, bitte«, rief der Mann. Harriet löste sich von seinem Blick, entwand ihm ihre Hände und gab den Weg frei. Der Nebel zog auf. Der Mann hatte den Augenblick ruiniert. Er blieb stehen. Der Radfahrer brüllte ihn an, er solle aus dem Weg gehen, aber er stand unbewegt, sodass der Mann gezwungen war, im letzten Moment die Bremse zu ziehen. Er geriet ins Schlingern und stürzte auf die Wiese.

»Du verdammter Vollidiot«, rief er, während er versuchte, sich von seinem Fahrrad zu befreien. »Du hättest mich umbringen können.«

»Ja, das hätte ich«, gab er zurück, seine Augen blitzten unheilverkündend. Er hätte nicht wenig Lust gehabt, das bisschen Leben aus dieser Laus herauszuquetschen, die seine Liebeserklärung unterbrochen und diesen besonderen Moment zunichte gemacht hatte. Er wandte sich ab, um weiter mit Harriet zu sprechen. Es war zu spät. Sie war nicht mehr da.

———

Er öffnete die Augen. Er hatte Harriet seitdem nie wiedergesehen. Und er wusste, wer schuld daran war. Heute würde noch jemand die fällige Rechnung bezahlen müssen.

38

»Die Liste der Halter eines silbernen Fiat 500 ist irrwitzig lang. Ich wusste gar nicht, dass die Karre so beliebt ist.« David Marker ließ die Liste auf seinem Bildschirm auf- und abrollen, runzelte die Stirn und stöhnte. »Das wird ewig und drei Tagen dauern.«

Robyn räusperte sich: »Nein. Ihnen würde der dringend benötigte Durchbruch gelingen. Bleiben Sie dran, David. Wir müssen versuchen, den Wagen ausfindig zu machen.«

»Wenigstens können wir die Suche auf Fahrzeuge beschränken, die 2014 gekauft worden sind.«

»Lassen Sie nicht locker, bis wir ihn haben.«

Sie hatte vom Herrenhaus aus im Büro angerufen, um in Erfahrung zu bringen, ob es etwas Neues gab. Dank Bullocks letzter Erinnerung hatten sie etwas, worauf sie aufbauen konnten. Mitz stand am Eingang zum Fitnessstudio. Im Studio trainierte jemand an einem Rudergerät und atmete bei jedem Zug geräuschvoll aus.

»Ich habe eine Liste«, sagte Mitz. »Es stehen einige Namen drauf – siebzehn, um genau zu sein – darunter Bruno Miguel, Scott Dawson, Lorna Davidson, die für alles rund um die Schönheit verantwortlich ist, und Else Goodman, die sich um die Buchungen und die Gäste kümmert.«

»Bruno Miguel können wir streichen. Er war zu der Zeit, als Harriet Worth verunglückt ist, im Urlaub. Jakub Woźniak hat eher Feierabend gemacht, weswegen ich nicht mit ihm sprechen konnte.«

Sie drehte sich um, als sie den Klang gedämpfter Stimmen vernahm. Scott Dawson sprach mit einem großgewachsenen kahlköpfigen Mann. Er bemerkte Robyn und Mitz und sagte etwas zu dem Mann, der daraufhin in die Umkleiden verschwand und Scott irritiert dreinblickend zurückließ.

»DI Carter, Sie habe ich nicht erwartet. Ich habe um fünf einen Kurs.« Er schaute auf seine Armbanduhr, um keine Missverständnisse aufkommen zu lassen.

»Tut mir leid. Wir hatten keine Zeit, einen Termin zu vereinbaren und es ist wichtig für uns, mit Ihnen zu sprechen.«

Scott hatte Mühe stillzustehen. Eine nervöse Energie durchströmte seinen Körper und seine Hände und Handgelenke flatterten herum, während er sprach. Der dramatische Vorfall in der vergangenen Woche und seine neue Verantwortung forderten ihren Tribut und, wenn Ross nicht falsch lag, kamen noch private Probleme dazu. Scott führte sie in sein Büro, wo er sich an den Schreibtisch lehnte.

»Geht es um Miles?«

Robyn schüttelte den Kopf. »Harriet Worth.«

Scott sackte leicht in sich zusammen. »Mrs. Worth ist 2012 gestorben. Die Polizei war da. Es war ein Unfall.«

»Das habe ich gehört. Erzählen Sie mir, was Sie über diese Nacht wissen.«

»Ich weiß nicht viel. Ich war gerade erst zum Leiter des Fitnessstudios befördert worden und habe mich in erster Linie darum gekümmert, dass unsere Gäste mit dem Studio und unseren Trainingsangeboten zufrieden waren. Harriet hat einmal reingeschaut, weil sie sich das Studio ansehen wollte. Ich kann mich erinnern, wie sie und ihre Freundin hereingekommen sind. Soweit ich mich erinnere, standen beide auf Laufen. Wir haben uns kurz über die bevorstehenden Olympischen Spiele in London unterhalten.

Sie war richtig aufgeregt, weil sie Karten für eine Laufveranstaltung bekommen hatte. Sie hat mir an dem Tag zu meinen Sportschuhen gratuliert. Die waren ganz neu und hatten mich ein Vermögen gekostet. Ich hatte sie mir zur Feier meiner Beförderung zum Studioleiter gekauft. Vor allem deshalb kann ich mich an sie erinnern.«

»Gut. Und waren Sie im Gebäude, als sie ums Leben gekommen ist?«

Er seufzte. »Das war ich nicht. Ich bin gegen halb acht nach Hause gegangen. Meine Schwiegermutter hatte Geburtstag und mir war die Aufgabe zuteilgeworden, eine Überraschungsgrillparty für die Verwandtschaft zu organisieren.«

»Es wurde ein Unfalltod festgestellt. Wer war zu dem fraglichen Zeitpunkt für den Wellnessbereich zuständig?«

»Der Wellnessbereich lag in der gemeinsamen Zuständigkeit der Beschäftigten des Fitnessstudios und des Reinigungspersonals. Wir haben dafür gesorgt, dass die benutzten Handtücher regelmäßig eingesammelt wurden, nichts auf dem Boden herumlag, der Wasserstand in den Becken stimmte und so weiter.«

»In der Nacht, in der Harriet gestorben ist, war Wasser auf dem Fußboden.«

»Das stimmt. Die Dusche beim Schwimmbecken war undicht. Es war am späten Nachmittag entdeckt worden, zu spät, um für die Reparatur noch einen Klempner von außerhalb zu bekommen. Jakub Woźniak hat ein Händchen für solche Sachen, deshalb habe ich ihn gebeten, sich das einmal anzusehen.«

Scott zupfte unbehaglich am Kragen seines Polohemdes herum. Robyn beobachtete ihn eine Weile, bevor sie fragte: »Wer war dafür zuständig, den Wellnessbereich abzuschließen?«

Er hustete trocken. »Alle Führungskräfte waren reihum dafür verantwortlich und hatten zu überprüfen, ob die Eingangstüren zum Kosmetiksalon, zum Fitnessstudio und zum Wellnessbereich verschlossen und gesichert waren.«

»Und wer war in dieser Nacht verantwortlich?«

»Ich. Ich hatte Schließdienst. Und ich habe es versäumt, die

Tür zu verriegeln. Jakub hatte eine Stunde damit zugebracht, zu versuchen, die Dusche zu reparieren, und ich war mit einem Kunden beschäftigt. Der Kunde wollte, dass ich im Anschluss an einen Kurs noch ein persönliches Trainingsprogramm für ihn aufschreibe, dadurch war ich logischerweise spät dran. Meine Frau rief mich an, um mir zu sagen, dass ihre Eltern schon da seien und wollte wissen, wo zum Teufel ich bleibe. Ich wollte abschließen und habe Jakub gebeten, sich zu beeilen, aber er brauchte noch zehn Minuten und sagte, er würde es machen. Ich weiß nicht, ob wir aneinander vorbeigeredet haben. Jedenfalls hat er die Tür nicht verriegelt.

Ich habe das seinerzeit alles der Polizei und Lord Bishton erzählt. Und der hat mir gesagt, ich solle mir keine Sorgen machen, er werde sich darum kümmern, man hat mich nie beschuldigt. Werde ich jetzt beschuldigt?«

Sie antwortete mit einem Kopfschütteln. Sie hatte keine Fragen mehr in Bezug auf Harriet. Jetzt war sie eher besorgt, dass Scott möglicherweise in das Visier eines auf Rache sinnenden Killers geraten könnte. Sie musste dafür sorgen, dass er in Sicherheit war. Das würde sie zunächst mit Mulholland klären müssen. Außerdem musste sie mit Jakub Woźniak sprechen.

»Haben Sie Jakub Woźniaks Nummer?«

»Sicher. Er wird Ihnen dasselbe erzählen. Wir haben nichts verheimlicht.« Er holte sein Handy hervor und öffnete seine Kontakte. Robyn übertrug Jakubs Nummer auf ihr Handy.

»Ich glaube Ihnen. Wenn Sie mit Ihrem Kurs fertig sind, verlassen Sie das Gebäude bitte nicht, ohne Sergeant Patel Bescheid zu sagen.«

»Ich verstehe nicht ganz?«

»Ich werde es Ihnen später erklären. Zuerst muss ich mit Herrn Woźniak sprechen.« Sie entfernte sich vom Studioeingang und wählte die Nummer. Es klingelte vier Mal, ehe sich eine Frauenstimme meldete.

»Hallo, könnte ich bitte mit Jakub Woźniak sprechen?«

»Tut mir leid, wer spricht da?«

»Ich bin DI Carter von der Polizei in Staffordshire. Könnte ich Herrn Woźniak sprechen? Es ist sehr wichtig.«

Die Frau am anderen Ende der Verbindung sprach so leise, dass Robyn sie kaum verstehen konnte. »DI Carter, hier spricht PC Fallows aus Burton-upon-Trent. Wir hatten hier einen Vorfall. Mr. Woźniak wurde getötet. Wir sind jetzt vor Ort.«

»Wo ist das?«

»In der Nähe von Bromley Hall. Wir sind zwei Meilen über die Branston Lane in Richtung Burton, gleich hinter der Kreuzung. Brauchen Sie die GPS-Koordinaten für Ihr Navi?«

»Ich bin in Bromley Hall. In ein paar Minuten bin ich bei Ihnen.«

Sie nahm Mitz zur Seite und zeigte auf Scott Dawson: »Behalten Sie ihn im Auge. Jakub ist tot. Ich versuche herauszufinden, was passiert ist.«

39

Sie bemerkte die blinkenden Lichter beinahe sofort, als sie in die kleine Straße einbog und an der Kirche vorbeifuhr. Ein Krankenwagen stand inmitten weiterer Fahrzeuge auf dem Randstreifen und trotz des strömenden Regens herrschte ein eifriges Gewimmel. Ein Streifenwagen versperrte die Straße an der Kreuzung. Sie ließ ihr Fenster herunter und sprach den Beamten an, der auf der Straße stand. Er war völlig durchnässt.

»DI Carter. Sie haben hier ein Fahrerfluchtopfer?«

»Ja, Ma'am. Da drüben.« Er zeigte auf eine Buschhecke und Gruppen von Menschen in Kunststoffumhängen. Über dem Leichnam war ein Zelt aufgestellt worden.

Sie steuerte ihren Golf in die Lücke zwischen einem Volvo und einem Streifenwagen und stieg aus. Der Regen ließ ein wenig nach. Sie blieb kurz stehen und verschaffte sich einen Überblick über den Schauplatz. Ohne die Lichter der Streifenwagen und die Taschenlampen wäre es hier stockfinster.

Sie zückte ihren Dienstausweis und zeigte ihn einer uniformierten Beamtin mit gepflegtem Pagenkopf.

»Ich habe gerade am Telefon mit Ihnen gesprochen, Ma'am. Ich heiße Karen Hall, ich bin in diesem Fall die Ansprechperson für die Angehörigen des Opfers. Ich wollte Frau Woźniak gerade die traurige Nachricht überbringen. Ihr Mann ist am Straßenrand tot aufgefunden worden. Wer immer ihn angefahren hat, hat sich aus dem Staub gemacht. Es gibt keine Zeugen außer dem Fahrer des Tesco-Lieferwagens, der die Leiche zufällig gesehen und uns verständigt hat. Wir haben seine Aussage. Er musste wegen seiner Lieferungen weiter.«

»Der Fahrer hatte nichts mit der Sache zu tun?«

»Nein, Ma'am. Das Unternehmen überwacht alle Lieferungen einschließlich der Zustellzeiten, deshalb konnten wir seine Tour nachverfolgen. Der Pathologe geht davon aus, dass Mr. Woźniak seit zwei oder drei Stunden tot ist. Zu der Zeit hat der Fahrer seinen Lieferwagen im Lager beladen. DI Young ist der zuständige Beamte. Er ist bei dem Pathologen.« Sie zeigte auf drei Männer, die sich unter einem großen blauen Regenschirm zusammendrängten. »Der Mann in dem Anorak ist der Polizeifotograf. Er ist schon eine Weile hier. Ich glaube, er ist jetzt fertig.«

Robyn erkannte den vertrauten grünen Anorak. Es war Sam Gooch. Er bemerkte sie ebenfalls und hob die Hand, dann verließ er den Beamten, bei dem er gestanden hatte, und kam auf sie zu.

»Schöner Abend«, bemerkte er. »Ich saß fröhlich bei einer Partie Bridge mit meinem geliebten Weib, als ich raus in dieses Schmuddelwetter musste. Na, und was machen Sie hier? Abgesehen vom Unübersehbaren. Ich dachte, Sie wären an einem anderen Fall in Lichfield dran.«

»Ich glaube, da besteht ein Zusammenhang.«

Er lachte in sich hinein. »Reichen Ihnen Ihre Leichen nicht? Sie werden langsam unersättlich, Robyn. In der Hosentasche des Opfers wurde ein Zettel gefunden, ähnlich dem, den Sie beim toten Rory Wallis gefunden haben. Ich bin ziemlich sicher, dass Sie da eine Verbindung finden werden. Wie dem auch sei, ich lass Sie mal weitermachen.«

Der Regen klang auf Sams Schirm wie das Klappern einer Schreibmaschinentastatur. Er bedachte Robyn mit einem flüchtigen Lächeln. »Ich habe für heute genug Tod gesehen. Es ist Zeit für etwas Leben. Ich gebe nächsten Monat, wenn die Weihnachtszeit vorbei ist, bei mir zu Hause eine Ausstandsparty. Ich schick Ihnen ne Einladung. Bringen Sie jemanden mit.«

»Ich komme mit Ross. Er wird Ihnen sicher alles Gute wünschen wollen.«

»Schön. Wir haben in unserer gemeinsamen Zeit so einiges gesehen, wir drei, nicht wahr?« Mit diesen Worten und einem fröhlichen Winken huschte er zu seinem Volvo.

Robyn ging auf das Zelt und Chris Young, den zuständigen Beamten, zu. Er machte mit seinem Handy Fotos und Videoaufnahmen vom Fundort der Leiche und warf einen oberflächlichen Blick in ihre Richtung. Regentropfen landeten auf seinem Kopf und liefen ihm übers Gesicht, wobei sie silbrige Linien hinterließen. Schleimspuren, dachte sie. Zufrieden mit seiner Ausbeute steckte er sein Handy in die Tasche und wandte sich an sie.

»Ah, die berüchtigte DI Carter. Mal wieder nen Blinden gejagt?« Er lachte über seinen eigenen Scherz. Robyn lächelte so liebenswürdig, wie sie konnte.

»War nicht mein bester Tag.«

»Jeder macht Fehler. Aber ich muss schon sagen, das war echt der Brüller. Ich bin Chris Young.« Er hatte eine sanfte behäbige Sprechweise, aus der sie nicht schlau wurde, und ein träges Lächeln. »Ich fürchte, ich gehöre zu Tom Shearers Leuten. Wir sind uns schon einmal begegnet, aber das ist lange her. Sie waren seinerzeit für den Fall mit dem Friseur in Buxton zuständig und ich war bloß ein Nachwuchsbeamter mit hochtrabenden Erwartungen.«

Sie erinnerte sich undeutlich an einen unverbrauchten Streifenpolizisten mit rotblondem Haar, der ihr wie ein eifriges kleines Hündchen nachgelaufen war. »Jetzt erinnere ich mich an Sie. Sie haben alles in Steno mitgeschrieben.«

»Das habe ich von meiner Mutter gelernt, sie hat mir versichert, es wäre nützlich. Es hat mir schon oft geholfen. Keine Bandwurmsätze. Nur, dass niemand lesen kann, was ich geschrieben habe, also muss ich einzelne Sachen doch noch mal abschreiben.«

»Sie sind mit Tom befreundet?«

»Wir sind Nachbarn. Von Zeit zu Zeit sehen wir uns zufällig im örtlichen Pub. Er hat mir von dem Fehlschlag mit dem blinden Mann erzählt.«

»Das sagt alles. Sie sind der zuständige Tatortermittler in diesem Fall?«

»Das bin ich. Es war Fahrerflucht. Das Opfer heißt Jakub Woźniak.«

»Ich glaube, ich weiß, wer der Mann ist. Er hat in Bromley Hall gearbeitet. Er kam vor etwa drei Stunden von seiner Schicht.«

»Das erklärt, warum er an so einem Scheißnovembernachmittag mit dem Rad hier entlanggefahren ist.«

»Ich frage mich, ob dieser Unfall in Zusammenhang mit einem Fall steht, an dem ich gerade arbeite. Wenn Sie nichts dagegen haben, würde ich mich gerne etwas umsehen.«

»Klar, treten Sie ein.«

Er führte sie an einem herrenlosen Fahrrad vorbei, das am Wegesrand lag.

»Haben Sie schon eine Vorstellung davon, was passiert sein könnte?«

»Es sieht so aus, als hätte er nicht auf seinem Fahrrad gesessen, als er angefahren wurde. Das Vorderrad hat einen Platten. Mein erster Gedanke war, dass die Luft nach dem Unfall entwichen ist, aber an dem Fahrrad finden sich überhaupt keine Beschädigungen, und ich habe eine Reißzwecke in dem Reifen entdeckt. Er muss sie sich irgendwo anders eingefahren und sich so eine langsam fortschreitende Reifenpanne zugezogen haben. Das wird allem Anschein nach dadurch bestätigt, dass wir keine Reifenspuren finden können – weder Gummiabrieb von einem Fahrrad, das beim Bremsen ins Schlingern gekommen ist, noch von einem Ausweichmanöver. In nahezu allen Fällen gibt es irgendwelche Spuren und besonders, wenn jemand erst im letzten Moment gesehen wird, und der Fahrer einen Schlenker macht, um einen Zusammenstoß zu verhindern. Es scheint, als hätte der Fahrer ihn überhaupt nicht bemerkt, ihn umgenietet und sei dann einfach weitergefahren.

Es gibt eine erhebliche Verletzung, die dafürspricht, dass er beim Aufprall des Fahrzeugs gestanden hat oder gegangen ist. Die Kriminaltechniker haben Proben von seiner Kleidung genommen, um festzustellen, wie die Verletzungen zustande gekommen sind. Der Pathologe hat bestätigt, dass Woźniak mehrere gebrochene Knochen und Rippen hatte sowie weitere Verletzungen, die aller Wahrscheinlichkeit nach von einem Frontalzusammenstoß herrühren. Er wird uns mehr sagen können, wenn er den Leichnam vollständig obduziert hat.«

»Sam hat gesagt, Sie hätten in seiner Hosentasche einen Zettel gefunden.«

»Ja, ich habe seine Bedeutung zunächst nicht richtig eingeschätzt. Sie wissen ja, man muss die Dinge aus jeder Perspektive betrachten und er hätte den Zettel ja auch schon bei sich haben können, bevor er angefahren wurde.«

Er hob die Plane am Zelteingang und sie ging hinein. Scheinwerfer waren aufgestellt worden und beleuchteten das zerschmetterte Gesicht des Opfers, das von Blut in der Farbe schwarzen Teers bedeckt war. Sein rechtes Bein war beinahe rechtwinklig abgeknickt und sein Fuß wies in die falsche Richtung. Er hatte seinen Schuh verloren. Die Socke zierten die Wörter ›Bester Dad‹. Sie musste ihn nicht lange anschauen. Sie seufzte und entfernte sich. Chris hob wieder die Zeltplane und signalisierte dem Bestatter, der in seinem Leichenwagen gewartet hatte, dass er den Leichnam mitnehmen könne. Sie starrte auf das Laken, das den Mann bedeckte, auf dessen Befragung sie einige Hoffnung gesetzt hatte. Jetzt war es zu spät, um herauszufinden, was er über die Nacht gewusst hatte, in der Harriet ums Leben gekommen war.

Sie konnte nicht sicher sein, ob Jakub unabhängig von ihren Fällen sein vorzeitiges Ende gefunden hatte, aber der Zettel in seiner Hosentasche würde ihr bestimmt die erforderliche Gewissheit verschaffen.

»Wo ist der Zettel«, fragte sie.

Chris nahm drei Beutel mit Beweismitteln aus einer Kiste am Zelteingang und reichte ihr einen. Ihr blieb die Spucke weg. Sie hielt den durchsichtigen Beutel gegen einen der Scheinwerfer und sah, dass es sich um genauso eine Rechnung handelte, wie sie sie bei den Leichen von Rory Wallis und Linda Upton gefunden hatte.

»Chris, würden Sie mir bitte alles überlassen, was Sie in dieser Angelegenheit herausfinden oder herausgefunden haben? Es gibt definitiv eine Verbindung zu meinen Ermittlungen.«

Chris bedachte sie mit einem freundlichen Lächeln. »Ich bin sogar froh darüber. Dieses Wochenende spielt Chelsea in der Premier League gegen die Spurs und ich habe meinem Jungen versprochen, mit ihm hinzugehen. Vielen Dank – so muss ich nicht absagen.«

Robyn rief Mitz an, um ihn auf den neuesten Stand zu bringen.

»Bleiben Sie bei Dawson, bis ich jemanden als Personenschutz habe oder ihn in Schutzhaft nehmen kann. Ich werde mit Mulholland reden, so schnell ich kann. Sorgen Sie dafür, dass er im Herrenhaus bleibt, bis alles geregelt ist.«

Jetzt hatte sie drei Rechnungen. Bisher beliefen sie sich auf eine Gesamtsumme von einer Dreiviertelmillion Pfund. Also fehlte noch ein Betrag in derselben Höhe. Wenn der Killer bei einem Wert von zweihundertfünfzigtausend Pfund pro Rechnung bleiben würde, könnte er noch drei weitere Opfer im Visier haben. Sie musste sicherstellen, dass er sie nicht erwischte. Das Problem war, dass der Killer ihnen einen Schritt voraus war und sie keine Ahnung hatte, wer es sein könnte.

40

Tricia drehte den USB-Stick in ihrer Hand jetzt wohl schon zum tausendsten Mal herum. Es stand ihr nicht zu, darin herumzuschnüffeln, auch wenn er vielleicht Informationen enthielt, die dabei helfen konnten herauszufinden, wie Miles Ashbrook gestorben war. Vor allem aber war die Quittung, die sie in ihrer Hand hielt, ein Beweis dafür, dass Miles Geheimnisse gehabt hatte und Geheimnisse verhießen, wie Tricia wusste, nie etwas Gutes.

Sie wischte über ihre Kontaktliste, tippte auf eine Nummer und wurde mit Robyns Anrufbeantworter verbunden. »Ich bin's, Tricia. Ich habe bei den persönlichen Sachen von Miles einen USB-Stick und eine Quittung von einem Hotel in London, dem Hideaway, für ein Doppelzimmer mit Abendessen und Frühstück für zwei Personen gefunden. Niemand, nicht einmal seine Mutter, wusste, dass Miles mit jemandem zusammen war. Er hat das für sich behalten. Ich weiß nicht, ob das etwas zu bedeuten hat, aber ich dachte, es wäre vielleicht ein Hinweis oder, ach, ich weiß nicht ...« Sie rieb sich ihren steifen Hals und drückte eine Zeitlang auf einen Muskel, um die Verspannung dort zu lösen.

»Ich hatte gehofft, dass das zu etwas führen würde. Außerdem haben wir in einer Jackentasche ein Prepaid-Handy gefunden. Nicht sein übliches Telefon. Ich kriege es nicht an, der Akku ist leer und mein Ladegerät passt nicht. Ich könnte damit zu einem Reparaturdienst gehen, aber ich habe mir gedacht, ich sage dir erst Bescheid, bevor ich etwas unternehme. Ruf mich bitte an, wenn du das abhörst. Ich würde dir die Sachen gerne geben.«

Robyn warf noch einen Blick auf die Haftnotizen, die über ihren Schreibtisch verteilt waren. Sie musste sich für Louisa Mulholland eine schlüssige Argumentation zurechtlegen. Es war Donnerstagmorgen und schon fast neun Uhr, sie hatte kaum geschlafen. In ihrem Kopf jagten sich die Bilder der Opfer des Killers – Rory, Linda und jetzt Jakub. Sie war es ihnen und ihren Familien schuldig, ihren Mörder zu schnappen.

Mulhollands Tür stand ein wenig offen. Sie klopfte leise an und wurde hineingerufen. Eine nicht berührte Tasse Kaffee stand auf dem Schreibtisch. Sie deutete Robyn an, dass sie sich setzen solle, während sie telefonierte. Sie hatte kaum aufgelegt, als Robyn auch schon zur Sache kam:

»Gestern Nachmittag hat es einen weiteren Mord gegeben – Jakub Woźniak. Wie bei den anderen Opfern wurde bei seiner Leiche eine Rechnung gefunden. Ich habe Grund zu der Annahme, dass es eine Verbindung gibt zwischen den Opfern und Harriet Worth, der Frau, die 2012 in Bromley Hall ins Schwimmbecken gefallen und ertrunken ist. Jakub war an dem Abend, als Harriet Worth gestorben ist, in Bromley Hall. Er sollte eine Dusche reparieren. Er hatte das benötigte Teil nicht da, weswegen sie weiterhin undicht blieb. Harriet ist in dem Wasser, das aus der Dusche ausgelaufen war, ausgerutscht.« Robyn hielt einen Augenblick inne. »Die Tür zum Wellnessbereich hätte verriegelt sein müssen, aber Scott Dawson, der an diesem Abend dafür verantwortlich war, war eher nach Hause gegangen, weil er glaubte, Jakub würde abschließen. Jakub hat das entweder nicht gehört oder nicht verstanden oder vergessen, sodass die Tür unverschlossen war. So konnte Harriet in den Wellness- und Bäderbereich gelangen. Ich bin mir sicher, dass einige Angehörige der

Belegschaft, die im Juli 2012 in Bromley Hall gearbeitet haben, in Lebensgefahr sind. Ich glaube, unser Killer denkt, dass sie in irgendeiner Form für den Tod von Harriet Worth verantwortlich sind. Und ich glaube, er wird versuchen, Scott Dawson umzubringen. Als derjenige, der in jener Nacht verantwortlich war, hätte Scott dafür sorgen müssen, dass der Wellnessbereich verschlossen war. Ich hätte gerne Personenschutz für ihn.«

Louisa Mulholland bekam einen Hustenanfall, der sie am Sprechen hinderte. Nach ein paar Minuten wischte sie sich die tränenden Augen. Ihre Stimme klang heiser. »Die Sache ist gefährlich nah dran, uns zu entgleiten. Ich verstehe, warum Sie diese Menschen schützen wollen, aber um wie viele Personen geht es? Ich kann keine Beamten abstellen, um Babysitter für x-beliebige Leute zu spielen, solange sie andere Pflichten zu erfüllen haben. Haben Sie eine Aufstellung der möglichen Ziele?«

»Wir versuchen, sie einzugrenzen. Auf unserer Liste stehen siebzehn Namen. Einen haben wir bereits streichen können. Wir werden die Zahl bald auf eine praktikablere Größe reduziert haben. Die meisten sind Zimmermädchen oder Kosmetikerinnen. Ich bezweifle, dass sie etwas mit dem Tod von Harriet Worth zu tun hatten, wenn sie ihr überhaupt je begegnet sind.«

Louisa schüttelte den Kopf. »Ich bedaure. Nein. Sie müssen Ihre eigenen Leute einsetzen, um diejenigen zu schützen, die Ihrer Meinung nach in unmittelbarer Gefahr schweben. Andere Beamte stehen nicht zur Verfügung. Die meisten sind gerade mit den offenbar zunehmenden Bandenkämpfen beschäftigt. Tom Shearer leitet ein Team, das gerade im ganzen Osten Staffordshires im Einsatz ist, in Burton-on-Trent, Uttoxeter und Branston, wo wir die meisten Schwierigkeiten hatten. Ich kann sie nicht von ihren Aufgaben abziehen.«

Robyn fühlte sich zurückgesetzt. Dabei hätte sie etwas Unterstützung vonseiten ihrer Vorgesetzten gut gebrauchen können.

»Gut, Ma'am. Dann werde ich meine eigenen Leute einsetzen, aber wenn ein weiterer Mord geschieht, weil wir keinen angemessenen Schutz bieten konnten, möchte ich zu Protokoll geben, dass ich mit Ihnen darüber gesprochen und Sie um zusätzliche Hilfe gebeten habe.«

Louisa zog ein Papiertaschentuch aus einer Schachtel auf ihrem Schreibtisch und schnäuzte sich. »Wird vermerkt, Robyn. Es tut mir leid, dass ich Ihnen nicht geben kann, was Sie sich wünschen, aber Sie sind doch nicht auf den Kopf gefallen.«

Die Haare auf Robyns Armen sträubten sich. Sie wollte protestieren, aber die Achtung vor ihrer Vorgesetzten gewann die Oberhand und sie verkniff es sich.

»Haben Sie sich um diese Journalistin gekümmert, diese Amy Walters?«

Robyn verfluchte sich innerlich selbst. Sie hatte sich so in den Fall vertieft, dass sie die lästige Amy völlig vergessen hatte. Ehrlich währt am längsten, nach dieser Devise schüttelte sie den Kopf. »Ich wollte mich nicht auf verbale Spitzfindigkeiten mit ihr einlassen. Sie soll scharfsinnig sein und alles, was man sagt, landet in ihrem Blättchen. Sie ist erst seit acht Monaten bei der Zeitung und schon zur Chefreporterin befördert worden.«

Louisa dachte über Robyns Worte nach. »Wahrscheinlich sollten wir sie einfach ignorieren. Ich befürchte, dass dieser Spitzname um sich greifen wird, der Leopard von Lichfield. Ich werde mit der Medienabteilung sprechen und sehen, wie wir mit ihr und den anderen Presseleuten am besten klarkommen, besonders jetzt, nachdem wir einen dritten Mordfall haben.«

Das Telefon klingelte schrill. Robyn stand auf und verließ ihre Vorgesetzte, damit diese das Gespräch annehmen konnte. Sie ging zu Anna, die gebannt auf den Bildschirm ihres Computers starrte und das Material der Überwachungskamera aus dem Wellnessbereich sichtete.

»Ich muss Sie von diesem Fall abziehen, Anna.«

Anna war zu abgelenkt, um zuzuhören. Sie zeigte auf den Bildschirm. »Ich glaube, ich habe hier etwas«, antwortete sie.

Robyn ließ sich auf den Stuhl neben Anna gleiten. »Lassen Sie sehen.«

»Ich bin das jetzt mehrmals durchgegangen. Ich habe mir den

Ausschnitt angeschaut, als Miles duscht, bevor er in die Sauna geht, und beim Einzelbildrücklauf ist mir etwas aufgefallen, das ich vorher nicht bemerkt habe.« Sie betätigte eine Taste und der Bildschirm erwachte zum Leben. Auf den ersten Blick war da nichts Nennenswertes. Die Kamera zeichnete ein menschenleeres Schwimmbecken, einen menschenleeren Wellnessbereich und menschenleere Liegestühle auf. Sie schwenkte zur Dusche vor der Sauna. Auch hier keine Menschenseele. Aus dem Nichts huschte plötzlich ein Schatten über den Bildschirm.

»Wow«, rief Robyn.

Anna spulte noch einmal zurück, diesmal im Einzelbildlauf. Wieder erschien der Schatten. Robyn übertrug den Umriss auf ein Stück Papier und betrachtete ihn genau.

»Haben Sie diese Scherenschnitte schon einmal gesehen, die manchmal von Künstlern auf Strandpromenaden gemalt werden?«, fragte sie. »Das hier sieht ein bisschen so aus – wie der Kopf von jemandem. Obwohl das hier wohl eher der Kopf eines Außerirdischen sein dürfte.« Sie schaute auf den gewölbten Schädel. »Haben Sie sonst noch was?«

»Nein, ich habe das jetzt so oft abgespielt, ich fange schon an, überall Leute zu sehen.« Sie zeigte auf die Skizze mit dem Grundriss des Wellnessbereichs, die Ross ihnen geschickt hatte. »Ich habe berechnet, dass der Schatten von einer Lichtquelle erzeugt wurde, die sich ungefähr hier befindet«, sagte sie und deutete mit der Fingerspitze auf die Eiskammer. »Laut Mr. Cunningham befindet sich darüber eine Lampe.«

»Also was denken Sie, wo hat die Person zum fraglichen Zeitpunkt gestanden?«

Anna studierte Ross' Skizze eingehend und zeichnete mit dem Bleistift einige Linien ein. Sie zuckte die Achseln. »Ich bin nicht sicher. Wenn die Angaben von Mr. Cunningham richtig sind, könnte jemand außerhalb der Sauna gestanden haben, ungefähr hier.«

Robyn tippte mit einem Finger auf die Skizze. »Der Kasten mit der Steuerungseinheit befindet sich auf dieser Seite der Sauna. Um welche Zeit wurde das aufgenommen?«

»Die angezeigte Zeit ist neunzehn Uhr dreißig. Der Wellnessbereich wurde um neunzehn Uhr geschlossen.«

»Was hat Miles um halb acht gemacht? Gibt es Aufzeichnungen darüber, wo er sich an dem Abend aufgehalten hat?«

Anna rief die Information auf. »Er war in seinem Büro. Um halb sieben ist er in den Speisesaal gegangen, um etwas zu essen. Dann ist er zurück in sein Büro. Er wurde von mehreren Personen gesehen.«

»Deshalb ist es unwahrscheinlich, dass er um diese Zeit dort war. Anna, ich glaube, wir haben den Mörder durchs Bild huschen sehen.« Robyn klatschte mit der Handfläche auf den Tisch. »Los, wir müssen noch einmal nach Bromley Hall.«

Auf dem Weg telefonierte Robyn mit Matt. »Irgendwelche Erfolge bei der Suche nach Harriets Freunden?«

»Ich habe vier ausfindig gemacht, die in demselben Laufsportverein waren. Mit zweien habe ich schon gesprochen. Sie konnten mir auch nicht viel mehr sagen, als wir bereits wissen. Sie scheint mit ihrem Leben zufrieden gewesen zu sein. Nichts deutet auf einen Freund oder eine Affäre hin. Sie hat in Teilzeit als Sekretärin in einer Anwaltskanzlei in Lichfield gearbeitet. Ich habe im Lauf des Tages einen Termin mit der Anwältin, für die sie gearbeitet hat, Joyce Garner. Jetzt bin ich gerade auf dem Weg zu Diane Roper, einer ihrer engeren Freundinnen, sie arbeitet auch in Lichfield. Ich will nochmal nachfragen, ob es in ihrem Leben außer ihrem Ehemann nicht doch noch jemand anderen gab.«

»Sehr gut, halten Sie mich auf dem Laufenden.«

Sie legte auf. Sie war sicher, dass sich der Mörder auf einem Rachefeldzug befand. Bisher hatte er drei Menschen getötet, die irgendwie mit Harriets Tod zu tun gehabt hatten. Wenn er es auf Menschen abgesehen hatte, die zu der Zeit, als Harriet gestorben war, im Herrenhaus gearbeitet hatten, blieben noch einige, die er für ihren Tod verantwortlich machen konnte. Wie sollte sie sicherstellen, dass jeder von ihnen in Sicherheit war? Bis zum jetzigen

Zeitpunkt hatte er den Barmann umgebracht, der Harriet an jenem Abend die Getränke serviert hatte, die Reinigungskraft, die versäumt hatte, dafür zu sorgen, dass der Fußboden trocken war, und die Frau, die ihre Freundin seinerzeit begleitet hatte. Sie schreckte hoch. Sie hatte jemanden vergessen – Alan Worth. Sie rief David an, der noch in der Dienststelle war.

»David, können Sie sich mit Alan Worth in Verbindung setzen? Überprüfen Sie, ob es ihm gut geht. Mulholland kann keine Beamten entbehren, könnten Sie also vielleicht auf ihn aufpassen, bis ich Mulholland davon überzeugen kann, dass wir wirklich Unterstützung brauchen? Bitten Sie ihn, fürs Erste zu Hause zu bleiben.«

David klang genauso erschöpft, wie sie sich fühlte. »Klar. Mach ich.«

Sie wollte schon ihren nächsten Anruf tätigen, als sie das Anrufbeantwortersymbol bemerkte. Sie wählte und rief Tricias Nachricht ab. Dann tippte sie auf Tricias Nummer und sprach mit ihr.

»Ich untersuche den Tod von Miles. Ich schicke dir jemanden, der sich den USB-Stick und die Quittung ansieht, um zu beurteilen, ob sie uns etwas liefern, worauf wir aufbauen können.«

»Gott sei Dank. Ich halte es nicht mehr aus, nicht genau zu wissen, was mit ihm geschehen ist. Seine Mutter ist im Moment wie eine wandelnde Tote. Ich verbringe jede freie Minute bei ihr. Ich mache mir große Sorgen um sie. Sie isst nichts.«

»Lass ihr Zeit. Das ist ein entsetzlicher Schlag und er war ihr einziges Kind. Sie kann wirklich froh sein, dass du da bist, Tricia.«

»Ich lasse sie nicht im Stich. Ich war seit einer Woche nicht mehr im Studio. Ich denke, du auch nicht.«

»Nein, jede Sekunde zählt. Ich muss Ross anrufen. Ich schicke ihn vorbei, um den USB-Stick, die Quittung und das Handy zu überprüfen. Er ist Experte in all diesen Sachen. Er ist Privatdetektiv und ich bin zuversichtlich, dass er herausfindet, mit wem sich Miles getroffen hat und ob diese Person etwas mit seinem Tod zu tun hat.«

»Vielen Dank, Robyn. Das bedeutet mir sehr viel.«

Sie rief ihren Cousin an und bat ihn, bei Tricia vorbeizufahren.

»Ich kann hier niemanden entbehren, Ross. Du würdest mir einen Riesengefallen tun.«

»Ich melde mich, sobald ich etwas habe.«

»Ich brauch's wirklich schnell, Ross.«

»Ich fliege, nur die Ruhe. Hast du mit diesem Reinigungstypen gesprochen?«

»Ging nicht. Er ist auf dem Weg nach Hause angefahren worden.«

Ross wusste nur zu gut, dass man am Telefon nicht über Fälle sprach, vor allem nicht am Handy.

»So'n Mist, das verkompliziert die Sache etwas.«

»Das tut es allerdings. Gut, lass uns später weiterreden. Jemand versucht, mich zu erreichen.«

David Marker war am Apparat. »Ich kann Alan weder auf seinem Handy noch über das Festnetz erreichen. Soll ich hinfahren?«

»Halten Sie du die Stellung, David. Ich schicke Matt hin, der hat es nicht so weit nach Knowle.«

Sie rief Matt an und erklärte ihm die Planänderung, bevor sie sich wieder dem Kameramaterial widmete. Es musste etwas geben, das die Fälle verband. Ihre Intuition trog sie selten, auch wenn sie ständig an das Fiasko aus der Vorwoche erinnert wurde, als sie meinte, Nick Jackson an seinem grünenleuchtenden Rucksack erkannt zu haben. Manchmal ließen ihre Instinkte sie eben doch im Stich. Sie war sicher, dass sich das Netz um ihren Killer langsam zuzog, aber sie wollte keinen allzu hohen Leichenberg, bis sie ihn endlich hätten. Sie nagte an der Innenseite ihrer Wange, während ihr alle Möglichkeiten durch den Kopf gingen. Robyn wusste nur eines ganz sicher – wenn er es nicht schon getan hätte, würde der Mörder wieder zuschlagen und zwar sehr bald, bei dem Tempo, mit dem er bisher vorgegangen war.

41

Der schwarze Bentley Continental bog in die Einfahrt ein. Alan Worth gähnte laut, während er mit seinem Schlüsselanhänger auf das automatische Tor zielte und darauf wartete, dass es den Weg in die Garage mit den vier Stellplätzen freigab.

Es war eine überaus erfolgreiche Nacht gewesen. Sie hatten einen Tisch mit Blick auf den Kanal ergattert und den an ihnen vorbeischippernden Bootsführern zugeschaut. Alan konnte noch immer die Jakobsmuscheln schmecken, die er gegessen und mit einer Flasche Châteauneuf-du-Pape Blanc passend heruntergespült hatte. Sein Freund und Golfpartner Francis Hamilton und er waren mit dem Taxi nach Birmingham gefahren, hatten das dortige Theater besucht und den Abend schließlich an den Roulettetischen des Grosvenor Casinos in der Broad Street ausklingen lassen. Sie hatten beide eine Glückssträhne gehabt, obwohl Francis seine ganzen Gewinne und noch etwas mehr an den Spieltischen wieder verzockt hatte. Bei dem Versuch seine Verluste zurückzugewinnen, hatten sie die Nacht zum Tag gemacht. Gegen fünf waren sie aus dem Casino getaumelt und Francis hatte wie immer geschworen, er werde nie wieder spielen. Anders als sein Freund hatte Alan seine Jetons eingelöst und tausend Pfund Gewinn eingestrichen. Seine Brieftasche freute sich über die fröhlichen Scheinchen.

Jetzt war das Garagentor ganz geöffnet, die Innenbeleuchtung war angesprungen, er steuerte den Bentley an seinen Platz und gähnte erneut. Die Wirkung des Weins ließ nach und er fühlte sich schlapp. Er wurde alt. Es gab Zeiten, da konnte er nächtelang durchzechen. Heute war alles nach ein Uhr schon zu spät. Er wünschte sich, Francis hätte ihn nicht die ganze Nacht auf den Beinen gehalten. Es war sieben Uhr morgens. Normalerweise stand er um diese Zeit auf, statt ins Bett zu gehen. Alan schwang ein Bein aus dem Wagen und hielt inne. Eine Bewegung hatte seine Aufmerksamkeit erregt. Da war etwas in der Garage. Wahrscheinlich war hinter ihm eine Katze oder ein Fuchs hereingehuscht. Hoffentlich versteckte sich das Tier nicht unter den Kisten und dem Gerümpel im hinteren Teil der Garage, denn dann hätte er seine liebe Mühe, es herauszulocken, dabei wollte er doch eigentlich nur noch in sein Bett.

Er bewegte sich leise in den hinteren Teil der Garage, den Kopf noch vorn gebeugt, um nach weiteren Bewegungen Ausschau zu halten. Er konnte kein Tier entdecken. Vielleicht war es eine Ratte. Das wäre noch schlimmer. Er müsste dann einen Schädlingsbekämpfer beauftragen. Er beschloss, fürs Erste aufzugeben und sich später darum zu kümmern, nachdem er eine Mütze Schlaf genommen hätte. Er begab sich zur Seitentür, als er plötzlich spürte, wie sich aus dem Nichts ein Arm um seinen Hals legte und ihm die Luftröhre zudrückte, sodass er nichts mehr sagen konnte. Er wurde nach hinten gezogen und war machtlos, seinem Angreifer zu entkommen. Er griff mit beiden Händen nach oben und versuchte, den Arm wegzuschieben, der ließ sich aber nicht bewegen. Er war wie ein riesiger Python, der sich um seinen Hals wickelte und ihm langsam die Luft abschnürte. Er konnte nicht mehr atmen und bekam Panik. Sein Angreifer quetschte das Leben aus ihm heraus. Die automatische Beleuchtung in der Garage ging aus und tauchte die beiden in völlige Finsternis. Alan verspürte den Mut der Verzweiflung, er trat nach hinten aus und erwischte seinen Gegner am Schienbein. Dieser fluchte und lockerte seinen Griff gerade so weit, dass Alan seinen Unterarm wegreißen und fest hineinbeißen konnte. Er kam sofort frei und tastete sich in Richtung der Seitentür. Er kannte den Weg auch im Dunkeln. Er hoffte, der Mann, der die Absicht hatte, ihn zu töten, nicht.

Alan streckte die Hand aus, tastete nach der Wand, um seinen Weg zu finden, sein Herz schlug wie wild. Er war sicher, es waren nur noch wenige Schritte bis zur Tür. Er musste nur hinkommen, dann würde er diesem Irren entwischen. Er konnte seinen Angreifer nicht hören, dadurch wurde seine Panik noch verstärkt. Was, wenn der Mann schon vor ihm war? Die Angst spornte ihn an und er bewegte sich schneller, verzweifelt bemüht, zu entkommen. Plötzlich stieß er mit dem Fuß gegen etwas, das ihm den Weg versperrte, er stolperte darüber und stürzte heftig zu Boden. Er hatte seine Golftasche vergessen, die vor der Tür stand. Er hatte sie längst wegtun wollen, aber dann war er wegen der Verabredung am Abend spät dran gewesen und hatte sie einfach stehenlassen, statt sie an ihren üblichen Platz zurückzubringen. Die Schläger lagen über den Boden verstreut und als Alan versuchte aufzustehen, wusste er, dass er einen kolossalen Fehler gemacht hatte.

Der Eindringling zerrte ihn hoch. In der Dunkelheit konnte Alan die Wut spüren, die der Mann ausstrahlte, und er wusste, sein Leben war vorbei.

42

»Einen Augenblick, bitte.« Ross wartete, während Frieda auf der Tastatur ihres Computers herumtippte. Er konnte sie sich jetzt bildlich vorstellen: hochgewachsen, blond und blauäugig. Sie klang überaus beflissen, als er im Hideaway anrief.

»Natürlich, Mr. Cunningham, ich bin Ihnen in dieser Angelegenheit gerne zu Diensten.« Sie hatte einen zauberhaften Akzent, der Ross an hohe Berge und die Mitternachtssonne denken ließ. Er hatte den Namen des Hotels in eine Suchmaschine eingegeben und die Homepage gefunden. Es war ein reizendes inhabergeführtes Hotel, das auf den ersten Blick wie ein elegantes Privathaus wirkte. Die Dame am Empfang war jedenfalls sehr höflich und zuvorkommend. Das Tippen verstummte und sie meldete sich wieder. »Ich sehe, dass Mr. Ashbrook die Reservierung veranlasst hat.«

»Können Sie mir sagen, mit wem er an diesem Abend zusammen war? Haben beide die Anmeldung unterschrieben?«

Frieda klang jetzt weniger hilfsbereit. »Es tut mir leid, Mr. Cunningham, dazu darf ich Ihnen keine Auskunft geben, ohne Ihren Ausweis gesehen zu haben. Das werden Sie sicher verstehen.«

Ross seufzte. »Ja, Frieda, das verstehe ich. Können Sie mir

wenigstens zusichern, dass Sie mir, wenn ich mich schon auf den Weg nach London mache und Ihnen meine Zulassung vorlege, sagen können, mit wem Miles Ashbrook an diesem Abend zusammen war?«

Es herrschte Stille, Frieda suchte nach einem Weg, um gleichermaßen respektvoll und hilfsbereit zu sein. Schließlich antwortete sie: »Ja, Ich kann Ihnen den Namen geben und wenn Sie ein Foto von dem Herrn haben, nach dem Sie suchen, kann ich ihn vielleicht sogar für Sie identifizieren.«

»In dem Fall, bin ich so schnell ich kann bei Ihnen. Vielen Dank, Frieda.«

Enttäuscht von dem Anruf überprüfte Ross, ob das Prepaid-Handy genügend aufgeladen war, um es einzuschalten. Als er sah, dass es ging, öffnete er gleich die Kontaktliste und spürte einen Schauer der Erregung. Da war nur ein einziger Kontakt – die Initialen waren ›JJ‹. Tricia lag richtig mit ihrer Vermutung, dass Miles Geheimnisse hatte. Zweifellos hatte er nicht gewollt, dass jemand von dieser Person wusste. Er drückte sich mit dem Daumen durch das Menü, bis er zu den Nachrichten kam. Es gab nur zwei Nachrichten im Eingangsordner, beide von JJ und beide an dem Abend abgeschickt, an dem Miles Ashbrook gestorben war. Die erste lautete:

Zehn Minuten. Um mehr bitte ich nicht.

Und in der zweiten, um zehn nach acht abends abgeschickt, hieß es:

Du weißt, wo du mich findest. Wir treffen uns da.

Er überprüfte den Nachrichtenausgang, wo er nur ein einziges Wort als Antwort auf die empfangenen Nachrichten fand:

Okay.

Sonst war nichts auf dem Handy, Ross legte es beiseite. Er steckte den USB-Stick in sein Notebook und strich sich über seine Bartstoppeln. Auf dem USB-Stick befand sich ein Dokument, das vom Sitz des Eigentümerunternehmens von Bromley Hall in Hongkong stammte. Es war eine Aufstellung der Namen von Angestellten in Bromley Hall, die entlassen werden sollten, alle noch vor Ende November. Es war merkwürdig, dass Miles nur ein einziges Dokument auf dem USB-Stick gespeichert hatte. Offenkundig hatte er verhindern wollen, dass diese Liste im Herrenhaus in die falschen Hände geriet. Das alles machte einen höchst seltsamen Eindruck, es sei denn, Miles hätte einen guten Grund gehabt, diese Liste geheim zu halten.

Ross schwang seinen Schreibtischstuhl herum und rief Robyn an, um ihr eine Nachricht zu hinterlassen. Er bewunderte ihren Mut. Wenn sie sich einmal in eine Sache verbissen hatte, ließ sie nicht mehr locker. Seine Cousine war ein harter Brocken und das musste sie auch sein. Tom Shearer würde ihr die Hölle heiß machen, wenn er hiervon Wind bekäme.

Der Regen hatte aufgehört und war grauen Wolken gewichen, die von Zeit zu Zeit schwache Sonnenstrahlen durchschimmern ließen. Matt Higham verließ die M42 und fuhr über mit Laub bedeckte Landstraßen nach Knowle, ein Reiche-Leute-Viertel von Solihull. Matt wünschte sich, er könnte sich eines der Häuser leisten, die seine Strecke säumten, mit all den breiten Wegen und grünen Gartenhecken. Das Haus von Alan Worth lag unweit der Stadtmitte. Nach ein paar Minuten war Matt in die Zufahrt eingebogen und klopfte an die Tür. Es schien niemand zu Hause zu sein. Matt warf einen Blick durch das Frontfenster in ein Arbeitszimmer, das mit ein paar Eisenstatuen nackter Frauen recht bescheiden ausgestattet war. Er klingelte noch einmal, trat einen Schritt zurück und achtete auf eine Bewegung oder Anzeichen, die verraten könnten, ob jemand im Haus war. Aber da war nichts. Er ging zur Rückseite des Hauses, beschirmte seine Augen mit den

Händen und schaute durch das Fenster des Wintergartens, sah aber lediglich ein paar Korbstühle und einige hohe Yucca-Palmen. Alan Worth war nicht zu Hause.

Er schlenderte zu seinem Wagen zurück und bewunderte die fachmännisch kugelförmig beschnittenen riesigen Buchsbaumhecken, als ein schwaches Geräusch seine Aufmerksamkeit erregte. Es war ein leiser, summender Ton. Er ging zum Haus zurück, wobei er den Kopf hin und her drehte, um die Quelle des Geräusches zu lokalisieren. Es kam aus der Garage – einem großen Holzbau, der mit seinen lackierten Holzlatten und den grünen Dachziegeln an ein schweizerisches Chalet erinnerte. Als er näherkam, wurde das Geräusch lauter. Es war das Brummen eines Motors. Das Geräusch rüttelte ihn auf und er zog an dem Torgriff, aber das Schwingtor war zweifelsfrei verschlossen. Der Motor brummte unbeirrt weiter. Matt hämmerte gegen das Tor und rief – doch niemand antwortete.

Es dämmerte ihm schnell – Worth war in Gefahr. Der Killer hatte ihn schon erwischt. Matt bollerte ein letztes Mal gegen das Tor und rannte, nachdem er keine Antwort erhalten hatte, auf der Suche nach einer anderen Möglichkeit hineinzukommen, um das Gebäude herum. Er fand eine Seitentür, die ebenfalls verschlossen war. Er warf sich mit der Schulter dagegen und spürte, dass sie nachgab. Er versuchte es ein weiteres Mal und noch einmal, dann gab sie endlich den Weg frei. Er trat sie auf, hielt die Luft an und stürmte hinein, wobei er beinahe über eine Golftasche gestolpert wäre, die auf die Seite gekippt war und ihren Inhalt über den Boden verstreut hatte. Alan Worth lag unweit der Tür mit dem Kopf zu ihm, seine Augen waren geschlossen. An Händen und Füßen war er mit Klebeband gefesselt, und Matt gingen vor Überraschung die Augen über, als er sah, was sich in seinem Mund befand – jemand hatte ihn mit Fünfzig-Pfundscheinen zugestopft. Das mussten mehrere hundert Pfund sein, die da zwischen seinen Lippen hervorlugten. Während er fassungslos auf den sich bietenden Anblick starrte, bemerkte Matt, dass Alans Augenlider sich leicht bewegten. Er lebte noch.

Matt überprüfte, ob der Mann verletzt war, dann hob er ihn vorsichtig hoch. Er trug ihn aus der Garage ins Freie und hielt einen Augenblick inne, um seine Lunge mit frischer Luft zu füllen. Er hatte einige der Dämpfe eingeatmet, aber hoffentlich nicht so viel, um ernsthafte Schäden davonzutragen. Kohlenstoffmonoxid war tödlich und weiß der Himmel, wie lange Alan Worth den Dämpfen in seiner Garage ausgesetzt war. Matt kniete sich neben den Mann und prüfte, ob er atmete. Er war erleichtert, als er einen schwachen Puls im Hals des Mannes fühlen konnte. Er rief den Notarzt. Wenn Alan nur am Leben bliebe und mit ihnen würde reden können, dann hätten sie vielleicht eine Chance, herauszufinden, wer das getan hatte.

Er ließ die Tür offen, um die Garage von den Abgasen zu befreien, atmete so viel frische Luft ein, wie er konnte, und sprintete mit angehaltenem Atem wieder hinein, um den Motor abzustellen. Die Garage bot nicht nur reichlich Platz für das große Auto, sie beherbergte darüber hinaus Gartengeräte, einen Rasenmäher sowie verschiedene Aufbewahrungsbehälter. Im Innenraum entdeckte er, wie Alan Worth dem Tod ein Schnippchen geschlagen hatte – einige der Holzlatten hatten sich verzogen, und durch die Spalten fiel Licht in die Garage. Einige der giftigen Dämpfe waren entwichen. Eine große Spalte befand sich hinter einem niedrigen Regal mit Wanderschuhen, vor dem Alan gelegen hatte. Er musste sie bemerkt und seinen Kopf in ihre Nähe bewegt haben, um sauberere Luft einzuatmen. Der Killer war nachlässig gewesen. Das war keine sichere Methode, jemanden umzubringen. Matt fragte sich, warum er beim Erledigen seines Opfers nicht gründlicher vorgegangen war. Wurde er selbstgefällig? Matt musste Robyn von seinen Gedanken in Kenntnis setzen. Es war vollkommen unklar, welche Schäden Alan Worth an Lunge, Herz oder Hirn davongetragen hatte, aber wenigstens lebte er noch. Die Zeit würde zeigen, wie viel Glück er gehabt hatte.

Als einfacher Beamter im Süden Englands hatte Matt schon einmal mit einem Selbstmordopfer zu tun gehabt, das sich mit Kohlenstoffmonoxid vergiftet hatte, indem es das eine Ende eines

Schlauches am Auspuff seines Autos befestigt und das andere durch eines der Fenster gelegt hatte. Matt würde diesen Anblick nie vergessen. Die Kapillargefäße im Gesicht des jungen Mannes waren geplatzt, die Augäpfel quollen hervor, und seine Zunge war auf das Doppelte ihrer normalen Größe angeschwollen. Ihn fröstelte bei der Erinnerung. Wenigstens hatte Alan Worth so nicht ausgesehen.

Die Fahrertür des Bentleys stand weit offen. Matt zog Gummihandschuhe über, beugte sich hinein und stellte den Motor ab. Wer auch immer versucht hatte, Alan durch eine Kohlenstoffmonoxidvergiftung umzubringen, hatte seine Hausaufgaben nicht gemacht. Es waren in erster Linie ältere Fahrzeuge, die ausreichende Mengen des geruchlosen Gases ausstießen, das in kürzester Zeit tödlich sein konnte. Dieses Auto hier hatte einen Katalysator und erzeugte eine geringere Menge Kohlenstoffmonoxid als viele andere. Dieser Tatsache sowie dem Umstand, dass seine Garage nicht luftdicht war, hatte Alan vermutlich sein Leben zu verdanken. Matt konnte sich nicht erklären, wie lange der Mann wohl in der Garage gelegen hatte. Jetzt war es kurz nach halb zehn. Er konnte nicht die ganze Nacht dagewesen sein, dann wäre er längst tot.

Der Rettungswagen fuhr mit heulender Sirene ab. Matt wollte die Garage schon verlassen, als er unter dem Auto etwas Weißes blitzen sah. Er kniete sich hin, hob ein Stück Papier an einer seiner Ecken hoch und las. Sein Puls raste. Er musste Robyn anrufen, und zwar sofort.

43

Er stand lange unter der Dusche, das Wasser lief über seine Schultern und löste die Verspannung in ihnen. Er wollte für sie so gut wie möglich aussehen. Jetzt stand kaum noch etwas zwischen ihm und ihr. Schon bald würden sie zusammen sein, für immer.

Er hatte stundenlang darauf gewartet, dass der Mistkerl von seiner nächtlichen Ausgehtour zurückkam. Stunde um Stunde in der Kälte war er immer wütender geworden, bis er kaum noch einen klaren Gedanken fassen konnte. Das Hämmern in seinem Kopf war so übermächtig geworden, dass er seinen Plan fast nicht hätte in die Tat umsetzen können. Er lächelte bei der Erinnerung an Alan Worths verängstigtes Gesicht. Er hatte ihren Ehemann entsorgt, dieses miese Stück Dreck, das von ihrem Tod profitiert hatte. Wäre er ihr Mann gewesen, er wäre gegen die Eigentümer von Bromley Hall ins Feld gezogen. Er hätte sie vor Gericht gezerrt und die Bishtons ein für alle Mal ruiniert. Ihr Tod war vertuscht worden – bloß ein tragischer Unfall – und niemand war dafür zur Rechenschaft gezogen worden. Er kannte sich mit Rechenschaft aus, er hatte für all seine Verfehlungen bezahlt.

In Gedanken sprang er ein paar Jahrzehnte zurück und war wieder der Junge unter der Brücke, unter der er lebte, seit er seinen letzten Pflegeeltern davongelaufen war ...

Der riesige Kerl mit der Tätowierung am Hals versetzte ihm einen heftigen Tritt. Er rollte sich noch kleiner zusammen.

»Du stinkendes Stück Scheiße. Washassu mit meim Stoff gemacht?«

Er hielt die Tränen zurück, die ihm in die Augen schossen. Der neuerliche Schmerz in seiner Leistengegend hätte ihn fast aufschreien lassen, aber er wusste, dass es besser war, einem solchen Brutalo gegenüber kein Zeichen von Schwäche erkennen zu lassen. Er stand es durch.

»Ich hab ihn nicht. Ich hab dein Zeug nie angerührt.«

Der widerliche Schläger beugte sich über ihn und überzog ihn mit dem Rotz und Gestank aus seinem Maul. »Du verlogenes, hinterhältiges, verficktes ...« Wieder und wieder trat er ihm hart gegen Brust, Beine und Kopf. Jeder Tritt der schweren Stiefel malträtierte einen anderen Teil seines Körpers. Er fühlte sich, als wäre er voller Löcher und Beulen. Er sah den Zorn in den Augen des Mannes – den Augen eines Fixers auf der verzweifelten Suche nach einem Schuss. Sein Kumpel sah mit halbgeschlossenen Augen zu, nahm kaum Notiz von dem Überfall.

Er hörte etwas Unverständliches, bevor er einen so gewaltigen Tritt in die Nieren bekam, dass alle anderen Schmerzen wie weggeblasen waren. Der Typ wollte, dass er um Gnade winselte. Den Gefallen würde er ihm nicht tun. Sein Leben war dermaßen beschissen, was würde es schon machen, wenn es jetzt hier zu Ende ginge, hier unter der Brücke? Kein Hahn würde nach ihm krähen. Niemand würde bei seiner Beerdigung eine Träne vergießen oder ihn vermissen. Seit Wochen hatte er nichts mehr von Stacey gehört. Sie zog es wahrscheinlich vor zu vergessen, dass sie einen Bruder hatte.

Er wehrte sich nicht, trat nicht, fluchte nicht. Er lag am Boden und nahm jeden Tritt und jeden Schlag widerstandslos hin. Bald wäre er tot. Er hob sein zermatschtes Gesicht: »Los, mach schon, bring mich um. Davon kriegst du deinen Stoff auch nicht wieder.«

Der Mann hielt kurz inne. »Du hasses genomm. Wusstichs doch.«

Er spuckte einen Klumpen Blut aus. Sein ganzer Körper schrie vor Schmerzen. Nie zuvor hatte er solche Qualen erlitten. Er schaffte es, mit seinen geschwollenen, blutigen Lippen zu sprechen: »Nee, habbich nich. Dein Kumpel Raz hats. Ich habs gesehn.«

Der Mann stockte. »Schtimmt das?«

Raz schüttelte den Kopf. »Naa-in, Bruder, sowas würdich im Leben nich tun. Der Kurze is der geborne Lüchna. Er hat dein Stoff, soviel is klaa.«

»Ich bin noch ein Kind. Ich nehm keine Drogen. Du frachs den Falschn. Frach jemand, ders tut. Und wenn du mich killn willz, dann mach endlich hinne.«

Zwischen den Augen des Kerls zeichnete sich eine Furche ab, bevor von seinen prallen Lippen ein Glucksen zu hören war. »Du hass ganz schön Eier, mein Kleina, so mit mir zu redn.«

»Sie sind'n bisschen geschwollen«, antwortete er, wobei er sich mit einer Hand an den schmerzenden Unterleib fasste. Er spuckte noch mehr Blut aus. Die Stimmung war umgeschlagen. Das Treten hatte aufgehört. Sie schienen, ihn gehen zu lassen. Er setzte sich aufrecht hin. Jeder Teil seines Körpers schmerzte. Seine Rippen waren wahrscheinlich gebrochen. Er stützte sich auf die Knie und griff nach vorn, um sich aufzurichten. Da spürte er einen heftigen Schlag gegen den Hinterkopf. Einen Augenblick lang dachte er, sein Kopf sei sauber abgetrennt worden. Das war vor den Sternen und den quälenden stechenden Schmerzen. Seine Augen füllten sich und Tränen vermischt mit Blut rannen über sein Kinn auf seine verdreckte Jeans.

»Und dassis für die Lüge über mein Bruder. Der hätt nie was von mein Zeuch genomm. Wir wissn, dass dus wars. Du wolltses an Big Äitsch vatickn, abba er hat mich angerufn und mirs gesteckt. Du hass noch eine Schangs, am Lebn zu bleibn: Hol mir mein Zeuch.«

Er hatte gar nicht erst versucht, die Drogen zurückzubekommen. Er war abgehauen. Er war soweit er konnte von der Brücke *weggerannt. Jede Faser und jeder Muskel in seinem zerschundenen Körper schrie, während er lief. Er war gestolpert und gekrochen, als er unter Tränen versuchte, über den Leinpfad zu entkommen, bis er es nicht mehr aushielt. Er war zusammengebrochen. Als er wieder zu sich kam, lag er im Krankenhaus, seine Pflegeeltern standen an seinem Bett. Er wusste, dass sie ihn nicht mehr bei sich haben wollten, aber hatte nicht die Energie, sich den Kopf darüber zu zerbrechen.*

––––––

Er rieb sich geistesabwesend den Nacken. Dieser Vorfall hatte nicht nur eine Wegmarke in seiner Erinnerung hinterlassen. Er litt jetzt infolge der Verletzung an einer unheilbaren Okzipitalneuralgie. Im Lauf der Zeit hatte er zahllose Behandlungen über sich ergehen lassen müssen, um die unerträglichen Kopfschmerzen loszuwerden. Keine hatte geholfen. Ein Neurologe hat ihm Steroide und Betäubungsmittel in den Nacken gespritzt, was so schmerzhaft war, dass er fast in Ohnmacht gefallen wäre. Die Injektionen sollten die Nerven im Nacken blockieren und die Kopfschmerzen abklingen lassen, aber die Schmerzen waren nach ein paar Monaten wieder da und er hätte keine weiteren Injektionen mehr ausgehalten. Er hatte versucht, mit den Schmerzen zu leben, aber wenn sie eintraten, machten sie alle Gedanken, alles Handeln und alle Hoffnung zunichte. Manchmal waren sie so schlimm, dass er sich am liebsten den Kopf abgerissen hätte und nicht selten hatte er daran gedacht, allem ein Ende zu setzen. Aber dann kam Harriet.

Seine Gedanken kehrten zu Harriet und Alan zurück, zu diesem schwachen, feigen Ehemann, der nur allzu schnell bereit gewesen war, sich für den Verlust seiner Frau mit Geld abfinden zu lassen. Er hatte behauptet, er wolle Gerechtigkeit und sich dann mit schlappen anderthalb Millionen Pfund abspeisen lassen. Er hatte diesen läppischen Betrag, den man ihm angeboten hatte, fast schon dankend angenommen. Kein Geld der Welt könnte für

Harriets Tod entschädigen. Der Mann hätte sie vor den Kadi zerren und dafür sorgen müssen, dass ihr Laden dem Erdboden gleichgemacht wird, damit sich so ein Unfall wie dieser nie wiederholt. Die Verantwortlichen müssten heute noch im Knast sitzen, ereiferte er sich.

Alan Worth hatte am eigenen Leib erfahren, dass Geld kein Glück brachte. Er lächelte bei der Erinnerung daran, wie er seinem Opfer das Geld in den Mund gestopft hatte. Alan schuldete seiner Frau eine Menge, aber hallo, und jetzt hatte er seine Rechnung beglichen. Er hoffte, dass der Mann noch bei seinem letzten Atemzug daran gedacht hatte.

Er schluckte ein paar Tabletten ohne Flüssigkeit herunter und warf der Wand, von der aus sie über ihn wachte, eine Kusshand zu. Er sann betrübt darüber nach, dass Geld einem weder Glück bringt noch die, die man liebt.

44

»Ich bedaure es sehr, Mr. Dawson, es ist nur zu Ihrer Sicherheit.«
Nach dem Vorfall mit Alan Worth war es ihr gelungen, Mulholland davon zu überzeugen, dass Scott Schutz brauchte.

»Wie viele zusätzliche Beamte werden Sie benötigen?«
Mulholland hatte am Telefon ziemlich genervt geklungen. »Ich habe damit so lange kein Problem, wie Sie überzeugt sind, dass die Annahme, der Mann sei in Gefahr, begründet ist. Ich muss das mit Jackson klären und brauche ein überzeugendes Argument dafür, Beamte von ihren Aufgaben abzuziehen, um für Hinz und Kunz Babysitter zu spielen.«

Superintendent Jackson war ein übergewichtiger Mann mit Bluthochdruck, der zuweilen an die Decke ging, wenn er sich über etwas aufregte.

»Für den Anfang wäre einer genug. Wir versuchen, Lord Bishton zu erreichen, um ihm zu raten, seine Reisepläne zu ändern. Es wäre besser, wenn er zum jetzigen Zeitpunkt nicht kommen und seine Teilnahme an dem Jagdball absagen würde. Wenn er darauf besteht dabei zu sein, brauche ich vielleicht mehr.«

Ihr Tonfall machte keinen Hehl daraus, dass Mulholland

darüber nicht erfreut war, aber sie gab dem Ersuchen statt und hängte ein.

Scott war noch immer geschockt. Er saß in seinem Büro auf dem Schreibtisch, die Hände auf den Oberschenkeln. »Ich kann nicht so einfach verschwinden. Wenn ich längere Zeit nicht da bin, riskiere ich meinen Job. Ich trage hier die Verantwortung.« Er machte eine Pause, offenbar wurde ihm der Ernst der Lage bewusst. »Was ist mit meiner Familie, mit Alex und George? Sind sie nicht auch in Gefahr? Sie müssten an einen sicheren Ort gebracht werden.«

»Ich bin sicher, die Geschäftsleitung hat Verständnis dafür.«

»Nein, Sie verstehen das nicht. Ich soll dauerhaft zum Geschäftsführer befördert werden. Es wäre eine große Veränderung in meinem Leben, wenn ich die Stelle als Geschäftsführer bekomme, Schluss mit der Unsicherheit und mehr Geld. Ich kann jetzt nicht weg, aus welchem Grund auch immer.«

»In diesem Fall werden wir sicherstellen, dass rund um die Uhr ein Beamter vor Ihrer Tür steht. Zu Ihrem Schutz. Aber möglicherweise würden Sie sich besser fühlen, wenn Ihre Frau und Ihr Sohn fürs Erste nicht zu Hause bleiben. Dann hätten Sie eine Sorge weniger. Wie wäre es mit einem spontanen Besuch bei Verwandten?«

Scott rieb sich das Kinn, sein Blick schweifte durch das Büro. »Ich rufe Alex an. Aber auch wenn sie einverstanden ist, ich kann nicht nach Hause.«

»Ein Beamter wird die ganze Zeit Wache halten. Es kann nichts passieren.«

Er ließ die Augen auf Robyn ruhen und sie konnte die große Besorgnis in ihnen sehen. »Ich kann nicht nach Hause, weil ich rausgeworfen wurde. Wir hatten gestern einen Mordsstreit und Alex will die Scheidung. Ich habe versucht, vernünftig mit ihr zu reden, aber sie will davon nichts wissen. Also, wie Sie sehen, brauche ich diesen Job. Bald werde ich weder Haus noch Familie haben. Ich werde ganz von vorne anfangen müssen.«

Sie dachte, er würde anfangen zu weinen, stattdessen gab er

ein schnaubendes Geräusch von sich und straffte seinen Rücken. »Ich hatte vor hierzubleiben, bis ich etwas Dauerhaftes gefunden habe. Wir haben ein paar freie Zimmer.«

Er verlor die Kontrolle über seine Gefühle und vergrub sein Gesicht in den Händen, Verzweiflung sprach aus all seinen Zügen, er runzelte die Stirn, und seine Augen wurden feucht. »So eine verdammte Scheiße«, murmelte er.

»Im Augenblick hat Ihre Sicherheit für uns oberste Priorität, Mr. Dawson. Welches Zimmer werden Sie nehmen?«

»Die Zwölf. Im obersten Stockwerk.«

»Anna, würden Sie vor der Tür Position beziehen? Vielleicht kann Mr. Dawson Ihnen eine bequeme Sitzgelegenheit organisieren.«

»Sicher, kein Problem.«

Scott stieß sich von seinem Schreibtisch ab. »Ich besorge einen Sessel.« Er trottete wie im Traum hinaus und ließ die beiden Beamtinnen mit Mitz zurück.

»Danke, Anna.«

»Kein Problem. Ich habe meinen Hund für ein paar Tage bei meiner Mutter gelassen. Ich habe mir gedacht, dass dieser Fall eine langwierige Angelegenheit wird. Der Hund ist begeistert. Er wird dort tierisch verwöhnt.«

Robyn wandte sich an ihre Kollegen: »Ich fürchte, der Killer geht ziemlich schnell vor – fast jeden Tag ein Mord. So etwas habe ich noch nie erlebt. Uns rennt die Zeit davon. Wenn ich mit Miles richtigliege, ist nur noch eine weitere Rechnung offen. Bisher hat er Rory, Linda und Jakub ermordet und es bei Alan versucht. Bei zweihundertfünfzigtausend Pfund je Rechnung hat er das Ziel von anderthalb Millionen, die Alan Worth als Wiedergutmachung erhalten hat, fast erreicht, weswegen wir davon ausgehen können, dass er mit seiner Mordserie so gut wie durch ist. Aber ich weiß noch immer nicht, wie wir ihn zur Strecke bringen können.« Sie hasste das Gefühl zu verlieren. Der Killer war ihnen nach wie vor stets einen Schritt voraus.

Mitz hatte stumm auf seinen Pappbecher mit Kaffee gestarrt.

Schließlich ergriff er das Wort. »Ich will Ihnen nicht in die Parade fahren, Boss, aber was, wenn Miles gar nicht zu seinen Zielen gehört hat?«

Sie richtete ihren Blick auf ihn. »Dann hoffe ich, dass ich die beiden richtigen Personen unter Polizeischutz gestellt habe. Ich warte ab, ob und wann Lord Bishton sich die Ehre gibt. Ich habe ihm hinterlassen, er möchte sich bei der Dienststelle melden. Bislang hat er es nicht getan. Er ist wahrscheinlich schon auf dem Weg hierher.« Sie rief noch einmal an. »Anrufbeantworter«, sagte sie, dann sah sie auf ihr Handy und stellte fest, dass dort einige entgangene Anrufe angezeigt wurden.

Mit einem Seufzer rief sie die Nachrichten ab und verzog schon bei der allerersten das Gesicht. David war von der Journalistin Amy Walters angerufen worden. Sie habe irgendwo aufgeschnappt, dass Robyn und ihr Team hinter einem Serienmörder her seien. Sie hätte um ein Interview oder eine Erklärung für die Zeitung gebeten. Der zweite Anruf war von der Journalistin selbst, die um ein Interview bat. Sie löschte den Anruf und hörte den dritten ab. Es war Ross. Sie notierte seine Nachricht und schob ihren Block zu Mitz hinüber.

»Ross hat diese Nachricht auf einem Prepaid-Handy entdeckt, das bei den Sachen von Miles gefunden wurde. Sie ist von jemandem, den er ›JJ‹ genannt hat. Das Telefon des Absenders ist ebenfalls ein Prepaid-Gerät und momentan nicht im Netz. Was haltet ihr von den Nachrichten?«

Mitz las vor: »›Zehn Minuten. Um mehr bitte ich nicht. Du weißt, wo du mich findest. Wir treffen uns da. Okay.‹ Na, vielleicht hatte Mr. Ashbrook einen Liebhaber, der sich vor seinem Tod mit ihm verabredet hatte. Hat etwas von Verzweiflung, als sei eine Beziehung beendet worden. ›Um mehr bitte ich nicht.‹ Klingt wie ein Flehen. ›Du weißt, wo du mich findest.‹ Es gab offenbar einen bestimmten Ort für ihre geheimen Techtelmechtel.«

Annas Augen weiteten sich vor Staunen. »Könnte diese Person etwas mit seiner Ermordung zu tun haben?«

»Eine derart zweideutige Textnachricht wie diese hier beweist gar nichts. Außerdem war Miles noch am Leben, als er um dreiundzwanzig Uhr in die Sauna gegangen ist, die Nachrichten hier wurden aber um zehn nach acht geschickt.«

»Stimmt. Äh, da war ich wohl etwas voreilig.«

»Die Nachricht sagt nichts darüber, wann sie sich treffen wollten. Dort heißt es nur: ›Du weißt, wo du mich findest.‹ Sie könnten sich später am Abend getroffen haben.«

»Ich frage mich, wer die geschickt hat. Miles Ashbrook hat das Gebäude an dem Abend nicht verlassen, stimmt doch, oder?«

Mitz schüttelte den Kopf. »Er war den ganzen Abend in seinem Büro. Dafür gibt es mehrere Zeugen. Laut dem Bericht von DI Shearer wurde Miles um halb sieben beim Essen im Speisesaal gesehen, danach ist er wieder in seinem Büro verschwunden. Eines der Zimmermädchen ist kurz vor Feierabend gegen Viertel vor acht auf dem Weg zur Wäscherei an seiner Tür vorbeigekommen. Das Licht in seinem Büro brannte auch nach zehn Uhr noch. Man kann es vom Eingangsbereich des Herrenhauses aus sehen und eine der Rezeptionistinnen hat es bemerkt, als sie nach Hause gegangen ist.«

Annas dunkle Augenbrauen hoben und senkten sich. »Dann könnte es sich bei dem Absender der Nachrichten also um einen Mitarbeiter oder einen Gast handeln.«

»Oder jemand ist hergekommen, hat sich durch den Hintereingang hereingeschlichen und sich mit ihm getroffen.« Mitz zuckte mit den Schultern.

Robyn seufzte erschöpft. »Wir haben nichts in der Hand, oder? Alles, was wir wissen ist, dass Miles einen geliebten hatte. Wenn wir nur herausfinden könnten, wer ›JJ‹ ist, ich würde ihn gerne befragen, auch wenn wir im Moment Wichtigeres zu tun haben. Unser Killer ist irgendwo da draußen. Anna, bleiben Sie bei Scott im Studio, in seinem Büro, wo immer er sich aufhält, und wenn er ins Bett geht, warten Sie vor seinem Zimmer. Ich stelle sicher, dass um elf jemand kommt, um Sie abzulösen. Los, Mitz, kommen Sie.«

Draußen auf dem Parkplatz warf Robyn einen besorgten Blick

auf ihren Kollegen. »Wenn wir wieder in der Dienststelle sind, gehen Sie nach Hause. Sie sehen vollkommen fertig aus.«

»Mir geht's gut. Ich war die ganze Nacht auf den Beinen. Ich konnte nicht schlafen. Es ist eine Mischung aus diesem Fall und der Sehnsucht nach Granny Manju. Ich habe irgendwie das Gefühl, als müsste ich diesen Fall für sie lösen. Unlogisch, aber so ist's nun mal.«

»Sie wäre stolz auf Sie, weil Sie Ihre Sache wirklich gut machen. Wir werden ihn kriegen, keine Sorge.« Sie öffnete das Auto und schlüpfte auf den Fahrersitz. »Sie haben Shearers Bericht gelesen?«

Er strahlte: »Von A bis Z. Der Mann ist gründlich. Da gab es Aufstellungen aller Personen, die zu seinem Todeszeitpunkt anwesend waren, einschließlich ihrer Aufenthaltsorte. Er hat auch das Handy und das Notebook von Miles überprüft. Nirgends etwas Verdächtiges. Alles weist auf einen Unfall hin.«

»Sie sind also immer noch nicht davon überzeugt, dass Miles ermordet wurde?«

»Ich glaube, an der Sache ist mehr dran, als wir zu Anfang gedacht haben, vor allem seit wir das zweite Telefon haben, und ich wette darauf, dass mein Boss richtigliegt. Ich will, dass sie richtigliegt.«

Sie lächelte ihn an. »Das ist genau das, was ich brauche – etwas Vertrauen in meine Fähigkeit.«

Aus dem Streifenwagen rief sie Ross an.

»Ich bin an der Tanke in Watford Gap. Es ist sieben Uhr und hier ist es rappelvoll, ich musste gefühlt eine halbe Weltreise von der eigentlichen Tankstelle entfernt parken.«

»Du brichst doch wohl nicht deine Diät ab und gönnst dir ein großes Frühstück, oder etwa doch?«

»Das würde ich im Leben nicht wagen. Ich bin auf dem Weg nach London zum Hideaway-Hotel. Die Dame am Empfang wollte am Telefon nichts rausrücken. Jetzt werde ich es mit meinem Charme aus ihr herauskitzeln.«

»Und wie wir beide wissen, hast du ja ganze Wagenladungen

davon. Wenn du herausbekommst, mit wem Miles die Nacht verbracht hat, bedeutet das für mich, dass ich nicht länger Rätsel raten muss, wer dieser ›JJ‹ ist. Du kannst mir wohl gerade nicht die Liste schicken, die du von dem USB-Stick heruntergeladen hast, die mit den Leuten, die entlassen werden sollten?«

»Längst erledigt. Sie müsste in deinem Posteingang sein.«

»Du bist ein echter Profi. Allerbesten Dank dafür.«

»Immer gerne. Ich ruf dich später an. Jetzt muss ich mich wieder auf den Weg machen.«

Sie öffnete die E-Mail und ging die Liste der Beschäftigten durch, die vor der Entlassung standen. Einige waren schon weg, darunter Jakubs Frau. Sie sah, dass die Portiers, Charlie und Dan, vorgemerkt waren, dazu einige der Mitarbeiterinnen aus dem Schönheitssalon, zwei Küchenhilfen, eine der Empfangsdamen sowie überraschenderweise der Leiter des Fitnessstudios, Scott Dawson. Offenbar hatte man Scott noch nichts davon gesagt, dass er sich seine Papiere holen könne. Allerdings war es jetzt, da er der Chef des Ganzen war, weniger wahrscheinlich, dass er gefeuert wurde. Er wirkte nach wie vor wie jemand, der das Gewicht der ganzen Welt auf seinen Schultern trug.

Sie klaubte ihren Papierkram zusammen und fing damit an, die Namen der Beschäftigten aufzuschreiben, die mit Harriet Worth hätten in Kontakt gekommen sein können. Sie wollte sie am nächsten Morgen befragen. Sie durfte sich keinen Fehler erlauben. Sie musste sie nach und nach alle aus ihren Ermittlungen ausschließen können.

45

Der Eingang des Hideaway war eine unscheinbare Tür auf der rechten Seite eines Gebäudes in einer engen Fußgängerpassage, die von der Fleet Street abging. Ross erkannte den Empfangsschalter in einer Art altmodischem Wohnzimmer – klein und anheimelnd. Mit seiner polierten Holztäfelung, offenen Kaminen und echt antikem Mobiliar machte es eher den Eindruck eines Privatclubs als eines Boutique-Hotels. Eine junge Frau zwischen zwanzig und dreißig mit aschblondem kurzem Haar stand hinter dem Tresen. Er lavierte sich durch den Raum, bemüht, dessen Ausstattung keine übertriebene Beachtung zu schenken.

»Ich bin Ross Cunningham von R&J Associates. Ich habe heute bereits mit einer Frieda gesprochen.«

Die junge Frau prüfte seine Karte und seine Zulassung als privater Ermittler und machte große Augen dabei. »Sie hat momentan Pause, Sir. Ich kann sie für Sie holen. Darf ich Ihnen so lange etwas zu trinken anbieten – eine Tasse Tee oder lieber etwas Stärkeres?«

Ross nahm einen Kaffee. Das Koffein würde ihn auf der Rückfahrt wachhalten.

Er ließ sich in einen großen, in Pastelltönen gehaltenen Sessel fallen. Er fühlte sich ausgepowert. Nicht nur, dass dichter Verkehr geherrscht hatte, auch die Suche nach einem freien Platz auf einem der Parkplätze in der Nähe des Hotels war ein Albtraum gewesen. Es hatte damit geendet, dass er ziemlich weit vom Hotel geparkt und die letzte Meile der Reise zu Fuß bewältigt hatte.

Seine Überlegungen wurden durch das Eintreffen einer jungen Frau mit eisblauen Augen und schulterlangem, von einem blauen Haarband zusammengehaltenen, blonden Haar unterbrochen. Das musste Frieda sein. Sie reichte ihm ihre kühle, weiche Hand.

»Ich entschuldige mich für die Umstände, Mr. Cunningham. Aber Sie werden sicher verstehen, dass wir die Privatsphäre unserer Gäste wahren müssen.«

Ihre Stimme überströmte ihn wie ein plätschernder Wildbach. »Das tue ich, Frieda.«

»Ich habe die Anmeldeformulare hier.« Sie zog ein Blatt Papier hervor und deutete auf eine Zeile.

Ross setzte seine Brille auf. Er hatte erst kürzlich damit begonnen, sie regelmäßig zu tragen und hasste es, weil es ein Zeichen dafür war, dass er alt wurde. Er blinzelte durch sie hindurch und fand die Unterschrift von Miles Ashbrook. Die andere war unleserlich, kaum mehr als ein Gekrakel.

»Ist es das? Ich kann absolut nichts entziffern.«

»Nachdem ich mit Ihnen gesprochen habe, habe ich befürchtet, dass dem so sein könnte, deshalb habe ich an das hier gedacht und es für Sie überprüft.«

Sie reichte ihm ein großes ledergebundenes Gästebuch.

Er las die Einträge auf der Seite, die sie ihm zeigte. Beim dritten von oben stoppte er und hob erstaunt die Brauen.

»Darf ich mir davon eine Kopie machen?«, frage er.

»Gewiss, Mr. Cunningham.« Sie neigte katzenhaft den Kopf, sichtlich erfreut, geholfen zu haben.

Ross machte mit seinem Handy ein Foto von dem Eintrag und schickte es Robyn, dann rief er sie an. Sie klang angespannt.

»Ich finde keinen Zugang zu dieser Sache, Ross. Es nervt mich total. Ich fürchte, ich hätte nicht darauf bestehen sollen, diesen Fall offenzuhalten. Vielleicht hätte Shearer da mehr erreichen können als ich.«

»Unfug. Du bist müde, das ist alles. Shearer wäre in derselben Lage wie du. In Wahrheit wäre er auf der Suche nach diesem Verbrecher nicht halb so weit wie du. Na, komm schon, Robyn. Das ist doch nicht deine Art, an dir selbst zu zweifeln. Wo ist denn die brillante, von nichts und niemandem zu stoppende, DI, die ich kenne und liebe?«

Sie schwieg. Er wusste, dass sie ernsthaft über diese Frage nachdachte.

»Lass mich dein Selbstvertrauen auf Vordermann bringen. Guck in deine E-Mails. Du wirst staunen.«

Robyn starrte auf das Foto, das Ross ihr geschickt hatte, und haderte mit sich selbst. Warum hatte sie das nicht geahnt? Die gehetzten Blicke, die tiefsitzende Angst in seinen Augen und die Trennung von seiner Frau. Das Gästebuch war der Beweis, den sie gebraucht hatte, um die Identität von Miles' Geliebtem zu enthüllen.

Wir haben unser romantisches Wochenende in diesem zauberhaften Hotel ausgiebig genossen. Wir können es gar nicht nachdrücklich genug empfehlen.

Miles Ashbrook und Scott Dawson

Ob sich die beiden sicher waren, dass niemand, den sie kennen, diesen Kommentar jemals lesen würde, sei mal dahingestellt. Aber eines war zumindest ganz sicher: Miles und Scott hatten sich getroffen. Scott war in der Nacht, als Miles starb, im Herrenhaus. Sie musste sofort mit ihm sprechen. Sie rief Anna an.

»Ist Scott in seinem Zimmer?«

»Ich hab mich nicht vom Fleck bewegt, seit er zu Bett gegangen ist. Die Dame vom Empfang hat mir nen Krimi zu lesen gegeben – ist echt spannend, deshalb bin ich hellwach geblieben.«

»Können Sie ihn ans Telefon holen? Ich muss ihm ein paar Fragen stellen.«

»Wird gemacht.«

Anna legte auf. Robyn wandte sich wieder der Weißwandtafel in ihrem Büro zu. Dort hingen mehrere neue Fotografien mit Verbindungslinien und Hinweisen – ein Bild von Jakub und eines von Alan Worth, der noch auf der Intensivstation lag und den Ärzten einige Sorgen bereitete, da sie befürchteten, sein Gehirn könnte Schaden genommen haben. Sie rieb sich ihre schmerzenden Augen und starrte auf die Tafel.

Sie schrieb die Zeiten der einzelnen Angriffe auf: nachts; zehn Uhr in der Frühe; später Nachmittag; sowie in den frühen Morgenstunden. Sie nahm einen roten Filzstift und schrieb: »Der Verdächtige arbeitet zu unregelmäßigen Zeiten oder gar nicht.« Das war nicht genug, um weiterverfolgt zu werden. Sie kratzte sich den Kopf, war unschlüssig, ob sie lieber eine Runde laufen sollte oder besser nach Hause gehen, um ein Nickerchen zu machen und zu duschen. Sie dachte an den Fiat 500, der in Kings Bromley gesehen worden war, und las die Notiz von David Marker. Er hatte sich mit zahlreichen Haltern von Fiats in Verbindung gesetzt und seine Suche auf zwanzig in Staffordshire und Derbyshire eingeengt, die er noch nicht hatte erreichen können. Sie schrieb: »Fährt einen Fiat 500?« Dann fragte sie sich, wie Miles und Scott in dieses Bild passten, wobei sie gedankenverloren an die Tafel starrte.

Das Klingeln ihres Handys riss sie aus ihren Gedanken. Anna war aufgewühlt: »Er ist weg.«

»Wie kann das sein?«

»Das Badezimmer von Zimmer Zwölf hat eine Verbindungstür zu dem von Zimmer Dreizehn. Er hat sich durch Zimmer Dreizehn rausgeschlichen, es führt auf einen anderen Gang. Ich konnte gar nicht mitbekommen, dass er das Zimmer verlassen hat.«

Die Müdigkeit, die gedroht hatte, Robyn zu übermannen, war verflogen. Scott Dawson musste gefunden werden. Er war entweder ein wichtiger Zeuge in einem Mordfall oder in höchster Gefahr.

46

Mulhollands Lippen waren derart zusammengepresst, dass sie fast nicht mehr zu sehen waren. Wortlos schob sie Robyn die Zeitung zu. Die wusste schon, was in dem Artikel stand. David hatte ihn ihr gezeigt.

»Das ist mal ne Neuigkeit. Der ›Leopard von Lichfield‹ hat sich durchgesetzt, wie ich befürchtet hatte. Wo um Himmels Willen nehmen die immer diese unmöglichen Namen her und wie ist diese Amy Walters an solche Informationen gekommen?«

»Das weiß niemand. Ich habe mich umgehört.«

Sie fragte sich, ob Shearer sich hätte dazu herablassen können, der Journalistin etwas zu stecken und kam zu dem Schluss, dass er weder so heimtückisch noch so unprofessionell war. In ihrem Metier sprach man nicht inoffiziell mit Journalisten. Die schadeten häufig mehr, als sie nützten. Das hier war ein Musterbeispiel für schlechten Journalismus, ein paar Tatsachen vermischt mit Mutmaßungen und genug blutrünstigen Einzelheiten, um die Öffentlichkeit in Angst und Schrecken zu versetzen.

Sie las:

»HAT DER LEOPARD VON LICHFIELD EIN DRITTES OPFER GEFORDERT?

Eine Mordserie in der Gegend um Lichfield schockiert die Bevölkerung. Am Sonnabend, den 19., wurde der Wirt Rory Wallis (34) in seinem Pub, dem Happy Pig in Lichfield, brutal ermordet aufgefunden. Man geht davon aus, dass Wallis die Kehle durchschnitten wurde. Darauf folgte am Montag, den 21., der Mord an der Hausfrau Linda Upton (32) in Kings Bromley. Die Frau von Robert Upton und Mutter von Louis (6) wurde in ihrer Badewanne ertränkt. Freunde und Nachbarn waren erschüttert von der Nachricht. Theresa Harris, deren Tochter dieselbe Schule besucht wie Lindas Sohn, sagte: ›Die Leute haben jetzt Angst, aus dem Haus zu gehen, und auf unsere friedliche, ruhige Gemeinde ist ein Schauer der Angst niedergegangen. Ich kenne niemanden, der Linda etwas hätte antun können. Wir bleiben alle zu Hause, bis der Leopard von Lichfield geschnappt ist.‹

Am Mittwoch starb ein dritter Einheimischer, Jakub Woźniak. Er wurde Opfer eines Unfalls mit Fahrerflucht. Frau Woźniak, die ihr zweites Kind erwartet, sagte, ihr Mann sei auf dem Heimweg von der Arbeit gewesen, als er von einem Wagen angefahren und getötet wurde. Könnte allein schon aufgrund der Tatsache, dass auch er heimtückisch und ohne Spuren zu hinterlassen, niedergestreckt wurde, zwischen diesem dritten Todesfall und den Taten der Person, die allgemein der Leopard von Lichfield genannt wird, eine Verbindung bestehen?

Auch wenn keine Bestätigung dafür vorliegt, dass die Todesfälle miteinander zusammenhängen, wurde DI Robyn Carter von der Polizei in Staffordshire an allen drei Tatorten gesehen, was zu der Annahme führt, dass es eine Verbindung geben muss. DI Carter stand für einen Kommentar nicht zur Verfügung.«

Der Artikel war garniert mit einem wenig schmeichelhaften Foto von Robyn, auf dem sie ausgemergelt und besorgt aussah. Es war vor dem Happy Pig aufgenommen worden.

Mulholland fixierte sie. »Ich muss Ihnen ja wohl nicht sagen, dass das das Letzte ist, was wir brauchen können.«

»Da stimme ich Ihnen zu und ich kann Ihnen versichern, dass niemand aus meinem Team mit Amy Walters gesprochen hat. Wir haben alle ohne Unterlass an diesem Fall gearbeitet.«

»Robyn, ich kann Ihnen gar nicht sagen, unter welchem Druck ich in dieser Angelegenheit stehe. Wir können es uns nicht leisten, dass jeder in Staffordshire befürchtet, von dieser Person umgelegt zu werden. Man hat mir aufgetragen, heute Nachmittag eine Pressekonferenz abzuhalten, um die Öffentlichkeit zu beruhigen und zu erklären, dass keine Gefahr besteht.« Louisa hasste es, vor der Kamera zu stehen. Robyn wusste, worauf das Gespräch hinauslief. »Ich habe um drei einen Termin und möchte, dass Sie mich vor der Presse vertreten.«

Sie verabscheute Pressekonferenzen noch mehr, als Louisa es tat. »Habe ich denn eine Wahl?«

»Nein. Machen Sie's kurz. Bleiben Sie sachlich und versuchen Sie, diesen albernen Namen, ›der Leopard von Lichfield‹, loszuwerden.«

Robyn war am Tiefpunkt angelangt. Sie hatte nichts, das sie der Presse sagen konnte, und Scott Dawson war immer noch verschwunden. Als sie an Shearers Tür vorbeikam, dachte sie, sie sollte wenigstens versuchen, eine Brücke zu ihrem Kollegen zu schlagen. Shearer schrieb mit zwei Fingern. »Kein Wort, bitte. Ich kann mit zwei Fingern genauso schnell tippen wie andere mit allen.«

»Ich bin nicht gekommen, um Nickeligkeiten auszutauschen. Ich bin hier, weil ich Ihnen erzählen wollte, dass ich herausgefunden habe, dass Miles Ashbrook eine Affäre mit Scott Dawson hatte.«

Shearer zog die Augenbrauen hoch. »Na, das is ja ma'n Ding.«

»Sie haben eine gemeinsame Nacht in einem Hotel in London verbracht und hatten Prepaid-Handys, um ihren Kontakt geheim zu halten.«

»Und warum erzählen Sie mir das? Trage ich ein Priestergewand? Sieht das hier etwa aus wie ein Beichtstuhl?«, fragte er, wobei er mit dem Arm durch das leere Büro schwenkte.

»Lassen Sie die Sticheleien, Tom. Ich sitze so tief in der Scheiße, dass ich es selbst riechen kann, und ich bin gekommen, um mit Ihnen reinen Tisch zu machen. Miles Ashbrook war Ihr Fall, bis ich einige Informationen dazu erhalten habe, denen ich nachgehen musste. Ich habe Ihnen meine Bedenken hinsichtlich Ashbrooks Tod vorgetragen und Sie haben mich nicht anhören wollen, also blieb mir nichts anderes übrig, als mich der Sache selbst anzunehmen.«

Shearers durchdringende Augen beobachteten sie aufmerksam.

»Mulholland ist stinksauer wegen der dürftigen Ermittlungsergebnisse in den Mordfällen und ich kann nicht behaupten, dass ich ihr das verübele. Und, was es noch schlimmer macht, ich habe mich auf einen Nebenpfad begeben und mich mit dem Tod von Miles Ashbrook beschäftigt, weil ich eine Verbindung finden wollte zwischen ihm und den Mordfällen, in denen ich ermittle.

Mir wurden persönliche Sachen von Ashbrook übergeben, darunter eine Quittung für eine Übernachtung in einem Hotel in London, ein Prepaid-Handy und ein USB-Stick. Ich hätte Ihnen das sagen oder sie Ihnen übergeben müssen, stattdessen habe ich in der Sache selbst ermittelt. Es fanden sich Nachrichten auf dem Handy, die darauf hindeuten, dass Ashbrook sich in der Nacht seines Todes mit seinem Liebhaber getroffen hat. Momentan kann ich deren Bedeutung nicht einschätzen und fürchte, dass ich mich gründlich verrannt habe. Ich habe aus den Augen verloren, was das Wichtigste war – den Killer zur Strecke zu bringen. Ich hatte den Verdacht, Miles könnte von derselben Person umgebracht worden sein, die auch Rory Wallis und Linda Upton getötet hat.«

»Dem Leoparden von Lichfield?«

Sie seufzte tief. »Ich wünschte, Amy hätte ihm diesen ›Künstlernamen‹ nicht verpasst. Er verleiht ihm einen Status, den er mit Sicherheit nicht verdient hat.«

»Nur fürs Protokoll. Mir tut das auch leid. Ich habe keine Zeit für diese vermaledeiten Reporter, die nur Mist verzapfen.«

»Danke. Aber wie dem auch sei, ich frage mich, ob der Versuch, den Killer mit dem Tod von Miles in Verbindung zu bringen, nicht vielleicht andere das Leben gekostet hat. Um zum Schluss zu kommen, wir haben Scott letzte Nacht im Herrenhaus unter Schutz gestellt und er ist uns entwischt. Ich fürchte, er könnte der Nächste sein.«

»Haben Sie versucht, sein Auto zu lokalisieren?«

Sie nickte. »Keine Spur von ihm und wir haben mit allen gesprochen, von denen wir wissen, dass sie ihn kennen. Wo könnte er hingegangen sein, Tom? Wohin würden Sie gehen, wenn Sie auf der Flucht wären und Angst hätten?«

»Irgendwohin, wo es abgeschieden ist oder wo ich mich sicher fühle – Verwandte, nahestehende Personen?«

»Die, denen er nahesteht, haben ihn rausgeworfen. Seine Frau will die Scheidung.«

Shearer lehnte sich auf seinem Stuhl zurück. »Na, dann hoffe ich mal, dass seine einvernehmlicher verläuft als meine.«

»Auf alle Fälle wollte ich mich dafür entschuldigen, dass ich den Fall Ashbrook weiterverfolgt habe. Ich hätte Sie wissen lassen müssen, woran ich gearbeitet habe.«

»Schon okay. Ich muss mich auch entschuldigen dafür, dass ich Mulholland da mit reingezogen habe. Da habe ich über das Ziel hinausgeschossen. Ich war an dem Tag irgendwie neben der Spur.«

»Schwamm drüber.«

»Robyn, wir stehen alle auf derselben Seite, auch wenn es

manchmal nicht so aussieht. Wir wollen alle dasselbe – Ergebnisse.«

»Wenn Sie schon so großherzig sind, hätten Sie nicht vielleicht Lust, mich auf der Pressekonferenz zu vertreten? Mulholland hat einen Termin.«

Tom grunzte. »Nicht für Geld und gute Worte. Das ist nun wirklich Ihre Angelegenheit. Und ich glaube, ihr Termin dürfte eher ein Vorstellungsgespräch sein.«

»Echt?«

»Ziemlich sicher.«

Sie hob zum Abschied eine Hand und ging. Sie war sich nicht sicher, ob sie mit Shearer jetzt wirklich im Reinen war oder ob er nur so tat, um seine eigene Karriere voranzutreiben. Das war die Sache mit Tom – man wusste nie, woran man bei ihm war.

47

Er wartete draußen auf Scott Dawson. Der Mann kam später als gewohnt. Er hätte mindestens eine Stunde eher los sollen. Seine Geduld zahlte sich jedoch aus, denn jetzt huschte Scott, die Schlüssel in der Hand, zu seinem Auto, sah sich um, sprang hinein und fuhr davon.

Er hatte lange und angestrengt darüber nachgedacht, wie er Scott am besten töten könnte und war schließlich auf die ideale Methode gekommen, aber der elende Mistkerl war unberechenbar und hatte sich nicht an seine üblichen Abläufe gehalten, weshalb er seine Pläne ändern musste. Es war einfach gewesen, seine anderen Opfer zu überwältigen, aber Scott Dawson war ein Ass in Jiu-Jitsu, der könnte ihn mit einem einzigen gezielten Schlag oder Tritt außer Gefecht setzen. Er hatte zwar das Überraschungsmoment auf seiner Seite, aber das würde nicht viel helfen, wenn Scott wie die anderen begänne, um sein Leben zu kämpfen.

Sein neuer Plan war einfach. Er würde darauf warten, dass Scott Feierabend machte, und ihm folgen. Die dunklen engen Straßen waren perfekt für das, was er vorhatte. Er würde seine Scheinwerfer ausschalten und langsam auf Scotts Wagen auffahren, dann würde er voll aufblenden. Scott wäre durch das plötzliche Licht gleichzeitig erschreckt und geblendet und würde entweder von der Straße abkommen oder abbremsen – was auch immer, er würde aus dem Auto steigen, um den Schaden zu begutachten, oder um herauszufinden, was passiert war. An dieser Stelle würde er sich zu erkennen geben und den unbeholfenen Trottel spielen, der sich wortreich bei Scott entschuldigen, damit dieser keinen Verdacht schöpfte. Er würde anbieten, für den Schaden aufzukommen und sich auf Scott zubewegen. Dann würde er zuschlagen. Der Zimmermannshammer lag auf dem Beifahrersitz. Ein Schlag auf die Schläfe, mehr wäre nicht nötig – das oder ein Frontalangriff, wie ein echter Leopard. Er lächelte über seinen neuen Namen – der Leopard von Lichfield. Er war sich in seinem ganzen Leben noch nie so bedeutend vorgekommen. Harriet wäre stolz auf ihn.

Scott fuhr nicht dieselbe Strecke wie sonst. Stattdessen kreuzte er die A515 und blieb auf Nebenstraßen, die nach Uttoxeter führten. Vor Ratlosigkeit seufzte er tief und zuckte die Achseln. Immerhin fuhr Scott wenigstens auf einer Landstraße, die um diese Zeit kaum befahren war. Sie waren kurz vor dem Waldgebiet von Marchington, das sich über drei Meilen hügeliges Land mit großen bewaldeten Flächen erstreckt. Dort befanden sich größtenteils Bauernhöfe und Grundstücke in entlegener ländlicher Umgebung und es würde nicht einfach, an Scott dranzubleiben, ohne die Scheinwerfer zu benutzen.

Er musste schnell handeln. Er fuhr dichter auf seine Beute auf, bevor er die Scheinwerfer auf einem Stück gerader Strecke ausschaltete und sich nur an dem Lichtstrahl orientierte, der von Scotts Wagen ausging. Plötzlich kamen wie aus dem Nichts von links die Scheinwerfer eines anderen Fahrzeuges, das einen Weg herunterfuhr und, ohne seinen Wagen zu sehen, vor ihm in die Landstraße einbog und in seiner Richtung weiterfuhr. Er fluchte laut. Er hatte seine Chance verpasst. Jetzt fuhr Scott mit seinem Toyota RAV 4 vor dem Fremden.

Er begann zu schwitzen. Er war kurz verwirrt, dann überlegte er, wie er die Situation noch retten konnte. Klar war, dass er nichts unternehmen konnte, solange der andere Wagen vor ihm war. Er schaltete das Abblendlicht ein und folgte ihm in der Hoffnung, er würde bald abbiegen. Er konnte Scott jetzt kaum noch sehen. Er schlug auf sein Lenkrad ein und schrie das Auto vor sich an, es solle hinmachen. Der Frust erreichte seinen Höhepunkt, als er Scotts Wagen nicht mehr sehen konnte. Da blinkte das Fahrzeug vor ihm und wurde langsamer, um in eine Einfahrt einzubiegen. Es dauerte eine Ewigkeit, bis der Fahrer die Kurve genommen hatte und in dieser Zeit steigerte sich seine Wut immer weiter. Er überzog den ahnungslosen Fahrer mit einem Schwall von Beleidigungen und wenn er nicht hinter Scott her gewesen wäre, hätte er den Kerl aus seiner Karre auf die Straße gezerrt und auf der Stelle totgetreten. Er gab Gas, unablässig brabbelnd und schimpfend. Die Straße vor ihm war leer. Er raste Richtung Marchington, aber der Toyota war nirgends zu sehen. Er heulte vor Zorn. Scott war ihm entwischt.

48

Robyn betrachtete sich im Spiegel und zog ihr schwarz-weiß kariertes Halstuch glatt. Sie erkannte die bärbeißig dreinschauende Frau im Spiegel mit ihren hervorstehenden Wangenknochen und den dicken Tränensäcken unter den Augen kaum wieder. Ihr ganzes Team hatte denselben leeren Blick. Dieser Fall machte ihnen allen zu schaffen. Vor dem Revier hatte sich eine kleine Gruppe Presseleute versammelt. Sie wusste, was sie ihnen sagen würde – so wenig wie möglich.

Die Sonne strahlte hell, weswegen sie blinzeln musste, als sie vor das Gebäude trat. Sie konnte sich die Fotos schon vorstellen, die man von ihr veröffentlichen würde, die Brauen zusammengezogen und das Gesicht gegen das helle Licht zu einer Grimasse verzogen. Sie räusperte sich und begann. Sie sprach beherrscht und mit einer Selbstsicherheit, die sie nicht empfand. »Ich kann bestätigen, dass wir die Tode von drei Menschen aus dem Raum Lichfield untersuchen. Derzeit befinden wir uns bei unseren Ermittlungen auf der Suche nach einer oder mehreren unbekannten Personen. Ein im Fernsehen ausgestrahlter Fahndungsaufruf hinsichtlich des Todes von Rory Wallis hat mehrere Spuren geliefert, denen nachgegangen wird. Wir bitten die Öffentlichkeit, Ausschau nach einem silbernen Fiat 500 mit 2014er Kennzeichen zu halten. Auf der Heckscheibe könnte sich ein Aufkleber mit der Aufschrift ›I Love Westies‹ befinden. Wenn Ihnen ein solches Fahrzeug gehört, oder sie jemanden kennen, der so ein Auto hat, melden Sie sich bitte bei uns, damit wir die betreffende Person von unseren Ermittlungen ausschließen können. Lassen Sie mich betonen, dass die Öffentlichkeit nach unserem Dafürhalten nicht in Gefahr ist, weswegen wir Sie alle bitten, Ruhe zu bewahren. Vielen Dank für Ihre Aufmerksamkeit.« Sie musterte alle mit unterkühltem Blick.

Ein Journalist unmittelbar vor ihr meldete sich zu Wort. »Gareth Taylor, Staffordshire Newsletter. Heißt das, dass nur bestimmte Personen gefährdet sind und Sie wissen, um wen es sich dabei handelt?«

»Nach meinem Dafürhalten ist die Öffentlichkeit nicht gefährdet«, wiederholte sie.

»DI Carter, suchen Sie einen Serienmörder?«

Sie hatte diese Frage erwartet. Sie wandte sich direkt an den jungen Mann, der ein Mikrofon mit dem Emblem eines örtlichen Rundfunksenders hochhielt. »Wir untersuchen jeden Fall gesondert und wenn wir feststellen, dass es einen Zusammenhang gibt, dann fahnden wir nach einem Verdächtigen. Vielen Dank. Keine weiteren Kommentare.«

Robyn bemerkte Amy Walters, die mit einem durchtriebenen Lächeln im Gesicht etwas abseitsstand. Robyn wandte sich zum Gehen und überhörte die Flut von Fragen, die über sie hereinbrach. Als sie gerade im Gebäude verschwinden wollte, hörte sie Amy Walters rufen. »DI Carter, können Sie bestätigen, dass der Mörder bei jeder der Leichen einen Zettel hinterlassen hat?«

Den Arm an der Tür drehte sie sich schnell um. Wie zum Teufel, war dieses Frau an derart vertrauliche Informationen gekommen? »Kein Kommentar, Ms. Walters. Das sind laufende Ermittlungen und ich bin nicht befugt, Informationen preiszugeben, durch die diese gefährdet werden könnten.«

Sie drückte die Tür auf und ging in das Dienstgebäude, im Flur hielt sie an und atmete tief durch. Sie hatte es versaut. Ihre

Reaktion war genau das, was Amy Walters als Bestätigung für die Existenz der Rechnungen gebraucht hatte. Sie stürmte in ihr Büro und rief bei der Lichfield Times an. »Sagen Sie Amy Walters, sie soll mich sofort zurückrufen.« Sie knallte das Telefon auf die Basisstation und rannte kreuz und quer durch den Raum, von Zeit zu Zeit hielt sie inne und starrte auf ihre Weißwandtafel. Irgendwer hatte Amy von den Zetteln erzählt. Es war höchst unwahrscheinlich, dass jemand aus ihrem Team etwas gesagt hatte. Sie vertraute allen bedingungslos. Es gab nur eine einzige weitere Person, die ihr diese Information hätte geben können und das war der Mörder selbst.

Das Telefon klingelte und sie riss es förmlich vom Schreibtisch. »Carter«, blaffte sie. Es war Matt.

»Boss, ich habe mit Freundinnen und Freunden von Harriet Worth gesprochen und bin auf etwas überaus Interessantes gestoßen – Harriet hatte einen Stalker. Laut einer ihrer Freundinnen, Lulu Howard, machte sich Harriet Sorgen wegen eines Mannes, mit dem sie Bekanntschaft geschlossen hatte, und der mit seinem Hund am Stowe Pool, einem kleinen Stausee in der Nähe der Kathedrale von Lichfield, spazieren ging. Sie hat seinerzeit nur einen Steinwurf entfernt in Cathedral Rise gewohnt und ist fast jeden Morgen dort gelaufen. Einmal war der Hund des Mannes nicht angeleint und ist weggelaufen. Sie hat geholfen, ihn wiederzufinden und danach hat der Mann sie jedes Mal angesprochen, wenn er sie gesehen hat.

Anfangs dachte sie, er wäre bloß freundlich und sie hielt ab und zu an, um mit ihm zu plaudern. Eines Tages kam er dann ohne seinen Hund in den Park, es stellte sich heraus, dass das Tier gestorben war und er war so durcheinander, dass sie ihn auf einen Tee in ein Café eingeladen hat, damit er wieder zur Ruhe kam. Danach hat er ihr jeden Tag aufgelauert und versucht, sie in ein Gespräch zu verwickeln, also hat Harriet aufgehört, morgens zu laufen, um ihm nicht zu begegnen. Sie hat Verdacht geschöpft, als er jeden Tag an derselben Stelle auftauchte, egal um welche Zeit sie trainieren ging. Sie fing an, sich Sorgen zu machen und suchte

Rat bei Lulu und Linda, als sie sich bei einem Volkslauf trafen. Der Mann hatte ihr gestanden, dass er verrückt nach ihr sei und das habe ihr Angst gemacht. Lulu und Linda haben ihr beide geraten, ihrem Ehemann davon zu erzählen und den Kerl anzuzeigen. Harriet wollte nicht, dass Alan auf falsche Gedanken kommt, möglicherweise dachte er ja, sie hätte ihn betrogen. Nach dem Wellnesswochenende hatte sie vor, es ihm zu erzählen.«

»Du hast nicht zufällig auch den Namen dieses Mannes, oder?«

»Lulu wusste ihn nicht. Sie konnte sich nur daran erinnern, dass der Mann einen West Highland-Terrier namens Alfie hatte. Aber leider keine Beschreibung von dem Mann. Ich habe noch einen Termin mit einer von Harriets Freundinnen.«

»Danke, Matt. Wir sprechen uns später.«

Es war nur ein weiteres Teilchen in ihrem Informationspuzzle, aber sie vermerkte es auf der Weißwandtafel. Der Mann hatte einen West Highland-Terrier, und der Fiat 500, nach dem sie suchten, hatte einen Aufkleber mit ›I Love Westies‹. Das konnte doch kein Zufall sein.

Wieder klingelte das Telefon. Diesmal war es Amy Walters.

»Wer hat Ihnen das von den Zetteln erzählt, Amy?«

»Es waren also Zettel bei den Leichen?«

»Spielen Sie keine Spielchen mit mir. Sie wissen, wie unprofessionell das war, damit auf der Pressekonferenz aus dem Gebüsch zu kommen. Wer hat es Ihnen verraten?«

»Ich kann meine Quelle nicht preisgeben, DI Carter.«

Robyn spürte Wut in sich aufsteigen. »Amy, das ist nicht irgendein Spiel. Sie wollen eine Story, ich gebe Ihnen eine – aber erst, wenn die Ermittlungen abgeschlossen sind. Ich kann keine Menschenleben gefährden, nur damit Sie Ihren Exklusivbericht bekommen. Also, wer hat Ihnen die Information gesteckt?«

»Sie geben mir den Leoparden von Lichfield exklusiv?«

Sie zuckte bei dem Namen zusammen. »Nur, wenn Sie mir Ihre Quelle nennen.«

»Ich zeichne dieses Gespräch auf, DI Carter, Sie sollten also besser zu Ihrem Wort stehen.«

Im Geist verwünschte sie diese Frau. »Ich warte.«

Amys Stimme klang triumphierend. »Es war der Leopard. Er hat gestern Nachmittag um zehn nach vier angerufen.«

»Und haben Sie nicht daran gedacht, mir das zu sagen?«

»Ich sage es Ihnen doch jetzt.«

»Amy, wenn er sich wieder meldet, rufen Sie mich sofort an. Zeichnen Sie das Gespräch auf. Haben Sie das letzte mitgeschnitten?«

»Es kam aus heiterem Himmel, ich war nicht darauf vorbereitet. Ich glaube nicht, dass er wieder anruft.«

»Wie kommen Sie darauf?«

»Er hat gelacht und gesagt, ich solle ihn nicht für so blöd halten, dass er seine eigenen Pläne durchkreuzen würde, indem er nochmal anruft.«

»Hat er sonst noch etwas gesagt?«

»Er hat sich für seinen neuen Namen bedankt und gesagt, er sei sehr zufrieden damit, dann hat er gebrüllt wie eine Raubkatze und aufgelegt.«

Sie war in Rage. Diese Frau hatte mit dem Killer gesprochen, ohne ihr davon zu erzählen. »Das Zurückhalten von Beweisen ist eine Straftat.«

»Aber ich habe nichts zurückgehalten, DI Carter. Ich habe Ihnen alles bereitwillig gesagt. Und jetzt freue ich mich auf ein Exklusivinterview mit Ihnen. Sie haben ja meine Nummer.«

Robyn musste sich beherrschen, nicht laut zu werden. Sie wusste, die Journalistin versuchte, Sie aus der Reserve zu locken. »Ich muss Sie um Ihr Handy bitten. Wir werden versuchen, den Anruf zurückzuverfolgen. Ich schicke jemanden vorbei, um es abzuholen.«

Amy verstummte. »Und wie soll ich ohne mein Handy arbeiten?«

»Sie werden das Festnetz nutzen müssen. Seien Sie froh, dass ich Ihnen das Leben nicht noch schwerer mache. Ein Beamter wird bald bei Ihnen sein.«

Sie knallte das Telefon auf die Station. Verfluchtes Pack! Amy Walters hatte alles noch komplizierter gemacht und sie hatte eingewilligt, ihr ein Exklusivinterview zu geben, wenn der Fall gelöst war. Mulholland würde alles andere als begeistert sein.

49

Schweiß lief ihm den Hals hinunter und sammelte sich zwischen seinen Schulterblättern. Er war echt beschissen drauf. Sein Kopf fühlte sich an, als würde jemand mit einem Bohrer durch seine Schädeldecke in sein Gehirn eindringen und er wollte nur, dass es endlich aufhörte. Mit zitternden Händen griff er nach seinen Tabletten und warf vier davon ohne Flüssigkeit ein, das Doppelte der empfohlenen Dosis.

Er machte diese verfluchten Kopfschmerzen dafür verantwortlich, dass er Scott Dawson am Vorabend verloren hatte. Sein perfekt ausgeklügelter Plan war im Eimer und im Augenblick hatte er wegen der quälenden Schmerzwellen in seinem Kopf nicht die Kraft, über einen neuen nachzudenken. Er rollte sich zu einer Kugel zusammen und wartete darauf, dass die Schmerzen nachließen.

Sein Schlaf war durchzogen von albtraumhaften Szenen aus seiner Kindheit und eingekugelt daliegend nahm eine davon in seiner Erinnerung Gestalt an ...

———

Er schlief im Heim in einem Zimmer, das er mit drei anderen Jungen teilte. Stacey war in einem anderen Zimmer im Untergeschoss zusammen mit zwei Mädchen. Sie hatte sich im Heim besser eingelebt als er und er konnte den Abgrund spüren, der sich zwischen ihnen auftat, als sie sich immer enger mit den Mädchen anfreundete. Ihm fiel es schwerer, Freunde zu finden. Eigentlich hatte er nie welche gehabt. Die anderen Jungen nannten ihn einen Freak. Hochaufgeschossen wie er war, überragte er sie um ein gutes Stück, aber der Grund für ihre Beschimpfungen war sein linkes Ohr, das größer war als das rechte und dazu missgebildet.

Im Zimmer war es stockdunkel als er aufschreckte. Die anderen standen um sein Bett herum und ehe er reagieren konnte, zerrten sie ihn von seinem Laken und bugsierten ihn zu den Duschen, halb trugen und halb zogen sie ihn. Dort angekommen drängten sie ihn in eine der Toiletten und drückten seinen Kopf in das mit Exkrementen und Urin gefüllte Kloschüssel. Sie hielten seinen Kopf so lange in dieser elenden Brühe fest, bis er dachte, er würde ertrinken. Schließlich zogen sie den Kopf hoch und ließen ihn Luft schnappen, dabei lachten sie sich halbtot. Sie drückten seinen Kopf wieder herunter und betätigten die Spülung. Er spürte, wie die Fäkalien sein Gesicht umspülten, ihm in Nase und Ohren liefen und an seinen Haaren hängen blieben. Er musste würgen. Plötzlich wurde der Druck gelockert und er riss seinen Kopf hoch, atmete ein und übergab sich.

Die Jungen lachten ihn aus, weil er in dieselbe Kloschüssel kotzte, in die sie ihn hineingestopft hatten.

»Große Ohren, kleiner Schwanz«, riefen sie im Chor.

Sie ließen ihn weinend und mit stinkenden Haaren auf dem Fußboden zurück. Nach einer Weile fing er sich wieder und stieg in die Dusche, wo er eine Stunde lang unter brühend heißem Wasser stand, bis er den widerlichen Gestank nicht mehr in der Nase hatte.

Drei Wochen später kam es in dem Heim zu einem Brand, der im Schlafraum der Jungen ausgebrochen war. Offenbar hatten die drei Jungen getrunken und geraucht. In angetrunkenem Zustand musste einer von ihnen seine Zigarette nicht richtig ausgedrückt haben, sodass diese sein Bettzeug in Brand gesetzt hatte, während er schlief. Die anderen Jungen waren von dem Rauch überrascht worden und hatten es nicht zusammen mit den Mädchen nach draußen geschafft. Bis auf einen. Schwarz vom Rauch hatte er geschluchzt und gejammert, er habe versucht, sie davon abzuhalten. Er hätte sie gewarnt, sie sollten nicht trinken, aber sie hätten ihm gesagt, er solle die Klappe halten. Er war viel jünger als sie. Sie hätten ihm gedroht und gesagt, er solle bloß niemandem von ihrem Treiben erzählen. Es sei nicht das erste Mal gewesen, sagte er der Polizei. Er sei aufgewacht, als das Feuer ausgebrochen sei und habe versucht, seine Freunde zu retten, aber er sei erst zehn und hätte sie nicht aus ihren Betten ziehen können. Also sei er nach unten gelaufen und hätte an die Tür des Mädchenzimmers geklopft, um wenigstens sie zu retten. Er erhielt eine Belobigung für seine Tapferkeit. Es kam weder heraus, dass er die Zigaretten mitgebracht und den Whisky gestohlen hatte, von dem seine Zimmergenossen benebelt eingenickt waren, noch dass er die Jungen einen nach dem anderen im Schlaf erstickt hatte, ehe er das Bettzeug angezündet und sich aus dem Staub gemacht hatte.

———

In seinem Kopf hellte es sich ein wenig auf. Er nahm noch zwei Tabletten. Er musste wieder auf Spur kommen. Ihm blieben nur noch drei Tage.

50

Der Anruf kam überraschend. »DI Carter, hier spricht Scott Dawson.«

»Scott, wo sind Sie?«

»Das kann ich Ihnen nicht sagen. Ich mache mir Sorgen. Gut, um ehrlich zu sein, ich habe eine Scheißangst und noch sehr viel mehr.«

»Sagen Sie mir, wo Sie sind, und ich sorge dafür, dass Ihnen nichts passieren wird.«

Schweigen und ein Geräusch, das klang wie ein Schluckauf. Scott weinte. »Hier bin ich sicher«, antwortete er schließlich.

Sie ließ ihm Zeit, sich zu sammeln. »Scott, wo sind Sie?«

»An einem Ort, an dem mich niemand findet. Ich muss ein Geständnis ablegen, DI Carter. Ich kann so nicht weiterleben. Es frisst mich auf.«

Sie drückte den Hörer an ihr Ohr. »Sprechen Sie weiter. Sie können mir alles sagen.«

Ein leises Schluchzen. »Es geht um Miles. Ich habe ihn geliebt.«

»Das wissen wir. Wir haben eine Hotelquittung des Hideaway gefunden und die Nachrichten auf dem Zweithandy von Miles.«

»Dann wissen Sie ja, was er mir bedeutet hat. Ich habe Miles vor ein paar Jahren kennengelernt, als ich in Amerika war. Er war auf Reisen, versuchte, über den Verlust eines Freundes hinwegzukommen, der bei einem tragischen Motorradunfall ums Leben gekommen war. Ich war jung – auf der Suche nach meinem wahren Ich. Ich besuchte eine Spezialschule für Jiu-Jitsu und traf ihn zufällig eines Abends in einer Bar. Wir unterhielten uns – zwei Briten in einem fremden Land. Am Anfang war es eine Urlaubsbekanntschaft. Er war mein erster, wenn Sie verstehen, was ich meine. Dann wurde es ernster. Mein Lehrgang stand vor dem Abschluss und wir entschlossen uns, uns zu trennen. Er war noch nicht bereit für eine neue Beziehung und hatte weitere Reisepläne. Und ich hatte das Gefühl, für eine Beziehung noch zu jung zu sein. Ich wollte etwas aus mir machen.«

Scott klang wehmütig. Sie versuchte, Hintergrundgeräusche auszumachen, die Rückschlüsse auf seinen Aufenthaltsort zuließen.

»Ich kam zurück, fing in Bromley Hall an und lernte Alex kennen. Ich denke, ich sollte sagen, dass ich mir bezüglich meiner sexuellen Orientierung nie ganz sicher war. Ich bin mit Männern und Frauen gleichermaßen glücklich und habe mich in Alex auf eine ganz andere Weise verliebt. Ich hatte nicht vor, mit ihr eine feste Beziehung einzugehen, aber dann wurde sie schwanger und ich war von der Vorstellung, Vater zu werden, echt begeistert. Miles war aus meinem Leben verschwunden und ich verspürte keine Neigung, mich mit anderen Männern einzulassen. Alex war da und George unterwegs. Da war es nur logisch zu heiraten. Plötzlich tauchte Miles in Bromley Hall auf. Keiner von uns hatte damit gerechnet und keiner hätte gedacht, dass wir noch so fühlen, wie wir es taten. Wir machten da weiter, wo wir aufgehört hatten. Wir mussten es geheim halten – nicht nur wegen Alex und George, sondern auch weil sein Job in Gefahr gewesen wäre. Wir haben nur Prepaid-Handys benutzt, um miteinander in Kontakt zu bleiben, und Kürzel statt unserer richtigen Namen, für den Fall, dass jemand unsere Telefone findet. Er war ›AL‹ für ›amerikanischer Liebhaber‹ und ich ›JJ‹, weil ich Jiu-Jitsu unterrichte.«

Robyn machte ein unbestimmtes Geräusch, sie fragte sich, wo das alles hinführen würde. Sie hoffte, es war keine Selbstmordankündigung. Sie dachte, sie hätte im Hintergrund das Rumoren eines großen Motors gehört. Es verschwand wieder, bevor sie sich etwas darunter vorstellen konnte. Scott sprach leise, er war ganz in Erinnerungen versunken. Sie schaute zum Gang, in der Hoffnung, die Aufmerksamkeit eines vorübergehenden Kollegen zu erheischen. Sie wollte diesen Anruf zurückverfolgen.

»Letzten Mittwoch hat Miles mich in sein Büro bestellt und mir eröffnet, dass ich als Teil der Sparmaßnahmen entlassen werde. Das Kursangebot würde zusammengestrichen und die Studioleitung von Nachwuchskräften übernommen. Meine Stelle würde gestrichen. Ich fürchte, ich habe darauf nicht sonderlich gut reagiert. Miles war die Ruhe selbst. Es war, als würde unsere Beziehung nichts bedeuten. Und schlimmer noch, er hat kein Sterbenswörtchen gesagt, als wir in London waren. Wir hatten eine wunderbare romantische Zeit. Und zwei Wochen später, schmeißt er mich raus. Er wusste von den Kündigungsplänen und hat nichts gesagt.«

Sie lauschte seinen Worten und die Puzzleteile, die ihr seit Tagen im Kopf herumgingen, fügten sich endlich zusammen. Scott war abgehauen, weniger aus Angst, ermordet zu werden, als davor, was mit ihm passieren würde, wenn der Polizei diese Informationen zu Ohren kommen würden.

Scott klang erschöpft, die bloße Anstrengung beim Sprechen raubte ihm den letzten Rest Energie, als er die Ereignisse jener Nacht Revue passieren ließ.

»Miles, das kannst du nicht. Du darfst einfach nicht.«

Miles, in einem weißen Hemd mit hochgekrempelten Ärmeln, sieht ihn ohne die vertraute Zärtlichkeit an. Das ist nicht der Miles, den er kennt und liebt. Das ist nicht der Mann, der seine Hand gehalten hat auf der weißen Leinentischdecke, als sie im Hideaway am Fenster saßen, ein Frühstückstablett mit warmen Croissants vor sich und Champagnerblasen, die in ihren Gläsern herumwirbelten und platzten, als sie auf ihre Beziehung anstießen.

Die Neonleuchte in seinem Büro betont die Schatten, die unter Miles' Augen liegen, zwei Mondsicheln, die sich auf seine Wangenknochen gelegt haben. »Es tut mir leid«, mehr hat er nicht zu sagen. »Das liegt nicht in meinen Händen, Scott. Und es ist nicht das Ende der Welt. Du wirst leicht etwas Neues finden. Du hast so viel zu bieten. Du kannst sicher sein, ich werde dir eine Spitzenempfehlung schreiben.«

»Und was wird aus uns«, fragt er, obwohl er die Antwort in der Magengegend bereits fühlt. Das Wochenende in London war nicht dazu da gewesen, ihre Beziehung zu feiern, sondern um sie zu beenden. Miles wusste die ganze Zeit, dass er ihn feuern würde. Sein Gesicht sagt alles; das macht ihn krank.

»Schau, es war nie für die Ewigkeit gedacht. Es war toll und ich bin so froh, dir wieder begegnet zu sein, aber diesmal ist alles anders. Du bist verheiratet. Du hast einen Sohn. Ich will nicht dafür verantwortlich sein, dass deine Ehe in die Brüche geht. Zieh weg. Finde eine neue Stelle. Erfreu dich an deiner Familie und vergiss mich einfach.«

Scotts Magen zieht sich zusammen und er kämpft mit den Tränen. Miles legt ihm die Hand auf die Schulter; ihre Wärme durchdringt ihn, aber er dreht sich weg. Sein Kummer schlägt in Wut um. Miles bemerkt die Veränderung.

»Geh leite deinen Kurs, Scott«, sagt er. »Deine Kunden warten auf dich. Wir reden später weiter.«

Scott kann sich nicht auf seine Übungen konzentrieren und macht Fehler. Er zwingt sich die ganze Zeit zu einem falschen Lächeln. In seinem Inneren herrscht Aufruhr, als hätte ihn jemand auf den Kopf gestellt und würde seine Gedanken so durchschütteln, dass sie wie Schneeflocken in einem Sturm herumwirbeln. Unmittelbar nach Kursende eilt er zurück ins Büro. Das Licht ist an. Jemand ist bei Miles und die Tür ist zu. Er wartet draußen, mit dem Rücken zur Wand, und fragt sich, wie er Miles überzeugen kann, ihn zurückzunehmen. Vielleicht könnten sie sich noch einmal in London treffen?

Er hält es nicht länger aus. Er geht zur Umkleide, wo er sich auf eine Bank neben den Spinden fallen lässt. Er nimmt sein geheimes Handy und schreibt Miles eine Textnachricht. Es kommt keine Antwort. Das Warten wird zur Qual. Er ist unschlüssig, ob er wieder zum Büro gehen soll oder nicht. Schließlich zieht er seine von den Kursen verschwitzte Trainingsmontur aus und wirft sie auf den Boden. Immer noch keine Nachricht. Er nimmt eine Dusche, das Wasser prasselt auf seine schmerzenden Schultern und er wünscht sich nichts sehnlicher, als dass Miles antwortet.

Er geht hinaus, das Wasser glitzert auf seiner Haut, als er wieder einen Blick auf sein Telefon wirft, ehe er eine weitere flehende Bitte abschickt. Das Telefon fest umklammert geht er in die Sauna, an einen Ort, der normalerweise seine Anspannung löst und die Schmerzen lindert, die er in letzter Zeit immer häufiger spürt.

In der Sauna ist es heißer als sonst und als er die trockene heiße Luft einatmet, fragt er sich, ob es nicht besser wäre, hinauszugehen, entscheidet dann aber, dass ihm nur wegen seiner erhöhten Herzfrequenz so heiß ist. Er ist angespannt. Er braucht einen Augenblick, um runterzukommen. Er schließt die Tür und legt sich rücklings auf eine der Holzbänke. Er betrachtet die Astlöcher in der Decke und zählt die Holzlatten, wie er es schon so oft getan hat. Es sind zweiunddreißig und für gewöhnlich beruhigt ihn das Zählen nach einem anstrengenden Tag. Auch das sanfte Geräusch des Schwimmbeckens, wenn das Wasser durch die Abschöpfvorrichtung strömt, kann ihn nicht entspannen. Er beginnt zu schwitzen, als hätte man ihn ausgewrungen, und das Brummen in seinen Schläfen ist nicht mehr auszuhalten. Die Hitze wird ihm unbehaglich. Er schwingt seine Beine von der Bank und setzt sich auf.

Er will gerade hinausgehen, als die Tür auffliegt und Miles hereingestampft kommt.

»Scott, ich habe dir doch gesagt, dass es mir aufrichtig leidtut. Die Entscheidung, dich zu feuern, kam nicht von mir.«

Scott schaut seinem Geliebten ins Gesicht, ein Gesicht, das er so oft liebkost hat. »Den Verlust meines Jobs kann ich verschmerzen, aber zu verlieren, was wir hatten, kann ich nicht ertragen.«

Miles zupft an seinem Kragen. Unter seinen Armen haben sich dunkle Schweißflecken gebildet. Seine Stirn ist feucht, es sind schon Schweißperlen zu sehen.

»Ich denke, das Beste wird sein, einen Schlussstrich zu ziehen«, sagt er, während er seinen Arm nach der Tür ausstreckt. »Wir müssen beide irgendwie weitermachen.«

Scotts hebt verwundert die rechte Augenbraue. »Wir müssen irgendwie weitermachen? Meinst du nicht eher, du musst weitermachen? Gibt es einen Anderen, Miles?« Er springt auf die Füße und versperrt mit einer geschickten Bewegung die Tür mit seinem Körper, die Beine gespreizt, die Oberschenkel angespannt.

»Mach keinen Unsinn, Scott. Lass mich raus. Es ist furchtbar heiß hier drin.«

Scott verschränkt seine Arme. »Erst wenn du mir sagst, dass du mich liebst und dass das alles nur ein schlechter Scherz war.«

Miles zupft erneut an seinem Hemd und wischt sich mit der Hand über die Stirn. Seine Stimme klingt jetzt nicht mehr so energisch. »Scott, bitte«, sagt er. Er öffnet den Mund. Nichts kommt heraus. Sein Kopf kippt und der sackt zu Boden. Scott ist wie gelähmt, unfähig zu helfen. Miles starrt mit weitaufgerissenen Augen voller Schmerz und Entsetzen nach oben. Wieder öffnet sich sein Mund, die Lippen formen Scotts Namen, aber es ist kein Laut zu hören, dann fällt er nach hinten.

Die Zeit verrinnt, aber Scott kann sich nicht bewegen; sein Kopf ist leer. Als er sich endlich hinkniet, um zu helfen, ist es zu spät. Miles Ashbrook ist tot.«

———

Scott fuhr fort, ohne Luft zu holen. »Ich habe ihn angefleht, es sich noch einmal zu überlegen. Er hat ›Nein‹ gesagt. Ich habe ihm gedroht, das mit uns rauszuposaunen und er hat mich daran erinnert, dass ich mehr zu verlieren hätte als er, dass ich an meine Familie denken solle und daran, was es für sie bedeuten würde, wenn sie herausfänden, dass ich eine Affäre mit einem anderen Mann gehabt hätte. Ich hab die Fassung verloren. Ich habe mich gegen die Saunatür gestemmt und wollte ihn so lange eingesperrt lassen, bis er mir gestanden hätte, dass er mich immer noch liebt und alles dafür tun würde, um mit mir zusammen zu bleiben.«

Scotts Stimme am Telefon verstummte, jetzt konnte sie das Motorengeräusch wieder hören. Was war das nur? Ein LKW? Anna betrat den Raum. Robyn signalisierte ihr und formte mit dem Mund kaum hörbar die Worte: »Orten Sie diesen Anruf.« Anna legte sofort los.

»Er hat mich angefleht, ihn gehen zu lassen. Es war zu heiß für ihn, besonders weil er voll bekleidet war. Ich habe mich wie ein trotziges Kind benommen und mich geweigert. Dann griff er sich an die Brust und kippte um. Er war sofort tot. Ich wusste nicht, was ich tun sollte. Ich war in Panik.«

»Scott, es war ein Unfall. Sie haben nichts zu befürchten.«

»Verstehen Sie denn nicht? Es war meine Schuld. Ich habe ihn in der Sauna festgehalten. Ich fing an durchzudrehen. Nachdem es passiert war, wollte ich nicht, dass jemand von unserer Affäre erfährt, also habe ich versucht, es so aussehen zu lassen, als wäre er in die Sauna gegangen. Niemand außer Miles wusste von meiner Angewohnheit, mittwochs in den Wellnessbereich zu gehen. Der Wellnessbereich ist für Beschäftigte eigentlich tabu. Aber Miles hat bei mir ein Auge zugedrückt«, sagte er. Es herrschte kurz Stille und Robyn dachte, er hätte aufgelegt. Dann hörte sie ihn wieder sprechen. »Ich habe ihn ausgezogen und in der Sauna liegen lassen. Ich habe dann etwa eine Stunde lang im Umkleideraum gesessen und darüber nachgedacht, wie ich es wie einen richtigen Unfall aussehen lassen konnte, und dann kam ich drauf. Ich wusste, dass die Überwachungskamera ein paar Minuten auf die Dusche vor der Sauna gerichtet ist, also ließ ich meine Sachen in der Umkleide, brachte die von Miles zu der Entspannungsliege und stellte mich unter die Dusche. Miles und ich sind leicht zu verwechseln, vor allem wenn ich mein Haar glätte.« Er unterbrach sich für eine Sekunde. »Wir sahen einander sehr ähnlich – die gleiche Größe und Statur. Ich wollte, dass niemand einen Unterschied bemerkt, also zog ich die Unterhose an.«

»Sie haben die Union Jack-Boxershorts also mit Absicht angezogen?«

»Sie waren ein Juxgeschenk von Miles. Wir haben sie bei unserer letzten Reise nach London gekauft und ich habe sie in meinem Spind im Studio aufbewahrt. Ich wollte nicht, dass Alex sie findet. Ich habe mir gedacht, dass eher auf die Shorts geachtet wird als auf den, der sie trägt. Ich habe mich mit dem Rücken zur Kamera gestellt.«

»Das war sehr überzeugend.« Kein LKW – ein Traktor. Scott war irgendwo auf dem Land.

Das Geräusch eines schwachen Schluchzens, dann: »Ich musste sie ihm später anziehen. Das war schrecklich – das Schlimmste, was ich je getan habe.«

»Scott, man kann Sie nicht für seinen Tod verantwortlich machen. Sie haben ihn nicht ermordet. Sagen Sie mir, wo Sie sind, oder kommen Sie aufs Revier. Wir werden eine Lösung finden.«

»Ich habe alles verloren. Alex weiß von Miles. Ich konnte weder schlafen noch essen oder sonst etwas. Ich war so fertig, dass ich ihr von unserer Beziehung erzählt habe. Mehr weiß sie nicht. Ich könnte es nicht ertragen, wenn sie die ganze Wahrheit kennen würde.«

»Ich fürchte, Sie sind in Gefahr, Scott. Da draußen ist jemand, der Ihnen etwas antun will. Bitte lassen Sie sich von uns helfen.«

»Mir geht es jetzt besser, da Sie das von Miles wissen. Es tut mir leid, aber ich kann Ihnen nicht sagen, wo ich bin. Ich habe noch etwas zu erledigen.«

»Scott, tun Sie nichts Unbedachtes. Ihre Ehe mit Alex ist vielleicht vorbei, aber Sie haben immer noch einen kleinen Sohn, der seinen Vater braucht. Enthalten Sie ihm das nicht vor. Er braucht Sie jetzt und er wird Sie brauchen, wenn er größer ist. In dieser

Woche hat schon ein anderer kleiner Junge seine Mutter verloren. Denken Sie an George.«

Das Schluchzen am anderen Ende der Leitung nahm zu, dann brach die Verbindung ab. Robyn sah zu Anna hinüber, die entschuldigend den Kopf schüttelte. Sie hatten noch immer keinen Anhaltspunkt, wo Scott sich versteckt haben könnte.

51

Adrian Bishton hatte sich nie an seinen Titel gewöhnt. Für seine Verwandten und Freunde war er einfach Adrian und jetzt, da er stramm auf die siebzig zuging, fühlte er sich sogar noch weniger als ein ›Lord‹. Eine Sache genoss er jedoch als Lord Bishton, das war der alljährliche Jagdball. Einige seiner besten Freunde nahmen daran teil und es war eine gute Gelegenheit, all diejenigen wiederzusehen, die er ein wenig aus den Augen verloren hatte.

Bromley Hall war ein gutes Stück entfernt von seiner neuen Heimat Thailand, wo er einfach ein Selfmade-Millionär war, der in einer großen Villa mit Meerblick wohnte. Bromley Hall hatte er geerbt. Kate und er hatten ihr Reihenhaus in London verkauft und es übernommen. Zu Anfang war es eine Herzensangelegenheit gewesen und beide waren darauf erpicht, das Herrenhaus zu einem renommierten Aufenthaltsort für die oberen Zehntausend zu machen. Kate hatte einen erlesenen Geschmack und es war ein Vergnügen, auf der Suche nach Stoffen und Einrichtungsgegenständen mit ihr nach Italien und Frankreich zu reisen. Und nachdem sie das Hotel eröffnet hatten, war es überaus unterhaltsam gewesen, sich unter all die Rockstars und Prominenten zu mischen, die von überall auf der Welt anreisten. Der Unfall 2012 war für Kate und ihn ein Stich ins Herz gewesen. Das Herrenhaus verlor quasi über Nacht seine Beliebtheit. Es musste für mehrere Monate geschlossen bleiben und es war sie teuer zu stehen gekommen, nicht auf mehrere Millionen an Entschädigungen verklagt zu werden und die unschöne Angelegenheit aus den großen Zeitungen herauszuhalten.

Er war nicht stolz auf die Rolle, die er dabei gespielt hatte, aber sie hatten so viel Zeit, Mühe und Geld in Bromley Hall investiert. Jeden Penny, den er verdient hatte, hat er hineingesteckt. Er konnte das Unternehmen nicht wegen des Unfalls von Harriet Worth zugrunde gehen lassen. Adrian hatte ihre ganzen Ersparnisse seinen Anwälten und Harriets trauerndem Ehemann in den Rachen geworfen, um das Problem aus der Welt zu schaffen. Alan Worth hatte erst das Geld genommen, dann aber doch darauf bestanden, dass das Schwimmbecken und der Wellnessbereich geschlossen wurden. Sie waren fast pleite. Der Umbau in ein großes Wellnesshotel, um es anschließend zu verkaufen, war die einzige Lösung. Die Bishtons hatten ihr Haus auf dem Gelände des Anwesens behalten, um es ihren Nachkommen zusammen mit einem hübschen finanziellen Vermächtnis zu hinterlassen.

Zum Teil freute er sich, die alten Gefilde wiederzusehen. Vor fünf Monaten war er das letzte Mal in Großbritannien gewesen. Schade, dass Kate nicht bei ihm war. Er war es nicht gewohnt, ohne seine Frau zu reisen. Aber sie hatte darauf bestanden, in Thailand zu bleiben, wo im November die Sonne schien und sie statt Thermoweste, Strickpullover und Stiefeln Flip-Flops und Badeanzug tragen konnte. Sie mochte das britische Wetter nicht, aber sie hasste den Winter. Egal, was er auch sagte, sie hatte es rundweg abgelehnt, ihn zu begleiten, stattdessen hatte sie ihm seine wärmsten Sachen eingepackt, ihm einen Schmatzer auf die Wange verpasst und ihm viel Spaß gewünscht. Als er am Flughafen in Heathrow darauf wartete, sein Gepäck vom Band zu nehmen, hörte er die Nachrichten auf seinem Handy ab. Er war leicht irritiert. Eine Frau, die behauptete eine DI Carter zu sein, riet ihm davon ab, nach Großbritannien zu kommen. Wer zum Teufel war diese Frau? Sie hatte eine Nummer hinterlassen und um einen Rückruf gebeten. Sein Koffer kam und er trottete mit all den anderen Ankömmlingen durch den Zoll. Ein Beamter mit strengem Gesichtsausdruck rief ihn zur Seite und fragte ihn nach dem Inhalt des Koffers. Als Lord Bishton den Flughafen endlich verlassen konnte und von einem heftigen Schauer durchnässt auf seinen Wagen wartete, war er nicht gerade bester Dinge und hatte die Nachricht auf dem Handy längst vergessen.

52

Robyn stand mit dem Rücken zum Fenster, verschränkte die Arme und seufzte: »Keine Ahnung, außer dass Scott sich in ländlicher Umgebung versteckt und wir wissen beide, wie viel davon es in Staffordshire gibt. Wir können nur hoffen, dass er nochmal anruft oder sich stellt.«

Matt Higham schüttelte entmutigt den Kopf. »Jedes Mal, wenn wir uns etwas Handfestem nähern, entzieht es sich unserem Zugriff.« Er sah auf die Tafel. »Ich hoffe, der Killer wird davon auch aufgehalten und findet Scott nicht. Er gehört mit Sicherheit zu den möglichen Opfern auf der Liste des Leoparden.« Er schnaufte konsterniert. »Ein West Highland-Terrier namens Alfie und ein silberner Fiat 500. Nicht gerade viel, oder?«

»Stimmt. Ich war noch bei keinem Fall so frustriert und verunsichert und der Killer ist auf einer Art Egotrip, seit er mitbekommen hat, dass die Presse ihn den Leoparden von Lichfield nennt.«

David Marker platzte in das Gespräch: »Wir hatten einen Anruf wegen eines Fiat 500 mit einem Aufkleber auf der Heckscheibe. Der Anrufer behauptet, jemand in seiner Nachbarschaft hätte so ein Fahrzeug.«

Sie nahm ihre Mütze vom Schreibtisch. »Geben Sie mir die Adresse des Nachbarn. Ich werde ihn befragen.«

»Es ist kein ›Er‹, Boss. Es ist eine ›Sie‹ – Stacey Turner.«

»Okay, ich überprüf das. Hier krieg ich noch nen Lagerkoller.«

Die Delphinium Avenue mochte auf einen schönen Blumennamen getauft worden sein, aber es gab in dieser Straße nichts, das Robyn auch nur im Entferntesten an einen der Rittersporne denken ließ, die sie bisher gesehen hatte. Die gepflasterten Zufahrten auf der Vorderseite waren voller Gerümpel, Autos und kaputten Maschinenteilen aller Art. Jede einzelne ein echter Schrottplatz.

Die Doppelhäuser waren heruntergekommen – in den späten Sechzigern gebaut, fehlte es ihnen an Farbe und regelmäßiger Instandhaltung. Es war, als hätte die gesamte Straße einmütig beschlossen zu vergammeln. Sie hielt vor Nummer zwölf, einem Haus wie alle anderen in der Straße, das sich von seinen Nachbarn in nichts unterschied, außer durch die an der Eingangstür befestigte Zwölf. Sie bemerkte eine Gestalt am Fenster des Nachbarhauses und vermutete, dass es sich um den Nachbarn handelte, der die Polizei verständigt hatte. Die Gardine fiel zu und die Gestalt entzog sich ihrem Blick, zweifellos, um die weiteren Ereignisse von einem weniger auffälligen Aussichtsposten aus zu beobachten.

Es war Viertel nach sieben und die Straße lag abgesehen von einigen wenigen Lichtkegeln in völliger Dunkelheit. Zwei Kinder drückten sich an einem Laternenmast herum, von dem ein orangefarbener Schein auf ihre Gesichter fiel und ihnen eine gespenstische Farbe verlieh. Sie starrten sie mit ausdruckslosen Mienen an, als sie aus dem Auto stieg. Sie waren etwa so alt wie Amélie, aber sie bezweifelte, dass Amélie um diese Zeit draußen sein durfte. Das erinnerte sie daran, dass sie sie wirklich anrufen und erklären musste, warum sie ihren gemeinsamen Ausflug noch nicht organisiert hatte. Es wurde immer unwahrscheinlicher, dass sie Zeit finden würde, einen Tag mit Davies' Tochter zu verbringen.

Der Fiat 500 stand in der Zufahrt. Robyn bemerkte die große Diebstahlsicherung am Lenkrad. Sie klingelte und klopfte laut an die Tür, nachdem sie keine Antwort erhalten hatte. Drinnen erklang Gebell, dann ein Ruf und nachdem der Hund sich beruhigt hatte, hörte sie, wie ein Riegel zurückgeschoben wurde. Die Tür öffnete sich einen Spalt breit und gab den senkrechten Ausschnitt einer fülligen Frau in einem verwaschenen rosafarbenen Einteiler zu erkennen. Stacey Turner stierte sie an, ihr unansehnliches rundes Gesicht war ungeschminkt, ihr Haar dünn und fettig. Sie brauchte etwas, ehe sie bemerkte, dass Robyn von der Polizei war, aber dann nahmen ihre matten, desinteressierten Augen einen Ausdruck an, den Robyn schon oft gesehen hatte – sie waren voller Misstrauen.

»Was wolln Sie«, fragte Stacey, ihre Stimme war rau und tief.

»Dürfte ich Ihnen kurz ein paar Fragen zu Ihrem Auto stellen?«

»Was ist damit? Es ist bezahlt. Ich habs von dem Versicherungsgeld bezahlt, das ich bekommen habe, als mein altes zu Schrott gefahren wurde. Daran is doch wohl nix auszusetzen, oder?«

Robyn schüttelte den Kopf. »Ganz und gar nicht. Ich bin auf der Suche nach dem Fahrer eines Fiat 500, der am Montag, den 21. November, in Kings Bromley gesehen worden ist. Er könnte Zeuge eines Verbrechens geworden sein.«

»Nie gehört von Kings wie-auch-immer. Ich wars nich.« Sie wollte die Tür schließen, aber Robyn blieb hartnäckig.

»Miss Turner, ich muss Sie fragen, wo Sie an diesem Tag gewesen sind.«

Die Tür wurde etwas weiter geöffnet. Staceys Kleidung war nicht dazu geeignet, ihre Fettpolster zu verbergen. Sie winkte ab. »Ich war hier im Bett. Ich hatte letzte Woche Nachtschicht in dem Arzneimittelwerk bei Derby. Ich arbeite in der Packstube. Fragen Sie mein Arbeitgeber. Ich bin um sechs nach Hause gekommen und ins Bett gegangen, reicht das? Sind das genug Informationen für Sie?«

»Vielen Dank, Miss Turner.« Drinnen jaulte der Hund, weil er raus wollte. »Ist das Ihr Hund? Ist es ein West Highland-Terrier?«

Staceys Gesichtsausdruck wurde für einen Augenblick sanfter: »Ja, genau.«

»Ich mag Westies. Sie haben so ein liebes Wesen.«

Stacey warf ihr einen misstrauischen Blick zu. »Ob Sie sie mögen oder nicht, ich habe Ihnen nichts mehr zu sagen.« Der Hund jaulte weiter. »Sei still, Alfie«, rief sie.

Die Tür war bereits dabei, sich zu schließen, da überkam Robyn ein Schauer der Erregung, als sie den Namen des Hundes hörte. Sie drückte gegen die Tür und verhinderte, dass sie ins Schloss fiel. »Miss Turner, ich muss förmlich werden und Sie mit aufs Revier nehmen, wenn Sie nicht mit mir reden.«

Stacey zögerte, sie wägte ihre Möglichkeiten ab. Unwillig hielt sie die Tür auf: »Dann komm Sie eben rein.«

53

Es war zu dunkel, als dass es Zeit zum Aufstehen sein konnte. Draußen hatte das Brummen des Frühverkehrs begonnen und er wusste, dass er nicht mehr würde schlafen können. Letzte Nacht war er durch die Straßen gestreift, sein glänzendes Fell hatte unter den Laternen geschimmert, mit gefletschten Zähnen, um seine Beute zu packen. Er konnte die mächtigen Muskeln unter seiner Haut spüren. Er war unbesiegbar. Er war der Leopard von Lichfield.

In einem Schaufenster erhaschte er einen flüchtigen Blick auf sein Spiegelbild und kauerte sich hin, um es zu bewundern. Er war wahrlich ein prächtiges Geschöpf, kleiner als die anderen großen Mitglieder der Familie der Felidae, Tiger, Löwe und Jaguar, aber dafür der Inbegriff der Unsichtbarkeit. Er wusste, er war die geheimnisvollste und am schwersten auszumachende der Großkatzen und die schlaueste. Dieses Bewusstsein ließ ihn vor Selbstsicherheit anschwellen. Er betrachtete seine Schultern, Oberarme, seinen Rücken und seine Schenkel, die zur Tarnung mit einem Rosettenmuster dunkler Flecken überzogen waren. Er war der verschlagenste der nächtlichen Räuber, nie würde man ihn einfangen. Plötzlich erschien Harriet neben ihm. Sie trug, was ihm am besten an ihr gefiel – das rosafarbene Oberteil, das sie an dem Tag anhatte, als er sie zum ersten Mal gesehen hatte. Sie streichelte ihm über den Kopf und flüsterte ihm ins Ohr. Sein ganzer Körper zitterte bei ihrer Berührung und er machte ein Geräusch – eine Mischung aus Schnurren und Knurren.

»Du musst vorsichtiger sein, Liebster«, hauchte sie, während ihre Hand seinen Rücken streichelte. »Du bist schlau, aber du warst nicht schnell genug und jetzt ist dir eines unserer Beutestücke entwischt. Das war ein Fehler, der gefährlich für dich werden könnte. Du musst untertauchen und dich verstecken wie der Leopard, zu dem du geworden bist. So werden die Jäger dich niemals finden und du wirst es schaffen, dir die Person vorzuknöpfen, die es am meisten verdient zu leiden.«

»Aber ich muss die Beute stellen, die mir entkommen ist. Das schulde ich dir.«

Sie kraulte kurz sein Ohr und sah ihn gedankenvoll an.

»Du hast die meisten von ihnen zur Rechenschaft gezogen. Dawson hatte Glück, dass er davongekommen ist. Wenn du nach dem nächsten Opfer noch Zeit hast, musst du ihn suchen und ihm den Schädel zertrümmern. Aber jetzt ist es wichtiger, dass du dich an den Plan hältst und dich für das wichtigste aller Opfer bereitmachst. Ich wünsche mir, dass du seine Schuld eintreibst und dann werden du und ich bald, sehr bald endlich für immer zusammen sein.«

Der Traum war ein Zeichen, das er ernstnehmen musste. Er zog eine Jeans an und packte seine Tasche. Er würde tun, was Harriet ihm geraten hatte. Er würde sich verborgen halten, bis es Zeit war für seine letzte Beute.

54

Stacey beobachtete sie aus eisgrauen Augen. Sie saß da, die massigen Arme in Abwehrhaltung vor der Brust verschränkt, sodass auf ihrem Unterarm die Tätowierung eines grünen und blauen Vogels zu sehen war, eine Schwalbe im Flug, verzerrt in Form und Größe.

»Ich ermittle in einem Mordfall, Miss Turner, und ich brauche Ihre Mithilfe. Ich frage Sie noch einmal – wo waren Sie letzten Montag?«

Schweigen, nur der Fernseher war zu hören. Es lief eine Folge einer alten amerikanischen Comedyserie, das Gelächter aus der Konserve passte nicht zu dem trübsinnigen Zimmer. Innen war Nummer zwölf genauso schäbig wie außen. Stacey hatte es eindeutig nicht so mit der Hausarbeit. Staub bedeckte in dicken Schichten den Fuß des Großbildfernsehers, die Bezüge der Sessel waren schmutzig und auf den Kissen waren Flecken zu sehen. Das Zimmer war spärlich eingerichtet, etwas Zierkram und Schnickschnack sowie an der Wand ein einziges Bild, eine Küstenlandschaft. Es roch nach mangelndem Interesse und Einsamkeit. Eine Familientüte Chips lag auf dem Sofa, auf dem Stacey gesessen hatte, und auf der Armlehne stand eine Dose Cola. Der Hund war hereingelassen worden, saß auf einem der Sessel und bedachte Robyn mit feindseligen Blicken.

»Wie gesagt, ich war hier. Ich arbeite im Schichtbetrieb. In manchen Wochen arbeite ich tagsüber, in anderen nachts. In der Woche hatte ich Nachtschicht, also kam ich gegen sieben Uhr morgens zurück, habe Alfie rausgelassen, etwas gefrühstückt und bin dann direkt ins Bett. Vor fünf Uhr nachmittags bin ich nicht mehr aufgestanden, um zehn musste ich wieder an meinem Arbeitsplatz sein.« Während sie sprach, ruhten Staceys Augen auf dem Fernseher und beobachteten die Mätzchen der Gestalten auf dem Bildschirm, als wäre die Beamtin, die ihr gegenübersaß, gar nicht da. In der Art, wie sie Robyns Blick mied, lag etwas Verdächtiges.

»Haben Sie einen Freund oder eine Freundin, Miss Turner, oder könnte Ihr Auto an jenem Tag von jemand anderem gefahren worden sein?«

Staceys Reaktion war prompt und unsicher. Sie streifte imaginäre Krümel von ihrem Wollpulli und knibbelte an einem Loch darin. »Es gibt niemanden in meinem Leben«, antwortete sie. Den Bruchteil einer Sekunde später schaute sie zu einem Foto hinüber, das zwei Kinder Hand in Hand mit einer Frau im Sommerkleid mit einem großen Sonnenhut zeigte.

»Miss Turner, Sie wissen doch, dass ich Sie überprüfen lassen kann. Ich kann zu meinem Wagen gehen, auf dem Revier anrufen und Ihre Daten aus dem Polizeicomputer abrufen lassen. Wenn Sie etwas verheimlichen, werde ich es erfahren.«

Die Frau knibbelte weiter an dem Loch, zog einen losen Faden heraus und rollte ihn zu einer winzigen festen Kugel zusammen.

»Hat jemand Zugang zu Ihrem Fahrzeug?«

Stacey zuckte die Achseln. »Möglicherweise gibt es jemanden.«

»Ich kann nicht oft genug betonen, wie wichtig diese Information für uns ist. Wenn Sie etwas verschweigen und dadurch meine Ermittlungen behindern, muss ich Anzeige gegen Sie erstatten und das könnte sich ungünstig auf Ihr Beschäftigungsverhältnis auswirken.«

»Wie bitte? Ich könnte meinen Job verlieren?«

»Arbeitgeber sind nicht allzu begeistert von Beschäftigten mit einer Vorstrafe.«

Stacey saß eine Weile still da, rang mit ihrem Gewissen und glotzte auf den Fernseher. Obwohl das Gelächter ihr langsam auf die Nerven ging, blieb Robyn ruhig und still sitzen, während sie darauf wartete, dass Stacey sich ihr öffnete. Schließlich war es so weit.

»Ich habe es an dem Tag verliehen.«

Sie spürte ihr Herz schneller schlagen. Jetzt hatte sie wenigstens etwas Verwertbares.

»Ich will nicht, dass er Ärger kriegt.« Alfie, den Kopf auf den Pfoten, die Augen halb geschlossen, machte ein Geräusch, das klang wie ein Seufzen. Stacey atmete tief durch. Ihre Worte kamen langsam und bedächtig, als würde ihr jeder einzelne Satz gewaltsam abgerungen. »Der Wagen meines Bruders war zur Inspektion und in der Werkstatt gab es kein Ersatzfahrzeug, also hat er mich angerufen. Er musste zur Arbeit und hat gefragt, ob er meins haben kann. Er brauchte es nur für ein paar Stunden und hat es nach dem Mittagessen zurückgebracht.

Es war eine einmalige Sache. Ich war nicht besonders scharf drauf, aber er klang so verzweifelt. Er hatte kein Glück in Sachen Arbeit, er hat gesundheitliche Problem, weswegen er nicht so leicht etwas findet, und seinen jetzigen Job wollte er nicht verlieren.«

Im Zimmer wurde es still, im Fernseher lief der Abspann. Der Hund winselte.

»Er heißt Dan und arbeitet als Portier und Gepäckträger in Bromley Hall. Seien Sie bitte freundlich, wenn Sie mit ihm reden. Ich bin sicher, er hat mit nichts etwas zu tun ...« Der letzte Satz stand im Raum und obwohl es ihre Worte gewesen waren, machte Stacey nicht den Eindruck, als wäre sie davon überzeugt.

»Vielen Dank, Miss Turner. Darf ich Ihnen noch eine letzte

Frage stellen? Warum haben Sie einen anderen Familiennamen als Ihr Bruder?«

»Wir haben unterschiedliche Väter. Wir sind Halbgeschwister. Mein Vater hat unsere Mutter verlassen und sie hat wieder geheiratet. Dan ist ein geborener Williams und ich bin bei Turner geblieben. Mom war ein hoffnungsloser Fall. Sie hatte mehr Männer als warme Mahlzeiten. Außerdem hat sie Drogen genommen. Am Ende sind wir beide im Heim gelandet. Jetzt ist sie tot. So ist nun mal das Leben«, schob sie tonlos nach.

»Möglicherweise komme ich wieder auf Sie zurück.«

Stacey ließ sich tiefer in das Sofapolster sinken und klopfte auf das Kissen neben sich. Alfie machte einen Satz und sprang hinauf. Sie streichelte ihn. »War's das?«

»Ja, für den Augenblick.«

»Gut. Dann gehn Sie jetzt bitte. Lassen Sie mich in Frieden.«

Stacey starrte auf den Fernseher. Eine neue Serie fing an. Sie richtete die Fernbedienung auf das Gerät und nahm sich eine Handvoll Chips, Robyn würde selbst hinausfinden.

55

Adrian Bishton wurde von seiner Haushälterin begrüßt. Flo Andrews war dafür zuständig, das Haus in ihrer Abwesenheit sauber zu halten und es für ihre gelegentlichen Besuche vorzubereiten. Er war froh, nach der langen Reise endlich zu Hause angekommen zu sein. Er sog den vertrauten Duft von Lavendel und Bienenwachs ein und betrachtete den Eingangsbereich. Die nicht wegzudenkende Art-Déco-Lampe auf dem antiken Tisch im Treppenhaus, der in Afrika gekaufte Kleiderständer mit den geschnitzten Füßen und die Standuhr, die jetzt, wie zur Begrüßung ihres Besitzers, elf Mal schlug, ließen Adrian über die Vertrautheit von alledem schmunzeln, während die Schläge der Uhr noch in seinen Ohren nachklangen.

Adrian verband mit diesem Haus zahlreiche glückliche Erinnerungen – die Räume voller Gäste und Gelächter bei Abendgesellschaften, Familienerinnerungen an seine beiden Kinder – kostbare Zeiten, die wie im Flug vergangen waren. Er hatte im Leben viel Glück gehabt und es verging kein Tag, an dem er nicht für all den Segen dankbar war, der ihm zuteilgeworden war.

Das handgeschnitzte Geländer, das sich die Treppe hinaufschlängelte, war auf Hochglanz poliert. Porträts der Familie

Bishton waren an den Wänden zum ersten Absatz aufgereiht. Er betrachtete das größte der Porträts, es war in den Achtzigerjahren gemalt worden und zeigte Kate und ihn, damals noch erfüllt von jugendlichem Selbstbewusstsein und Stolz. Die Zukunft lag ihnen zu Füßen und sie hatten sich unbesiegbar gefühlt. Der goldumrandete Ganzkörperspiegel neben der Tür zum Gesellschaftszimmer zeigte den Mann, wie er heute aussah. Er hatte sich ganz gut gehalten – etwas Grau an den Schläfen, aber noch immer dieselbe schlanke Figur. Nach all den Jahren in der Fitnessbranche hatte er ein strenges Trainingsprogramm beibehalten und die Monate, die er in der Sonne verbrachte, verliehen seiner Haut ein gesundes Aussehen gepaart mit einem tiefbraunen Teint.

Adrian verspürte einen Anflug von Stolz, als er so herumschlenderte, um sich wieder einzugewöhnen. Flo hatte gute Arbeit geleistet. Er durfte nicht vergessen, ihr zu Weihnachten einen Bonus zu zahlen.

Der Jagdball am Sonntagabend fand an einem seiner Lieblingsplätze statt, in Weston Hall in Stafford, einem 1550 erbauten Gutshaus, das jetzt ein Hotel der Spitzenklasse war. Er war bereits einige Male dort gewesen, ohne je müde zu werden, das atemberaubende Gebäude zu bestaunen. Jetzt war es eine Immobilie, die er gerne besitzen würde. Er rief den örtlichen Fahrdienst an, um die Reservierung für Sonntagabend zu bestätigen. Danach goss er sich aus einer Glaskaraffe einen großen Brandy ein, setzte sich im Wohnzimmer vor ein knisterndes Kaminfeuer und ließ die lange Reise und den Ärger hinter sich.

Mitz klang wieder mehr wie er selbst, als er ihr den Weg beschrieb: »Ringstraße A601, vorbei an dem Parkplatz an der Siddals Road, dann die Erste rechts, in der Nähe des Einkaufszentrums. Von da kommt man zur Liversage Street, gegenüber der Gala-Spielhalle. Sie sollten an der Straße parken können. Matt ist unterwegs.«

Robyn folgte der Straße über den Derwent und hielt Kurs. Sie war nicht weit von Dans Wohnung entfernt. Sie spürte das Adrenalin in ihren Adern und gab Gas. Das musste der Durchbruch sein, den sie so dringend brauchte. Sie hatten kein Glück bei der Suche nach Scott gehabt und der Zustand von Alan Worth war immer noch kritisch, er konnte ihnen nicht weiterhelfen. Ihr Team war erschöpft und die Moral ging schnell in den Keller. Das hier war der Impuls, den sie alle nötig hatten. Mitz bestätigte, dass Dan erst am nächsten Morgen wieder in Bromley erwartet wurde. Sie traute sich nicht, zu viel zu erwarten, bisher hatte jede Wendung in diesem Fall sie in eine Sackgasse geführt oder ihr nur winzige Hinweise auf die Identität ihres Mörders geliefert. Diesmal musste sie richtigliegen.

In Mitz' Stimme schwang ein Hauch von Begeisterung mit. »Ich habe Hintergrundinformationen zu Dan Williams. Seine Schwester und er sind 1985 in Obhut genommen worden. Seine Schwester kam zu einer Familie in Lichfield, aber Dan hatte mehrere Pflegefamilien. Von einer ist er 1987 weggelaufen und wurde mit erheblichen Kopf- und Rückenverletzungen in ein Krankenhaus eingeliefert. Seitdem wird er wegen einer Okzipitalneuralgie medikamentös behandelt, das sind schwere und lähmende Kopfschmerzen. Sein beruflicher Werdegang ist lückenhaft. Er hatte einige befristete Stellen in Supermärkten und Fabriken. Nirgends länger als ein paar Monate. Ende 2012 ist er in eine betreute Unterkunft in Lichfield gezogen und 2015 in eine neue Unterkunft in Derby.«

»Okay, danke. Gute Arbeit.«

»Sie wollen doch sicher auch wissen, was ich über seine Schwester herausgefunden habe. Sie ist Anfang 2013 in die Delphinium Avenue gezogen. Davor hatte sie eine Wohnung mit zwei Schlafzimmern im Shenstone-Haus, Hobs Road, Lichfield.«

»Ist das in der Nähe des Parks am Stowe Pool?« Robyns Puls raste.

»Zwanzig Minuten zu Fuß.« Mitz klang, wie sie sich fühlte. Wahrscheinlich hatten sie ihren Mann. Sie kam zu der Abzweigung und bog in die Liversage Street ein. Sie achtete auf die kleinste Bewegung. Sie durfte ihn jetzt nicht verlieren. Matt wäre bald bei ihr und wenn alles nach Plan lief, würde sie den Leoparden von Lichfield vielleicht in seinem Unterschlupf aufspüren.

56

Anna wartete ungeduldig auf der Dienststelle. Mitz und sie hatten massenhaft Informationen zu Dan Williams und Stacey Turner zusammengetragen und jetzt machten sich bei ihr die Nachwirkungen des Adrenalinschubs bemerkbar. Sie tigerte auf den Gang, weil sie etwas frische Luft schnappen wollte, um durchzuhalten, als ihr plötzlich ein Gedanke kam.

Sie hatten sich voll darauf konzentriert herauszufinden, wer für die Ermordung von Rory, Linda und Jakub verantwortlich war und seit Scotts Geständnis hatten sie nicht mehr an Miles Ashbrook gedacht. Scott hatte Robyn erzählt, er hätte die Sauna verlassen wollen, weil sie zu heiß gewesen sei. Ihr war der Schatten wieder eingefallen, den sie in dem Material der Überwachungskamera entdeckt hatte, und sie flitzte zurück ins Büro. Sie schob den USB-Stick ein und spulte bis zu dem Zeitpunkt vor, zu dem sie dachte, den Schatten eines Menschen gesehen zu haben. Die Uhr zeigte zwanzig nach sieben abends. Der Schatten konnte nicht der von Scott Dawson sein, da dieser zu der Zeit einen Kampfsportkurs gegeben hatte. Das hier musste jemand anderes sein.

»Mitz, sieht das hier für dich aus wie der Kopf eines Menschen?«

»Irgendwie schon. Allerdings ist die Form etwas merkwürdig. Liegt das nur daran, wie das Licht einfällt und alles verzerrt?«

»Ich bin nicht sicher. Es wirkt eigenartig. Ich ziehe ein paar Standbilder aus dem Film und hänge sie mit einem Fragezeichen an die Tafel. Vielleicht haben sie etwas mit dem Fall zu tun und die Chefin sagt ja immer, wir sollen keinen Stein unumgedreht lassen.«

Der Mond war groß und schien hell, er tauchte die Straßen in silbernes Licht. Robyn atmete die knackig frische Luft ein und zog ihren Mantel enger um sich. Auf der anderen Straßenseite leuchteten in regelmäßiger Folge bunte Blinklichter auf und erinnerten an die bevorstehenden Feiertage. Auf den Straßen war es ruhig und die Kälte ließ die Menschen zu Hause bleiben. Matt stellte seinen Wagen neben ihren und stieg aus, er hatte eine Tasche mit Reißverschluss bei sich. Sie spürte, wie sich ihre Halsmuskeln verkrampften und richtete ihre Schutzweste. Der verzweifelte Wunsch, diesen Mann zu stellen, wuchs ins Unermessliche.

»Bisschen kühl, was«, tönte Matt. »Wohin geht's? Ich hab den großen Schlüssel mitgebracht, für alle Fälle.« Er zeigte auf die Tasche mit dem Rammbock. Diese Sonderanfertigung bestand aus einem achtundfünfzig Zentimeter langen Stahlrohr mit einem abstehenden Griff an dem einen und einem Stahlblock am anderen Ende. Matt war einer von nur zwei Beamten in ihrem Team, die einen vollständigen Lehrgang zu seiner gefahrlosen Verwendung absolviert hatten. Er reichte Robyn einen Gehörschutz.

Sie zeigte auf die Wohnungen direkt an der Straße. »Haben Sie die richterliche Anordnung?«

»In meiner Tasche.«

»Okay, dann los.«

»Er wird doch wohl nicht auf einem Baum rumlungern und darauf warten herunterzuspringen?«

»Wer?«

»Der Leopard von Lichfield. Leoparden lauern auf Bäumen, um sich auf arglose Opfer zu stürzen, sie ziehen ihre Beute sogar mit hoch, um sie dort zu verspeisen. Sind halt gute Kletterer«, schob er mit einem Schmunzeln hinterher.

Robyn musste unwillkürlich grinsen. Matt hatte die Spannung gelöst. »Sein Wagen steht eine Straße weiter, er müsste also drin sein.«

Sie drückten sich gegen die Hauswand und stiegen die Treppe zu Dans Wohnung im zweiten Stock hoch. Sie legte ein Ohr an die Tür. Innen war kein Geräusch zu hören – kein Fernseher, kein Radio, nichts. Sie klopfte. Nichts. »Öffnen Sie, Mr. Williams«, rief sie. »Hier ist die Polizei. Bitte öffnen Sie die Tür.« Nichts. »Mr. Williams, zum letzten Mal, öffnen Sie die Tür.«

Da stimmte etwas nicht. Er musste einfach da sein. Er konnte doch unmöglich Wind von ihren Absichten bekommen haben und abgehauen sein. Sie ging aus dem Weg, damit Matt die Tür aufbrechen konnte. Er nahm den Rammbock aus der Tasche und brachte sich vor der Schwelle in Stellung, schwang den Rammbock nach hinten und rammte ihn gegen die Tür, die sofort nachgab und mit einem lauten Knall aufflog. Robyn wartete darauf, dass Nachbarn auftauchten, die wissen wollten, was da los war, aber niemand zeigte sich, um in Erfahrung zu bringen, was einen solchen Lärm verursacht hatte.

Robyn und Matt betraten die Einzimmerwohnung. Staceys Haus war heruntergekommen, aber das hier übertraf es in dieser Hinsicht um Längen. Nichts außer einem Sofa, einem Tisch und einem kleinen Fernsehapparat. Eine Decke lag als Haufen auf dem Fußboden. Ein schmieriges Glas stand auf dem Tisch. Matt stieß einen Pfiff aus. »Ach du ...« Ihr Blick folgte seinem. An der Wand hingen Hunderte und Aberhunderte Fotos von Harriet Worth – immer wieder dieselbe Aufnahme von ihr in einem rosafarbenen Laufoberteil und Laufhose beim Joggen an einem Gewässer.

57

Die Lampen im Büro leuchteten grell. Robyn saß an ihrem Schreibtisch, die Schutzweste über die Stuhllehne gehängt, und zerbrach sich den schmerzenden Kopf darüber, was sie als Nächstes tun sollte. Sie hatten Williams nicht angetroffen, obwohl sie sowohl im als auch vor dem Gebäude gewartet hatten, falls er noch aufgetaucht wäre. Sein Auto stand noch an der Straße. Er übernachtete also entweder irgendwo anders oder er war aufgeschreckt worden und versteckte sich jetzt.

Sie hatte ihre Leute nach Hause geschickt. Heute würden sie nichts mehr erreichen können und es war schon nach Mitternacht. Sie wandte sich der Weißwandtafel zu und sah, dass Anna Dan Williams und Stacey Turner dazu gehängt hatte. Es gab jeweils ein Foto von ihnen. Außerdem hatte Anna Miles Ashbrook und ein Foto von einem menschlichen Kopf hinzugefügt, das aus den Aufzeichnungen der Überwachungskamera stammte. Sie betrachtete es eingehend und schüttelte den Kopf, um ihn wieder klar zu bekommen. Ihre Gedanken waren nicht mehr schlüssig. Sie hatte ein mögliches Opfer, das auf der Flucht, und einen Killer, der ihnen entwischt war.

Eines war sicher. Sie würde zu beschäftigt sein, um einen Tag mit Amélie zu verbringen. Sie musste ihr das sagen. Das war nur fair. Sie meldete sich bei ihrem Skype-Konto an und sah, dass das Mädchen noch als ›aktiv‹ angezeigt wurde, obwohl es schon recht spät war. Sie rief an, wenige Sekunden später verschwand Amélies Avatar und es erschien das Mädchen selbst, es trug ein cremefarbenes Unterhemd mit langen Ärmeln, das lange dunkle Haar wurde von einer roten Schleife zusammengehalten. Wie immer erinnerte sie Robyn an Davies.

Amélie grinste. Eine Lampe über ihr ließ die um und auf ihrer Nase verteilten Sommersprossen erkennen. »Hey.«

»Hi. Wie geht's?«

Das Mädchen zuckte die Achseln. »Du weißt doch, immer dasselbe.«

»Hör mal, es tut mir echt leid, aber ich habe im Moment einen schwierigen Fall.«

»Ich weiß schon, was du sagen willst. Wir können dieses Wochenende nichts zusammen unternehmen.«

»Sobald ich mir freinehmen kann, rufe ich dich an und wir holen das nach.«

Amélie lächelte. »Ich wusste, dass du anrufen würdest. Ich habe gehört, dass du an einem großen Fall arbeitest.«

»Wer hat dir das denn erzählt?«

»Ich habe es zufällig bei Maman und Richard aufgeschnappt. Ich glaube, sie haben mit Ross gesprochen. Bist du hinter einem Mörder her?«

»Darüber darf ich nichts sagen, junge Dame.«

Sie grinste wieder. »Du bist so cool. Ich glaube, wenn ich mit der Schule fertig bin, werde ich auch Polizistin. Ich liebe Rätsel und Puzzles.«

»Du wärst bestimmt eine Superpolizistin. Wie läuft's in der Schule?«

»Immer dasselbe«, wiederholte sie und lachte.

»Wie geht's Florence? Ich habe gedacht, du möchtest sie vielleicht einladen, wenn wir beide unseren Ausflug machen.«

Leichtes Kopfschütteln. Amélie sah plötzlich betrübt aus. »Nein. Sie verhält sich auf einmal so merkwürdig. Ich habe versucht, mit ihr zu reden, aber sie will nicht, nicht mal am Telefon.«

Das Gesicht des Mädchens war traurig. Robyn konnte sich nicht daran erinnern, wie sie in dem Alter mit Beziehungsproblemen umgegangen war, aber sie wusste, dass es für einige eine stürmische Zeit war, verbunden mit hormonellen Veränderungen.

Sie kramte etwas von ihren längst vergessenen Lateinkenntnissen aus der Schulzeit hervor. »Gradatim, das heißt lass es langsam angehen, Schritt für Schritt. Wie wär's, wenn du genauso vorgehen würdest, wie ich, wenn ich an einem Fall arbeite?«

»Sie ist erst so komisch, seit sie bei einer großen Rennveranstaltung war. Sie war so aufgeregt deswegen, weil ein Junge namens Andy, den sie mag, auch da war, aber seitdem hat sie nicht mehr davon gesprochen.«

Robyn rieb sich das Kinn. »Ich glaube, das ist es. Irgendetwas muss da passiert sein.«

Amélie starrte auf den Bildschirm. »Meinst du? Das könnte sein. Ist es das, was die Arbeit einer Polizistin ausmacht?«

»Ziemlich genau. Du nimmst Teile eines Puzzles, entscheidest, ob sie wichtig sind oder nicht und fügst sie zusammen. Manchmal passen sie. Wenn ich du wäre, würde ich entweder Florence fragen, was bei dem Rennen passiert ist, oder Andy.«

»Aha, gut. Das mache ich. Danke.«

»Na also, dann sprechen wir uns bald wieder?«

Amélie hob einen Daumen. »Na klar. Ich mach jetzt besser Schluss. Es ist schon spät und Maman geht an die Decke, wenn sie mitbekommt, dass ich noch auf bin.«

Robyn trennte die Verbindung und sah noch einmal auf die Tafel. Davies war ein Ass im Puzzeln gewesen. Sie war nicht so schnell wie er und verließ sich eher auf ihren Instinkt und ihr Gefühl als auf logische Schlüsse. Sie wünschte, er wäre hier, um Amélie Tipps zu geben oder ihr bei der Lösung ihrer eigenen Probleme zu helfen. Aber er war nicht hier und alles Wünschen der Welt würde ihn nicht zu ihr zurückbringen.

Lord Bishtons Name stand an der Tafel, ein Fragezeichen

daneben. Er müsste ihre Nachricht mittlerweile erhalten haben. Sie sank mit einem langgezogenen Seufzer auf ihrem Stuhl zusammen und drehte sich mit zurückgelegtem Kopf im Kreis, wobei sie sich selbst Vorwürfe dafür machte, dass sie diesen Fall vor die Wand gefahren hatte. Sie hätte nachsehen sollen, ob Bishton den Flug aus Thailand genommen hatte. Er könnte schon im Land sein. Das war ein dummer Fehler von ihr gewesen. Wenn er hier wäre, könnte er in großer Gefahr schweben. Sie wählte seine Nummer, aber das Telefon war immer noch aus. Jemand musste Bishtons Haus bewachen, für den Fall, dass Williams ihn aufs Korn nahm. David Marker wohnte von allen am wenigsten weit entfernt von Bromley Hall. Es war spät, aber sie hatte keine Wahl. Sie rief ihn an.

Als sie ihren Anruf beendet hatte, versuchte sie, im Geiste ein Profil von Dan Williams zu erstellen. Eine unglückliche Kindheit, an Pflegefamilien weggegeben und von seiner Schwester getrennt, gesundheitliche Probleme, offenbar keine ernsthaften Beziehungen und ein krankhaftes Interesse an Harriet Worth. Was war der Auslöser dafür? Sie musste noch einmal mit Stacey reden. Ihre Gedanken wandten sich Stacey und deren heruntergekommener Bleibe zu. Dort gab es weder Liebe noch Familie und das einzige Foto war eines von ihr und ihrem Bruder mit ihrer Mutter. Sie konnte sich nicht helfen, aber irgendwie erinnerte Stacey sie an Harriet – ähnliche Augen und, wenn Robyn sich recht erinnerte, eine blonde Strähne fast in derselben Farbe wie Harriets Haar. Das könnte der Auslöser gewesen sein. Aber sie würde es nie erfahren, solange Dan auf freiem Fuß war.

Obwohl sie Dan in Bromley Hall gesehen hatte, hatte sie ihn nicht weiter beachtet. Mitz hatte die meisten Beschäftigten befragt, während sie versucht hatte herauszufinden, wie Miles Ashbrook zu Tode gekommen war. Dan hatte sich als stiller höflicher Mensch erwiesen. Er war hochgewachsen und schlank, um die ein Meter neunzig mit für seine Portierslivree zu langen Armen und schwarzem schulterlangem Haar, das einige seiner markantesten Züge verdeckte.

Da Robyn sich mehr für die Beschäftigten interessierte, die zum Zeitpunkt von Harriets Tod schon im Herrenhaus gearbeitet hatten, war er ihr nicht aufgefallen, wofür Mulholland sie zweifellos durch den Wolf drehen würde. Sie starrte auf sein Foto und ließ ihren Gedanken mit geschlossenen Augen und zurückgelegtem Kopf freien Lauf. Dan war kein Leopard. Er war ein Chamäleon.

Als Mitz Robyn fand, schlief sie wie tot mit dem Kopf auf dem Schreibtisch. Er rüttelte sie sanft an der Schulter. »Chef, aufwachen.« Sie schreckte hoch, ihr Mund war trocken, ihr Atem säuerlich und sie hatte einen schrecklich steifen Hals.

»Kaffee?«, fragte er und schob ihr einen Becher zu. Sie warf ihm einen dankbaren Blick zu. Dann sah sie auf ihr Handy. Es war erst kurz vor sechs. »Was machen Sie denn so früh hier?«

»Ich habe mir überlegt, dass Sie womöglich kurz bei Miss Turner vorbeischauen und noch ein wenig mit ihr plaudern möchten. Ich dachte mir, Sie könnten vielleicht Hilfe gebrauchen. Haben Sie nicht gesagt, sie hat Frühschicht? Sie wird sich bald auf den Weg machen.«

Sie stürzte den Kaffee herunter und ging in den Waschraum, um sich frisch zu machen. Sie hatte außer ihren Laufklamotten auch einen Kulturbeutel in ihrem Spind, so konnte sie sich noch schnell in einen vorzeigbaren Zustand versetzen, bevor sie die Dienststelle eilig in Richtung Delphinium Avenue verließ.

Sie trafen Stacey vor dem Haus an, die Alfie dabei zusah, wie er sein Geschäft erledigte. Sie verzog das Gesicht, als sie den Streifenwagen vorfahren sah.

»Stacey, wir brauchen Ihre Hilfe. Dan ist verschwunden und ich muss Ihnen noch einige Fragen stellen.«

»Hier isser nich«, antwortete die Frau und verschränkte die Arme vor ihrem gewaltigen Vorbau, sodass sie auf ihren Brüsten lagen.

»Dürfen wir einen Augenblick hereinkommen?« Mitz

schenkte ihr ein ehrliches Lächeln. Sie zögerte kurz, dann rief sie ihren Hund und winkte sie herein.

Die Getränkedose vom Vorabend stand noch auf dem Tisch und bei Licht wirkte das Haus noch heruntergekommener. Stacey warf sich in einen Sessel. »Und jetzt?«, fragte sie.

»Können Sie sich vorstellen, wo Dan hingegangen sein könnte? Gab es einen Ort, der für ihn etwas Besonderes war? Oder hat er Freunde, bei denen er für ein paar Tage unterkommen könnte?«

Stacey prustete. »Sie machen wohl Witze. Dan hatte nie Freunde. Er mag Menschen nicht besonders. Mich mag er auch nicht besonders. Wir kommen miteinander klar, weil es sonst niemanden gibt. Ich hatte Freunde, als ich jünger war, aber es ist etwas anderes, wenn man älter wird. Ich kenne nur Leute aus dem Warenlager, in dem ich arbeite, und die Hälfte von denen spricht kein Englisch. Sie sind zwar ganz nett, aber es sind keine Leute, die dich auf einen Drink oder zum Essen einladen und die Nachbarn hier sind lieber für sich. Wenn man keine Familie hat, kann es manchmal ganz schön einsam sein. Deshalb habe ich Alfie. Er leistet mir Gesellschaft. Ich habe ein paar Online-Freunde. Ich chatte mit ihnen, aber Dan, der hat nie jemanden gemocht. Er misstraut allen und jedem. Er hatte es nicht leicht als Kind und auch nicht als Erwachsener.«

»Gibt es keine Verwandten oder Menschen, bei denen er gelebt hat?«

»Nein. Eine Zeit lang hat er bei mir gewohnt, aber das ging nicht gut. Er hat diese wirklich schlimmen Kopfschmerzen, von denen muss er schreien und brüllen. Das ist richtig gruselig. Und dann wird er fies wegen den Kopfschmerzen. Das hält niemand aus, ob Sie mir glauben oder nicht. Ist Dan in Schwierigkeiten?«

Robyn erkannte Besorgnis in ihrem Gesicht. Sie mochte es schwierig gefunden haben, mit ihrem Bruder zusammenzuwohnen, trotzdem war er ihr nicht gleichgültig. »Wir müssen ihn finden.« Stacey zuckte mit den Schultern, eine Geste der Hoffnungslosigkeit.

Mitz lächelte der Frau freundlich zu und entfernte sich,

während Robyn die Befragung fortsetzte. Sie kam kaum weiter. Stacey wusste wirklich so gut wie nichts über Dans Leben oder seine Gewohnheiten.

Stacey sah auf ihr Handy und stand abrupt auf. »Ich muss zur Arbeit. Ich darf nicht zu spät kommen. Wir bekommen Strafpunkte, wenn wir uns verspäten, und wenn wir zu viele davon haben, gibt's ne Abmahnung.«

Robyn erhob sich ebenfalls und sah Mitz, der vor dem Foto von Stacey, Dan und ihrer verstorbenen Mutter stand.

»Stacey, das sind Sie und Dan, nicht wahr?«

Ihre Stimme wurde für einen Moment sanft und ließ die ältere Schwester zum Vorschein kommen. Sie nahm das Foto. »Ja, er war ein hässlicher kleiner Sack. Von Geburt an war ein Ohr größer als das andere. Er ist damit immer schrecklich aufgezogen worden.«

»Darf ich mir das Foto ausleihen?«

Stacey zuckte die Achseln. »Meinetwegen. Ich weiß selbst nicht, warum ich es all die Jahre aufbewahrt habe. Wahrscheinlich, weil es das einzige Foto von ihr ist, das ich habe.«

Robyn betrachtete die traurige kleine Familie, Dan mit Baseballmütze und kurzer Hose, allenfalls im Vorschulalter, seine Hand in der seiner Schwester. Stacey mit großen Schneidezähnen, an die sie erst noch heranwachsen musste, ein dürres Kind mit knorrigen Knien, und ihre Mutter, blond, blauäugig, mit einem versonnenen Blick in ihrem angespannten Gesicht. Sie musterte das Bild mit zusammengekniffenen Augen. Gleich neben der Gruppe schimmerte Wasser. »Wo ist das aufgenommen worden?«

»Das ist nicht weit von der Kathedrale in Lichfield, an einem See, der Stowe Pool heißt. Wir sind da jeden Tag zur Schule vorbeigegangen. Manchmal im Sommer haben wir dort gepicknickt. Das war, bevor Mama so richtig mit den Drogen angefangen hat und alles aus dem Ruder gelaufen ist. Aber jetzt muss ich wirklich los. Nehmen Sie das Foto. Bringen Sie es mir zurück, wenn Sie fertig sind.«

Robyn stapfte zum Streifenwagen und redete hastig auf Mitz ein. »Das Foto ist der Hinweis, den wir gebraucht haben.«

Mitz nickte. »Du hast es auch bemerkt?«

»Was?«

»Es war Dans Ohr. Wenn du die Augen schließt und darüber nachdenkst, erinnert es an den Schatten, den Anna in dem Material der Überwachungskamera entdeckt hat. Es kam mir immer schon merkwürdig vor. Anfangs dachte ich, es läge daran, dass das Licht den Schatten verzerrt hätte, aber jetzt glaube ich, dass es Dans Kopf sein könnte. Es sieht aus wie jemand mit einem sehr großen Ohr.«

Sie blieb wie versteinert stehen und starrte ihn an, ihre Gedanken rasten. Ihr Kopf wippte auf und ab. »Mitz, Sie könnten recht haben. Ich habe mir ihre Mutter angesehen. Sie und Harriet Worth könnten Schwestern sein. Sie sehen sich sehr ähnlich.«

»Zurück zum Revier?«

Sie wedelte ihm mit dem Foto zu. »Noch nicht, ich möchte erst noch eine Theorie überprüfen. Stowe Pool ist für Dan von großer Bedeutung. Ich will's mir mal ansehen.«

58

David klang entspannt wie immer, als Robyn ihn aus dem Streifenwagen anrief. »Wir haben die Bestätigung erhalten, dass Dan heute nicht zur Arbeit erschienen ist. Und Lord Bishton ist gestern in seinem Haus angekommen. Aber er geht nicht ans Telefon. Sobald er es tut, bringen wir ihn auf den neuesten Stand.«

»Bewacht das Haus, bis Lord Bishton wieder nach Thailand fliegt. Er darf keinen Schritt ohne Polizeischutz machen. Ich möchte, dass Matt und Sie ihn keine Sekunde aus den Augen lassen.«

»Verstanden. Matt ist jetzt da. Anna hat das Foto von Dan, das Sie geschickt haben, mit dem Standbild aus der Überwachungskamera verglichen, es passt. Der Schatten sieht ziemlich genauso aus wie Dans Kopf. Scheinbar war er in der Nacht von Miles Ashbrooks Tod in der Nähe der Steuereinheit an der Außenseite der Sauna. Ich habe mit dem Wartungstechniker in Bromley Hall gesprochen und er hat bestätigt, dass es zwei Schlüssel für die Steuereinheit gibt, von denen einer verschwunden ist. Er hat den Schlüsselkasten zuletzt am Montag, den Vierzehnten, überprüft, das war zwei Tage, bevor Miles Ashbrook gestorben ist.«

»Etwas Neues von Scott Dawson?«

»Keine Sichtungen von ihm oder seinem Auto und keine Anrufe von ihm bei Verwandten oder Freunden.«

»Ich hoffe, er hat keine Dummheit gemacht, wenn ich an den Zustand denke, in dem er sich befindet. Okay, wir sind fast in Lichfield. Bis später.«

Mitz hielt bei der Kathedrale. Die Niederschläge der letzten Tage waren abgeklungen und wurden von einem perfekten Wintertag abgelöst. Als Robyn aus dem Wagen stieg, hörte sie das entfernte Geschnatter der Gänse auf dem Stausee. Die drei Türme der Kathedrale reckten sich in den grenzenlosen kobaltblauen Himmel, der von einigen dicken Kondensstreifen durchkreuzt wurde. Sie hatte keinen blassen Schimmer, wo sie mit der Suche anfangen sollte, aber sie fühlte, dass es der richtige Ort war.

Sie fuhren an der Kathedrale vorbei in die Dam Street mit ihren historischen Gebäuden. Zweifellos würde David die Geschichte eines jeden einzelnen kennen, aber Mitz war eher daran interessiert, mögliche Verstecke ausfindig zu machen, als die Geschichte der Stadt zu erforschen. Im Auto hatten sie alle möglichen Ideen gesammelt und waren zu dem Schluss gekommen, dass Dan eine starke Verbindung zum Stowe Pool haben musste, was ihn dazu veranlassen könnte herzukommen, weil er wusste, wo er sich hier verstecken konnte.

Sie trennten sich am Eingang zum Stauseegelände, Mitz ging nach links und stoppte bei den zahlreichen, zu kurvenreichen Wegen führenden Pfaden, um die weiter hinten liegenden Höfe und Durchgänge zu erkunden. Robyn blieb am Stausee. Scharen von Gänsen watschelten laut schnatternd vor ihr den Weg entlang. Von hinten blies ein scharfer Wind und zwang sie, ihre Schritte zu beschleunigen. Sie wandte sich vom Wasser ab, dessen Oberfläche von leichten Wellen gekräuselt wurde, und untersuchte die Hecke, die den Rasenplatz umgab. Es war ein offenes Gelände, das nur wenig Versteckmöglichkeiten bot. Eine Gruppe Kleinkinder mit ihren Müttern rannte auf dem Rasen herum. Außer dem vergnügten Jauchzen der Kinder, das vom Wind herübergeweht wurde, war nichts zu hören.

Robyn passierte den leeren Spielplatz und kehrte auf den Rundweg zurück, der um den Stausee führte und jetzt von dichterem Buschwerk gesäumt wurde. Sie ging in die Hocke und suchte unter dem triefenden Laub der Sträucher nach Anzeichen dafür, dass jemand darunter geschlafen hatte, aber sie fand lediglich einen Haufen Hundekot. Neben den Sträuchern standen alte Bäume, von denen keiner eine brauchbare Übernachtungsmöglichkeit bot. Sie ging mit Bedacht vor und untersuchte systematisch jeden Strauch. Sie hoffte mit jeder Faser ihrer selbst, dass das hier nicht in die Hose ging. Als der Weg nach links abbog, sah sie eine Bank. Weiter vorne waren noch mehr und auf jeder von ihnen könnte man die Nacht verbringen. Sie hielt bei der ersten an. Es war unmöglich festzustellen, ob sie benutzt worden war. Feuchte Pfützen von dem früher niedergegangenen Regen funkelten auf dem Holz. Ihre Glieder fühlten sich schwer an und ihr Gehirn war vor Erschöpfung träge. Obwohl es keinerlei Hinweise auf ihn gab, wusste sie, dass er hier gewesen war. Er war wie sein verfluchter Spitzname – ein Leopard.

Etwa eine Stunde lang durchkämmten Robyn und Mitz die Gegend nach Anzeichen für Dans Anwesenheit. Beide fanden nichts.

Bei ihrer Rückkehr zum Streifenwagen war sie schweigsam, Enttäuschung strömte aus jeder Pore. Mitz behielt seinen Optimismus. »Dan hat in der Nähe des Bahnhofs von Derby gewohnt. Was, wenn er den Zug von Derby nach Lichfield genommen hat?« Sie dachte darüber nach. Das wäre möglich.

»Lassen Sie mich beim Revier raus und überprüfen Sie das. Gut gemacht.«

»Boss, ich sollte Sie wirklich besser nach Hause fahren. Sie sehen aus, also könnten Sie jeden Moment zusammenklappen. Ich hab Sie noch nie so erschöpft gesehen.«

Sie lächelte ihn an. »Quatsch. Ich sehe immer so aus, wenn ich an einem schwierigen Fall arbeite. Ich könnte sowieso nicht schlafen. Ich habe das Gefühl, dass wir kurz vor dem Ende stehen und ich möchte auf dem Posten sein, wenn es so weit ist.« Sie schloss für einen Moment die Augen. »Trotzdem danke für Ihre Fürsorge.«

»Oma Manju würde nicht wollen, dass Sie krank werden«, erwiderte er mit einem Lächeln. Robyn quittierte das ihrerseits mit einem Lächeln. »Aber sie würde auch wollen, dass dieser Verbrecher gefasst und seiner gerechten Strafe zugeführt wird.«

»Und wir wollen es Granny Manju doch recht machen, nicht wahr?«

59

Dan roch an seinen Achselhöhlen und besprühte sie mit Deo. Leoparden haben ihren unverkennbaren Geruch, aber er wollte niemanden auf seine Absichten aufmerksam machen, indem er wie ein Penner stank. Er wusch sich das Gesicht und zog den Wegwerfrasierer über seine Wangen, um die Bartstoppeln zu entfernen, die in den letzten Tagen dort gewachsen waren. Bis auf ihn war die Bahnhofstoilette leer und er genoss den Augenblick, während er sich auf seinen letzten Tag vorbereitete.

In der Nacht hatte er den Zug von Derby nach Lichfield genommen. Er war einen Umweg gefahren, zuerst nach Tamworth, dann weiter nach Lichfield Trent Valley, das etwas außerhalb der Stadtmitte lag. Als er mit einem heißen Kakao aus einem Verkaufsautomaten am Bahnsteig in Lichfield Trent Valley saß, war ihm ein neuer perfekter Plan in den Sinn gekommen, wie er sich seiner Beute bemächtigen konnte.

Er rief den Fahrdienst an, den Lord Bishton zu buchen pflegte. Diese wertvolle Einzelheit hatte er, wie all die anderen Informationen, die er während seiner Zeit in Bromley Hall zusammengetragen hatte, von Charlie. Der gute alte Charlie, der für England schwärmte und Mitleid mit seinem Kollegen, dem stillen, schüchternen und höflichen Portier, empfand.

Dank Charlie wusste er, dass Scott Dawson immer mittwochs nach seinem Kurs in die Sauna ging und wo er den Schlüssel für den Kasten für die Temperaturregelung der Sauna finden konnte. Er spürte einen Anflug von Ärger. Dieser Teil war so gut arrangiert gewesen und Scott Dawson wäre in der Sauna verreckt, wenn nicht plötzlich Miles Ashbrook aufgetaucht wäre. Dan hatte ihn kommen hören und sich in einem Spind im Umkleideraum versteckt. Sein Plan, Scott so lange in der Sauna einzusperren, bis die Hitze ihn umgebracht haben würde, war in Gefahr. Er knüllte den Pappbecher zusammen und warf ihn auf die Gleise. Der bescheuerte Miles Ashbrook mit seinem protzigen Auftreten und seiner arroganten Art. Er war kein Verlust für die Gesellschaft. Aber es hätte die Leiche von Scott sein sollen, die in der Sauna gefunden wurde, nicht die von Ashbrook. Scott Dawson hatte mehr Leben als eine Katze. Zwei Mal war er Dans Klauen entwischt. Seine Sicht wurde unscharf und er fühlte in sich eine düstere Stimmung aufziehen. Er ermahnte sich, tief durchzuatmen und ruhig zu bleiben. Er durfte sich nicht gehenlassen.

Er hatte den Fahrdienst Bromley Chauffeurs sofort angerufen, als er in Lichfield angekommen war und den Tonfall der prominenten Gäste von Bromley Hall imitiert. »Entschuldigen Sie bitte, dass ich Sie so kurzfristig behellige, aber ich müsste heute Abend um achtzehn Uhr dreißig in Lichfield Trent Valley abgeholt und nach Bromley Hall gefahren werden. Ist das machbar? Ich danke Ihnen vielmals.«

Die Nacht hatte er unter einem Mantel zusammengekauert auf der Bank im Warteraum verbracht. Es war frostig, aber die Aufregung und das Adrenalin in seinen Adern ließen ihn die Kälte nicht spüren. Tagsüber war es leichter, als er einen Spaziergang zu den Wohnungen machte, in denen seine Schwester und er früher gelebt hatten. Er traute sich noch nicht, zum Stausee zu gehen. Es war noch nicht die richtige Zeit. Stattdessen lungerte er in Geschäften und Cafés herum, mischte sich unter die Leute und verbrachte so die Zeit, bis es Abend wurde.

Jetzt wartete er auf den von einem Chauffeur gesteuerten

Mercedes, um seinen Plan in die Tat umzusetzen. Er konnte sehen, wie sich die Scheinwerfer dem Bahnhof näherten und hob eine Hand. Der Wagen hielt und ein Mann mit Schirmmütze stieg aus. »Mr. Asquith?«, fragte er.

Dan lächelte liebenswürdig. »Der bin ich.«

Der Mann hielt die Tür auf und Dan schlüpfte hinein, das Stück Seil, das er benutzen wollte, versteckt in seinen Händen.

»Also dann, Sir«, sagte der Fahrer, als er sich auf seinen Sitz schwang. »Auf nach Bromley Hall. Sind Sie schon einmal dort gewesen?«

»Oh ja«, antwortete Dan. »Ich kenne es sehr gut.«

60

»Ich habe über Scott Dawson nachgedacht.« Shearer nahm einen kräftigen Schluck von seinem Kaffee und blickte mit mürrischem Gesichtsausdruck auf die Flüssigkeit in seinem Pappbecher. »Das Zeug wird einfach nicht besser. Oder meine Geschmacksknospen haben sich noch nicht wieder erholt.«

Robyn rieb sich ihren schmerzenden Nacken und versuchte, die Verspannungen, die sich dort gebildet hatten, weg zu massieren.

»Er hat ein großes Geheimnis gehabt – seine Affäre mit Miles Ashbrook. Wenn er sich irgendwo versteckt hält, kann es nicht an einem Ort sein, den sowohl er als auch Ashbrook kannten? Sie mussten einen geheimen Treffpunkt für ihre Techtelmechtel haben. Es kann sich doch nicht alles in Bromley Hall abgespielt haben.«

»Sie haben eine gemeinsame Nacht in London verbracht.«

»Ich bezweifle, dass er dorthin zurückgekehrt ist, es wäre reichlich kostspielig, sich auf unbestimmte Zeit in einem Hotel in London einzunisten«, frotzelte Shearer und ließ seine Augenbrauen tanzen. »Wo hat Ashbrook gewohnt?«

»In einem Dorf, drei Meilen entfernt von Bromley Hall. Ziemlich nah beim Herrenhaus. Da wird er bestimmt nicht sein.«

»Das werden Sie erst genau wissen, wenn Sie nachgesehen haben.«

»Ich überprüfe das.«

»Gern geschehen.«

»Ich habe mich doch gar nicht bedankt.«

»Aber Sie wollten.« Er zwinkerte ihr zu, winkte und verschwand.

Zurück in ihrem Büro ging sie zu der Weißwandtafel. Sie platzierte das Foto von Dan Williams in der Mitte neben dem von Harriet Worth und verband sie mit einer roten Linie. Um die beiden herum, hängte sie im Kreis die Fotos aller bisherigen Opfer, darunter auch Alan Worth, und fügte sowohl ein Foto von Scott als auch eines von Lord Bishton hinzu.

Sie verschränkte die Arme und schloss die Augen. Endlich fügte sich ein Teil zum anderen. Sie hatte Opfer, einen Verdächtigen sowie ein Motiv für die Morde und alles hatte seinen Ursprung im Tod von Harriet Worth. Sie rief Anna und Mitz zu sich.

»Ich fürchte, dass Dan Williams wieder zuschlagen wird. Er fühlt sich durch seine Taten bestätigt und er weiß, dass wir hinter ihm her sind. Ich glaube nicht, dass ihn das von seiner Mordserie abbringen wird. Er befindet sich zweifellos auf einer Mission und wird versuchen, diese beiden Männer zu töten.« Sie zeigte auf Scott Dawson und Adrian Bishton. »Es ist zwingend erforderlich, dass wir diese Männer schützen und gleichzeitig versuchen, unseren Mörder ausfindig zu machen, bevor er wieder zuschlagen kann. Unser Problem ist, dass wir bei einem der beiden den gegenwärtigen Aufenthaltsort nicht kennen. Ich möchte, dass Sie beiden das Haus durchsuchen, in dem Miles Ashbrook gewohnt hat. Er hat es gemietet und im Moment steht es leer. Es besteht die Möglichkeit, dass Scott sich dort aufhält, da er weder bei sich zu Hause noch bei einem der uns bekannten Freunde ist. Ich versuche, weitere Orte aufzuspüren, an denen er sich verkrochen haben könnte. Und, ich muss Ihnen das eigentlich nicht sagen, seien Sie vorsichtig, wenn Dan Williams in der Nähe ist, er ist gefährlich.«

»Alles klar, Boss.« Die beiden machten sich gleich auf den Weg und ließen Robyn mit ihrer Tafel und ihren Post-Its zurück. Jetzt legte sie die gelben Quadrate auf ihrem großen Schreibtisch aus. Auf dem ersten Zettel stand Harriets Name, sie legte ihn in die Mitte der Schreibtischplatte. Alan Worth hatte anderthalb Millionen Pfund Schweigegeld kassiert. Dan hatte diesen Betrag auf die Personen verteilt, die für ihn die Hauptschuldigen an Harriets Tod waren. Zu diesen Personen gehörte auch Alan selbst. Dan hatte nicht nur versucht, ihn zu ermorden, er hatte ihm auch bündelweise Geld in den Mund gestopft. Robyn notierte:

ALAN WORTH
BEKAM ANDERTHALB MILLIONEN PFUND ENTSCHÄDIGUNG.
GELD IM MUND ALS SYMBOL FÜR GIER.
RECHNUNG ÜBER ZWEIHUNDERTFÜNFZIGTAUSEND PFUND.

Weiter ging es mit Linda Upton, die Harriet in das Wellnesshotel eingeladen und weder verhindert hatte, dass diese sich mit Champagner betrank, noch bemerkte, dass sie ihr gemeinsames Zimmer verlassen hatte, um schwimmen zu gehen. Deshalb war sie mitschuldig an Harriets Tod. Dan hatte Linda ausgezogen, bevor er sie ertränkt hatte. Hatte er das getan, damit sie ein ähnliches Schicksal erlitt wie ihre Freundin? Sie schrieb:

LINDA UPTON
SCHULDIG DER EINLADUNG UND NICHTBEHÜTUNG VON
HARRIET.
IN UNTERWÄSCHE. WIE HARRIET, DIE IN IHRER GESTORBEN
WAR?
RECHNUNG ÜBER ZWEIHUNDERTFÜNFZIGTAUSEND PFUND.

Rory Wallis hatte den Champagner serviert, von dem Harriet betrunken wurde. Für Dan war das eine der Hauptursachen für ihren Tod, weswegen er Rory Wallis nicht einfach umgebracht, sondern ihn gezwungen hatte, vorher eine Flasche Champagner zu trinken. Sie kritzelte, jetzt schon schneller:

RORY WALLIS
SERVIERTE DEN CHAMPAGNER, VON DEM HARRIET BETRUNKEN WURDE.
WURDE GEZWUNGEN, VOR SEINEM TOD CHAMPAGNER ZU TRINKEN.
RECHNUNG ÜBER ZWEIHUNDERTFÜNFZIGTAUSEND PFUND.

Jakub Woźniak hatte das Wasser unter der tropfenden Dusche nicht weggewischt, weswegen Harriet ausgerutscht war. Außerdem hatte er vergessen die Tür zum Wellnessbereich abzuschließen.

JAKUB WOŹNIAK
LIESS DEN WELLNESSBEREICH OFFEN. HAT DAS WASSER NICHT WEGGEWISCHT, IN DEM HARRIET AUSGERUTSCHT IST.
RECHNUNG ÜBER ZWEIHUNDERTFÜNFZIGTAUSEND PFUND.

Blieb das Problem derjenigen, die wahrscheinlich noch angegriffen würden. Wer würde der Nächste auf Dans Liste sein? Bei Scott konnte sie nicht sicher sein. Ihm war nicht anzulasten, dass der Wellnessbereich noch offen war, da Jakub an dem Abend dort gewesen war und doch hatte Dan ihn auf seiner Liste der Personen, die er für schuldig hielt. Er hatte im Herrenhaus gearbeitet und sich mit seinen Kollegen unterhalten. Er dürfte also mit einiger Sicherheit in Erfahrung gebracht haben, dass Scott am Abend des Unfalls der Verantwortliche war, weshalb es seine Pflicht gewesen wäre, den Wellnessbereich abzuschließen. Sie strich ›Ließ den Wellnessbereich offen.‹ auf Jakubs Zettel und legte einen neuen für Scott an:

SCOTT DAWSON
LIESS DEN WELLNESSBEREICH OFFEN.

NOCH KEINE RECHNUNG.

Und dann war da noch Lord Bishton, der Alan Worth die anderthalb Millionen Pfund geboten hatte, damit er Bromley Hall nicht verklagte. Es wäre nur logisch, dass er es auf Bishton abgesehen hatte. Und wenn dem so war, würde sich der Gesamtbetrag der Rechnungen genau auf die anderthalb Millionen Pfund belaufen, die für Harriets Unfall gezahlt worden waren. Sie starrte auf ihre Notizen, die jetzt im Kreis angeordnet waren wie die an der Tafel. Sie kritzelte schnell die Namen aller Beschäftigten hin, die an dem verhängnisvollen Abend im Herrenhaus gearbeitet haben könnten. Charlie hatte Dienst. Aber Dan würde doch sicher nicht hinter seinem Kollegen her sein? Wie könnte er Charlie für irgendetwas verantwortlich machen? Oder Lorna, die im Schönheitssalon gewesen war? Robyn nagte an ihrer Unterlippe und schrieb ›Charlie‹. Unmöglich. Wie sollte Charlie darin verwickelt sein?

Sie nahm die Angaben zu Charlie zur Hand und rief ihren Cousin an.

»Ich habe mich schon gefragt, wann du wieder anrufst«, sagte er. »Ich dachte mir, dass du mich früher oder später noch einmal brauchen wirst.«

»Wie gut du mich kennst.«

»Wie geht's voran?«

»Das ist der Grund für meinen Anruf. Ich brauche dich wirklich. Du hattest doch einen sehr guten Draht zu Charlie, dem Portier in Bromley Hall. Soweit ich mich erinnere, war er die Quelle zahlreicher Informationen, die du mir überlassen hast.«

»Er ist ein reizender alter Kauz. Hat sich ein bisschen in Jeanette verguckt.«

»Wir wissen jetzt, wer unser Mörder ist. Es ist Dan Williams, einer der Portiers in Bromley Hall. Momentan ist er abgetaucht und, obwohl ich mir da nicht sicher bin, es könnte sein, dass Charlie in Gefahr ist. Mulholland gibt mir keine weiteren Leute und ich könnte jemanden gebrauchen, der für ein paar Tage ein Auge auf ihn hat, bis wir Williams haben.«

»Ein paar Tage?«

»Ich hoffe ernsthaft, dass wir ihn schneller kriegen. Ich kann mir nicht leisten, es nicht zu schaffen. Ich spüre schon Mulhollands Atem in meinem Nacken, sie wird mir den Fall wegnehmen, wenn ich nicht bald zu Potte komme und Shearer scharwenzelt auch noch im Hintergrund herum. Ich wette, er wartet nur darauf, einzuspringen und die Lorbeeren einzuheimsen. Er brütet was aus, ich weiß nur noch nicht, was. Es ist die Art, wie seine Augen funkeln, wenn er mit einem spricht, als visierte er einen Preis oder eine Beute an.«

»Ich kenne ihn von früher.« Ross mochte den Mann nicht, dem er ein paar Mal begegnet war. »Ich passe für dich auf Charlie auf. Ich habe hier gerade nichts Größeres auf dem Tisch. Außerdem bin ich sicher, dass ich dir etwas Gratisarbeit schulde als Dank für unseren Wellnessurlaub. Charlie wird nicht mitbekommen, dass ich da bin.«

Robyn konnte hören, wie seine Stimme an Schärfe gewann. Er war aufgeregt, weil er wieder mit Polizeiarbeit zu tun hatte. Sie spürte eine Welle der Zuneigung zu ihrem stets hilfsbereiten Cousin. »Wenn der Killer auftaucht, keine Heldentaten. Ich mein's ernst, Ross. Mach umgehend Meldung.«

»Pfadfinderehrenwort«, antwortete er mit einem hintergründigen Kichern.

»Wenn dir etwas passieren würde ...« Sie ließ den Rest ungesagt. Ross wusste auch so, was in ihr vorging, sie hatte ihm so viel zu verdanken.

»Wird schon nichts passieren. Wenn mir etwas verdächtig vorkommt, rufe ich sofort an. Ich werde mich nicht einmischen.«

»Ich danke dir. Ich schicke dir seine Adresse. Ich hoffe, meine Sorgen sind unbegründet, aber ich muss meine Quellen schützen.«

»Diese übernehme ich.«

Sie ging ihre Notizen noch einmal durch und hoffte, dass sie niemanden vergessen hatte, die oder der in Gefahr sein konnte. Denn wenn sie das hätte, könnte die betreffende Person schon bald tot sein.

Sie rief die Angaben auf, die sie zu Miles Ashbrook hatte. Wo könnte Scott stecken? Soweit sie wussten, hatte er an verschiedenen Orten in Großbritannien gearbeitet, darunter Edinburgh, Harrogate und Devon – alles zu weit entfernt von Bromley Hall und Staffordshire. Sie wollte ihren Rechner schon runterfahren und wieder zu ihrer Tafel gehen, als sie an Tricia denken musste. Sie rief sie kurzentschlossen an.

»Tricia, ich wollte dich wissen lassen, dass wir jetzt davon ausgehen, dass Miles unter verdächtigen Umständen ums Leben gekommen ist. Viel mehr kann ich dir zum jetzigen Zeitpunkt nicht sagen. Aber es wäre mir eine große Hilfe, wenn du mir Orte nennen könntest, an denen Miles gerne gewesen ist – vielleicht übers Wochenende oder auch nur für einen Tag.«

»Er mochte das Theater und ist oft nach London gefahren. Ich weiß nicht viel über sein Leben. Nein, tut mir leid, mir fällt nichts ein, wo er gerne gewesen ist, nur der Wohnwagen in Matlock.«

»Er hatte einen Wohnwagen?«

»Nein, der gehört seinen Eltern. Also seiner Mutter gehört er noch. Sie hat ihn seit Jahren nicht mehr benutzt. Sie sagt, sie bringt's nicht übers Herz ihn aufzugeben. Zu viele Erinnerungen hängen daran. Der Vater von Miles hatte Flugangst, also haben sie sich einen Wohnwagen mit festem Stellplatz in Matlock gekauft und ihre Urlaube dort verbracht. Mark war ein paar Mal mit Miles dort. Matlock liegt in den Tälern von Derbyshire.«

Ihr drehte sich der Magen um. »Tricia, vielen Dank. Das bringt uns vielleicht einen Riesenschritt weiter. Ich lass es dich wissen.« Sie beendete das Gespräch und wählte Mitz' Nummer.

»Mitz, sobald ihr mit dem Haus, das Miles Ashbrook gemietet hat, fertig seid, möchte ich, dass ihr nach Matlock fahrt.« Sie gab ihm die Daten zu dem Wohnwagenpark und lehnte sich zurück. Sie war wieder in der Spur und das war ein äußerst erhebendes Gefühl.

61

Dan hielt vor dem Anwesen der Bishtons. Es war ein gewagter Plan, aber er war der Leopard von Lichfield und nichts könnte ihn aufhalten. Mittlerweile war sein Fehlen in Bromley Hall wohl bemerkt worden, die Polizei dürfte zwei und zwei zusammengezählt und festgestellt haben, wer für die Ermordung von vier Menschen verantwortlich war. Wahrscheinlich waren sie auf der Suche nach ihm, nach Hause zurückzukehren, kam also nicht infrage.

Dan war es egal. Er wollte nicht nach Hause. Heute war der Tag, den er auf seinem Kalender mit einem großen roten ›X‹ markiert hatte. Sobald Lord Bishton beseitigt war, würde er zu seiner geliebten Harriet gehen. Er tätschelte seine Hosentasche. Den Anzug hatte er sich extra für diesen Tag in einem Secondhandshop besorgt. Er war grau und hatte ein doppelreihiges Jackett. Er würde nicht nur die ideale Verkleidung für einen Chauffeur abgeben, er wäre auch der perfekte Hochzeitsanzug. Harriet würde ihn an ihrer Bank treffen. Sie würde warten, bis er alle Tabletten genommen hatte und davon benebelt und unempfindlich geworden wäre, dann würden sie Hand in Hand in den Stowe Pool gehen und für immer und ewig zusammen sein.

Es war alles ihre Idee gewesen. Sie kuschelte sich in seine

Arme, während er zwischen Bewusstsein und Bewusstlosigkeit hin und her schwankte.

»*Dan, ich weiß, wie wir zusammen sein können – richtig zusammen sein.*«

Er hatte seinen Kopf von der Armlehne des Sofas erhoben. Er konnte sich nicht auf den Fernseher konzentrieren, seine Augen schmerzten von dem blendenden Licht, deshalb schloss er sie wieder und ließ die Wärme ihres Körpers in seinen einsickern.

»*Du kannst mich aus diesem Reich der noch nicht Toten, aber schon nicht mehr Lebendigen befreien.*«

»*Ich würde alles für dich tun*«, *murmelte er, in seinem Kopf verschwamm alles, während er sich bemühte, wach zu bleiben und ihr zuzuhören.*

»*Wenn du alle findest, die für meinen Tod verantwortlich sind und an ihnen Rache für mich nimmst, können wir die Ewigkeit miteinander verbringen. Ich werde endlich mit dir zusammen sein.*«

Er schüttelte den Kopf, um wieder zu sich zu kommen, aber es nutzte nichts.

»*Wie denn, Liebste?*«

»*Ich erwarte dich an unserer Stelle, wenn du mit allen fertig bist, dann zeige ich es dir. Bring ein paar Extratabletten mit, dann lasse ich dich das Tor zur Ewigkeit sehen. Es befindet sich im Wasser von Stowe Pool, aber nur die Ertrunkenen können die Lebenden hindurchführen.*«

Sein Kopf fiel zurück auf die Armlehne des Sofas. Es war perfekt. Er würde eine Stelle in Bromley Hall annehmen, die Verantwortlichen für ihren Tod suchen und sie allesamt ausradieren. Danach würde er mit ihr durch das nasse Grab in die Pforte zum Paradies eintreten.

»*Ich werde es tun*«, *flüsterte er, als der Nebel ihn übermannte und er in einen tiefen Schlummer fiel.*

———

Er brauchte über ein Jahr, um eine Anstellung im Herrenhaus zu ergattern, aber die Freundschaft mit dem alten Charlie, die er in dessen Stammkneipe mit ihm geschlossen hatte, war für ihn der Türöffner gewesen, den er brauchte. Charlie hatte ihm von einer offenen Stelle als Gepäckträger erzählt und sich sogar bei der Geschäftsleitung für ihn eingesetzt. Von Anfang an hatte er langsam, aber stetig Nachforschungen zu Harriets Tod angestellt. Niemand würde einen Verdacht gegen den stillen, unscheinbaren Mann hegen, den stillen, unscheinbaren Mann, der sich mittlerweile in einen todbringenden Killer verwandelt hatte. Bei dem Gedanken musste er lächeln.

Der Polizei war sein Name bekannt, sie wussten, wo er arbeitete und wo er wohnte, aber sie kannten Dan nicht. Er war der Leopard von Lichfield, verschlagen, schlau und ein Überlebenskünstler. Aber, anders als ein Leopard, konnte Dan sein Fleckenmuster wechseln, er hatte sein Aussehen verändert.

Er betrachtete sich im Rückspiegel. Er hatte die Mütze auf seinem Kopf tief heruntergezogen und der aufgemalte Schnäuzer ließ ihn deutlich älter erscheinen. Die Brille mit den Gläsern ohne Sehstärke tat ein Übriges. Er sah kein bisschen aus wie Dan, der Portier. Den eigentlichen Fahrer des Wagens hatte er gefesselt, geknebelt und mit Chloroform betäubt. Er würde für einige Zeit außer Gefecht gesetzt sein und wenn er zu sich käme, würde er keinen Laut von sich geben können.

Dan wartete, sein Herz hämmerte in seiner Brust. Es war höchste Zeit für den nächsten Schlag. *Das ist für dich, meine Geliebte.* Die Tür des großen Hauses öffnete sich und heraus trat Lord Bishton in vollem Ornat, einschließlich hellroter Fliege. Dan wollte lachen, aber er behielt seine ernste Miene bei, die einem Chauffeur besser zu Gesicht stand. Er öffnete die hintere Tür des Mercedes und stand stramm. »Guten Abend, Lord Bishton.«

»Wo ist der übliche Knabe«, blaffte Lord Bishton, als er sich in den Mercedes schob.

»Er hat sich kurzfristig mit Grippe krankgemeldet.«

»Ach was?«

»Sie grassiert im Moment, Sir.« Er wollte die Tür schließen, aber Bishton setzte einen Fuß in einem glänzenden schwarzen Frackschuh heraus in den Schotter. »Er hat mich angerufen und gefragt, ob ich für ihn einspringen kann.«

»Sie wissen also, wohin die Fahrt geht?«

»Nach Weston Hall, Sir.« Dan unterdrückte einen selbstgefälligen Gesichtsausdruck. Alles, was er wissen musste, hatte er von Charlie erfahren. Dieser Kerl würde ihn nicht entlarven.

Bishton warf ihm einen eiskalten Blick zu: »Die Grippe?«

»Jawohl, Sir.«

»Len hat die Grippe? Armer alter Knabe. Dann wird Sarah sich wohl um ihn kümmern müssen.«

»So ist es, Sir. Len hat mich vorhin angerufen. Er klang schrecklich.« Er hoffte, Bishton würde seinen Fuß zurückziehen. Er wollte endlich los und seinen Plan in die Tat umsetzen. Der Zimmermannshammer lag im Handschuhfach. Er würde den Mann bewusstlos schlagen. Der Gedanke erregte ihn. Er hüstelte höflich. »Bestimmt wird Sarah sich um ihn kümmern. Sind Sie bereit, Sir?«

Lord Bishton betastete seine Taschen. »Mist! Ich habe die Notizen für meine Ansprache vergessen. Warten Sie kurz.« Er stieg wieder aus dem Wagen und ging mit großen Schritten zum Haus zurück, wo er mit dem Schlüsselbund hantierte und die Tür öffnete. Dotterfarbenes Licht erhellte den Eingangsbereich. Bishton verschwand im unbeleuchteten Salon.

Ein sanftes Flüstern brachte Dan wieder zur Besinnung. Harriet hatte es vor ihm bemerkt. Das unbeleuchtete Zimmer sagte alles. Bishton holte nicht seine Notizen. Er hatte ihn durchschaut. Irgendwie musste die Polizei ihn gewarnt haben. Ein Vorhang aus Wut legte sich über seine Augen und machte ihn kurz blind. Noch könnte er Bishton ins Haus folgen und ihm dort den Schädel einschlagen. Er griff nach dem Handschuhfach. Er würde ihn töten, scheiß auf die Folgen.

»Nein«, sagte Harriet, ihre Stimme klang schroffer als sonst. »Es ist zu spät. Damit wirst du nicht durchkommen. Die Polizei muss hier irgendwo sein. Dir bleibt nicht mehr viel Zeit. Du musst dich in Sicherheit bringen.«

Er rang immer noch mit dem Gedanken, Bishton den Kopf zu zertrümmern, doch dann schlug er die Tür zu, sprang auf den Fahrersitz, trat das Gaspedal durch und machte sich aus dem Staub. Ein dunkles Fahrzeug folgte ihm aus der Zufahrt, zwei Personen auf den vorderen Sitzen. Das musste die Polizei sein. Sie waren die ganze Zeit vor Bishtons Haus gewesen. Dan schlug mit der flachen Hand auf das Lenkrad. »Nein, nein und nochmals nein!«

Jetzt hatte er keine Wahl mehr. Er musste sie loswerden. Er raste die Landstraße entlang, machte an der Kreuzung einen Linksschwenk in die Einfahrt zu einem Bauernhof, wo er auf einen Schuppen mit Blechdach zuhielt. Er fuhr hinein und wartete, sein Puls pochte ihm in den Ohren. Der Wagen hielt an der Kreuzung und fuhr dann nach rechts weiter Richtung Burton-upon-Trent. Dan schnaufte, er merkte jetzt erst, dass er die Luft so lange angehalten hatte, dass seine Lunge richtig weh tat. Er setzte aus dem Schuppen zurück und fuhr schnell in die entgegengesetzte Richtung davon.

Ihm war schwer ums Herz. Harriet war nirgends zu sehen oder zu hören. Es war zu spät. Er konnte die letzte Rate nicht eintreiben. Wütend und niedergeschlagen fuhr er in das Dunkel der Nacht.

Anna gefiel es gut in Matlock. Sie war ein paar Mal mit ihrem Hund hier gewesen und hatte die langen Spaziergänge im Nationalpark des Peak District genossen. Matlock bot eine Menge Sehenswürdigkeiten, Wanderwege, Gartenanlagen und einen Freizeitpark. In Matlock Bath herrschte ein unerwarteter Kontrast zwischen Neu und Alt, dort standen die Spielhallen und Andenkenläden entlang der Hauptstraße in krassem Gegensatz zu den höher gelegenen eleganten viktorianischen Landhäusern.

Anna seufzte. »Hätte ich doch Razzle mit hierhergenommen. Er steht auf schöne Ausflüge. Ich habe ihn aus dem Tierheim. Ich hätte nie dahingehen dürfen. Aber Jackie hat darauf bestanden. Und dann kamen wir mit Razzle wieder raus, eine verwahrloste Promenadenmischung mit einem Ziegenbart und den herzigsten braunen Augen. Ich habe Jackie gesagt, dass das verrückt sei, angesichts meines Terminkalenders und der unregelmäßigen Arbeitszeiten. Aber sie blieb hartnäckig und sagte, es wäre alles in Ordnung, weil sie von zu Hause aus arbeitet und so weiter und so fort ...«

Sie ließ ihren Kopf wippen, als führe sie mit sich selbst ein Zwiegespräch, dann sagte sie: »Jackie hat so'n Typen kennengelernt und ist mit ihm weggezogen – nach Dubai, so weit weg, wie es eben ging. Ich blieb zurück mit einer Miete, die ich mir nicht mehr leisten kann, und mit Razzle. Um ehrlich zu sein, ich könnte nicht mehr ohne ihn leben. Mitbewohnerinnen schön und gut, aber Hunde lassen dich nie hängen.«

»Du wohnst also zur Miete?«

»Als Alleinstehende bekommst du im Leben keinen Kredit, um ein Haus zu kaufen. Mit Jackies Geld hat es für eine nette Doppelhaushälfte gereicht. Ich weiß nicht, wie lange ich sie alleine noch halten kann und Makler vermieten nicht gerne an Leute mit Hunden. Wahrscheinlich muss ich wieder zu meiner Mutter ziehen.« Sie schnitt eine Grimasse. »Nicht gerade das, wovon ich in meinem Alter träume.«

»Und was soll ich in meinem Alter sagen?«, fragte Mitz lachend. »Ich wohne immer noch oben in demselben Zimmer wie mit fünf.«

»Ich kann mir nicht vorstellen, wieder wie ein Kind behandelt zu werden. Meine Mutter scheint irgendwie nicht mitbekommen zu haben, dass ich erwachsen bin.«

Sie fuhren auf Hügel zu, die von den jüngsten Regenfällen ganz grün waren. »Es ist schön hier draußen.«

»Ich habe in der Nähe von Buxton gewohnt und bin ein paar Mal hier gewesen.«

»Echt? Das wusste ich gar nicht.«

»Ich habe bei einer Computerfirma gearbeitet. Ich war ein echter Technikfreak, bevor ich zur Polizei gegangen bin.«

Mitz entfuhr ein kurzes Lachen. »Was du nicht sagst. Ich hatte keinen Schimmer. Du bist der hübscheste Freak, den ich je gesehen habe.« Röte schoss ihm bei diesem Geständnis ins Gesicht. »Äh, tut mir leid.«

Ihr Blick verfinsterte sich und wurde ernst, aber als sie sah, wie er sich wand, grinste sie aufreizend. »Das muss es nicht, ich fühle mich geschmeichelt. Ah, da ist die Zufahrt zu dem Wohnwagenpark.« Die Stimmung änderte sich schlagartig und beide hielten Ausschau nach Scott.

Der Tranquillity-Wohnwagenpark lag fünfzehn Minuten von

Matlock entfernt auf einem zehn Hektar großen wunderschön gestalteten Grundstück mit farbenprächtigen Rhododendren, die jedem der befestigten Stellplätze eine gewisse Privatsphäre verliehen. Es gab große Wiesenflächen und ein Schild mit der Aufschrift ›Waldwanderweg‹, was Anna noch einmal in dem Wunsch bestärkte, mit Razzle hier zu sein.

Sie meldeten sich bei der Rezeption an, die sich in einem sogenannten Gemeinschaftsgebäude befand. Dort waren auch die Waschräume, Duschen, eine kleine Küche und eine Waschküche sowie ein Laden untergebracht, in dem das Notwendigste und Zeitungen gekauft werden konnten. Der Mann hinter dem Tresen hatte ein rosiges Gesicht und das Geflecht von geplatzten Äderchen, das seine Nase bedeckte, kam sicher davon, dass er bei jedem Wetter draußen unterwegs war.

»Kaum jemand hier zurzeit«, sagte er. »Geht erst nach Weihnachten wieder los. Dann tauchen hier ne Menge Leute mit dem Vorsatz auf, ihren angefutterten Festtagsspeck abzuwandern.«

»Uns interessiert nur der Wagen der Ashbrooks.«

»Volltreffer. Da wohnt gerade jemand, ein Freund der Familie. Er war ein paar Mal mit Miles hier. Ich habe oft gesehen, wie sie zum Waldwanderweg aufgebrochen sind. Schlimm, was mit dem Jungen passiert ist. Ich kannte ihn, seit er ein Dreikäsehoch war. Sein Partner ist ganz schön fertig deswegen. Es war ihm anzusehen, als er reinkam, um die Schlüssel abzuholen. Sieht echt schlimm aus. Ich habe vorhin an die Tür geklopft, um zu sehen, wie's ihm geht. Er war nicht da. Vielleicht ist er jetzt zurück. Ist etwa eine Stunde her. Ist alles in Ordnung?«

Anna warf Mitz kurz einen besorgten Blick zu. »Wir müssen nur mit Scott reden, nichts weiter. Es waren doch kürzlich keine Fremden hier, die nach einer Unterkunft für eine oder zwei Nächte gefragt haben, oder?«

Der Mann schüttelte den Kopf. »Wie gesagt, im Moment sind kaum Leute hier und niemand, den ich nicht kenne.«

»Haben Sie irgendwelche Autos gesehen, die wiederholt durch die Anlage gefahren sind?«

»Ich bin immer nur für ein paar Stunden am Tag hier. Aber mir ist nichts Ungewöhnliches aufgefallen, als ich hier war. Außerdem haben wir ein Sicherheitssystem mit Nummerneingabe und Überwachungskameras, deshalb ist es unwahrscheinlich, dass jemand ohne vorherige Buchung hereingekommen ist.« Er sah sie misstrauisch an und warf seine Stirn in tiefe Falten. »Was soll das alles?«

»Nichts, was Ihnen Sorgen bereiten sollte, Sir. Vielen Dank für Ihre Zeit.«

Draußen wandte sich Anna an Mitz. »Wie gehen wir vor?«

»Du klopfst an die Wohnwagentür und siehst nach, ob Scott da ist. Wenn ja, gehst du in den Wohnwagen und sorgst dafür, dass er drinnen bleibt. Ich beobachte die Umgebung. Wenn es Ärger geben sollte und Williams auftaucht, rufe ich. Dann bleibst du bei Scott und ich kümmere mich um Williams.«

»Was, wenn Williams eine Schusswaffe hat oder ein Messer?«

»Das Risiko müssen wir eingehen. Aber ich glaube nicht, dass Williams in der Nähe ist.«

»Vergiss nicht, dass er sich gut im Verborgenen halten kann. Er könnte schon hier sein und nach uns Ausschau halten.«

Mitz schnaubte hörbar durch die Nase, ein Zeichen leichter Verärgerung. »Wir müssen sicherstellen, dass Scott Dawson in Sicherheit ist. Wir gehen mit äußerster Vorsicht vor. Einverstanden?«

»Zu Befehl, Sarge.« Sie nickte und grinste ihn an.

»Schau zuerst nach, ob er im Wagen ist.«

Sie machten sich auf den Weg in die Richtung, die ihnen der Mann auf der Übersichtskarte gezeigt hatte. Der Stellplatz der Ashbrooks lag ausgezeichnet mit einer Superaussicht auf die umliegenden Hügel. Während Mitz unter einem Baum Stellung bezog, um das Gelände zu beobachten, näherte Anna sich dem Wohnwagen mit seiner abblätternden Farbe und den zugezogenen ausgeblichenen Gardinen. Hohes Unkraut wuchs durch die kleinen Risse in dem befestigten Untergrund. Das alles verriet die mangelnde Pflege. Sie legte ein Ohr an die Tür und lauschte angestrengt nach einem Lebenszeichen von innen. Weder Radio noch Fernseher liefen. Sie klopfte an die Tür. »Mr. Dawson. Bitte öffnen Sie, Sir.«

Kein Laut von innen. »Mr. Dawson. Hier ist die Polizei.«

Sie blickte achselzuckend zu Mitz, der ihr Zeichen gab, zu prüfen, ob die Tür verschlossen war. Gesagt, getan, sie öffnete sich sofort. Der Geruch von mit Schweiß gemischter abgestandener Luft schlug ihr entgegen. Der Wagen war in einem erbärmlichen Zustand. Die Schubladen offen, Trümmerteile auf dem Boden wie nach einer Schlägerei. Sie rief Mitz, der sofort zu ihr herübereilte.

»Sind wir zu spät gekommen?«

Die Bettwäsche lag zusammen mit dem Inhalt einer Küchenschublade auf dem Boden. »Entweder hat es einen Kampf gegeben oder er ist ausgerastet«, sagte Mitz beim Anblick des Durcheinanders.

»Ich glaube nicht, dass Williams vor uns hier war. Scott muss noch irgendwo sein.«

»Nur wo?«

»Der Mann an der Anmeldung hat gesagt, er und Miles hätten meistens den Waldwanderweg genommen. Er könnte dorthin gegangen sein.«

»Versuchen wir's, vielleicht können wir ihn ausfindig machen.«

Der Pfad führte sie über einen dunklen Weg vom Gelände weg. Bäume säumten ihn auf beiden Seiten, der Boden war feucht und roch nach verrottender Vegetation. Sie waren nicht allzu weit in den Wald vorgedrungen, als sie eine Gestalt bemerkten, die mit auf die Unterarme gelegtem Kopf auf dem Ast eines kräftigen Baumes saß.

Anna öffnete erstaunt den Mund: »Warum in aller Welt ist er auf diesen Baum geklettert?« Mitz hielt sie am Arm fest, um sie am Weitergehen zu hindern. Es war zu spät. Scott hatte sie gesehen.

»Keinen Schritt weiter«, rief er und stellte sich dabei auf dem Ast, auf dem er gesessen hatte, aufrecht hin. In diesem Augenblick bemerkte Anna den Strick, der von dem Ast über ihm herabhing, und die Schlinge, die um Scotts Hals geknotet war.

»Mr. Dawson, tun Sie nichts Unüberlegtes.«

»Da ist nichts Unüberlegt«, schluchzte er. »Ich bin schuld am Tod von Miles. Ich kann damit nicht weiterleben.«

»Sir, Sie haben sich nichts vorzuwerfen«, rief Anna. »Da war noch jemand. Jemand hat sich an der Steuerung zu schaffen gemacht, die die Temperatur in der Sauna regelt.«

Scott strauchelte auf dem Ast und brauchte einen Moment, um mit ausgebreiteten Armen das Gleichgewicht wiederzufinden. »Das ist mir egal. Ich bin trotzdem der Grund für seinen Tod und was bleibt mir jetzt noch? Nichts. Alex will sich scheiden lassen und ich halte es einfach nicht mehr aus, in Bromley Hall zu arbeiten. Ich muss ständig an Miles denken, wenn ich hinkomme. Sie sagen, ich darf das nicht tun? Sie können mich nicht aufhalten. Ich will das ein für alle Mal beenden.«

Anna ging ein paar Schritte weiter. Mitz zog an ihrem Unterarm.

Sie schüttelte kaum merklich den Kopf und flüsterte: »Lass mich mit ihm reden.«

»Mr. Dawson«, sagte sie sanft. »Haben Sie nicht einen kleinen Sohn?«

Scott schluckte seine Tränen herunter: »Ja – George.«

»Sie dürfen ihn nicht im Stich lassen. Er ist noch so jung und Scheidung hin oder her, ein Junge braucht seinen Vater.«

»Er ist besser dran ohne mich. Was für ein Beispiel bin ich für ihn? Ich würde ihn nur verwirren.«

Anna schob sich näher heran. »Wer könnte ihm denn wohl besser helfen als Sie, wenn er verwirrt ist? Sie können ihm helfen und ihn auf eine Weise verstehen, wie seine Mutter es nicht kann. Und im Moment sind Sie Georges Ein und Alles. Alles, was für ihn zählt, ist, dass Sie für ihn da sind und ihn lieben. Wollen Sie etwa, dass er Weihnachten mit dem Wissen aufwacht, dass Sie tot sind? Wäre es nicht besser, dass er beim Aufwachen weiß, dass er Sie sehen wird?«

Scotts Stimme bebte. »Sie wissen nicht, wie es ist, ein Doppelleben zu führen. Ich hasse mich dafür. Und jetzt kommt auch noch die Last dazu zu wissen, dass Miles meinetwegen gestorben ist.«

Anna kam noch näher heran. »Es war nicht Ihretwegen. Es war ein Unfall. Und ich weiß, wie Sie sich fühlen, weil meine Eltern sich getrennt haben, als ich klein war, etwa so alt wie George. Mein Vater hat meine Mutter verlassen und ist mit seinem besten Freund zusammengezogen. An den Wochenenden war ich bei ihnen und wir hatten eine Menge Spaß.« Sie war nur noch einen Katzensprung von dem Baum entfernt und überlegte, wie sie im Notfall zu dem Ast gelangen könnte, auf dem er stand. Sie fingerte nach dem Schweizer Offiziersmesser, das sie in ihrer Tasche hatte, und umfasste es.

»Unsinn«, schrie Scott. »Sie wollen mich nur am Reden halten, damit ich mich nicht aufhängen kann. Ich habe keine Angst. Ich habe mich auf diesen Moment vorbereitet. Kein Rückzieher – ich werde springen.« Scott sah nach unten auf den Boden, sein Gesicht war angsterfüllt. Anna fuhr mit sanfter Stimme fort. »Ich habe keinen Vater verloren, ich habe einen zweiten dazugewonnen. Ich besuche die beiden immer noch zu Weihnachten. Ich kann mir nicht vorstellen, wie es gewesen wäre, wenn ich ihn nicht gehabt hätte. In meinen dunkelsten Stunden hätte ich vielleicht auch versucht, mir das Leben zu nehmen, wenn er nicht dagewesen wäre.«

Scott zögerte, dann begannen seine Schultern zu zittern und er rutschte auf dem Ast in eine sitzende Stellung. Anna hob ihren Arm, suchte mit dem Fuß Halt an dem Baum und zog sich auf den unteren Ast. Von dort aus kletterte sie auf den Ast, auf dem Scott saß. Sie griff nach oben und durchtrennte mit einer schnellen Bewegung den Strick. Das Ende fiel herunter, worauf Scott sein Gesicht wieder in seinen Händen verbarg und weinte.

63

Es war kurz nach sieben am Sonntagabend, als Matt im Büro anrief. Robyn riss vor Überraschung die Augen auf. »Wie? Er ist weg. Nach allem, was passiert ist, ist er euch entwischt?«

Matt klang aufgebracht, seine Worte hallten im Empfänger nach. »Wir waren in Position. Wir haben darauf gewartet, dass Lord Bishton die Identität des Fahrers bestätigt, um ihm in sicherer Entfernung zu folgen. Er hat sich nachdrücklich geweigert, sich in einem unauffälligen Polizeifahrzeug nach Weston Hall bringen zu lassen.

»Er ist plötzlich von dem Auto weggegangen und ins Haus zurückgekehrt, von dort hat er angerufen und gesagt, der Mann, der fahren würde, sei ein Schwindler. Er würde behaupten, der übliche Fahrer hätte sich krankgemeldet. Das klang für Bishton unglaubwürdig, denn er hatte erst heute Morgen mit eben diesem Fahrer gesprochen, um die Abholzeiten noch einmal durchzugehen. Bishton hat sofort geschaltet und sich, bevor er eingestiegen ist, nach der Gesundheit von Len, dem erkrankten Fahrer, erkundigt, obwohl er wusste, dass dieser gar nicht Len heißt. Außerdem hat er eine Ehefrau namens Sarah erfunden und der Ersatzchauffeur habe sich bei keinem der Namen gewundert. Bishton sagte daraufhin, er habe etwas vergessen, ging ins Haus und rief uns an.

Irgendwas muss unseren Mann aufgeschreckt haben. Während Bishton noch mit uns gesprochen hat, ist der Mercedes losgefahren. An einer Kreuzung haben wir ihn verloren. Er hat entweder einen Feldweg genommen oder ist in eine andere Richtung abgehauen.«

Robyn versuchte, ruhig zu bleiben. Daran war keiner ihrer Beamten schuld. Sie starrte auf die Tafel und die Fotos von Dan und seinen Opfern. Alles erschien ihr wie ein Film im Schnellvorlauf.

»Gut, wartet auf weitere Anweisungen.«

Sie ging durch den Raum, ihr Kopf schmerzte, als sie vor der Tafel stand. Hier irgendwo war die Antwort. Sie sah sich noch einmal das Foto von Dan mit seiner Mutter und Schwester im Park von Stowe Pool an und das von Harriet Worth, die regelmäßig ihre Laufrunden um den Stausee gedreht hatte. Der ganze Fall drehte sich um Harriet Worth und um einen Mann, der behauptet hatte, sie geliebt zu haben. Es hatte am Stowe Pool angefangen und die Morde hingen mit Harriets Unfall in Bromley Hall zusammen.

Sie hörte ihr Herz gleichmäßig schlagen. Stowe Pool, Harriet Worth, Ertrinken. Die Teile waren da. Dan fühlte sich zum Stowe Pool hingezogen. Harriet glich seiner Mutter. Dan hatte sich in Harriet verliebt. Harriet war ertrunken. Es bestand die Möglichkeit, dass Dan dorthin zurückkehrte, wo alles seinen Anfang genommen hatte, zum Stowe Pool. Sie hatte keine Beweise, nur ihren Instinkt. Mulholland würde ihr Vorgehen in Bausch und Bogen missbilligen. Sie hörte Davies, der ihr sagte, sie solle ihrer Intuition folgen.

———

Das fertige Kreuzworträtsel liegt unbeachtet auf dem Sofa, Davies hat einen Arm um ihre Schulter gelegt und sie betrachten die Flammen, die im Kamin hochschlagen und tanzen.

Sie küsst sein unrasiertes Gesicht.

»Du bist viel besser im Kreuzworträtsellösen als ich. Du suchst

die Lösungen so geduldig, Stück für Stück. Ich bin zu schnell gelangweilt. Sobald ich nicht sofort eine Antwort finde, mache ich etwas anderes.«

»Gradatim«, antwortete er lächelnd. »Das bedeutet graduell, Schritt für Schritt. So geht man knifflige Fragen am besten an. Immer wenn ich ein Problem zu lösen habe und mir die Antwort nicht gleich ins Auge springt, nehme ich mir zuerst einen Teil davon vor und dann noch einen und noch einen, bis sich ein Gesamtbild ergibt. Manchmal liege ich allerdings daneben, aber du, du ungeduldige Person, tust das nie. Du siehst die Dinge vollkommen anders als ich und du hast einen großartigen Instinkt. Ich wünschte, ich hätte auch so einen.«

»Gerade sagt mir mein Instinkt, ich sollte mich auf dich stürzen, dich unterwerfen und meine schmutzigen Spielchen mit dir treiben.«

»Wie gesagt, DI Carter, du hast einen großartigen Instinkt und solltest ihm stets folgen.«

———

Sie musste die Chance ergreifen, auch wenn sie sich als trügerisch erweisen sollte. »Matt, fahren Sie nach Lichfield, genauer zum Stowe Pool. Ich glaube, Williams könnte auf dem Weg dorthin sein.«

Sie raste ins Büro von Mulholland, klopfte und trat, ohne zu warten, ein. »Ich glaube, unser Verdächtiger ist am Stowe Pool.«

Louisa betrachtete sie aufmerksam. »Wie kommen Sie darauf?«

»Dan Williams ist als Kind häufig mit seiner Mutter dort gewesen und die hat ein bisschen so ausgesehen wie Harriet Worth. Dan ist Harriet am Stowe Pool begegnet und war von ihr besessen. Sie haben sich immer am Stausee getroffen und dann hat das mit dem Wasser noch so eine besondere Bewandtnis. Harriet ist ertrunken. Ich werde das Gefühl nicht los, dass Dan Williams ebenfalls versuchen könnte, sich zu ertränken.«

»Wenn dem so ist, wieso nicht in Bromley Hall?«

»Darauf habe ich keine Antwort, außer, dass er nicht nach Bromley Hall zurückkann. Er dürfte ahnen, dass wir seine Identität kennen und wird seine üblichen Aufenthaltsorte meiden.«

Mulholland holte tief Luft. »Robyn, Sie sehen vollkommen erschöpft aus. Ich fürchte, Sie haben sich in diesen Fall zu sehr hineingekniet. Sind Sie noch in der Lage, richtig zu urteilen?«

»Das hoffe ich. Ich bin überzeugt davon, dass er genau dorthin gehen wird. Können Sie veranlassen, dass Straßensperren errichtet werden?«

»Wenn sich das als Fehler erweist ...«

»Wird es nicht.«

Robyn sprintete zu ihrem Auto und raste mit quietschenden Reifen vom Parkplatz. Sie musste einfach recht haben. Diesmal ging es wirklich um Kopf und Kragen.

Die drei Türme der Kathedrale ragten drohend auf, als sie auf der Hauptstraße nach Lichfield fuhr. Menschen, die mit ihren Einkäufen aus einem großen Supermarkt kamen, behinderten ihre Fahrt und sie wünschte sich, sie hätte einen Streifenwagen genommen, um sie aus dem Weg zu scheuchen. Sie rief Matt an, aber der antwortete nicht.

Als sie sich der Kathedrale näherte, war nicht mehr zu übersehen, dass zahlreiche Beamte im Einsatz waren. Ein Wagen versperrte die Hauptstraße an einem kleinen Rondell und der Verkehr wurde umgeleitet. Sie öffnete das Fenster auf der Beifahrerseite, beugte sich vor, wedelte mit ihrem Dienstausweis und verlangte lauthals, durchgelassen zu werden. Der zuständige Beamte schien alle Zeit der Welt zu haben. Währenddessen hämmerte ihr Herz unablässig.

Sie stieg aus und rannte die Straße entlang, vorbei an idyllischen alten Gebäuden und suchte nach der Abzweigung Richtung Kathedrale. Dort an der Cathedral Close stand ein weiteres Polizeifahrzeug mit Blaulicht neben den hohen Säulen der gotischen Kathedrale. Ein Polizist trabte auf sie zu. Sie erkannte PC Ashton, einen jungen Beamten aus ihrer Dienststelle.

»Er ist da lang, Ma'am. Ich weiß nicht, ob sie ihn schon haben.«

Sie folgte der Straße an der Kathedrale vorbei und wandte sich nach rechts Richtung Stadtmitte, wo sie drei Streifenwagen erblickte, die hinter einem Mercedes mit weit geöffneter Fahrertür standen.

Sie ignorierte die Einsatzkräfte vor ihr, die in Ladeneingängen suchten und mit ihren Taschenlampen in dunkle Ecken leuchteten. Sie lief direkt zum Stausee. Er war größtenteils in Finsternis gehüllt, durch die Wolken schimmerte etwas Mondlicht auf die dunkle Wasseroberfläche. Dan musste hier sein. Sie bemerkte Beamte, die im Gebüsch und hinter Bäumen suchend auf den Sportplätzen herumliefen. Das Wasser glitzerte, als ein Vogel mit den Flügeln schlug und kleine Wellen erzeugte, die sich ausdehnten, bis sie gegen den Steg klatschten. Der Stowe Pool hatte eine leichte Nierenform, weswegen sie ihn nicht ganz überblicken konnte. Sie rief sich das Foto von Dan, seiner Schwester und ihrer Mutter ins Gedächtnis. Es war hier am Stausee aufgenommen worden. Würde er an genau diese Stelle zurückkehren? Das erschien vielleicht zu naheliegend, aber es war einen Blick wert. Sie ging weiter, ihre Stiefel stapften durch feuchtes Gras. Einige Enten, die sich am Ufer zusammengekauert hatten, wurden unruhig, ihr wütendes Gequake zerriss die abendliche Stille. Sie hielt Ausschau nach der kleinsten Bewegung.

Ein Beamter durchsuchte das Gebüsch auf der anderen Seite des Stausees, unweit des ersten Ausgangs, der in ein Wohngebiet führte. Williams könnte diesen Weg genommen haben, um wieder in den Straßen von Lichfield unterzutauchen. Es war aussichtslos. Da waren fünf Ausgänge. Er hätte leicht vom Stausee verschwinden können, dann wäre er für sie so gut wie nicht mehr zu finden. Sie fragte sich, ob sie einen Polizeihubschrauber mit Wärmebildkamera zur Unterstützung anfordern sollte.

Sie erhaschte eine flüchtige Bewegung vor sich und hörte einen Ruf. Es war Matt. Sie rannte hin, Angst saß wie ein Knoten in ihrem Magen. Das Licht ihrer Taschenlampe hüpfte vor ihr auf und ab. Neben ihr erwachten aufgeschreckte Vögel aus ihrem

Schlummer und begannen sich zu bewegen, als sie vorbeilief. Matt jagte jemanden, der deutlich vor ihr sein musste. Sie rannte weiter, fest entschlossen, die beiden einzuholen. Das hier war kein Marathon, sie musste ihre gesamten Energiereserven aufbrauchen, um ihnen nachzujagen. Die Szenerie weiter vorne verzerrte sich, ein Wirrwarr von Armen und Beinen, zwei ineinander verschlungene Körper, Schreie und dann, als sie näherkam, trennten sich die Männer voneinander, einer sackte auf einer Bank zusammen. Der andere ging ein paar Schritte zurück, stützte sich mit den Händen auf die Knie und schnappte nach Luft. Der Knoten in ihrem Inneren zog sich noch stärker zusammen, sie erkannte Dan Williams.

Sie rief: »Matt!« Ihre Stimme klang in ihren eigenen Ohren laut, aber Matt antwortete nicht. Stattdessen stand er auf und stürzte sich auf den Schatten, der jetzt am Rand des Stausees stand. Ihr Lichtstrahl erfasste zwei dunkle Gestalten, deren Umrisse sich vor dem Wasser abzeichneten. Matt versuchte, Williams zu fassen zu kriegen. Dann erklang ein explosionsartiges Platschen, als beide ins Wasser stürzten, und danach heftige Kampfgeräusche, denn das Gefecht ging weiter. Eine Schar Gänse fühlte sich gestört und füllte den Abendhimmel mit wie besessen schlagenden Schwingen und verängstigten Rufen. Sie rief noch einmal, während sie am Rand des Stausees stand und den Blick auf der Suche nach den beiden Männern über das dunkle Wasser schweifen ließ. Misstönender Lärm erhob sich in den Abendhimmel, als Enten in den Chor der Gänse einstimmten und ihre gemeinsamen Schreie alle übrigen Geräusche übertönten. Sie richtete den Strahl ihrer Taschenlampe auf das Wasser und erfasste schließlich zwei Gestalten mit fuchtelnden Armen. Ihre Gesichter waren nicht zu erkennen. Arme und Hände wurden gehoben und fielen klatschend wieder auf das Wasser herunter. Dann erhob sich einer der Männer wie eine verrückt gewordene Seeschlange, dunkles Haar klebte an seinem missgebildeten Kopf und er drückte den anderen unter die Wasseroberfläche. Der Leopard war dabei, Matt zu ertränken.

In kurzen Stößen atmend zerrte sie an ihrer Jacke und zog sie aus, nahm das Funkgerät ab, riss an ihren Stiefeln, warf alles auf den Boden und hechtete ins Wasser, die Kälte raubte ihr den Atem. Sie sagte sich, dass das nicht anders sei als bei einem Triathlon und atmete ruhig, ohne auf die eisigen Finger zu achten, die sich um ihre Beine legten. Sie war eine gute Schwimmerin. Sie stieß sich ab in Richtung Matt und Dan und nahm weder von den Wasserpflanzen noch dem Gestank Notiz. Die Männer hatten aufgehört, zu zappeln und zu kämpfen. Sie hatten viel Schlamm aufgewirbelt, sodass nichts zu sehen war, aber sie war sicher, dass sie sich ganz in der Nähe im Wasser befanden. Sie würde tauchen, um Matt zu finden. Es kam für sie nicht infrage, einen guten Mann an diesen Irren zu verlieren.

Sie holte Luft und tauchte mit offenen Augen und ausgetreckten Armen hinunter. In der Finsternis versuchte sie irgendeine Bewegung zu erkennen. Es hatte keinen Sinn. Plötzlich nahm sie eine Armlänge von sich entfernt eine Gestalt wahr, katapultierte sich mit einem kräftigen Schub näher heran und griff nach der Jacke, dann schleppte sie den Mann an die Oberfläche. Sie tauchte keuchend auf und zog ihn zu sich. Ihr Herz hämmerte. Der Mann trug einen Anzug, keine Uniform. Das Mondlicht auf der Wasseroberfläche bestätigte ihre Befürchtung. Das lange dunkle Haar sagte alles. Sie hatte den Falschen gerettet. In ihren Armen lag der Leopard von Lichfield.

Sie wollte ihn gerade wegschieben und wieder nach Matt tauchen, als die Gänse einen Augenblick lang Ruhe gaben und sie ein leises Plätschern hörte, gefolgt von einem Japsen.

»Matt?«

»Hier«, war die Antwort. »Ich bin okay. Ich habe ihn verloren. Ich kann den Leoparden nicht mehr finden.«

»Ich habe ihn«, rief sie zurück. Erleichterung durchlief ihren Körper und wärmte ihn. Matt war wohlauf. So schnell, wie es begonnen hatte, so schnell verstummte das Geflatter der Schwingen und an seine Stelle traten die gleichmäßigen Züge von jemandem, der auf sie zu schwamm. Neben ihr begann der Leopard sich zu regen. Er lebte noch.

»Ich wollte ihn nicht davonkommen lassen. Einmal war schon einmal zu viel«, sagte Matt. Er fesselte ihren Gefangenen mit seinen Handschellen an die Bank.

Dan stöhnte. Robyn ignorierte ihn, als sie in ihre Stiefel schlüpfte und ihre Jacke vom Rand des Gewässers holte. Sie fror und war klatschnass, aber erleichtert. Andere Beamte, deren Taschenlampen die drei jetzt erfasst hatten, kamen zu ihnen herüber. Matt, ganz weiß im Gesicht, wartete auf sie, seine Uniform tropfte auf den Weg. Sie stellte sich vor den Mann, den sie gejagt hatten. »Mr. Williams, ich verhafte Sie wegen der Morde an Rory Wallis, Linda Upton und Jakub Woźniak.«

Dan setzte sich aufrecht, sein Gesicht ein einziger Ausdruck tiefen Elends. »Harriet war nicht da. Sie sollte mich auf unserer Bank treffen, aber sie war nicht da. Wir wollten zusammen Hand in Hand dorthin gehen, zu der Pforte.«

Robyn schaute in die Richtung, in die er zeigte. Dan hatte von Anfang an vorgehabt, sich im Stowe Pool zu ertränken.

»Harriet ist nicht hier. Sie ist mir böse, weil ich weder Dawson noch Bishton erwischt habe. Sie wollte sie alle tot sehen und ich habe sie enttäuscht. Wenn ich warte, kommt sie vielleicht noch.« Erneut übermannte ihn der Kummer und er schluchzte – ein lautes, wütendes Schluchzen, das seine Schultern beben ließen.

Robyn nickte Matt zu, der daraufhin eine Handschelle von der Bank löste und den Mann auf seine Füße stellte. »Sie hatte nie vor zu kommen«, sagte er, als er die Hände des Mannes auf dessen Rücken zog und ihm die Handschellen wieder anlegte.

64

»Scott Dawson ist am Leben, er wurde in Matlock gefunden. Wir erwägen, ihn wegen Behinderung der Justiz zu belangen. Und Lord Bishton hat seinen Flieger zurück nach Thailand genommen. Der Fahrer des Fahrdienstes wurde gefesselt aber unverletzt im Kofferraum seines Wagens gefunden.«

Louisa Mulholland nickte wohlwollend. »Das war knapp, Robyn. Knapper, als mir lieb ist, aber es besteht kein Zweifel, dass Sie ein aufopferungsvolles Team haben und dass Sie geliefert haben. Wenn Sie Williams vernommen und sein Geständnis haben, möchte ich, dass Sie sich ein paar Tage freinehmen. Sie sind Ihren Leuten keine Hilfe, wenn Sie sich ständig so verbohren. Bleiben Sie für den Rest der Woche zu Hause und erholen Sie sich.«

»Sehr wohl, Ma'am.« Robyn drehte sich um und wollte bereits gehen, aber dann stoppte sie. »Ich habe gehört, Sie hatten ein Vorstellungsgespräch?«

»Da haben Sie richtig gehört. Ich wollte es Ihnen sagen, wenn Sie weniger um die Ohren haben. Ich habe beschlossen, mich auf die Stelle zu bewerben, von der wir gesprochen haben. Vielleicht ist es an der Zeit für mich, zu neuen Ufern aufzubrechen.«

»Sie werden mir fehlen.«

»Noch ist nichts in trockenen Tüchern. Ich habe eigentlich gehofft, Sie auf meiner jetzigen Position zu sehen. Leider denken die gegenwärtigen Verantwortlichen, Sie seien noch nicht reif dafür. Geben Sie ihnen einen Grund, an Sie zu glauben, Robyn. Ich glaube, Sie wären eine sehr gute Wahl als Chief Inspector. Arbeiten Sie daran.«

»Haben Sie schon jemanden als Ersatz im Auge?«

»Das weiß ich wirklich nicht.«

Robyn lachte kurz auf. »Wenn es Shearer ist, lasse ich mich nach Yorkshire versetzen.«

»Ich würde mich freuen.«

Mitz saß Dan Williams gegenüber. Er sprach in das Aufnahmegerät. »Es ist neun Uhr neunundfünfzig, gerade hat DI Carter den Raum betreten.«

Der Mann auf der anderen Seite des Tisches war leichenblass. Er sah sie kurz an, dann schaute er auf seine Hände, deren Finger so fest ineinander gepresst waren, dass seine Knöchel ganz weiß aussahen.

»Mr. Williams, ich bin DI Carter. Sie wissen, weshalb Sie hier sind. Sie werden mehrerer Morde sowie des versuchten Mordes an Alan Worth beschuldigt. Möchten Sie dazu etwas sagen?«

Dan betrachtete schweigend seine Fingernägel.

»Bitte machen Sie es sich doch nicht noch schwerer. Wir können beweisen, dass Sie mehrere Menschen ermordet und andere verletzt haben. Wir gehen davon aus, dass Sie diese Personen angegriffen und ermordet haben, um den Tod von Harriet Worth zu rächen.«

Er blickte mit einem Grinsen auf, das sie bis ins Mark erschaudern ließ.

»Es gibt gerichtsmedizinische Indizien, die Sie mit allen Tatorten in Verbindung bringen. Möchten Sie dazu etwas sagen?«

Dan lehnte sich zurück, er grinste immer noch. »Na los, machen Sie schon, klagen Sie mich an. Mir ist alles egal. Harriet liebt mich immer noch. Diese Menschen hatten es verdient, für ihren Tod zu bezahlen und ich habe dafür gesorgt, dass sie es tun. Harriet ist sehr stolz auf mich.«

»Das bezweifle ich. Ich glaube nicht, dass irgendeine Frau stolz auf Sie wäre, weil Sie eine Hausfrau und Mutter eines kleinen Kindes ermordet haben. Wir haben unser Geständnis. Abführen!«

Draußen lehnte sie sich an die Tür, ihr Herz schlug viel zu schnell. Shearer sah sie an. »Alles in Ordnung?«

Sie nickte. »Wir haben den Dreckskerl.«

Er lächelte, kleine Fältchen umspielten seine Augen. »Gut gemacht, Carter.«

»Es fühlt sich an wie ein schaler Sieg. Er ist nicht richtig im Kopf und so viele Menschen sind gestorben. Ich denke, ich hätte ihn eher kriegen müssen.«

Er legte ihr eine Hand auf die Schulter. Sie spürte die Wärme, die in ihren Körper strömte.

»Dieses Gefühl haben wir doch immer. Sie haben das gut gemacht. Sie haben einen Spinner aus dem Verkehr gezogen und morgen ist ein neuer Tag.«

Er ließ seine Hand noch einen Augenblick liegen, bevor er sie wegzog. »Ich lade Sie und Ihr Team später auf ein Bier in das Pub ein, um das zu feiern.«

Ein schneller Drink war wahrscheinlich genau das, was sie jetzt brauchte. Und morgen war wirklich ein anderer Tag, einer, den sie mit Amélie verbringen wollte.

Anna schrieb an ihrem Bericht und hörte nicht, dass Robyn hereinkam. »Gut gemacht, PC Shamash. Ich habe gehört, Sie haben Scott Dawson überredet, von dem Baum herunterzukommen, an dem er sich aufhängen wollte. Das zeugt von Geschick.«

Anna wandte sich ihrer Vorgesetzten zu. »An der Uni habe ich bei der Telefonseelsorge gejobbt. Ich habe schon vor heute mit Menschen gesprochen, die vorhatten, ihrem Leben ein Ende zu setzen. Ich dachte, bei Scott würden die Chancen nicht so schlecht stehen. Er war schon einige Zeit auf dem Baum, bevor wir eintrafen, daraus habe ich geschlossen, dass er nicht unbedingt wild darauf war, es tatsächlich zu tun. Also habe ich angefangen zu reden. Ich fürchte, ich habe ein paar Unwahrheiten über meinen Vater erfunden, um ihn umzustimmen. Ich habe ihm erzählt, mein Vater wäre mit einem anderen Mann auf und davon. Ich bin davon ausgegangen, dass er sich besser fühlt, wenn ich so tue, als könnte ich seine Lage nachempfinden. Wenn er mir nicht geglaubt hätte, hätte ich noch Zeit gehabt, hinaufzuklettern und ihn loszuschneiden, bevor er sich wirklich etwas antut. So oder so wäre er in Sicherheit gewesen.«

»Ihr Vater ist also gar nicht mit einem Mann durchgebrannt?«

»Noch mit sonst jemandem. Er war Polizist bei der Met. Jetzt ist er im Ruhestand. Er verbringt gerade mit seinen Golfkumpeln einen Golfurlaub in Portugal. Er wird sich kaputtlachen, wenn ich ihm erzähle, was ich über ihn erfunden habe.« Sie drehte sich um und widmete sich wieder ihrem Schreibkram.

»Ich schulde Ihnen auf alle Fälle noch einen Wellnessausflug. Sie haben doch bald ein paar Tage frei. Soll ich was klarmachen?«

»Wenn's Ihnen nichts ausmacht, würde ich auf ein Wellness-abenteuer gerne verzichten. Ich bin davon ab. Ich werde Dienstag zur Beerdigung von Granny Manju gehen und anschließend mit Razzle einen Ausflug in den Peak District-Park machen, zusammen mit Mitz.«

»Mitz?«

»Können Sie sich das vorstellen? Er hat sein ganzes Leben hier verbracht und ist noch nie in den Peaks gewandert. Es wird ihm guttun, etwas an die frische Luft zu kommen, nach all der Aufre-gung.« Robyn wartete ab, falls Anna hätte noch mehr erzählen wollen. Als sie schwieg, um weiter an ihrem Bericht zu schreiben, ließ Robyn es dabei bewenden. Wenn sich zwischen ihren Beamten etwas abspielte, war das nicht ihre Sache. Sie musste ihren eigenen Bericht schreiben und einen Ausflug mit Amélie organisieren.

65

Amélie und Robyn öffneten den verschlossenen Raum und befreiten die übrigen Mitglieder ihres Teams. Amélies Augen strahlten. »Das war hundertprozentig der größte Spaß, den ich je hatte, in einem Raum eingesperrt zu sein und den Weg hinaus zu finden, indem man Rätsel löst. Das war einfach richtig geil!« Das letzte Wort schrie sie vor Begeisterung laut heraus und riss dabei die Arme hoch.

Robyn freute sich, dass sie sich für den Escape Room als Unterhaltungsprogramm für den Tag entschieden hatte. Sie waren den anderen Mitgliedern ihres Teams vorgestellt worden und hatten im Besprechungsraum eine kurze Einweisung erhalten: »Ein wichtiger Zeuge, der die Unschuld Dr. Grimshaws und die Existenz einer terroristischen Vereinigung namens ›Die Einen‹ hätte bestätigen können, ist gestorben. Eure Aufgabe besteht darin, seine Geheimnisse zu lüften, die Rätsel zu lösen und die Welt zu retten. Schafft ihr es, das Geheimnis seines Todes aufzudecken?«

Im Escape Room waren eine scharfsinnige Auffassungs- und Beobachtungsgabe, schnelles Denken und körperliches Geschick gefragt. Amélie hatte sich schnell als die geborene Anführerin entpuppt, als sie sich durch die Vielzahl von Rätseln und Hinweisen arbeitete, die sie brauchten, um zu entkommen. Es war herrlich, diese Zeit mit ihr zu verbringen und ihr Hilfestellung zu geben.

Wenn Davies sie hätte sehen können, wäre er sehr stolz auf seine Tochter, die seine Fähigkeit geerbt hatte, Rätselfragen, knifflige Aufgaben und Folgen aus Zahlen und Buchstaben zu lösen.

Amélie setzte mit glühendem Gesicht ihre Strickmütze auf. Die Pailletten daran glitzerten wie kleine Edelsteine. »Florence kommt morgen vorbei.«

»Ah, dann habt ihr euch wieder versöhnt.«

Der plüschige Bommel an Amélies Mütze wirbelte rauf und runter. »Es war so albern. Alles wegen eines Jungen. Erinnerst du dich an den, von dem ich erzählt habe, der auf derselben Rennveranstaltung war wie Florence?«

»Andy?«

Amélie nickte erneut. »Florence war total verschossen in ihn und dachte, er mag sie auch. Als sie herausgefunden hat, dass er zu diesem Pferderennen geht, hat sie ihre Eltern bequatscht, auch hinzugehen. Sie wollte sich mit ihm verdrücken. Darum hat sie sich neue Leggings und Klamotten gekauft. Nur, um ihm zu zeigen, dass sie kein kleines Mädchen mehr ist. Als sie hinkam, hat sie ihn gesucht und angefangen, mit ihm zu flirten.«

»Aber er steht nicht auf sie?«

»Genau.« Sie wand sich und die zarte Röte auf ihren Wangen verstärkte sich.

Robyn lächelte: »Er steht auf dich.«

»Ich weiß nicht, wieso.«

Amélie strich sich eine dunkle Haarsträhne aus dem Gesicht. Robyn wusste, was Andy an ihr gefiel. Sie entwickelte sich zu einer wahren Schönheit, einer perfekten Kombination aus Brigittes französischem Zauber und Davies' Selbstsicherheit. »Ich weiß es, er hat einfach einen sehr guten Geschmack.«

»Aber ich steh nicht auf ihn. Dank dir sind Florence und ich wieder Freundinnen. Ich hab gemacht, was du gesagt hast, ich habe Florence beobachtet und bemerkt, dass sie mir im Unterricht verstohlene Blicke zugeworfen hat. Sie würde immer noch nicht wieder mit mir reden, wenn ich sie geradeheraus angesprochen hätte, also habe ich mich mit Andy unterhalten. Er hat mir erzählt, was passiert ist. Er sagte, Florence wäre zwar nett, würde sich aber für seinen Geschmack zu kindisch verhalten und dass er mich mögen würde. Ich habe ihm erklärt, dass ich noch nicht mit jemandem gehen will. Es ist ja nicht so, dass es mir nicht gefallen würde, dass er mich mag, aber ich fühle mich einfach noch nicht reif für diese Sachen. Ich möchte gut in der Schule sein und so werden wie Papa. Ich würde gerne beim Nachrichtendienst arbeiten, als Geheimagentin oder so. Ich hätte auch nichts dagegen, zur Polizei zu gehen.«

Die Kleine wurde so schnell erwachsen und mit dieser Einstellung lag ihr die Zukunft zu Füßen. Robyn war stolz, sie zu kennen.

»Ich freue mich, dass sich das zwischen dir und Florence geklärt hat. Freunde sind wirklich wichtig. Viele Probleme im Leben lassen sich lösen, wenn man sie wie ein Puzzle betrachtet. Man muss lediglich die Teile suchen und man kommt, indem man sie hin und her schiebt, am Schluss zu einem Ergebnis.«

»Daran muss ich denken, wenn ich beim nächsten Mal Probleme mit meinen Hausaufgaben habe«, sagte Amélie und hakte sich bei Robyn ein. »Oder ich bitte dich einfach über Skype um Hilfe.«

Robyn lief die letzte Meile auf dem Laufband mit ganzer Kraft. Ihr Herz schien explodieren zu wollen, aber der Rausch, in den sie die Endorphine versetzten, war stärker als Anstrengung und Belastung. Sie hatte ihr Training vernachlässigt und musste ihre Energien erst wieder bündeln. Sie hatte die Küchenschränke und den Kühlschrank aufgefüllt und am Vorabend sogar ein gesundes Wok-Gericht gekocht. Ihr Schlaf war traumlos gewesen und beim Aufwachen fühlte sie sich bereit, zu ihrem üblichen Trainingsprogramm zurückzukehren.

Sie fuhr die Geschwindigkeit des Laufbandes allmählich herunter, bis es zum Stillstand kam. Anschließend machte sie, verschwitzt wie sie war, die Dehnübungen, die sie nach jedem Lauftraining absolvierte. Schon bald würde sie wieder in Topform sein.

Als sie sich erhob, um den Raum zu verlassen, erschien eine Gestalt in Lederjacke und Jeans in der Tür und winkte. Es war Tricia. Sie kam mit schnellen Schritten herüber, ein Lächeln im Gesicht.

»Hallo. Ich habe mir gedacht, dass ich dich hier finde. Ich habe den Jungs das Schmücken des Baums überlassen, also weiß der Himmel, in welchem Zustand er sein wird, wenn ich wiederkomme. Das mag jetzt ein wenig verrückt klingen, vor allem weil wir uns ja kaum kennen, aber hättest du vielleicht Lust, Weihnachten mit mir zu verbringen? Die Zwillinge sind dieses Jahr bei ihrem Vater und ich bin alleine. Ich dachte, wir könnten ein Fertiggericht oder ein paar Nudeln verputzen, dazu edlen Champagner schlürfen und anschließend seichte Filme gucken oder meinetwegen ein Brettspiel spielen. Einfach nur, um uns ein bisschen besser kennenzulernen. Das ist doch besser, als wenn wir beide, jede für sich allein herumsitzen und der Vergangenheit nachtrauern. Das ist nämlich das, was ich für gewöhnlich tue, wenn ich alleine bin. Dieses Jahr könnte ich eine Abwechslung gebrauchen. Was hältst du davon?« Sie verknotete die Enden ihres cremefarbenen Schals und wartete mit einem Hauch von Vorfreude auf eine Antwort.

Robyn wischte sich den Schweiß aus dem Gesicht. Weihnachten war eine einsame Zeit. Sie wollte sich Ross und Jeanette nicht aufdrängen, andererseits hatte sie keine Lust auf ein weiteres Fest voller Selbstmitleid. Es war zwei Jahre her und sie wusste was Davies gewollt hätte. Er hätte es gehasst zuzusehen, wie sie sich vergrub. Ihre Mundwinkel gingen nach oben. »Einverstanden. Es ist für uns beide Zeit für einen Neubeginn. Ich danke dir. Ich komme gerne. Das klingt nach einem tollen Weihnachtsfest.«

Liebe Leserinnen und Leser,

ich hoffe, die Lektüre von *Die Geheimnisse der Toten* hat euch Spaß gemacht. Mir hat es jedenfalls sehr viel Spaß gemacht, dieses Buch zu schreiben, zumal es ganz in der Nähe meines Wohnortes spielt. Wenn euch das Buch gefallen hat und ihr gerne mehr über meine Veröffentlichungen und andere handverlesene Publikationen erfahren möchtet, meldet euch über den untenstehenden Link für meinen Newsletter an. Eure E-Mail-Adresse wird nicht weitergegeben und ihr könnt euch jederzeit wieder abmelden.

www.bookouture.com/bookouture-deutschland-sign-up

Die Idee zu diesem Buch kam mir vor einiger Zeit, als ich auf dem Rücken in der Sauna lag. Es war unerträglich heiß und beim Zählen der Holzlatten über mir, habe ich mich gefragt, ob es möglich ist, jemanden in einer Sauna zu ermorden. Nach einigen Recherchen wusste ich, dass es möglich wäre, und so nahm in meinem verqueren Kopf der Kern eines Gedanken Gestalt an.

Meine Figuren sind häufig traumatisiert oder verletzt und Dan Williams ist da keine Ausnahme. Vor vielen Jahren hatte ich einen Stalker wie Dan. Anfangs tat er mir leid, so wie Dan Harriet leid-tat, und ich ließ mich bei unseren ›zufälligen‹ Begegnungen auf Gespräche mit ihm ein, was ich aber schnell bereute. Er folgte mir auf dem Weg zur Arbeit, verfolgte mich nach Hause, lauerte mir auf, wenn ich zum Einkaufen oder ins Fitnessstudio ging, und jagte mir eine Wahnsinnsangst ein. Wenn ich es nicht geschafft hätte, ihn zur Vernunft zu bringen, hätte es wirklich schlimm ausgehen können. Ich frage mich, ob er nicht vielleicht sogar zu einem Dan hätte werden können.

Robyn gehört zu meinen Lieblingsfiguren und sie hat sich angewöhnt, mich in meinem Kopf zur Rede zu stellen, wenn ich keine gute Szene für sie schreibe. Im nächsten Buch habe ich etwas äußerst Spannendes für sie vorgesehen. Also begleitet DI Robyn Carter bitte wieder bei ihrem nächsten Fall.

Darf ich euch noch um einen Gefallen bitten? Wärt ihr so freundlich, eine Review für dieses Buch zu schreiben, wenn es euch gefallen hat? Sie muss nicht sehr lang sein, aber es würde mir viel bedeuten. Vielen lieben Dank.

Wenn ihr bezüglich meiner Neuerscheinungen auf dem Laufenden bleiben wollt, dann meldet euch einfach über den nachstehenden Link an. Eure E-Mail-Adressen werden nicht weitergegeben und ihr könnt euch jederzeit wieder abmelden.

Danke!

Carol

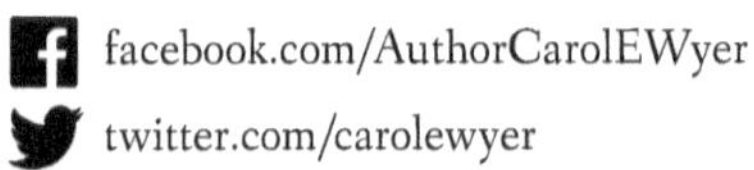

DANKSAGUNG

Hinter jeder Autorin und jedem Autor steht ein fantastisches Team, da bin ich keine Ausnahme. Dieses Buch hätte ohne die Hilfe, den Rat und das Händchenhalten der scharfsichtigen Lydia Vassar-Smith, Natalie Butlin, Lauren Finger und Sean Costello weder geschrieben noch ohne die vielen unglaublich hingebungsvollen Leute bei Bookouture produziert werden können. Ich bin ihnen allen, wie stets, zu allergrößtem Dank verpflichtet.

Außerdem danke ich allen Rezensentinnen und Rezensenten, Bloggerinnen und Bloggern sowie allen Leserinnen und Lesern, die meine Bücher lesen und besprechen. Vielen Dank. Sie sind es, die mich antreiben, wenn es mit dem Schreiben mal nicht so richtig läuft, und mich mit ihrem großzügigen Lob immer wieder aufrichten.

Emma Mitchell gebührt besonderer Dank für ihre klugen Ratschläge und für die Durchsicht des Manuskripts, wenn mein Geist und meine Augen am Ende ihrer Kräfte waren!

Nicht zuletzt gilt mein Dank allen, die mir geschrieben oder Rezensionen veröffentlicht haben, um zu zeigen, wie gut ihnen *Das verschwundenen Mädchen*, das erste Buch dieser Reihe, gefallen hat. Ich hoffe, *Die Geheimnisse der Toten* findet ebensolchen Anklang.